本书为2015年度教育部人文社科西部项目"中国现代诗歌内形式研究"（编号：15XJA751003）的阶段性研究成果。

薛世昌

中国现代诗歌
内形式研究

中国社会科学出版社

图书在版编目（CIP）数据

中国现代诗歌内形式研究/薛世昌著. —北京：中国社会科学出版社，2018.8
ISBN 978 – 7 – 5203 – 3087 – 9

Ⅰ.①中… Ⅱ.①薛… Ⅲ.①诗歌研究—中国—现代 Ⅳ.①I207.2

中国版本图书馆 CIP 数据核字 (2018) 第 200462 号

出 版 人	赵剑英
责任编辑	郭　鹏
责任校对	刘　俊
责任印制	李寡寡

出　　版	中国社会科学出版社
社　　址	北京鼓楼西大街甲 158 号
邮　　编	100720
网　　址	http://www.csspw.cn
发 行 部	010 – 84083685
门 市 部	010 – 84029450
经　　销	新华书店及其他书店
印　　刷	北京明恒达印务有限公司
装　　订	廊坊市广阳区广增装订厂
版　　次	2018 年 8 月第 1 版
印　　次	2018 年 8 月第 1 次印刷
开　　本	710×1000　1/16
印　　张	22.75
字　　数	330 千字
定　　价	95.00 元

凡购买中国社会科学出版社图书，如有质量问题请与本社营销中心联系调换
电话：010 – 84083683
版权所有　侵权必究

目　　录

第一篇　现代诗歌的内形式

第一章　现代诗歌内形式的概念、特性和作用 …………………（3）
　　第一节　诗歌作品内形式的基本概念 ……………………（4）
　　第二节　诗歌作品内形式的基本属性 ……………………（8）
　　第三节　诗歌作品内形式之于诗歌创作的艺术作用 ………（17）
　　结语 ………………………………………………………（24）

第二章　诗歌作品内形式研究的历史与现状 ……………………（26）
　　第一节　"五四"以前：中国古代的诗歌内形式研究 ………（26）
　　第二节　"五四"以后：进入现代的诗歌内形式研究 ………（34）
　　第三节　"入乎其内"之难：进入当代的诗歌内
　　　　　　形式研究 ……………………………………………（38）
　　结语 ………………………………………………………（49）

第三章　现代诗歌内形式研究存在的问题与继续
　　　　　研究的意义 …………………………………………（51）
　　第一节　现代诗歌内形式研究的概念界定诸问题 …………（51）
　　第二节　现代诗歌内形式研究的态度认识诸问题 …………（56）
　　第三节　现代诗歌内形式研究的意义判断诸问题 …………（66）
　　结语 ………………………………………………………（73）

第二篇 现代诗歌的大内形式

第四章 现代诗歌的空间性大内形式 …………………… (77)
 第一节 现代诗歌的辐辏式大内形式 ……………… (80)
 第二节 现代诗歌的并列式大内形式 ……………… (83)
 第三节 现代诗歌的"Y"式大内形式 …………… (96)
 结语 …………………………………………………… (100)

第五章 现代诗歌的时间性大内形式 …………………… (102)
 第一节 现代诗歌的小说故事式大内形式 ………… (103)
 第二节 现代诗歌的戏剧冲突式大内形式 ………… (110)
 第三节 现代诗歌的意识流动式大内形式 ………… (118)
 结语 …………………………………………………… (122)

第六章 现代诗歌的逻辑性大内形式 …………………… (123)
 第一节 现代诗歌的"云结构"式大内形式 ……… (123)
 第二节 现代诗歌的"串珠结构"式大内形式 …… (128)
 第三节 现代诗歌的"DEE 结构"式大内形式 …… (137)
 结语 …………………………………………………… (144)

第三篇 现代诗歌的小内形式

第七章 关于现代诗歌小内形式的现象性描述 ………… (147)
 第一节 现代诗歌的小内形式：作为三个基本点的
    存在 ……………………………………… (149)
 第二节 现代诗歌的小内形式：作为一个基本言说
    程式的存在 ……………………………… (157)
 第三节 现代诗歌的小内形式：作为一种基本思维
    方式的存在 ……………………………… (162)
 结语 …………………………………………………… (166)

第八章 关于现代诗歌小内形式的理论阐释 ………… (168)
 第一节 高凯、董小玉、臧棣、孙绍振、余德予等人
     如是说 ………………………………………… (169)
 第二节 任遂虎、于坚、袁可嘉等人如是说 ………… (173)
 第三节 中国传统的赋比兴诗学如是说 ……………… (181)
 结语 ……………………………………………………… (185)

第九章 关于现代诗歌小内形式的个人性判断 ………… (187)
 第一节 现代诗歌小内形式是比诗歌"音节"更重要的
     诗歌"意节" ……………………………………… (188)
 第二节 现代诗歌小内形式是决定诗之为诗的"诗意命名"
     过程 ……………………………………………… (199)
 第三节 现代诗歌小内形式是诗歌艺术最为基本的
     内在"笔法" …………………………………… (210)
 结语 ……………………………………………………… (214)

第四篇 现代诗歌小内形式的基本变体

第十章 现代诗歌小内形式"ABC"组合的增量性变化 ……… (219)
 第一节 现代诗歌小内形式"ABC"组合的 A 位
     增性量变 ………………………………………… (220)
 第二节 现代诗歌小内形式"ABC"组合的 B 位
     增性量变 ………………………………………… (243)
 第三节 现代诗歌小内形式"ABC"组合的 C 位
     增性量变 ………………………………………… (261)
 结语 ……………………………………………………… (286)

第十一章 现代诗歌小内形式"ABC"组合的减量性变化 …… (288)
 第一节 现代诗歌小内形式"ABC"组合的 A 位
     减性量变 ………………………………………… (288)

第二节　现代诗歌小内形式"ABC"组合的 B 位
　　　　　减性量变 ································· （292）
　　第三节　现代诗歌小内形式"ABC"组合的 C 位
　　　　　减性量变 ································· （301）
　　结语 ··· （322）

第十二章　现代诗歌小内形式"ABC"组合的序变与向变 ······ （324）
　　第一节　现代诗歌小内形式"ABC"组合的常见序变 ········ （324）
　　第二节　现代诗歌小内形式"ABC"组合的基本向变 ········ （332）
　　第三节　现代诗歌小内形式"ABC"组合的神性方向 ········ （348）
　　结语 ··· （354）

后记 ··· （355）

第一篇
现代诗歌的内形式

第一篇

现代药物的发展

第一章　现代诗歌内形式的概念、特性和作用

德国哲学家马丁·海德格尔有云："人言说。我们在清醒时言说，我们在梦乡里言说。我们总是在言说。……我们总是以这种或那种方式不断地言说。我们言说，因为言说是我们的本性。……人是能言说的生命存在。"[①] 人的言说，其实是老子《道德经》脱口而出的第三个字："道可道"的"道"。有意思的是，"道"之"所道"，竟然是同一个字，也是"道"字。即言说的方式和途径（道路之道）、言说的内容与目标（道理之道），在中国古人那里，居然是合二为一的！

老子一张口就这样大道至简！如此简洁而深刻的语言思考，让多年之后的海德格尔情何以堪？

虽然"道可道，非常道"，但人类却一直在"道"，一直在言说。人类的言说既是内容丰富的言说，也是历史悠久的言说。在这永恒而浩瀚的人类言说中，有一种言说内容，叫做诗意；有一种言说形式，叫做诗歌。中国当代诗人于坚说："诗是存在之舌，存在之舌缺席的时代是黑暗的时代。"[②] 是的，当存在搅动起自己的三寸不烂之舌，那个时代也确乎因为诗歌的发声而晨光熹微，而以"朦胧"挑战"黑暗"，而渐渐走向"澄明"。好像商量过一样，中国和西方的这一

---

① [德] 海德格尔：《语言》，彭富春译，见朱立元、李钧主编《二十世纪西方文论选》上卷，高等教育出版社2002年版，第441页。原载海德格尔《诗·语言·思》，彭富春译，文化艺术出版社1991年版。

② 于坚：《于坚的诗·后记》，见《于坚的诗》，人民文学出版社2000年版，第399页。

"存在之舌",都经历过腔调规矩的"格律诗"的阶段;同样有趣的是,它们后来也先后告别了格律,拥抱着自由,步入现代而成为"现代诗"。①虽然现代诗号称是自由的,事实上它们也确乎拥有着莫大的自由,但是它们自由的灵魂仍然得把自己置放进那个叫做"分行排列"的语言体式,并让所有的人只要看到它们,马上就能从外观上辨识出它们:它就是诗!

然而,这个让天下读者一眼就可以看到并且借以辨认的,却只是诗歌的外在形式,而不是诗歌的内在结构,更不是诗歌的言说内容。

本书不是一本谈论诗歌内容的书,也不是一本谈论诗歌外形式的书,本书准备进入的,是介于诗歌的言说内容与其外形式之间的那个特殊区域:诗歌的内在结构,亦即诗歌的内形式。而且,本书将循序渐进地告诉读者:诗歌的内形式,又分为两种,一种叫做大内形式,一种叫做小内形式。诗歌的外形式和大内形式都不能决定诗之为诗。决定诗之为诗的,是诗歌的小内形式。是小内形式让现代诗歌在剥离了传统诗歌的种种外饰之后,仍然坐拥诗歌作为诗的合法性。

第一节 诗歌作品内形式的基本概念

内形式这一概念,导源于黑格尔的如下表述:"关于形式与内容的对立,主要地必须坚持一点:即内容并不是没有形式的,反之,内容既具有形式于自身内,同时形式又是一种外在于内容的东西。于是就有了双重的形式。有时作为返回自身的东西,形式即是内容。另外作为不返回自身的东西,形式便是与内容不相干的外在存在。"②我国哲学界对这一问题的基本理解是:"黑格尔指出了形式具有'双重'性,一种是与内容有直接关系的形式,这时的形式即内容;另一

---

① 说明:本书所使用的"现代诗"之"现代"概念,非指横向上受西方影响的"西洋化"之现代,而指与时俱进随着历史长河的推衍而成长至今的"现代化"之现代。

② [德]黑格尔:《小逻辑》,贺麟译,商务印书馆1980年版,第280页。

种是与内容关系比较间接的形式,即'与内容不相干的外在存在',也就是具有独立性的形式。前者就是内形式,后者就是外形式。"①而将哲学上对于"外形式"和"内形式"的辨识成果运用于美学之后,我国学者认为:"只要是艺术便有形式美。离开了形式美,便没有了艺术。所以,形式美的构成规律必然地成为美学最关心的问题之一。作为艺术的形式,它包括两个方面:其一是内在的各种内容要素的结构方式,有人称之为'内形式';其二是表现内容和内形式的外部特征、形态,包括形、线、色、音响、动作等,有人称之为'外形式'。这个外形式是内容及内形式的物化形态。"②

内形式概念的提出,无疑是形式美学一个极其重要的发现。

作为人类众多言说中的一种,文学的言说自然也是言说内容与言说形式的结合,也必然呈现为某一具体而外显的终端形式。余秋雨认为:"文学不必贯穿一种稳定而明确的哲学理念。文学就是文学,只从人格出发,不从理念出发;只以形式为终点,不以教化为目的。"③余秋雨所谓"以形式为终点"的说法,其实并不是某些人深为恐惧的"形式主义"。当我们认识到"形式"其实可以"一分为二"为"内形式"和"外形式",再来理解余秋雨所谓文学的"以形式为终点",就会比较轻松而且宽容:文学必须最终定型于具体的某一作品、某一文体、某一形式外观——外形式。关于这一点,别林斯基早已说得很清楚:"没有思想,一切形式都是死的,没有形式,思想只是可能有的东西,却不是实有的东西。"④他说的这种能让思想变得"实有"的形式,无疑就是外形式。换言之,"有了(外形式)这种确定的外观形态,文学作品才成为可以实际把握的有价值的客观存在"。⑤但是,我们却不能因此而以为形式的含义简单得只有一种——外形

---

① 仇春霖主编:《大学美育》,高等教育出版社2005年版,第72页。
② 张本楠:《形式美与形式主义》,《文艺研究》1983年第6期。
③ 余秋雨:《中国文脉》,长江文艺出版社2012年版,第24页。
④ [苏联]别林斯基:《艺术的概念》,满涛译,章安祺编:《西方文艺理论史精读文献》(修订本),中国人民大学出版社2003年版,第444页。
⑤ 成镜深、敬平:《文学作品的内形式与外形式》,《四川职业技术学院学报》2003年第2期。

式。文学作品同样也拥有黑格尔所谓"双重的形式":外形式与内形式。文学最终还要奔向其作品隐乎其内的内在建构——内形式。只有这样内外兼顾的形式才是正确的形式理解,也只有这样内外兼修的形式才是完美的形式。

以此类推,诗歌作品不证自明地同样拥有着"双重的形式":外形式与内形式。

诗歌作品的外形式,就是诗歌创作呈现于其文本外观的躯壳模样。比如散文诗,其外观模样直接就是散文的模样,而不是如通常那样的分行排列,所以人们称其为"散文诗";比如中国传统的格律诗,其理论上的外观应该是"齐头齐尾"(但在古代的书籍中却往往并不如此排列);比如宋代的词,句子却长长短短而获名为"长短句";即在现代诗内部,比如玛雅可夫斯基的楼梯式,比如闻一多的方块体;再比如十四行体……它们均为诗歌的外形式。由于外形式是"外在于内容"而"徒有其表"的,有时甚至还是"金玉其外"的,所以,诗歌的外形式并不能决定诗之为诗。任何事物的外形式都不具有对其本质的决定性。比如散文诗,虽然具有散文的外形,但它却不是散文,而是诗;唐诗宋词的外形式也不能必然地决定它们就是诗,它们极有可能是所谓的"以诗为文"(用貌似诗歌的外形式写成的散文)。现代诗当中,那些"口水诗"与"垃圾诗",猛看上去,诗模诗样,但是一读之下,索然无味。这"索然无味",说的就是它们的非诗性,也就是它们对诗歌外形式的盗用。

当然,外形式之于诗歌的整体表意也并非全无作用。形式云者,终归要与内容发生某种程度的关联。比如于坚的长诗《飞行》第一节:

    在机舱中我是天空的核心　在金属的掩护下我是自由的意志
    一日千里　我已经过了阴历和太阳历　越过日晷和瑞士表
    现在　脚底板踩在一万英尺的高处
    遮蔽与透明的边缘　世界在永恒的蔚蓝底下
    英国人只看见伦敦的钟　中国人只看见鸦片战争　美国人只

看见好莱坞

　　天空的棉花在周围悬挂　延伸　犹如心灵长出了枝丫和木纹

　　长出了　白色的布匹　被风吹干　露出一个个巨大的洞穴

下面

　　是大地布满河流和高山的脸　是一个个自以为是的国家　暧昧的表情

于坚尝试过许多长句子的诗，他长达600行的《飞行》是这样，他的另一长诗《零档案》也是这样。他这样的选择一定有其选择的道理。他的诗中大量的铺陈与列举，丰富的意象与复杂的意象组合，高密度的物象里里外外的陪衬，如果选用那种细长如同兰州拉面的诗歌外形式，其表现的内容与表现的形式可能就不会这么般配。但是，一方面诗歌的外形式与内容之间的关系只能是轻微的关系；另一方面，一个诗歌文本中与外形式相匹配的内容，与其说是诗意（作为诗歌的内容），不如说是文意（作为文章的内容），于是它们并不能改变诗歌的外形式与诗歌的本质内容之间的疏离关系。

但是，诗歌作品的内形式，却与外形式大不相同。内形式是诗歌文本生成过程中的内部建构方式、诗语表达方式以及诗学思维方式最直接的体现，是诗歌作品结构性的组织形式与程序性的逻辑形式，是诗歌作品内容各因素经组织化、有序化之后所形成的相对稳定而不变的连接程序和结构形态，是诗歌的形式中"与内容有直接关系"的部分。有一个问题需要及早声明：所谓诗歌的内形式，在很大的程度上也就是诗歌的内在结构，但是为什么不称其为"内在结构"，而称其为"内形式"呢？对此，袁忠岳先生的回答是："这不是巧立名目，而是想突出论述对象（即内形式）在诗的形式与内容之间的中介地位。"[①] 他的回答也是本书的回答。如果说"中介"的说法有什么不妥之处的话，则这个位于"外形式"和"内容"之间的"内形式"，其距离"外形式"和"内容"并不是等距的。"内形式"更靠

---

① 袁忠岳：《回到诗歌的"内形式"》，《雨花》1998年第6期。

近于内容,而且内形式中的一部分甚至直接就是内容。

第二节 诗歌作品内形式的基本属性

按照张本楠先生的归纳,艺术形式有以下基本原理:有机统一原理、复杂多样原理、主题原理、主题变化原理、平衡原理、演进原理、主次原理。① 这七大原理,既是艺术外形式的原理,也是艺术内形式的原理,于是也就是文学作品艺术形式的原理,当然也就是文学作品内形式的基本原理。除此之外,文学作品的内形式尚有以下基本属性,且这些属性对于诗歌作品的内形式同样是成立的。

一 文学作品内形式的文本内视性

内视性毫无疑问是内形式不言而喻的特性。外形式是直观的,一眼即可见知,内形式则不然。内形式,顾名思义,就是相对于外形式的并不直观的内在的形式构造。所以内形式需要通过内视来观察,需要通过知觉去认识,而不是像外形式那样可以通过外视去感知,可以通过直观去把握。比如书法作品,一眼看上去,横着挂的,竖着写的,真、隶、行、草、篆,那些外而又外的外形式,人人可以得而见之。书法有没有自己的内容?有。但是书法在文字内容之外,还有一个书法本体的内容——书法的内形式。书法的内形式,需要认真地慢慢地"阅读"方可得知,比如书法作品点画内部的抑扬和顿挫,比如其笔画之间的顾盼与呼应,比如其章法上的迎接与避让……书法的这种用笔之法所体现的书法的内在结构与其内在程序,就是书法不读不可知之的内形式,而书法所有的意味即在其中。"有意味的形式",准确的说法应该是"有意味的内形式"。

书法作品的内形式如此,诗歌作品的内形式亦然。比如余光中的《乡愁》,一眼看去,四个诗节均匀摆布,甚是整齐,确乎是分节分行的现代诗歌之典型外观,但是,要知道它的内部结构即"并列中的

---

① 详见张本楠《形式美与形式主义》,《文艺研究》1983年第6期。

时序递进",却需通读全诗。再如杜甫诗句"绿垂风折笋,红绽雨肥梅",在理解其倒装的手法后,才能得到最终的(甚至与开始时不同的)诗歌领会。再比如诗歌音乐性的内在律与外在律。外在律(如声音的平仄韵脚)是可以听到的,而其内在律(内在的韵律与节奏)却是听不到的。听不到,因为它属于诗歌的内形式,是内视的而不是外视的。需要注意的是,内形式虽然是内在的,但它不完全是内容。内容属于"说什么"的范畴,而内形式属于"怎么说"的范畴。但是内形式毕竟有一个"内"字,这个"内"字的存在,表示它仍然需要一个外形式来作为自己的终端呈现。比如老舍的小说,常有一种"介入与逃避的悲剧模式"。不论是《二马》的无法介入和有处可逃,还是《骆驼祥子》的无法介入和无处可逃,老舍在讲述"二马"和"祥子的故事"(内容)时,基本上都是循依着"介入与逃避的悲剧"这一模式去展开和构建的。如果老舍把这一内在结构(内形式)在文本的终端呈现为章回体,则章回体就是这一故事最后的外形式;如果老舍把这一内形式在文本这一终端呈现为书信体,则书信体就是这一"介入与逃避的悲剧"故事的外形式。

朱立元关于文学作品的内在结构,有一个"五分法",即:第一层,语音语调层;第二层,意义建构层;第三层,修辞格层;第四层,意象意境层;第五层,思想感情层。他说:"实际上,文学作品的前三层结构均属语言学范畴,只有意象层才进入心理学范畴。而文学作品的生命却恰恰体现在意象层中。如前所述,文学作品是活在读者的审美阅读中的。如果阅读仅进到前三个层次,那么可以说还没有真正进入文学的审美活动,此时的文学作品还只是一种带有文学性的语言存在,一种文学的可能结构。只有当读者通过语音语调、语义建构与修辞格三个层次,并由这些层次激活了、触发了自己以感觉经验形式出现的相关意象时,他才算真正进入了审美状态。"[①] 这真是关于文学作品内在结构的真知灼见。他所说的"意象层",正是内形式之所在。对此,本书在后文将会展开论述。

[①] 朱立元:《略论文学作品的内在结构》,《天津社会科学》1988年第5期。

二 文学作品内形式的主观创造性

王国维云:"盖文体通行既久,染指遂多,自成习套。"① 他这里说的"文体",应该是内形式而不是外形式。外形式无所谓染指不染指,也无所谓陈陈相因。比如我们不能指责写七言律诗的人是陈陈相因,只能指责一些人在某种内形式上的相互模仿而终成习套,因为和外形式相比,内形式具有更多的主观创造性。

文学作品是对现实生活的一种文学反映而不是现实生活本身,作为合乎现实生活及其规律而又主观能动的艺术创造,在外形式拒绝创造这一前提下,其主观性的创作内容必然会呼唤一种同样主观性的内形式。比如杜甫的"绿垂风折笋,红绽雨肥梅",诗人先看到绿而后才明白其绿的原因,先看到红而后才看到红的原因,这一主观性的创作内容,在"五言"这一外形式限制下,呼唤出了不同于"正装"的所谓"倒装"这一与众不同的甚至是独得天启的内形式。

优秀的文学作品必然拥有独特而不失规律的内形式,而作为创造的反面,缺乏创造性的内形式,也往往暴露出内形式因袭的弊端。学者黄最惠就批评过散文创作中的内形式因袭:"传统散文的一种写法总是把人抛入特定的情境之中,以期获得情景交融、物我两忘的融化效果。托物言志、借景抒情等方式都在此列。平心而论,古人对此所作出的成就是伟大的,而现代部分作家由于认识的浅显、重复和故作纯情使这一优秀的传统方式僵化、退化,近似最简单的通俗小说,让人不屑地猜出首尾。在这里,人自身对自然对生命的深邃感应,并没有因时代的跃进而得到更大的繁荣和突破。"② 诗人顾城在 1983 年 11 月于华东师范大学的演讲"关于诗的现代创作技巧"中也对自己曾经的内形式因袭进行了反省:"(当时)我多想写呀,画呀,记下那一切,那云上火焰一样摇动的光辉。可我笨极了,我的笔笨极了,我的句式蠢极了;一旦陷入韵脚和'因为……所以……'中,笔就团

---

① 王国维:《人间词话·54》。
② 黄最惠:《内部结构和散文无技巧》,《当代文坛》1994 年第 1 期。

团乱转，那伟大的美就消散了。"① 顾城能够如此反省，说明了他对诗歌作品内形式创造的向往。这样的创造性也可以用围棋的定式言之。围棋的落子是随心所欲最为自由的，围棋的"外形式"也如同现代自由体新诗一样随体赋形。然而围棋却是处处有其定式。围棋的定式有些像是围棋的内形式。在不同的棋局中，可能会有相同或大致相同的定式运用。然而，死记硬背、陈陈相因的定式运用，带给棋手的必然是失败的命运，即使侥幸赢得一子半目，那场面也一定十分难看。

三 文学作品内形式的客观性

内形式的主观创造性无论多么主观，也必须建立在表现内容的客观真实性这一基础之上，仍然要植根于现实生活与真实体验。一位写作者，其言说如果想有"词根"，须先有"经验"的土壤。同样，一位写作者的内形式营造，必然是他外师造化、中得心源之后合乎生活逻辑的制作。

李文衡在谈到小说的"花瓣式"结构时说："'花瓣式'或'剥桔式'的形式结构，为什么能够唤起人的美感，为什么人们在文学创作和欣赏中，也要创造和追寻这种形式美？这是人类在与大自然的联系中，长期实践、积淀的结果，大自然中还有许多诸如雪花、蒜瓣、蜂巢、珊瑚花等花瓣式结构，人们把对自然结构的审美移入了文学中。"② 意思很清楚：先有大自然中的"花瓣"，才有艺术作品中的"花瓣式"结构，这就是内形式的客观性。比如诗歌的内形式，它就是诗歌在形式层面上的"内在原型"。当诗歌在外形式的层面上向着"外在原型"发展的时候，诗歌同时也在内形式的层面上向着"内在原型"靠拢。王国维云："（诗词作品）其材料必求之于自然，而其构造亦必从自然之法则。"③ 这其实也是王国维对"原型"的认识。

---

① 顾城：《关于诗的现代创作技巧》，《顾城文选》第一卷，北方文艺出版社 2005 年版，第 262 页。
② 李文衡：《文学结构论》，敦煌文艺出版社 1999 年版，第 178 页。
③ 王国维：《人间词话·5》。

原型，就是来源于自然的天赋之形。有自然的天赋之形，也必有天所以赋之的自然法则。学者张文英说："艺术构思的过程也就是审美意象的孕育过程，这一过程就是一个不断为内容寻找形式的过程。"① 她的"寻找"一言说得好，说出了人在自然面前应有的敬畏之心，也说出了内形式的客观性。索尔·贝尔在他获得1976年诺贝尔文学奖的小说《洪堡的礼物》中反复使用一句话："奇特的脚需要奇特的鞋。"然则，优秀艺术家的过人之处，就是能够给他那奇特的脚找到一双奇特的鞋；优秀的诗人之优秀，也往往表现在能够为自己的诗歌之魂找到一个满意的肉身。

于是，对主观独创性的认识须与对客观规律性的认识相结合，作家须按照主体的尺度同时也按照客体的尺度进行创作。主观性是客观性的体现，如同事物的规律是对事物基本性质及其规定性的尊重，然则内形式的确定和建立也必须以客观现实为依据，应符合事物特定的逻辑关系。所以，向自然学习，不只是内容方面的学习，也不只是外形式方面的学习，应该还有内形式方面的学习。有学者认为谢灵运的诗句"石浅水潺湲，日落山照耀""近涧泉密石，远山映疏木"和"急弦动飞听，清歌拂梁尘"等，"打破语言的逻辑链条来重新安排组建起了一个非逻辑的语言体系，来表现山水之美"②。谢灵运的诗歌内形式，既是"打破"又是"重组"，但其重构的土壤与根脉却是不离造化并且取法于造化。

造化是自然最高的真理。美学家狄德罗在他的《画论》中一开始就开宗明义地说到："大自然的产物没有一样是不得当的。任何形式，不管是美的还是丑的，都有它形成的原因。而且在所有存在着的物体中，个个都是该什么样，就长成什么样的。"③ 他所谓的"得当"，就

---

① 张文英：《论文学生产中审美意象的孕育过程》，《辽宁师专学报》（社会科学版）2008年第10期。
② 孙婷：《诗歌内在结构的一场深刻变革——浅议谢灵运对诗歌语言逻辑的改造》，《才智》2009年第22期。
③ ［法］狄德罗：《画论》，徐继曾、宋国枢译，章安祺编：《西方文艺理论史精读文献》（修订本），中国人民大学出版社2003年版，第217页。

是得自然之当，也就是中国人常常说的顺其自然。"如机发矢直，涧曲湍回，自然之趣也。"① 顺其自然，也就是内形式的最高准则；因情顺势，也就是内形式的不二法门。一个伟大的诗人，要想自己的诗歌姿态横生，就要感知宇宙世界的万千结构，并有妙悟般的把握与运用。只会建一个样子一个模式的建筑者，只是一个小工匠；诗人是伟大的工程师，他会在任何地方、任何时候、任何情况下，根据材料建造出或依山或傍水情势不同而又随体赋形的漂亮建筑。

四 文学作品内形式的普遍适应性

鲁迅在《故乡》的结尾写过一句名言："其实地上本没有路，走的人多了，也便成了路。"② 这个从无到有，在人们的脚下相沿成习的"路"，实在是"内形式"一个恰当的喻体，而且还隐隐地有一种翻来复去的"锻炼"意味。这"锻炼"一词，是余光中说的，他说："艺术之中并无自由，至少更确实地说，并无未经锻炼的自由。"③ 如果说外形式是规定的而非"锻炼"的，那么内形式恰恰就是"锻炼"的而非规定的。在现代诗里，这样锻炼出的内形式和并不硬性规定的外形式，它们一内一外的不自由与自由的交响与对抗，就产生了现代新诗与生俱来的第一个张力。

内形式最早的时候都是独创的，但是沿袭之后，其中一些公认为较方便较好的内形式必然会被公共化，即必然会拥有其普遍适应性。现象的自身联结，形成现象自身的形式，而所谓"现象的规律"与"现象的法则"即是：多个现象的自身与多次现象的联结，联结成了大体同一的形式。因为这种联结是现实联结的艺术反映，是合乎普遍规律的艺术生成，所以它就形成了内形式的普遍性。比如叙事文学中人物的愿望生成、愿望受挫、故事情节逆转这一基本的叙事程式，就是具有极强普遍性的一种小说内形式。比如余光中

---

① 刘勰：《文心雕龙·定势》。
② 鲁迅：《故乡》，《鲁迅全集》第一卷，人民文学出版社2005年版，第510页。
③ 余光中：《余光中集》第七卷，百花文艺出版社2004年版，第43页。

的《乡愁》，其"并列中的时序递进"，也是一种极具普遍性的诗歌内形式。

内形式的普遍性必然会发展为内形式的模式化，比如杜甫的"绿垂风折笋，红绽雨肥梅"之"倒装句"。这样的语序在杜甫的诗歌中并不少见。杜甫的审美感知与艺术生成在经由模糊转化为明晰、杂多转化为相对单一、无序变为有序的过程中，渐渐地形成了一种内形式，创造出了一种诗歌的逻辑和语法。再如鲁迅的"……然而……"句式，也是一种至少在鲁迅的作品里带有普遍性的一个言语的内形式。比如沈从文的小说中"乡村—都市"的二元对立结构，这种小说文本内部的组织形式与结构方式，不只在沈从文的小说中，后来也在其他人的小说中多有体现。这是内形式沿袭之后公共化、模式化的必然。人们之所以把内形式常常称为模式，正是因为这种内形式具有基于思维程序的相对稳定性与基于思维图式的相对连续性。于是内形式的模式化也呈现出自己的两面性：一方面是内形式规律性与普遍性的优化，另一方面是内形式的程式化、模式化的僵化。如何避免内形式的僵化同时也让内形式不失其规律性，也就成为内形式的难点。

有一种办法，能化腐朽为神奇，让模式为创造服务，这种办法就是内形式的互文。用比喻的说法，就是借鸡生蛋、借尸还魂。比如翟永明的诗《洋盘货的广告词》就是互文了广告词的形式，她的《关于雏妓的一次报道》就互文了新闻消息的形式……其实，形式是相对纯洁的。对形式的互文，并不影响其创造性。但是，内容却不具有这种纯洁性，于是对内容的"互文"，就成了"知识"的重复。诗歌创作中这样的知识性重复，轻则为诗歌典故的形成，重则就是诗歌创意的消失。有人把"知识"换名为"互文"来为自己的盗墓式写作或海盗式写作辩解，是对"互文"的污蔑，也是对"知识"的不尊重。正是因为内形式的这种可互文性（这也应该是内形式普遍适应性的一个"非常"的表现），所以，古人认为在三种写作的剽窃行为（即偷语、偷意和偷势）中，"偷语最为钝贼"，但是偷势却可以原谅。"偷势。才巧意精，若无朕迹。盖诗人阃域之中偷狐白裘之手，吾亦赏俊，从其漏网。"① 那是因为"势"，近于结构布局，于是也近于内形式，于是也纵容他人的见猎心喜。

五 文学作品内形式的特殊性与个别性

文学作品内形式的特殊性与个别性，其实也就是文学作品内形式主观创造性的延伸。内形式的特殊性指其相对于普遍性的个别性。内形式虽然具有抽象性（即普遍性）与模式化（即规律化）特征，但是内形式的抽象性与模式化却是有限的，它更多地具有特殊性。内形式的这种特殊性，和它与内容的同一性相关。一种特定的内容有且只有一种内形式，改变内形式即意味着改变内容，所以任何内形式都必然是特殊的、唯一的。它和内容与生俱来，并与之共存亡。比如杜甫的《陪郑广文游何将军山林》之"绿垂风折笋，红绽雨肥梅"，人们习以"倒装"称之——相对于"风折笋垂绿，雨肥梅绽红"之"正装"。问题是，何必一定要倒装而言之？何以正装难抒胸臆？回答是：正因为特定的内容不能直接影响它的外形式，而只能先去影响它的内形式；只有倒装的内形式，才能准确地反映所谓倒装诗的内容。所以，倘若真的把它复原为"风折笋垂绿，雨肥梅绽红"，就破坏了它原有的内容，成了另一个内形式下的另一个内容。所以袁忠岳说："内形式中凝聚着诗人的才华、机智、灵感，比起外形式来是更加个性化的。"② 比如美国诗人朗费罗的《箭与歌》之"V"型结构（上分下合、先分后合结构）。再如当代诗人高凯的《村小：生字课》，此诗以小学语文课堂上语文教师最常使用的一个句式"蛋、蛋、鸡蛋的蛋"为全诗唯一的一个句式而"一句成诗"，其内形式的独特性堪称独一无二。

六 文学作品内形式的中介性与两头开放性

外形式对文学作品的内容不会产生直接的作用，但外形式却依从于内形式所持存的内在逻辑；内容虽然不与外形式直接相关，但是却

---

① 皎然：《诗式·三不同》。
② 袁忠岳：《回到诗歌的"内形式"》，《雨花》1998 年第 6 期。

与内形式相关，于是内形式就天然具有介于内容与外形式之间两头开放的中介性。这种中介性，向着内容的一面，是帮助模糊的意念使之发展成形；向着外形式的一面，是认同外形式的规范与约束。或者说，内形式要通过外形式来获得最后的定型。以诗歌作品为例，起承转合的内形式往往要定型于一首古体诗歌的四行或者四联；由于诗歌作品的内形式又分为大内形式和小内形式，则内形式的这种中介性，又更具体地表现为：诗歌中的小内形式负责与生活的距离感、对生活的变形以及对生活的重新命名，而诗歌中的大内形式则负责与生活的贴近感、对生活逻辑的尊重以及对生活细节的收纳。

所以，内形式就是一个桥梁，或者就是一条渡船。

法国学者特里·伊格尔顿说："意象组合是一种内形式——它有两面性。它既为形式存在提供对位的内容（包括感觉），又为内容的选取与思考提供完美的外形。"[1] 特里这里说的虽然只是"意象组合"，但意象组合恰恰就是内形式之一种，故他这里所谓的内形式的中介性是一个普遍的特性。所以袁忠岳说："我们要解读一首诗，领略它的意味，探讨它的内涵，品评它的高低，也只有从此（内形式）入手，外形式只是通向内形式的途径而已。内形式越完美，诗质就越高。"[2] 而且，内形式的中介性是基于内形式的普遍性的，它能够普遍地从思想的云端组织起言说的局部秩序，并最终让思想着陆于外形式。当代美国学者劳·坡林说："艺术最终还是个组织问题，它所追求的是秩序，是形体最初的艺术行为，是上帝从混沌中创造世界，把不成形的东西固定成型；此后，每个艺术家都在较小的规模下，试图模仿上帝把很乱的经验经过剪裁与安排，变为有意义的、有趣味的结构。"[3] 而中国古代文论，也向有"佳构"一说。佳构者，其所称赞的应该就是内形式的完美性甚至创造性。

---

[1] ［法］特里·伊格尔顿：《后现代主义的幻象》，华明译，商务印书馆2000年版，第289页。

[2] 袁忠岳：《回到诗歌的"内形式"》，《雨花》1998年第6期。

[3] ［美］劳·坡林：《怎样欣赏英美诗歌》，殷宝书编译，北京出版社1985年版，第174页。

第三节　诗歌作品内形式之于诗歌
　　　　创作的艺术作用

　　上述内形式的各项性能，无疑证明着内形式的存在价值，而内形式在内容与外形式之间的中介性，更意味着内形式的薄弱与缺失对文学作品内部质地的损害。所以袁忠岳一针见血地指出："内形式的缺失是当前诗歌魅力减退读者流失的主要原因。不少诗，不是看不懂，而是不知其所云为何？起无头，收无尾，颠倒衣裳，杂乱无章，写到哪儿算哪儿，这种天马行空的随意状态，对诗的破坏作用不可忽视。"① 针对人人都"看不懂"的诗歌现象，袁先生可谓一语中的，恰中命门。如果说恣肆横流的现代自由体新诗还剩下一个聚合力的话，这个聚合力就是内形式的聚合力。这种聚合力，就是为奔流找到一条河，为奔跑找到一匹马，为诗歌体验的传达找到一个内形式。用袁先生的话来说就是：及至现代，"诗人可以不顾及外形式，却不能没有作为其存在价值的内形式"②。袁先生的这一看法十分正确，也十分内行。比如匡国泰的诗《一天·辰时：早餐》："堂屋神台下/桌子是一块四四方方的田土/乡土风流排开座次/上席的爷爷是一尊历史的余粮/两侧的父母如秋后草垛/儿女们在下席挑剔年成/女儿是一缕未婚的炊烟/在板凳上坐也坐不稳"。这首诗，一路走得稳当，却在最后一行收束得松松垮垮。问题似乎出在最后一行的音步——读来不顺口，其实根本的原因，却是缺少一个紧凑而结合有力的内形式。

　　那么，诗歌作品的内形式主要有哪些艺术作用呢？

**　　一　相对于内容的变动不居，诗歌作品的内形式是诗歌语言生成机制一种守恒的力量**

　　中国古代的格律诗发展到了"五四"，确乎成了诗歌"革命"的对

---

① 袁忠岳：《回到诗歌的"内形式"》，《雨花》1998 年第 6 期。
② 同上。

象，但是，中国古代的格律诗在它的发轫期，其格律化的努力却不无智慧。当时，中国人的头脑中一定经过了这样的思考：毫无疑问，诗歌发展到一定的程度后，需要进行一定的立法。诗歌的立法，也必须体现为诗歌的秩序与法度——天下竞技，必须先有一个游戏的规则，而且这个规则必须是统一的。如何统一？首先，内容是不可能统一更不应该统一的；其次，内形式也是不好统一也不应该统一更不可能统一的；如果非要有个统一，那么，这个统一，非外形式莫属。换言之，一首诗的生成与构造，如同一个数学方程式的推演，在其推演的过程当中，不能都是变量，应该有其恒量。而在内容、内形式、外形式三者当中，哪一个最有可能成为恒量呢？在当时的中国人看来，只有外形式。

于是对不起了，只好委屈外形式：你只好将就一下了。

理解了古人如此这般约束古代诗歌的苦心孤诣，也许就能反过来理解中国现代新诗与大众的渐渐疏离。"五四"以来，人们渴求自由，自由的价值也被放大，但这一放大的阴影，就是人们忘记了中国古代格律诗获得诗歌恒量的初衷以及初心。事实就摆在那里：中国现代新诗，在内容、内形式、外形式三个方面都成了变量，都脱离了限制。这样激烈的动荡，使得中国现代新诗的这个"数学演算过程"居然无一恒量，于是殊为艰难。

让我们冷静地"演算"一番：在内容、内形式、外形式三者当中，毫无疑问，最大的变量是内容；既是一种恒量同时又是一种变量的，是内形式；在格律诗时代，经人规定之后，绝对恒量的，则是外形式。如此则我们发现：变量与恒量的基本对等（1.5∶1.5），形成了中国古代格律诗绵延且广泛的一种时空稳定性。[①] 及至中国现代新诗，内容仍然是变量，内形式也仍然是既变又恒，但外形式却成了随

[①] 这里所说的中国传统格律诗恒量与变量的基本对等，只是一种理论上的概说。事实上，在中国诗歌的《诗经》时代，连内容往往都要趋向于恒量。比如《诗经》中的《芣苢》："采采芣苢，薄言采之。采采芣苢，薄言有之。采采芣苢，薄言掇之。采采芣苢，薄言捋之。采采芣苢，薄言袺之。采采芣苢，薄言襭之。"六句中只变了六个字，其他地方，保持了一种极其稳定的恒量。在这样的诗歌作品中，恒量与变量的比例，显然不能说是对等的。

诗赋形、变化多端、不拘一格的绝对变量。于是，变量太多（2.5），恒量太少（0.5），势必会让读者感到"眼花缭乱"与"不好捉摸"。这还是多少有些内形式的情况，有些诗歌，结构混乱、逻辑混乱、语无伦次，其内形式等于零，其恒量与变量比成了0∶3，这样的现代诗，只能是现代诗中的败类。长此以往，现代新诗肯定会渐渐地失去自己的读者大众。①

尤其到了所谓的"后口语诗"时代，即所谓的"杂语时代"与"众声喧哗"时代，内形式显得尤为重要。这一时代，诗歌内容的驳杂纷乱我们暂不置喙，只"不明飞行物一般的意象"及其没有"空中管理员"的意象组合方式，就让这仅存的（0.5）诗歌内形式也面临着分崩离析、摇摇欲坠的局面。与此同时，那日益增多的诗歌变量，让诗歌的阅读、进入以及把握，变得越来越难。随着当代诗歌还原式命名与解构主义观念的风行，随着当代诗歌在情感内容方面急剧的零度化，随着当代诗歌在语言方面急剧的"废话"与"口水"化，中国的诗歌更是雪上加霜。诗歌内部内形式的分崩离析，与诗歌外部外形式的绝对自由，加上诗歌生态之山头林立、派别万千，共同构成了中国诗歌空前绝后的困境。毕竟，谁喜欢面对"多元多次方程"呢？而且，这样的"多元多次方程"如果是无解的呢？

二 相对于外形式的规定与搁置，诗歌作品的内形式是诗歌作品诗意生成机制一种活跃的力量

英国视觉艺术评论家克莱夫·贝尔有一句名言风靡了世界："有

---

① 说到艺术的大众化认可度，人们可能都感觉到一个颇费思量的事实：在大众面前，现代新诗的地位远不如古典旧诗。尤其是当诗与书画走到一起的时候。在当代的艺术市场上，书画作品几乎人见人爱。对现代诗，人们却往往敬而远之，少有染指。为什么？是因为书画作品是视觉艺术而现代新诗是语言艺术么？不全如此。国画艺术，其梅兰竹菊之类的内容堪称恒量，唯一的变量，即是内形式——笔墨；书法艺术，其诗词歌赋之类的内容同样也是恒量，唯一的变量，同样也是内形式——笔墨。正是恒量之多与恒量之明显，让书画作品吸引了它们的大众眼球；正是恒量之少与恒量之不明显，让现代新诗失去了它们的大众眼球。换言之，对于大众而言，艺术作品吸睛的力量，在于艺术作品的恒量！恒量越大，对于大众的吸睛力越大；恒量越小，对于大众的吸睛力就越小！

意味的形式"。他说:"在各个不同的作品中,线条、色彩以某种特殊方式组成某种形式或形式间的关系,激起我们的审美感情。这种线、色的关系和组合,这些审美地感人的形式,我称之为有意味的形式。有意味的形式,就是一切视觉艺术的共同性质。"① 他的这个观点,最大的理论价值在于建立了"形式"与"意味"之间的联系,即形式而有意味,则此形式肯定指的就是那种与内容发生了关系的形式。但不是所有的内容都直接发生关系于形式,有的内容直接发生关系于形式,有的内容不直接发生关系于形式。当内容不直接发生关系于形式,形式与意味之间的关系即被搁置,也被忽略。如果这种搁置与忽略是无意的,则它当然就没有意义;但如果这种搁置与忽略是有意的,是主动的,则这种搁置与忽略,就必然有其意义。画家、美学家郭因说得好:"形式的存在,是为了表现内容。形式的最大职责,是最完美地表现内容。形式的主要任务,是使人们忽视形式的存在,而只感染、激动、潜移默化于内容。"② 中国古代格律诗的智慧,或者说格律的意义,正在于这样的主动:它"规定"了诗歌的外形式,同时也"搁置"了诗歌的外形式,从而摆脱了他们认为不必要的外形式纠缠,帮助人们把主要的精力投放他处。杜甫说自己"晚节渐于诗律细"③,他说的这个让自己越来越仔细的"诗律",肯定不是外在的诗歌形式,而是内在的诗歌律令。

历史的事实也证明了他们思路的正确性。中国现代"九叶派"诗人之一的唐湜,在说到唐人诗歌时对此不无感慨:"新的相当严谨的格律反而为诗人们开辟了新的发展道路。"④ 他接下来不由地大声赞叹:"这真是诗的辩证法,自由的创造精神与严密的格律规定的辩证的统一!"⑤ 唐湜无疑看到了极其深刻的一种辩证:"快乐隐藏在禁忌中。"这一意味深长的辩证诚如江弱水之所言:"所有禁忌都如此,

---

① [英]克莱夫·贝尔:《艺术》,中国文联出版公司1984年版,第9页。
② 郭因:《艺廊思絮》,安徽人民出版社1980年版,第43页。
③ 杜甫:《遣闷戏呈路十九曹长》。
④ 唐湜:《诗的自由化与格律化运动》,《诗探索》1981年第1期。
⑤ 同上。

越是好东西越危险,就越要阻止你接近,但越是阻止,在想象中就越好,倒成了一个心理激励机制。越是禁忌的,就越是挑逗的。"① 于是我们可以这样认为,该自由的地方自由,该律法的地方律法,这就是中国古人之所以要倡导格律诗的用意,也是中国古人之所以选择格律诗的初衷与用心。

余秋雨《佛教的事》一文中有一段话,讲佛教戒律:"戒律增加了佛教的吸引力。理由之一,戒律让人觉得佛教可信。这就像我们去看一座庭院,光听描述总无法确信,直到真的看到一层层围墙、一道道篱笆、一重重栏杆。围墙、篱笆、栏杆,就是戒律,看似障碍却是庭院存在的可靠证明。理由之二,戒律让人觉得佛教可行。这就像我们要去爬山,处处是路又处处无路,忽然见到一道石径,阶多势陡,极难攀登,却以一级一级的具体程序告示着通向山顶的切实可能。"② 余秋雨这段话说出了他对戒律的深切领悟。中国诗歌发展到唐代,人们之所以要为其立法定格而且"定律",不无余秋雨般的上述领悟。相反,"诗体大解放"的中国现代新诗,之所以经一百年而仍让许多人感到不是那么"可信"和"可行",正是缺少了某种"戒律"性的东西。中国现代新诗那些无门槛、无难度、口水、垃圾的写作,正是肇始于这种规约的缺失。余秋雨《佛教的事》中又说:"相比之下,中华传统文化大多处于一种'写意状态':有主张,少边界;有感召,少筛选;有劝导,少禁忌;有观念,少方法;有目标,少路阶。这种状态,看似方便进入,却让人觉得不踏实,容易退身几步,敬而远之。"③ 他的这句话用之于中国现代诗,也极其般配。中国现代新诗,在好多人看来,正是"有观念,少方法;有目标,少路阶",也正是"看似方便进入,却让人觉得不踏实"。

也许,理解法度,真的比理解自由要更难。同理,理解诗之格律,可能更难于理解诗之自由。为什么西方的诗歌多以理性与逻辑性

---

① 江弱水:《诗的八堂课》,商务印书馆2017年版,第45页。
② 余秋雨:《佛教的事》,余秋雨:《中国文脉》,长江文艺出版社2012年版,第259页。
③ 同上书,第259—260页。

见长，而中国的诗歌长于直觉的感悟而灵气飘逸呢？原因之一，可能就在于中国人自唐代就给诗歌确定了不容置疑也不必费心的外形式。这一确立给诗歌的直觉与感悟大开了"聚焦"之门，且"纵容"诗歌在这一外形式的"脚镣"之内自由地舞蹈。这应该是中国古代格律诗之格律化外形式的一大贡献，可惜后来的人们对这样的良苦用心疏于领会。可惜人们尚未意识到：诗歌的写作事实上也是一种修行，而修行云者，就应该是"持戒修行"。这个戒，也就是诗歌应有的框架、边界、围墙、篱笆与台阶。所以，唐人给诗歌设定法规律度，其"因难见巧，愈险愈奇"[①]的苦心与孤诣，我们无疑是应该表示敬佩的。我们不能因为它的双刃效应而因害弃利。

三 相对于现代诗歌内容的绝对自由与外形式的绝对自由，内形式成为现代诗最后的恒量与仅存的聚合力

也许正是体认到中国古人上述"持戒修行"的格律化思路，当中国现代"诗体大解放"之际，人们又一次点燃了格律化的思想火苗。当时，以闻一多、徐志摩、朱湘等为代表的"新月派"诗人，认为方兴未艾的白话自由体新诗，自由得有些过分。为了矫正这种散漫飘忽的"绝对的自由"，他们主张对现代诗进行"新格律化"整饬。中国现代诗歌史上第一次"新格律化运动"由此启动。

凭心而论，"新格律"诸君英勇地行走在形式探索的道路上，并且不无"古道热肠"。他们确实是向古典表示了遥远的敬意，但他们肯定不是要复古。他们知道那是逆历史的潮流而动。他们只是继承了与"旧格律"同样的一个企图。这个企图就是：给外形式已臻"绝对"之自由的中国现代新诗添加某种凝固剂一样的东西，希望让它们凝固，让它们定型，让它们有一个基本上恒定的外形式。换言之，他们希望减少一些诗歌文本的变量，而增加一些恒量。陶保玺说"新格律体"的努力："标志着诗人们的艺术创作，在努力向诗的内核做一种逼近，一种烛幽探微，一种对诗创作内在艺术规律的发

---

① 欧阳修：《六一诗话》。

掘的探求。"① 这样的评论有些过高。"诗的内核"怎么能在外形式的探索中逼近呢？恰恰相反，他们的方向不是逼近诗的内核，而是疏远了诗的内核。

事实上，他们的"新格律"化努力，在高呼着自由万岁的现代诗人那里并没有得到认真的理解与广泛的响应，他们的呼吁收效甚微，甚至"惨遭遗弃多年"②。但是，他们前车之鉴般的探索，却足以让我们得到这样一个结论：如果说在中国古代，人们还愿意接受一些诗歌的基本定型——还能接受那些"脚镣"，及至现代，人们却是不再愿意接受种种的限制。中国诗歌不可能回到从前！中国现代诗歌不可能再被一些所谓"大体上一致的"外形式所规约。宋词那么丰富多选的词牌以及元曲那么丰富多选的曲牌，都未能满足人们对于外形式解放的强烈需求，中国现代新诗的"新格律"诸君又能给中国现代新诗提供多少的"诗牌"？

应该深入地理解律法，只有这样，才能不与律法死磕。

天下法律，从来都是为中才立规矩，为天才留余地。中国古代格律诗，就是为中才立下外形式的规矩，而为天才留下内形式的余地。为中才立下外形式的规矩，有两个好处：一、如果你是一个连格律都做不到的诗歌的窥伺者，不用诗歌的批评家出手，仅仅那个格律，也会把你狙击在诗歌的门外。这应该是诗歌队伍清理门户一个看似冷酷其实有用的办法。二、诗歌的中才来到诗歌的世界，需要有一块"中规中矩"的立足之地。他们虽然不可能登堂入室去窥知诗歌的堂奥，却也不会无处置其手足，因为格律给他们提供了一个入门的庭阶。"狂禅破律，所宜深戒，小僧缚律，亦无取焉"③，于是格律也得以最大限度地扬长避短。但是，为中才立规矩，为天才留余地，可惜这样的诗歌机制到了现代率尔不存。天才的余地尚在，但是中才的规矩无存。门票制度取消，门槛大大降低，甚至快要没有门槛了——如果没

---

① 陶保玺：《郭小川对中国现代格律诗的贡献》，《淮南师专学报》（综合版）1999年第2期。

② 同上。

③ 刘熙载：《艺概·诗概》。

有内形式在那里默默坚守的话。

内形式于是就成了现代诗仅存的诗歌恒量，成了现代诗与读者大众仅存的聚合力。只要诗歌的言说仍然是人类的一种文化行为，仍然是一种解释与聆听解释的、问与答的交流行为，则诗人让自己的用意准确地着陆于文本，让读者进入诗歌文本并理解你的用意，这一和航天器对接同样艰难的交流行为，必须建立在共同逻辑与共同语言的基础上。也就是说，一个诗歌的文本必须在它特有的上下文与左右文的互文语境中，保持住某个不变的恒量。既然内容不是恒量，而外形式也从此不再是恒量，那么时代发展到今天，现代诗歌的恒量之重，眼看就要落在内形式的肩上。

诗歌恒量的坚守，在崇尚"高贵的单纯、静穆的伟大"之古典时期，是由那些被规定了的格律所承担的，而到了"动荡"的现代，时势所迫，这一恒量坚守的重任，已然落在了内形式肩上！本书认为，时至现代，谁能坚守住内形式这一块诗歌阵地，谁就能够让诗歌继续活下去；谁能善待内形式这一块诗歌的核心地带，谁也就能凝聚起诗歌的力量。袁忠岳非常敏锐地感觉到了这一点："故其（现代自由诗）内形式更为重要，自由诗无内形式的聚合力，就成了一盘散沙了。"[①] 袁先生的这句话，看似平淡，实则力重千钧——我们再不能把它当成是一句轻描淡写的话。

结　语

至此，关于诗歌作品的内形式，可以进一步辨识如下：诗歌作品的内形式，指的是诗人在固化内心漂荡意念的过程中，营造的言之有序的胚胎性内容组织方式，是后于内容而先于外形式的诗歌意蕴的内在雏形化过程。中国现代诗歌的内形式，即指中国现代自由体新诗内容诸要素的内在结构方式。事实上，现代诗歌与古代诗歌之间，虽然有了许多的断裂，比如诗歌外形式的断裂，但是，有一个所谓雅人深

---

① 袁忠岳：《回到诗歌的"内形式"》，《雨花》1998 年第 6 期。

致的连接通道，却从来也没有断裂，一直保持着联系，它就是诗歌的内形式。如果说现代诗已没有必要在外形式上顽固地接续古诗，那么现代诗更应该致力于内形式的古今联通。或者说，现代诗歌所谓诗歌形式的重建，早已不是重建诗歌的外形式——那可能是一个错误，甚至是一个"伪话题"。叶橹就有过这样的看法："'模式'是一种多么顽强的'传统'。现在虽然不会再有人做这样愚蠢的设计，但是有关'诗体建设'、'诗体重构'的议论依然时起时伏。这些理论的提倡者虽然都是学养有素的学者，但是我觉得他们是不是把精力浪费在一个'伪话题'的理论上了。"[①] 袁忠岳也认为所谓的诗体重构是"绝无益处"的："既然在现代生活条件下很难产生像古典时代那样统一的体式，我们为什么非要把这悬为新诗诗体建设的最高目标，好像不达此目的，新诗就不成形、不成功呢？用一个也许可能是永远无法实现的虚假体式来要求当前的新诗，对新诗的发展绝无益处。"[②] 袁先生说的"体式"，就是外形式。既然现代诗歌外形式这一"诗体"的建设如上述二位教授所言乃是"伪话题"且"绝无益处"，那么，现代诗歌如果要"顽固"地进行形式的重建，则其重建的，只能是诗歌的内形式，而不是外形式。现代诗的"合法性"，早已转移到了内形式。

[①] 叶橹：《形式与意味》，王珂主编：《51位理论家论现代诗创作研究技法》，海峡文艺出版社2012年版，第87页。
[②] 袁忠岳：《新诗诗体建设散想》，《西南大学学报》（社会科学版）2007年第4期。

第二章　诗歌作品内形式研究的历史与现状

仅仅知道一首诗将要写些什么（有时候也不一定知道得很清楚），同时知道这首诗写出来之后是一个什么样的外形式（写作现代自由体式的诗人甚至连这也并不十分清楚），并不意味着对将要进行的写作活动有了十分的把握。即使是外形式的确定，也仅仅是外观模样的确定。如何把自己内心的意念固化为一个基本有序的胚胎雏形呢？这个后于内容而又先于外形式的程序，或者说这个艺术品的内在生成过程，带给古今中外的人们一种隐隐的神秘。内形式的探索之路，就从这种神秘开始。中国古人也不例外。虽然他们没有明确地提出过"内形式"这一概念，但是他们一定意识到了内形式的存在。他们不可能不思考这样一个问题："这样的一件事，这样的一个艺术的言说，应该如何生动地而且是必然地展开？"于是，本章主要对中国人诗歌作品内形式的认识史作一简要描述。

第一节　"五四"以前：中国古代的诗歌内形式研究

中国历代对内形式的体认与研究，其实根脉深远，悟见丰富。

苏东坡有一名言："……大略如行云流水，初无定质，但常行于所当行，常止于所不可不止，文理自然，姿态横生。"[①] 什么是"当

[①] 苏轼：《答谢民师书》。

行"？什么是"当止"？什么又是"文理自然"？显然，这不是外形式的当行与当止。但是，既为"当"，就有其"当然"的规律性，就是对客观实存的一种指认。这一客观实存，应该就是苏轼感觉到的一种语言的内在律令。南宋时，严羽有语云"羚羊挂角，无迹可求"及"不涉理路，不落言筌"①，语中"迹"与"理路"的概念，其实也是他对思维程序即诗歌内形式的朦胧感知。同在南宋的朱熹也说："李太白诗非无法度，乃从容于法度之中，盖圣于诗者也。"② 这里的"法度"，肯定也非指李白诗歌的外形式，而指的是它的内形式。

外形式是无论如何也会让人看得出来的，然而内形式却有看得出与看不出之别。按照一般的理解，高手的内形式是看不出来的，是从容于法度的。反则反之。所以明代王世贞谓："风雅《三百》，古诗《十九》，人谓无句法，非也。极自有法，无阶级可寻。"③ 王世贞是说那些冠绝古今的诗是"无阶级可寻"的，那也就是说一般的诗歌还是"有阶级可寻"的。这个"阶级"，指的仍然是诗歌的内形式，是内形式所承载的一个诗歌行为循序渐进的过程。

但是，唐代之前，中国古人的内形式思考，却以赋、比、兴最具语言表述的凝练性，也最具方法论的普遍性，于是也最具代表性。

聪明智慧的中国古人以赋、比、兴三字总结出《诗经》基本的创作方法，其高度而简明的抽象性与概括性让后人折服。袁忠岳认为："毛诗序中提到的赋、比、兴三义，就是从《诗经》中总结出来的三种内形式的构成方法：赋是单线直陈，比与兴都是双线并列，前者是一喻一物，后者是一显一隐。这三种内形式有极大的概括性，至今仍生气勃勃。朦胧诗不少是用比兴结构的，第三代诗人的作品有些又与赋的直陈很相似。"④ 他说的确乎是确凿的事实。赋、比、兴三法，如果它们独立行动，分别就是古人所谓的赋体、比体、兴体，皆可独当一面、各成一式；如果它们两两组合，更是如虎添翼左右逢源，赋

---

① 严羽：《沧浪诗话》。
② 朱熹：《朱子语类》卷十四。
③ 王世贞：《艺苑卮言》卷一。
④ 袁忠岳：《回到诗歌的"内形式"》，《雨花》1998年第6期。

而比、赋而兴、比而兴，其江河双流两峰对出的盛况，堪称珠联璧合、相得益彰；更重要的是，当赋、比、兴三军齐发，同台演出，则更显艺术创造美轮美奂的层峦与叠嶂，更显出艺术言说之精气神、形意神！而最最重要的是，通过赋、比、兴而形成的言语构造，实实在在就是中国人诗歌言说一个最为基本的内在结构，它确凿地体现着诗歌创造"一看以外视之眼，二想以内视之眼，三悟以灵视之眼"的基本思维过程。①

而且，赋、比、兴也是一个永恒的过程，是一个永恒的内形式，它在中国现代诗歌的言说实践中不是消失了，而是依然存在着，而且是更具活力地存在着。袁忠岳在他的《赋比兴之当代运用》中曾专门描述了赋、比、兴的现代活力。可惜他的这篇文章有两大缺失。第一，他只是强调并列举了赋、比、兴在当代"中华诗词"即古体诗方面的活力表现，却很少涉及到赋、比、兴在现代自由体新诗中的活力存在。第二，他没有明确地意识到，赋、比、兴其实就是古人发现的诗歌内形式。比如他在文章的最后说："'赋'、'比'、'兴'都能写出好诗，因为它们追求的艺术目标是一致的。而且，相互之间并非势不两立，往往可以兼容，在进行创作时没有必要分得很清，只要根据所咏内容和自己兴趣，选择最恰当的方式即可。"②显然，和在前面那篇文章中一样，他在这篇文章中也把赋、比、兴分而观之。他没有意识到，赋、比、兴何止是可以互相"兼容"，它们实在是一个在理论上浑然一体的完整过程，是一个极具普遍性的诗歌内形式。袁先生是中国当代诗歌研究界少有的内形式关注者，如果他能够在这个地方有所突破，那就真的如他所愿："我们就对得起古人在漫长的岁月里，在诗歌创作方法的研究上，孜孜以求、上下求索的心意了。"③

最迟从唐朝开始，中国的诗歌艺术在形式方面迈出了重大的一

---

① "一看以外视之眼，二想以内视之眼，三悟以灵视之眼"是本书关于诗歌内形式的所有理念中一个核心的理念，后文将会陆续展开对其以及相关概念的论述。

② 袁忠岳：《赋比兴之当代运用》，见袁忠岳《诗的言说》，山东人民出版社2014年版，第80页。

③ 同上。

步：拥有了自己更为确定且长期稳定的外形式。这种诗歌外形式的格律化、规定化，搁置了外形式的困扰，倒逼了内形式的探索，在看似千篇一律的外形式下，中国古人继赋、比、兴之后，又为诗歌的程序化言说总结并且推广了两个基本的内形式：起承转合、对仗。

起承转合，即诗歌言说在四行或四联之间思维运行并且带动语言运行的"起—承—转—合"过程。这一极富内在规律性的诗歌内形式，让中国人的诗歌言说在拥有了格律化外形式这一"河道"之后，更拥有了河道"S"型的曲折变化。由于这一程式顺着人类言说的基本逻辑和自然次序，所以堪称中国诗歌格律化外形式基础上的"流线型"内部构造。其结构上的"吃紧"之功，其行文时的"顾题"之利，不容置疑。千年以来的中国诗歌（尤其是其中的"紧凑型"诗歌如绝句与律诗）因为这一内形式的普遍遵循而硕果累累，是不容否认的事实。

当然，对起承转合的质疑者也是史不乏人，他们认为这一言说程式过于机械，有人甚至认为它几如诗歌的"八股"。这样的认识，在所谓"自由"的精神大旗下，当然"振振有词"，但失之于察焉不公。起承转合这一诗歌动作的口令化过程，事实上并不机械也并不呆板，而有着种种的变化："起有分合缓急，收有虚实顺逆，对有反正平申，接有远近曲直，欲穷律法之变，必先于是求之。"[①] 并且，作为对"中才"的运思规矩，它也从来没有束缚"天才"的放逸情怀。机械的从来不是某一方法本身，而是方法的运用。同时，陈旧的也从来不是方法本身，也从来都是方法的运用。真理性的东西永远也不会陈旧，若陈旧，即非真理；富有生命力的东西，固然随遇而安，却也相对恒久，若不恒久，即无生命力。赋、比、兴是这样生命力历久弥新，起承转合同样也并未失效。当代诗人曲有源，极具诗歌形式的探索精神，曾创作极具形式探险意味的"绝句体白话诗"。按说他的"探索"应该是必欲废除旧的东西而后快吧，但是，恰恰是所谓旧的东西，却在他的笔下焕发出活力。比如他的《挑灯细看》："昨日在

[①] 刘熙载：《艺概·诗概》。

路边捡来一句话/莫等闲/白了少年头/归来挑灯细看/原来是四十五年前/我在上小学路上/随意丢的/空悲切三个字/因为当时还不明白/便留在口袋里/今日翻出来/本想合在一起重新品味/不料那悲切二字/在情急时已经用了/只剩一个空字。"在诗歌的外形式上,这首诗固无创造,即使在诗歌的内形式上,其实他仍无创造。他所使用的,仍然是古人的起承转合,但你看他使用得那么自觉,那么无怨无悔、自然而然,句句都在证明着:古旧之法,如果用之得当,仍然可以"一展骐骥之足"。

中国古代格律诗在内形式方面的另一个发现与贡献,就是对仗。

对仗,即格律诗联句内部的对偶,就是中国人几乎无人不知的"对对子"。有学者考证:"从诗歌发展史上来看,在创作中重视对偶当以陆机为标志。晋、宋以来,蔚为风气。湘东王萧绎《诗评》甚至说:'作诗不对,本是吼文,不名为诗。'"[①] 那位叫做王萧绎的古人对"对仗"真是厚爱有加。他说得不无道理。对仗,是一种比翼双飞而互相呼应的、极其扩张奔放又极其约束控制的思维运行方式。如果说起承转合遵奉顺其自然的言说秩序,掌控着言说的整体思路,则对仗崇尚的就是对立统一的言说美学,建构着诗歌言说的局部张力。对仗这一中国诗歌独特的而且稳固的内形式,在它之后的中国诗歌史上,以其强大的形式聚合力形成了中国古代诗歌的思维之"核",具有强大的"核裂变"与"核辐射"能力。对仗独立呈现的样式即为对联。对联堪称中国古代的"对仗诗学"与社会大众的日常生活非常成功的对接。

对仗之所以能够成为中国诗歌艺术最具代表性的内形式,无疑是因为对仗这一艺术思维方式是诗人们对天地自然对立统一规律的体认、遵循与运用,是人类社会矛盾而又和谐、抗衡而又平衡、对立而又统一之绝对现实的绝对反映。皎然说:"夫对者,如天尊地卑,君臣父子,盖天地自然之数。"[②] 刘勰也说:"造化赋形,支体必双。神

[①] 张伯伟:《古代文论中的诗格论》,《文艺理论研究》1994年第4期。
[②] 皎然:《诗式》。

理为用,事不孤立。"① 说的就是对仗这一思维过程的自然而然而非刻意做作。就此,王家新也有过一段歪打正着的评述:"而从创作的角度来看,在数千年中国古典诗歌的历史上,'诗意的生成'已形成了它自身的惯例和规范,比如说,有'池塘生春草',就必有'园柳变鸣禽';有'两个黄鹂鸣翠柳',就必有'一行白鹭上青天',等等;尤其是在后来一些缺乏创造性的诗人那里,这种诗意的生成已成为一种美学上的惯性反应。"② 他的这段话本意是不点名地批评对仗的"缺乏创造性""美学上的惯性",但是,他同时却使用了"必有"表示必然性的词语,所以本书认为他是"歪打正着"——他其实说出了对仗这一内形式对于"诗意的生成"某种不可或缺的控制力。

那么多聪明的中国古人那么的喜爱对仗,莫非他们的喜欢竟是傻瓜之爱?

如果说中国古代的诗歌也是有其"戏剧性"的,则其戏剧性也正体现在对仗这一最为基本于是也最为普遍的内形式上。比如王国维有言:"永叔'人间自是有情痴,此恨不关风与月','直须看尽洛城花,始与东风容易别',于豪放之中有沉着之致,所以尤高。"③ 虽然其例中之语并非绝对的对句,但事实上仍出现了"抗衡"的力量,即组织内部仍然存在着矛盾的双方,仍在一种抗衡与制衡的对仗机制中。④ 而本书之所以评价对仗为中国诗歌艺术的"核",是因为如果换"对仗"二字而为"A+反A结构",则这进一步的抽象将

---

① 刘勰:《文心雕龙·丽辞》。
② 王家新:《从古典的诗意到现代的诗性——试论中国新诗的"诗意"生成机制》,见张桃洲主编《新世纪诗歌批评文选》,中国社会科学出版社2016年版,第219页。原刊《中国现代文学研究丛刊》2007年第5期。
③ 王国维:《人间词话·27》。
④ 对仗这一两个诗行之间的内在结构方式,表明了中国古人在处理"双行"这一诗歌外形式时的智慧。但是,"双行"的诗却并不为中国所独有。美国诗人塞琪·科恩就被她的朋友封为"双行王",因为她一度喜欢上了"双行的小节"这样的诗歌外形式。她说:"我很多表达爱情失意的诗作都采取了短小的双行联句形式。我感到成对的诗行能更好地反映对伴侣的渴望。"([美]塞琪·科恩:《写我人生诗·小节:诗的身体》,刘聪译,中国人民大学出版社2014年版,第123页。)"对伴侣的渴望",她对成对的双行的诗歌形式这样的理解,简直是一派天真烂漫,质朴感人。

会释放出更大的能量，可以把对仗进一步理解为一种其运用范围大于对联也大于诗歌的"A+反A式思维"。这一思维的能量之更为巨大，表现在运用范围的更为广阔。"豪放之中有沉着之致"，是风格中的"A+反A"；所谓淡语而求有味、浅语而求有致，是语言中的"A+反A"……中国的对联艺术之所以在这片土地上铺天盖地、登堂入室（除了书法，再没有哪一种艺术能获此殊荣），其中对立统一的美学，无疑是其基质的精神，但这一"手心手背样简易而且深奥"的精神也得有一个形式的承载，这一载体，就是对仗这一对联艺术的内形式。

在上述两种最为典型的内形式发现之外，在有唐以下的格律诗学中，人们为着寻找诗歌的标准与法式，有过许多的论述。仅以本书囿见，即有诗人王昌龄的《诗格》与僧人皎然的《诗式》。王昌龄对诗歌内形式最为精彩的一句描述是："目击其物（一看，A），便以心击之（二想，B），深穿其境（三悟，C）。"① 稍有诗歌创作经验的人只要读到王昌龄的这一句，都会被深深击中。低首细想，哪一首诗，哪一个诗歌的单元，不是如王昌龄之所言，是这样一个"目击其物，便以心击之，深穿其境"的过程？其实皎然也接近了这一发现。他说："取象曰比，取义曰兴。义即象下之意。"② 为什么要"取象"，因为要"比"。比什么？比所比。比之后做什么？取义。义在哪里？义在象下……这其实仍然是一个完整的微观赋、比、兴的过程，是三个动词所组成的一个序列性行为——是一个和王昌龄所谓"目击其物，便以心击之，深穿其境"异曲同工的诗歌的内形式。所以后人曰："诗有式，则始于沈约，成于皎然，著于沧浪。"③ 但是皎然的《诗式》毕竟有其语近琐屑的局限性，王夫之后来批评他："诗之有皎然……画地成牢以陷人……"④ 但是，不敢冒"画地成牢"的风险，正如不敢冒规矩之险，又何来方圆之得？不入虎穴，焉得虎子！世界上的道

---

① 王昌龄：《诗格》。
② 皎然：《诗式·用事》。
③ 张溥：《冰川诗式·序》。
④ 王夫之：《姜斋诗话》卷二。

理都是一样的。

到了13世纪，元朝人范德机（范梈）的《诗学禁脔》在中国古代诗论的内形式探索中，颇有建树。他的"格式诗学"总结出颂中有讽格、美中有刺格、先问后答格、感今怀古格凡十五种，并且认为这十五种"格式"，是"禁脔"，只能个人专属而不能与人分享。如此"独乐乐"的"禁脔"二字，表达出他对这些格式的无比看重。他在以诗例解释这些格式的时候，主要使用了以下一些与创作生成相关的动词，如"言""叙""兴""承""贯""应""归""照""结""寓"等，它们都是中国古人对诗歌发生学的一些"关键词"。尤其是"一句生一句，而全篇旨趣，如行云流水，篇终激励"之语，更是看到了诗歌文本语言内部的"生长"（而不是镶嵌）这一语言的"自然"的动态，难能可贵。当然，他的这些格式，并没有（也不可能）概括出诗歌这一最为灵变的文体之丰富万千、不拘一格的形态，比如他就忽略了马致远的《天净沙·秋思》所体现的"意象组合格"（即蒙太奇格）。

清朝的"粹然儒者"刘熙载值得一提的形式论，一是他对诗歌的句幅与诗歌的内容之间正比关系的论说："字少者含蓄，字多者发扬也。是则五言七言，消息自有别矣。"① 虽然他这里说的是诗歌的外形式，但所论确为事实，对我们正视诗歌的任何形式，研讨形式的所有意义，都有启发。他第二个值得一提的形式论，是他对诗歌创作语言规范的强调："太白诗虽若开天乘云，无所不之，然其不离本位，故放言实是法言。"② 他所论"放言"与"法言"的辩证关系，持见肃谨。"法言"是从语言的法度而来的，而内形式正是诗歌内部语言的法度。他关于诗歌写作的两个"得"："要处处打得通，又要处处跳得起"，③ 也足见他对诗歌行为过程的观察之仔细、理解之精到。"打得通""跳得起"，后来在郑敏的笔下，就是"展开式结构""高

---

① 刘熙载：《艺概·诗概》。
② 同上。
③ 同上。

层式结构"。

　　清朝末年，王国维横空出世，又猝然远逝，留下了自己伟大的思想。袁忠岳说他的"以我观物"式与"以峨（物）观我"式，是"更有现代味了"的内形式，① 并认为："袁可嘉在40年代从西方引进新诗戏剧化的理论是这方面（按：指内形式的研究）的重要贡献，他在王国维的基础上（按：指'以我观物'与'以峨观我'）进一步拓宽了诗人的视角，'我'不仅可以观物（比较外向的诗人所采用），还可以观我（比较内向的作者），有戏剧独白，也有对白。"② 这还真是一个可行的思路：如果把它们归并一处，还真可以说是相得益彰、珠联璧合的一个内形式组合。

　　总而言之，在浩若烟海的中国古代诗论中，一定还有着古人们对诗歌内形式更多也更高妙的发现和描述。但是，以目前本书所接触到的形式探讨（一定少得就像千豹之一斑）而言，古人们虽然都注意过诗歌中的内在结构，他们更注意的却是语言的从心而出，而忽略了语言的纸上流动，即他们对内形式的研究相对比较疏忽，且往往将外形式与内形式混为一谈。

第二节　"五四"以后：进入现代的诗歌内形式研究

　　进入现代，中国的格律诗走向了式微，自由诗扑面而来。其实，格律诗之前，中国的诗歌仍然是自由的。即使在格律诗时代，中国诗歌也仍然延续着自由的基因，保持着自由的冲动，并没有如一般人所理解的那样画地成牢。所以，把"五四"以来中国诗歌的现代化体式称为"自由诗"，和把它称为"新诗"一样，并不准确，多少有种历史的"短见"。甚至如本书这般口口声声称之为"现代诗"，也是一种不留余地、唯我独"现"的命名。然而一个确凿的事实是，到

---

① 袁忠岳：《回到诗歌的"内形式"》，《雨花》1998年第6期。
② 同上。

了中国现代，诗体的自由化毕竟粉碎了传统格律诗千篇一律的外形式，同时也颠覆了对句偶出、骈俪而行的对仗诗学以及被视为糟粕与陈腐的赋、比、兴诗学。在如此"大解放"的时势之下，中国诗学从法度谨严的形式诗学，转型为自由奔放的内容诗学，亦从格律诗学，反转为反格律的自由诗学。但是，在这一场疾风暴雨般的新诗运动中，人们一方面为诗行参差的自由诗之横空出世感到可喜可贺，一方面也为中国诗歌从此由外到内地失去了应有的约束而感到焦虑。面对着漫流恣意的诗歌态势，那些有"序"之士就开始为现代诗歌设计新的体制、新的格律、新的躯壳。这其中成就最大影响也最大者，当为闻一多的"三美"理论。

闻一多对诗歌形式的思考以其"三美"理论最具代表性："新诗的实力不独包括音乐的美（音节），绘画的美（辞藻），并且还有建筑的美（节的匀称和句的均齐）。"① 然而，他的"三美"却都停留在外形式层面而没有到达内形式的里层。于是袁忠岳对他的"三美"有一段评价："如果说内形式对诗质的提高是'雪中送炭'，那么外形式就是'锦上添花'。闻一多关于'三美'（音乐的美、绘画的美、建筑的美）的理论，就是'锦上添花'的理论。"② 所谓"锦上添花"，显然是可有可无，显然无关乎诗之为诗的本质，也显然外在于内容。闻一多其实并不守旧。早在1921年，他就对那些"不知有汉，无论魏晋"的"陈猫古老鼠"进行了"敬告"："要做诗，定得做新诗。"③ 时至如今，闻一多这话都是铿锵有力、思想坚定的。然则，思想上并不守旧的闻一多确乎又是这样说的："恐怕越有魄力的作家，越是要戴着脚镣跳舞才跳得痛快，跳得好。只有不会跳舞的才怪脚镣碍事，只有不会做诗的才感觉格律的束缚。"④ 联系前后文，闻一多

---

① 闻一多：《诗的格律》，武汉大学闻一多研究室编：《闻一多论新诗》，武汉大学出版社1985年版，第84页。
② 袁忠岳：《回到诗歌的"内形式"》，《雨花》1998年第6期。
③ 闻一多：《敬告落伍的诗家》，武汉大学闻一多研究室编：《闻一多论新诗》，武汉大学出版社1985年版，第1—2页。
④ 闻一多：《诗的格律》，武汉大学闻一多研究室编：《闻一多论新诗》，武汉大学出版社1985年版，第82页。

这里的"脚镣",确乎就是"格律"的一个比喻。

于是,闻一多事实上又回到了古人的格律化老路。

这就是他的不幸:在形式的探索方面,闻一多并没有开拓出一条新路。

不只是闻一多如此,废名也是如此。废名是一位对于诗歌尤其是古代诗歌与现代诗歌的区别极有识见的诗人。当年,废名在其《新诗应该是自由诗》一文中说过这样意义密切相关的两句话。其一:"如果要做新诗,一定要这个诗是诗的内容,而写这个诗的文字要用散文的文字。已往的诗文学,无论旧诗也好,词也好,乃是散文的内容,而其所用的文字是诗的文字。"① 其二:"旧诗的内容是散文的,而其文字则是诗的文字。"② 他所谓的"诗的文字"和"散文的文字",就是诗歌的外形式和散文的外形式,所以后来人们把他的这个意思进行了概括,说古人是"以诗为文"(用格律的不自由的形式写作那些其实是散文的内容),而今人则是"以文为诗"(用散文一样自由的形式写作的其实是诗歌的内容)。但是他的这句话(包括他的整个意思)有一个软肋,那就是:为什么今人把"诗的内容"用自由体的甚至直接就是散文的格式(如散文诗)表达出来,却仍然是诗而不是文?为什么古人把散文的内容用诗歌的甚至是格律诗的方式表达出来,却仍然是文而不是诗?关于这一点,他没有说清楚,也没有想明白。原因在于,他没有内形式的概念。他不知道在所谓"诗的内容"里,还有一个叫做内形式的东西。

他不曾意识到,正是这个叫做内形式的东西,却是诗之为诗的维系者。有它在,其文本即使没有诗的外形式,也是诗——这时候它就是雪中的炭;有它在,其文本如果有诗的外形式,当然就更是诗了——这时候它就是锦上的花。也就是说,当古人把散文的内容直接用诗歌的外形式表达出来时,由于缺少了一个至关重要的诗歌内形

---

① 废名:《新诗应该是自由诗》,见废名《论新诗及其他》,辽宁教育出版社1998年版,第22页。

② 同上书,第23页。

式，缺少了质的规定性，所以看上去是诗，其实却不是诗；而当古人把散文的内容通过诗歌的内形式过渡一下，让内形式这个诗歌的门卫搜一下身然后进行引荐，而后再到达诗歌的外形式，此时，这本来是散文的内容，就被诗化了——整个文本也就成了诗。由此可见，这个通过诗歌的内形式对事物进行诗化的程序是多么重要，有了它，即使人们是用自由体的甚至直接就是散文的格式（如散文诗）表达出来的，也仍然是诗。

这也就是中国现代诗歌史上"散文诗"的诞生。

中国现代诗歌在形式探索方面对散文意识和散文形式的引进，催生了"散文诗"这一文体，但同时也给中国现代诗歌带来了严重的散文化倾向。在这方面，胡适固为滥觞，而郭沫若、艾青等人也未能免责。胡适当年确曾这样倡导："文当废骈，诗当废律。"① 胡适这样的诗体解放意识，这样的自由写作精神，发展到留学归来一身西化文风的艾青，他对自由的"过度追求"，让他提出了诗歌的"散文美"主张。艾青对"散文美"的理解按说也是不错的。他说："散文的自由性，给文学的形象以表现的便利。"② 他还说："我说的诗的散文美，说的就是口语美。"③ 散文，也确乎拥有如艾青所说的"自由"与"口语"这两大美质，且文体之间也确乎可以跨界而取长补短。但是艾青观念上的"散文美"表现在他具体的诗歌文本，却难免地出现了即使是他自己也并不主张的"散文化"。郑敏就曾有过这样的批评："艾青的《大堰河——我的保姆》《雪落在中国的土地上》，在彼时彼地这两首诗曾使多少热血国人为之落泪，虽然，今天，坦诚地说，作为诗，它们的语言的松散和缺乏深度的艺术转换不能不说是一种遗憾。"④ 郑敏所谓艾青诗歌"语言的松散"，不正是其"散文化"的一个小小表征么？

艾青诗歌的"散文美"主张，与艾青诗歌的"大众化""宣传

---

① 胡适：《寄陈独秀》，《胡适书信集》上册，北京大学出版社1996年版，第69页。
② 艾青：《诗的散文美》，艾青《诗论》，人民文学出版社1980年版，第155页。
③ 艾青：《与青年诗人谈诗》，《艾青谈诗》，花城出版社1982年版，第62页。
④ 郑敏：《中国新诗八十年反思》，《文学评论》2002年第5期。

性"主张是一个不可分割的整体。艾青的诗歌之所以要追求语言的口语、风格的质朴、格调的自然，是因为他认为这样就能够"通向人民"。然而，他却忘记了一点：诗歌不是诗人意绪的玻璃球，而是诗人语言的钻石——它是有分量的、有密度的、有强度的，并且是有难度的。他也疏忽了这一点：大众其实最不敬畏的就是大众！大众其实最不喜欢的就是通俗易懂！换言之，大众对一个事物的不再敬畏，恰恰是由于这个事物的难度降低与门槛缺失。所以，艾青主张的散文美只能是他的一厢情愿，只能成为这个世界无数失败的善意之一。在这一点上，他和主张"做诗如做文"的胡适都深深地误解了大众。

总之，从闻一多的"方块体"，到林庚的"九言体"，从田间的"六言三顿体"，到舶来的十四行体，"五四"以来所有高举着格律大旗的形式探索，基本上都在外形式的层面上探索着如何与大众的有效对接，而很少有"入乎其内"的内形式探索。偶尔有一些相近或相关的察觉，也往往集中在诗歌的"大内形式"，而且浅尝辄止。至于诗歌的小内形式，几乎无人言及。它就像人体的血液循环系统，虽然一直存在着、奔流着，却长期以来没有得到人们的发现与认知。

第三节 "入乎其内"之难：进入当代的诗歌内形式研究

中国当代，是一个对所谓"形式主义"讳莫如深的时代。但是，形式主义仍然顽强地存在着，因为形式本身就客观地存在着。在当代诗歌的研究者中，本书要非常尊敬地说出这几个名字：何其芳、卞之琳、郭小川。他们在"内容"的盛世和"形式"的冬天，竟然没有中断他们的形式思考。

郭小川是当代中国诗歌形式的一位积极探索者。学界对他在"现代格律诗"开拓方面做出的贡献多有好评。比如陶保玺就认为："在新诗格律化的跋涉中，郭小川是一位继闻一多、徐志摩、冯至、何其芳、卞之琳等之后,勇敢登上珠峰的登山队员,或探险者!"①事实也确乎如此,郭小川在诗歌的形式上一直都"跃跃欲试"。他先后写过自由体、民歌体、新格律体以及楼梯式,还写过"长短句"以及"长廊体"等。诚如学者徐荣街所言:"在当代诗坛上……郭小川……为新诗形式的多样化和创作的繁荣,下了真功夫。"② 本书认为,与其说他下的是"真"功夫,不如说他下的是苦心竭智的"大"功夫。纵观郭小川的创作经历我们发现,首先,他并没有去实验某种诗歌外形式的历时性统一,也并没有给诗人们设计出一套诗歌外形式的共时性样式。在这一点上,他和卞之琳都有着不肯作茧自缚的自知之明:"不宜逆时代潮流,重试建任何定型格律体,使诗创作再成为填谱工作。"③ 其次,他似乎对自己的形式总是不能满意,"他不断否定前一种形式,再去创造、运用新的形式。这就是说:一种形式,他用了一段时间(或一个时期),就加以否定,然后去尝试(或创造)新的形式;这种新的形式,用了一个时期,又加以否定,再去尝试(或创造)更新的艺术形式。"④ 他这样孜孜不倦的形式探索,耐人寻味。这可以充分地说明他对所有探索过的形式不能满意——说明他心目中现代诗的形式不应该是这样的。这同时也可以说明,他竭其一生的探索,最后只能证明形式探索(当然是外形式探索)的山穷水尽,也足以提醒外形式探索的迷途知返。

其实,在对郭小川诗歌形式的探索进行观察的时候,应该把着眼点放在他对诗歌内形式方面的探索。本书认为,郭小川最值得肯定的一个形式贡献,是他总结出来的后来也运用最多的"内部结构的对称与平衡"这一内形式。下面以他《西出阳关》诗中一节为例:

---

① 陶保玺:《郭小川对中国现代格律诗的贡献》,《淮南师专学报》(综合版)1999年第2期。

② 徐荣街:《论郭小川诗歌形式的探求与创新》,《江苏师范大学学报》(哲学社会科学版)1990年第1期。

③ 卞之琳:《重探参差均衡律——汉语古今新旧体诗的声律通途》,《诗刊》1993年第3期。

④ 许来渠:《略论郭小川诗歌的形式美》,《河北大学学报》1983年第2期。

声声咽哟,
声声紧,
风沙好像还在怨恨西行的人;
重重山哟,
重重云,
阳关好像有意不开门。
莫提起呀——
周穆王、汉使臣……
他们怎会是边风塞曲的真知音!
莫提起呀——
唐诗人、清配军……
他们岂肯与天涯地角共一心!

这节诗,前六行和后六行各是一组对称,但前六行和后六行本身又是一组对称。这样的对称结构虽然无伤其"自由诗"的大雅,却也有着分明的内在均衡之美。郭小川的诗歌大量地运用了这一诗歌语言的内在组织方式,并形成了他的标志性"诗歌美学"。他的这一诗歌美学,无疑是中国传统诗歌中"对仗诗学"这一内形式的当代投影。郭小川对传统文化可谓心领神会、默默继承。他在继承的同时也不无创造:"他神工鬼斧般地创造了以'句组''句群'为'节奏单位'的新格律要素和格律化运行机制,而且运用得那样得心应手,卓有成效(以至于使不少人误以为他写的是自由体诗)。"[①] 陶保玺所说的"不少人误以为他写的是自由体诗",恰恰说明了郭小川诗歌在外形式上的"开明"态度以及他在内形式方面的探索成效——他的着力点由外而内地深入到了"句组"与"句群"这样的"节奏单位"。

对郭小川诗歌颇有研究的陶保玺事实上已经注意到了现代诗内形式的存在:"格律体诗侧重于语言文字的外部结构,自由体诗则侧重

---

① 陶保玺:《郭小川对中国现代格律诗的贡献》,《淮南师专学报》(综合版)1999年第2期。

于内在（或隐形）结构。"① 但是，和前人一样，他也把注意力投放在了诗歌的"外部结构"，而没有察觉到（或者就是逃避了）"内在结构"这一其实更值得探索的领域。他们都注意到了"节奏单位"，也都只侧目于诗歌的"音节"，但是不肯正眼瞧一下诗歌的"意节"。在这一点上，卞之琳和郭小川这样的"当事"诗人固然是可惜的，然而和陶先生一样的那些本来应该"清"的"旁观"者们，当然就更可惜了。

新时期以来，形式诗学渐渐解冻并逐日雄起。相对于新时期小说（如"伤痕小说"）的内容关注，新时期诗歌（如"朦胧诗"）率先敏感于诗歌的形式。比如，"朦胧诗"在诗歌的分节、分行、跨行、押韵、标点符号等多方面都表现出明显的形式探索。人们的形式创新意识空前活跃。可惜，大部分的形式探索都停留在外形式的外在层面。只有一部分人对语言的非逻辑甚至反逻辑造成的诡异诗句感到兴趣，也只有一部分比较有事业心的诗人开始捕捉自己的内形式心得。

1983年，顾城这样描述了他写诗的时候"单倍体式的树枝状联想"："我曾经分析过自己的诗，一些叶脉较清晰的诗，那些较简单的联想似乎是树枝状的，如《我是一个任性的孩子》：'画下一个永远不会流泪的眼睛'，由眼睛想到晴空——'一片天空'；由眼睫想到天空边缘的合欢树、树上的鸟巢——'一片属于天空的羽毛和树叶'；由鸟巢想到鸟群归来，天暗下来，在树林的浸泡下发绿，由绿想到青苹果。"② 这只是顾城诗歌内形式的一种。顾城说："除了这种单倍体产生的树枝状联想外，无疑还有其他更复杂的联想形式。有波状交错的，有多层次往复递进的；哥特式教堂和金字塔，其实都是一种联想形式的体现。对于那些复杂的联想方式——更广义的全息通感，在国外，人们往往用结构主义来解释分析。"③ 从以上话语可见，

---

① 陶保玺：《郭小川对中国现代格律诗的贡献》，《淮南师专学报》（综合版）1999年第2期。
② 顾城：《关于诗的现代创作技巧》，《顾城文选》第一卷，北方文艺出版社2005年版，第264页。
③ 同上。

内形式这一概念，在顾城的表述中，是"联想形式"。

老诗人郑敏积平生的诗歌体会，于1982年发表文章《诗的内在结构》，从构思方式归纳出两个基本的诗歌内形式，即"展开式结构"与"高层式结构"。郑敏分别以英国诗人威廉·华兹华斯的《致布谷鸟》和美国诗人罗伯特·佛罗斯特的《雪夜林中小停》为例，阐述了她所谓表现"诗人感情经历的旅程"的"展开式结构"与"在现实主义的描述上投上超现实主义的光影"的"高层式结构"。她所说的展开式结构，其实也就是人类言说一个最为基本的方式——线性展开；她所谓的"高层式结构"，据她称，"就像一座塑像，给读者强烈的立体感"，"在现实主义的描述上投上超现实主义的光影，使得读者在读诗过程中总觉得头顶上有另一层建筑，另一层天，时隐时现，使人觉得冥冥中有另一个声音"①。但是她的描述与她的命名之间有些不够精准对位。她所说的"高层式结构"更像现在网络术语里的"云结构"。高层式结构，毕竟是连在一起的，但云结构的说法，则是形断而意连。所谓弦外之响、象外之旨、言外之意，唯"云结构"可以形象地命名之。

后来，谢文利在1984年出版的《诗的技巧》一书中，把郑敏提出的展开式结构进一步细化，分成了"由本及末"与"由末及本"两种展开方式，且用"象征性构思"的说法取代了"高层式结构"的说法。谢文利的《诗的技巧》一书，在"构思——生活的诗化过程"一章之"构思方法举例"一节，讲到了"展开式结构"的问题。他在书中并没有提到"由本及末"和"由末及本"这两种展开方式的由来即它们与郑敏的关系，只是在举例时说："（因枝振叶），这是指由本及末，逐步展开的构思方法"②，"（沿波讨源），这是指由末及本，逐渐凝聚，最后'立片言以据要'，点明'源'在何处"③。他提出的"因枝振叶"和"沿波讨源"，确乎是诗歌艺术两种常见的内形

---

① 郑敏：《诗的内在结构》，《文艺研究》1982年第2期。
② 谢文利：《诗的技巧》，中国青年出版社1984年版，第134页。
③ 同上书，第135页。

式——用他的话说就是"构思方法"。谢文利也没有交代他的"象征性构思"与郑敏"高层式结构"的渊源关系。

郑敏的"展开式结构"和"高层式结构"后来在韩作荣的诗歌讲座中被再次提及。韩作荣在讲座中还提到"诗的向心式结构"。在这个题为《语言和诗的生成》的讲座中，他对"诗的高层式结构"是这样阐释的："其作品不是平面的线形的结构，而是通过感觉的捕捉和情绪的激发，来表现事物的深层内涵。象征诗通过对'客观对应物'的感觉，来表现主观意识，形成一种'意义关联域'。通过隐形的心灵，以暗示、联想和音乐性呈示一种感受状态，在事物的表层下，于貌似单纯中却有着丰富的内涵，形成一个不确定的主题空间。"① 为强化说明，他还例举了自己的《台球》一诗：

球，不同颜色的球/拢在一起/又在长杆和手指的操纵下溃散/球，撞击着球，奇巧的挪移/清晰、阴冷且琐细的声音/下坠的沉重和有意的磕碰/蕴含在柔韧的呼吸之中/球，在墨绿的丝绒上滚动/硬碰硬地排斥/陷入网袋。球与球摞叠的音响/让眼角波动着快感/分寸的拿捏、熟稔的击打/都只为了一道简单的减法/让一些球在台面消失/用球把球埋葬

韩作荣的诗例以及他的诗论，也许可以通过下面的三段话来加深理解。一为苏珊·朗格语："每一件真正的艺术作品都有脱离尘寰的倾向。它所创造的最直接的效果，是一种离开现实的'他性'，这是包罗作品因素如事物、动作、陈述、旋律等的幻象所造成的效果。"② 语中可帮助理解"诗的高层结构"者，为"脱离尘寰的倾向"，那显然是一个向着"高"处的方向。二为小说家王安忆语："小说不是现实，它是个人的心灵世界，这个世界有着另一种规律、原则、起源和

---

① 韩作荣：《语言与诗的生成》，《诗刊》（上半月刊）2004年第1期。
② ［美］苏珊·朗格：《情感与形式》，刘大基等译，中国社会科学出版社1986年版，第55页。

归宿，但是用以筑造这个心灵世界的材料却是我们赖以生存的现实世界。"① 其中作家用"现实材料"所筑造而成的"心灵世界"，应该就是"高层结构"，而"现实"无疑是"低端"的。三为学者成镜深语："艺术虚象（意象）被作者加以传达，被读者加以感知，必须借助物质材料作为中介然后才能实现……相应地显示出了它的实在性、具体性。"② 语中的"物质材料"接近于前述王安忆的"现实材料"，而"艺术虚象"则比王安忆的"心灵世界"涵盖更为广泛。结合上述三语，对"高层结构"可进一步这样认为：它其实就是在从"象"到"意"的所谓"立象以尽意"的过程中所形成的一种内在形式。

张立群先生曾在发表于2015年的《新诗形式的内涵与底线琐议》一文中，表达了自己对这一问题的思考。这篇文章对新诗的形式建构并没有提出建设性的意见，他只是重申了新诗的形式问题这一老问题，同时也对这一老问题目前已有的一些探索进行了解释与评析。但他注意到了诗歌的"内形式"。他觉得，"对于新诗的形式，'内在的结构'是一个值得关注的看法"。他说："当代对于此阐释得最为集中的是郑敏的文章《诗的内在结构——兼论诗与散文的区别》。从理论上说，'内在的结构'使新诗获得了诗意的本质和诗性的内核，并与其他文体形式区分开来；诗歌的韵律、节奏、意境以及美的阅读感受都可以从'内在的结构'中找到相应的寄居地。"③ 这真是十分难得而又宝贵至极的看法。

但是，他的以下认识却有些武断："但显然，'内在的结构'是一种理念、一种感知，而不是处处可见的物质形态。就作者来说，创作时对诗意、诗性的追求，无疑会使正在生成的诗歌具有诗的'内在结构'，不过，这一结构并不每次都会在读者那里唤起同样的'共鸣'，在此前提下，我们同样可以说'内在的结构'是一种心态、一种创作上的伦理与美学追求，它距离那种带有标志性的诗歌形式，还

---

① 王安忆：《心灵世界——王安忆小说讲稿》，复旦大学出版社1997年版，第1页。
② 成镜深：《文学作品的内形式与外形式》，《四川职业技术学院学报》2003年第2期。
③ 张立群：《新诗形式的内涵与底线琐议》，《粤海风》2015年第5期。

有一定的距离。"① 和他持见相似者还有诗人剑男。他说："正如诗本身是感性的一样，我们只能以自己的心灵去感知什么是诗，若诗歌真有一个放之四海而皆准的规则和标准，我想诗歌离消亡也就不远了。"② 这让他们又一次陷入了对诗歌内在结构即内形式的不可知论。他们对诗的内在结构这样一种模糊的、看不真切的、非特质的、标志性不强的认识，隐隐地似曾相识。这同样的思维方式和语言方式，不就是当初人们对待"朦胧诗"的态度吗？如果说"朦胧诗"之朦胧者，不在那些诗歌的文本而在那些读者的眼睛，则以我们眼睛之不能穿云破雾，又岂能否定云雾后的事物？

相比之下，"新时期"以来对诗歌的内形式最有研究的学者，当推袁忠岳。他比较明确而且详细地阐述了诗歌内形式的，是1998年发表的文章《回到诗歌的"内形式"》。当此之时，学者们已经意识到了现代诗歌内形式研究的以下两个重要性：一、以"声音模式"为传统视域的形式研究固然重要，但对作者的思维模式之研究更是当务之急；二、外形式之"放"既然不可逆转，内形式之"收"即应该上升为研究课题。于是，袁忠岳的《回到诗歌的"内形式"》在申说了诗歌内形式研究的迫切性之后，即倡导从"视角研究"和"运思方式研究"两个方面去面对诗人的构思过程，理解诗歌意象的运转程序，摸清诗歌思维的路线图。他说："（诗的）内形式的研究包括两个方面：一是视角的研究，这是营造内形式的出发点，类似于叙事作品中对叙述人的研究；一是运思方式的研究，这是营造内形式的过程，类似叙事作品中对叙述方式的研究。"③ 本书认为有必要对他的研究思路简介如下：

一 关于内形式研究的视角研究

袁忠岳认为，内形式研究之视角研究，目的在于"弄清诗人所扮

---

① 张立群：《新诗形式的内涵与底线刍议》，《粤海风》2015年第5期。
② 剑男：《是什么使一首诗歌成为诗歌》，《诗刊》（下半月刊）2016年第2期。
③ 袁忠岳：《回到诗歌的"内形式"》，《雨花》1998年第6期。

演的角色",因为内形式的营造有一个天然的逻辑前提,即不能超出角色规定与"角色许可的范围"。诗人在某一个言说文本中,其想象、情感、语气口吻,必须符合角色的逻辑。而诗人的言说,最常见的角色就是他本人,但有时候也是某个虚拟人物。袁忠岳引用了当代美国诗评家伊丽莎白·朱的话:"诗人自己总是扮演着某个角色:先知,情人,思想者,哀痛者,愤世嫉俗者,讥讽者;诗人同时也总是带着角色所规定的情绪:快乐、挑衅、绝望、激怒、怀疑或自信。"① 也就是说,举凡说话,都是规定角色的说话。艾略特把这种规定角色下的说话归结为三种:对自己说话、对听众说话、对虚拟中的某一人物说话。如舒婷的《思念》,就是"对自己说话"(抒情独白);如《一碗油盐饭》就是"对听众说话"(叙述独白);如卞之琳的《酸梅汤》则是用洋车夫的口气"对虚拟中的某一人物说话"。在这里袁忠岳有所补充:未被艾略特归纳的还有旁白(如昌耀的《斯人》)与对白(如臧克家的《老哥哥》)这两种规定角色下的说话以及口语诗歌的叙述调、前口语诗歌典型的自白调、叙述中的戏剧调等。② 袁忠岳如此这般强调"规定角色下的说话",可能是他觉得,任何"规定"的角色,都应该携带着自己独有的亦即"规定"的说话之情境,而规定了的情境也会同时规定其说话的方式。

二 关于内形式的运思方式研究

内形式的运思方式研究,目的在于把握诗人的构思过程。袁忠岳十分赞赏且引用了郑敏的这一说法:"诗的内在结构是一首诗的线路、网络,它安排了这首诗的意念、意象的运转,也是一首诗的展开和运动的路线图。"是的,郑敏说得确实精到。袁忠岳进一步认为:这个路线图虽然是一个变化莫测、奥妙无穷的复杂过程,却并非没有基本的运行法则。其基本法则是:第一,内形式要有核心,即无论怎样曲折

---

① [英]伊丽莎白·朱:《当代英美诗歌鉴赏指南》,李力、余石屹译,四川人民出版社1987年版,第87页。
② 以上均请参见袁忠岳《回到诗歌的"内形式"》,《雨花》1998年第6期。

变化，不能忘却运思的指向是诗的意味，"意犹帅也。无帅之兵，谓之乌合"。乌合之诗是无形式可言的，不生成意味的内形式也是没有生命的。第二，内形式要有整体感，即一首诗的文本内部，应该像一座曲径通幽的园林，亭台楼阁，或隐或显，恰到好处，上下左右，浑然一体，然后人们才好入于其中，"宛转屈伸，以求尽其意。意已尽则止，殆无剩语"（王夫之《姜斋诗话》）。第三，内形式要尽可能地求新求奇。袁忠岳认为，内形式之所以能对诗质起到决定性的作用，就是因为诗人的灵气、才气均在内形式的营构上得到着充分表露，进出异彩。他引用了王夫之的话对新奇的内形式进行了点赞，"夭娇连蜷，烟云缭绕，乃真龙，非画龙也"（王夫之《姜斋诗话》）。①

接着，就内形式的具体组成方式，袁忠岳也表达了自己的看法：大而言之，"不外乎纵、横两类：纵的一类即郑敏说的'展开式结构'，它是以单线（单层）方式从头到尾前后连续地推进的，如'赋'之直陈，根据连续方式的差异可以有跳跃、联结、回环、递进、复沓、呼应、贯穿等多种方式。横的一类相当于郑敏说的'高层式结构'，它是以双线（双层）和多线（多层）的方式齐头并进。其中双线可以是明的、实的，如'比'之一喻一物；也可以是一明一暗、一实一虚的，如'兴'之一显一隐。根据各线间的关系又可以有并列、主次、正反、对比、迭合等多种方式。而其中每一线又可以有单线中的种种变化方式，使双线或多线的结构更为复杂。……总之其类型是难以穷尽的"。② 袁忠岳先生的这些表述，看似类说琐碎，其实却是对形式的敏感。

他的学生敬文东在写给他《诗的言说》的序文中，充分肯定了自己老师诸多的诗学贡献，重点肯定了先生对诗歌意象的研究："我以为先生在现代汉诗研究的各个方面中，最有成就的，当数诗人论（或称作品论）和基础理论，这两者中，又当以基础理论最为突出。这显著体现在先生对意象的研究上。这就是上世纪 80 年代后期写就的《论诗

---

① 以上请参见袁忠岳《回到诗歌的"内形式"》，《雨花》1998 年第 6 期。
② 同上。

歌意象及其运动的两种方式》。"① 这样的肯定自然没有什么不对，但是，敬文东没有提到袁忠岳先生对"内形式"的敏感。其实，就在敬文东所肯定的《论诗歌意象及其运动的两种方式》这篇文章中，袁忠岳也提到过内形式。他在讨论诗歌意象的运动方式时，将其分为整体运动与个别运动两种，并认为：整体运动——景——境，被包容后形成意境而提升；个别运动——裂变或组合——在意象阶段即被包容，而后组织之、提升之。② 他只差没有直接把它们叫做诗歌的内形式，因为倘意象是诗歌内容最小的"载体单位"，则这一内容最小的形式的"载体单位"就是"小内形式"。而意象的裂变与意象的组合所对应的诗歌内部波澜起伏的运动过程，正是本书的另一个重要概念：小内形式。

诚如敬文东所言，袁忠岳先生的诗歌研究，目光敏锐，务实恳切，多有独到见解，但是，袁忠岳先生最大的学术遗憾，是他没有在内形式这一形式的高地上扩大战果，继续前进，去进一步发现并建立起"小内形式"的概念。他如果建立起这一概念，则好多困扰他的问题即使不能迎刃而解，至少也多了一条求解之途。他也并非没有接近过小内形式的实存，比如他曾说过这样连在一起的两句话："原来诗意的逐层升跃有赖于想象的不断超越、开拓，递进式结构的生命正在于此。把这种结构抽象出来成为模式，机械套用，就不一定有此效果。"③ 前一句话就是对小内形式的一种直觉，但是后一句话马上否定了这一直觉。袁忠岳先生也没有幸免于对机械论的恐惧。那个人人都在躲避的机械论恐惧，扑灭了他的智慧之火。④

---

① 敬文东：《序》，见袁忠岳《诗的言说》，山东人民出版社 2014 年版，第 1 页。
② 袁忠岳：《论诗歌意象及其运动的两种方式》，《山东师范大学学报》（社会科学版）1987 年第 5 期。
③ 袁忠岳：《回到诗歌的"内形式"》，《雨花》1998 年第 6 期。
④ 袁忠岳先生是 1997 年退休的，发表这篇文章的时候，已是 1998 年。几乎是同时，这篇文章以《浅谈诗歌的内形式》为题再次发表于《诗刊》1998 年的第 7 期。细心的读者会发现，这篇文章更像是一篇更大文章或者一个系列文章的提纲——充满了有待论证可以深入的指示性话题。1999 年，此文收入袁忠岳的第二本诗学论著《诗路心程》。而从他 2014 年出版的第三本论著《诗的言说》看，就诗歌的内形式问题，1998 年以后，先生再没有发表过相关文章。显然，由于退休和高龄的原因，先生中止了他对诗歌内形式的研究。真是万分可惜。

差不多就在袁忠岳出版他的《诗路心程》之同时，1999年姜耕玉先生发表文章认为，当代诗人应该"确立新诗的形式本体意识"。他说："90年代初单单建立在诗的本质意义上的诗本理论，丢失了新诗文本自身（形式本体）。新诗建设亟待为自身的现代汉语艺术形式正名，找回这个20世纪屡遭冷落的'灰姑娘'。《文心雕龙·熔裁》中称'规范本体谓之熔，剪裁浮词谓之裁'，新诗文本应是诗意本体与形式本体的真正融合。新诗的形式本体，包括内形式（隐喻结构、情绪节奏、心理逻辑等）与外形式（词语、体式、音节、韵律、色彩、建行等）。新时期诗歌向内心的突入，促成了'内形式'的建构，当前新诗主要面临着外在的语言形式重建。"① 姜先生显然是少有的具有"内形式"意识的诗歌研究者，但他对新时期诗歌关于内形式建构的"促成"这一判断却有些过于乐观。而且他认为"当前新诗主要面临着外在的语言形式重建"。这样的看法一如既往地重蹈着前人的覆辙。

结　语

中国现代诗歌发展到"第三代"乃至"后口语"，诗人们强调自己的诗歌"语感"，是有原因的：当诗歌早就失去了外形式的秩序，甚至因为"去音乐化"而失去了"韵律"，而且还失去了"对仗"，而且还有人提出要反对意象……这一系列接踵而来的打击，这一系列丧师失地的遭遇，真让诗人们感到手足无措进退失据。总得有一块像井冈山一样的根据地吧？于是，他们就投靠了语感。否则，他们会觉得自己无家可归，魂无定所。然而，语感和语感不一样。如果我们把语感定义为一种阅读时的感觉（如古代格律诗与现代白话诗之不同的阅读异感），则它可能不会收留我们的诗意；如果我们把语感定义为一种思维时的感觉，却有可能让语感成为诗歌最后的安慰。这种安慰

---

① 姜耕玉：《新诗的汉语本性的失落与追寻》，《淮北煤炭师范学院学报》（哲学社会科学版）1999年第4期。

却不是凭空而来，它来自于诗歌颠扑不破的内在结构。这种能够带来"思维时的感觉"者，笼统地说，就是内形式，具体而言，就是比内形式更为内核的"小内形式"。它不受行与节的限制，也不受词与句的限制，它不是一种阅读时能感觉到的感觉，要感觉到它的存在必须通过思维。它在内形式的意义上完全脱离了诗行的外观限定，只有通过内视之眼，通过逻辑，才能看到这一诗歌文本的内在结构。而且，它往往还真的很小，小得可以藏身于像"心花怒放"这样的小小成语当中。

第三章　现代诗歌内形式研究存在的问题与继续研究的意义

作为一个历史悠久、诗书灿烂的文明古国，聪慧的中国古人其实早已触及了几乎所有的文明课题，但是由于这样那样的原因，其中许多的研究未得深入与持续，而惜未终成大观。对诗歌内形式的研究也是同样。近年来，国民经济发展，政府大力支持，我国的科学研究事业进展迅猛，欣欣向荣。虽然趋炎附势的伪学术在体制的温室里杂花生树，但是学术的荒野上，那些真的猛士，毕竟也蜂拥而至。他们代表着中国学术的未来。他们无不雄心勃勃。有人在称赞海德格尔的"雄心"时用了这么一句话："运伟大之思者，行伟大之迷途。"[1] 这话说得真好，说出了学术的真理，也说出了学术的真情。胡适先生"大胆地假设，小心地求证"之理念，不也描述着一种"伟大之迷途"与"伟大之思"之间激动人心的张力么？所以，至少我们不能怕"迷途"。所以，本章所要进行的以下工作，比如对诗歌内形式认识误区的披露，对一些悬而未决的内形式问题的指出以及对内形式研究若干价值问题的思考，与其说是批评，不如说是赞美——是对古往今来那些勇敢的内形式探索者深深的敬意！

第一节　现代诗歌内形式研究的概念界定诸问题

长期以来，人们对内形式、文学内形式包括诗歌内形式，尤其是

---

[1] 张首映：《二十世纪西方文论史》，北京大学出版社1999年版，第391页。

现代诗歌的内形式，态度上重视不够，于是关于诗歌内形式的研究，存在着许多问题，其中以内形式认识的偏差与散乱为首当其冲。这一认识上的零散，表现于内形式的命名，就是因人而异，称呼多样，不无杂乱。

袁忠岳曾在一次对内形式研究的梳理时介绍说："郑敏在 1983 年出版的《英美诗歌戏剧研究》一书中有一篇文章谈到'诗的内在结构'，它就是本文要论述的内形式。"① 显然，在关于内形式的表述上，袁忠岳使用的名称是"内形式"，而郑敏使用的名称则是"内在结构"。但有些人却更喜欢称之为"构思方法"，如谢文利《诗的技巧》一书即是如此。这是一本普及性的诗说，而这个称呼确实也更易为大众所理解。张文英则把内形式等同于艺术构思，并且认为："艺术构思的过程也就是审美意象的孕育过程，这一过程就是一个不断为内容寻找形式的过程。"② 她事实上是在用"艺术构思"训释"内形式"，意思是，诗歌的内形式搭建过程，就是诗歌的艺术构思过程。

也有以"创作方法"称之者，如章亚昕在讨论新诗的钟摆式发展时，就语及新诗的内形式并认为：新诗是在诗感、诗观、诗运三个层面上钟摆式前进的，而"新诗的诗感关注文体的外形式，主要表现为散文美趋势，属于文体风格方面的审美特质；新诗的诗观关注文体的内形式，主要表现为意象美原则，属于创作方法方面的艺术追求；新诗的诗运则关注文体的内容，主要表现为社会美理想"。③ 依他的理解，内形式即属于创作方法的范畴。他又说："正是新诗文体的外形式（按：即诗感层面）、内形式（按：即诗观层面）乃至内容（按：即诗运层面）的变化，决定了新诗艺术（按：在这三个层面上钟摆式）的发展轨迹。"④ 他以诗观与内形式互文见意，表达出这样一个明确的意向：有什么样的意象美理解，就有什么样的内形式。

---

① 袁忠岳：《回到诗歌的"内形式"》，《雨花》1998 年第 6 期。
② 张文英：《论文学生产中审美意象的孕育过程》，《辽宁师专学报》（社会科学版）2008 年第 10 期。
③ 章亚昕：《钟摆：新诗艺术之发展轨迹》，《文史哲》2005 年第 2 期。
④ 同上。

王珂教授曾总结出中国现代散文诗的三大抒情范式：灵魂内省范式、哲理思辨范式、情感宣泄范式。① 如此，则内形式在他那里的别名就是"范式"。而当代诗人于坚的称呼比较独特，乃是"构词法"。他的"构词法"之说语出下面这一段诗论："（当代诗歌）基本的构词法——'升华'，从五十年代到今天并没有多少变化，不过是把红旗换成了麦地，把未来换成了远方而已。"② 他所说的"词"，显然非指语言学的"词汇"之"词"，而指"说法"——"说话或者发言的方法"，或者说是"语言的行进法""诗歌语法"，而他所说的"升华"，可称之为"升华式构造"或"步步高构造"。它们无疑也是内形式之一种。

命名的不能统一，源于概念的尚未厘清。

袁忠岳说，唐人皎然的《诗式》、元人杨载的《诗法家教》、元人范德机的《木天禁语》《诗学禁脔》、清人刘熙载的《艺概·诗概》等诗学著作，"都接触到内形式的问题，只是更侧重于句段的安排，往往与外形式混为一谈"。③ 也就是说，由于内形式概念界定得不够清晰，人们在进行形式辨识的时候，尤其在进行内形式与外形式的区分时，往往会出现迷茫。到底哪些东西属于诗歌的外形式，哪些又属于内形式，人们的看法过去不尽一致，现在也不尽一致。比如学者毛迅说："相对于诗的'外在结构'——诗歌作品的篇章安排（比如起、承、转、合）、音韵安排、诗体安排、字句安排等，诗的'内在结构'更多地关心诗作总体的美学风格——某种具有相对稳定性的美学境界。后者似乎更接近于作者组合自身艺术体验的方式，更能反映出诗人在诗艺方面的独特性。"④ 在他看来，作为篇章安排的起承转合居然是"外在结构"。无独有偶，朱立元也这样认为："一提起文学作品的结构，人们常常会想起文学理论著作中关于结构是有关作品

---

① 王珂：《论二十世纪中国现代散文诗的三大抒情范式》，《沈阳师范学院学报》（社会科学版）2002 年第 7 期。
② 李劼、于坚：《回到常识，回到事物本身》，《南方文坛》1998 年第 5 期。
③ 袁忠岳：《回到诗歌的"内形式"》，《雨花》1998 年第 6 期。
④ 毛迅：《论徐志摩诗艺的四种内在结构》，《江汉论坛》1999 年第 5 期。

谋篇布局的组织构架的定义。但是，我认为，这只是文学作品的外在结构，并不涉及文学作品之所以成为文学作品的内在本质。"① 他们为什么会这样内外不分呢？

他们之所以这么"明知故犯"，非为他们认识有误，乃因他们感觉敏锐。他们一定感觉到了另一个"内在"之物的存在。正是这"另一个"的内在之物，让无疑是属于内形式的"起承转合"也显得"外"了起来；同样，也正是这"另一个"内在之物，让"谋篇布局"也显得"外"了起来。这个让"起承转合"和"谋篇布局"等人们习惯性地认为是"内形式"的东西突然显得"外"了起来的，是个什么东西呢？人们一直没有明确地加以观察，也一直没有明确地给予命名。它就是本书将要提出的一个新概念：小内形式。

到底什么是诗歌的小内形式，后文将有专门的论述，这里只简单提及。小内形式来自于对内形式的区分，即小内形式和大内形式共同组成了内形式。它们虽然同属内形式，但又有所不同。按说，对有所不同的东西，应该早日给予它们不同的名分，并给予各自独立的对待。但是由于长期以来内形式研究的迟滞，人们并未给它们"分门别户"，于是，它们也就共用着"内形式"这一模糊的大名。并且，在似乎只能有一个"外"和一个"内"的"二元论"这一思维定式的影响下，也就必然地造成了袁忠岳先生上面提到的那些内形式困惑："往往与外形式混为一谈。"这种看上去的"内外不分"，其实却是"大小不分"——没有把大内形式与小内形式区分开来。或者说，人们的形式困惑，既有内外不分的困惑，又有大小不分的困惑。换言之，继内外不分的困惑之后，人们还会遭遇到大小不分的困惑。

1986年，王向峰著文《形式美的层次结构》，认为："形式分为内形式与外形式。内形式是指对象性的事物的内部组织关系。外形式是指事物外部形象的具象形态。在外形式之外还有一种表层缀饰形式，它是外形式的一部分。"② 他把外形式进行了区分，分出了"表

---

① 朱立元：《略论文学作品的内在结构》，《天津社会科学》1988年第5期。
② 王向峰：《形式美的层次结构》，《吉林大学社会科学学报》1986年第3期。

层缀饰"这一外形式的更外层,这是非常重要的一个辨识。这样一来,当我们面对诗歌作品的外形式时,也就可以更为准确地"一分为二"。比如,就可以爽快地把诗歌的"音""韵"等等安顿在外形式的表层缀饰部分。可惜王向峰先生在向外的区分之后,未能趁热打铁,继续进行向内的区分。他的文章对外形式的观察表现出可贵的"精明",但是对内形式的观察可惜止步于粗疏。他在文章中归纳的事物"内形式",如主从关系、对应联结关系以及多样统一关系等,[①] 其实都是事物的"大内形式"。当然,在内形式问题上较多关注也较多思考的袁忠岳先生,也未能对内形式有进一步深入的思考。他在内形式研究中遗留下的许多问题,也都受困于没有把内形式"一分为二"。这是非常可惜的。本书认为,要彻底破除人们的形式困惑,尤其是内形式困惑,必须对内形式进行区分:要把内形式中承担着"非诗"能指的那一部分,和承担着"诗本身"的那一部分区别开来,即把大内形式和小内形式区别开来。

而在此之前,在诗歌形式只能是外一层内一层(而不能外两层内两层)的思维框锢下,人们只好两难于非此即彼、非内即外的类属尴尬。

前面提到过张文英的一句话:"艺术构思的过程也就是审美意象的孕育过程,这一过程就是一个不断为内容寻找形式的过程。"[②] 前面赞赏说她的"寻找"一语说得好,说出了人在自然面前应有的敬畏之心和内形式存在的客观性。事实上她的"孕育"一语,说得也很好,说出了文学艺术的一种"母性":自然之光焰与人生之惊雷让作者"受孕",然后历经几世几劫,最终诞生了"自然之子"——他们笔下的艺术作品。这里再提"孕育"二字,是想延伸"孕育"的语义能指,来做这样的一个喻言:母亲在孕育我们的时候,不只要孕育出我们作为人的外形式(硬件),让我们拥有人的外在品相,而且要孕育出我们作为人的内形式(软件),让我们拥有人的内在结构。继续延伸其喻

---

① 王向峰:《形式美的层次结构》,《吉林大学社会科学学报》1986 年第 3 期。
② 张文英:《论文学生产中审美意象的孕育过程》,《辽宁师专学报》(社会科学版)2008 年第 10 期。

义,我们不难悟见:"孕育"二字还意味着,母亲预装在我们生命中的那些内形式软件,既有作为共性人所共有的"大内形式"(系统预装软件),也有作为个性人所独有的"小内形式"(个性化程序)。正是这一独有的个性化生命程序,让我们成为拥有独立精神与特色性格的生命个体,比如有人成了言不由衷的外交部新闻发言人,有人成了传道授业的教师,而有人成了替天下事物言说其大美的诗人。不是作为共性人的人所共有的"大内形式"让一个人成为了外交官,而是作为个性人的他自己所独有的"小内形式"让他成为了外交官。

第二节 现代诗歌内形式研究的态度认识诸问题

如前所述,自古以来人们对诗歌的内形式并非没有感觉、没有发现,也并非没有或零星片断的感悟、或专心一意的描述。中国古代诗歌对赋比兴的研讨与运用,对起承转合、对仗的理解与操持,足以表明人们对诗歌言说内在结构的智慧把握。但是进入现代以后,在迄今已届百年的现代诗进程中,面对着诗歌外形式的大解放(即失去其规约性),在外形式建设此路不通需要另辟蹊径而完善内形式规约的时候,人们在内形式的思考与研究方面却偏偏建树不多,乏善可陈。其中原委,耐人寻味。

也许,这首先与传统诗歌外形式的长期稳定性有关。传统诗歌外形式的长期稳定,养成了人们对诗歌外形式的依赖惰性,而这种依赖惰性会束缚人们的形式思考,并迟滞了人们对诗歌内形式的探索。

源远流长的中国诗歌,一路逶迤到唐代,形成了格律诗相对稳定且长期通用的外形式,其中无疑熔铸着中国古人的思考与智慧,无疑促进了诗歌艺术的高歌猛进。然而双刃的是,对诗歌外形式问题的规定化即格律化,固然有种种的便宜,却也让中国诗歌的形式思考长期以来偏置一隅,未得深广揣思。这种"事不关己,高高挂起"的"旁观"心态,这种"自扫门前雪"(在诗歌的内容方面荟萃思量、极研竭智)而"莫管他人霜"(在诗歌的外形式方面搁置其异型、减少其选项)的"专业"心态,固然强调了诗歌言说在内容方面的品德与才智因素，固然搁置了诗歌的外形式这样的"非智力因素"，却也渐渐消弭了中国诗歌形式思考的自觉性与积极性。

这种把诗歌的形式问题"大而话之"地认为只是外形式问题的粗疏心态一直延续到了中国诗歌的现代化进程中。

中国现代新诗创设伊始，一派蓬勃奔放，但是，蓬勃奔放了没有多久，很快就有人大受冲击而觉得看不顺眼，很快就有人庄严地祭起了格律的法器，迫不及待地要对新诗进行所谓"新格律化"的矫正与整治。他们依古例而要对抗的新变，主要就是中国现代新诗"诗体大解放"带来的大解大放大自由，而当时的诗歌世界确实也表现出相当程度的混乱和无所适从。如何改变这种现象呢？从闻一多诸子关于"新格律诗"的呼唤，到后来关于民族形式的讨论，到更后来古典与民歌发展道路的确立，一直到 20 世纪 80 年代吕进等人竭力呼唤的"新格律体"，在长达数十年迁延良久的"矫正"与"校正"过程中，人们的选择始终是：知"难"而"退"！

是的，是知"难"而"退"。而且，这并非危言耸听——即使说这是饮鸩止渴，也不算危言耸听。

所谓"难"，是人们始终觉得如果把诗歌写成"诗无定行、行无定句、句无定字"的样子，而又把它叫做"诗"，是一件艰难的事，甚至认为是一件不可能的事；① 所谓"退"，是人们老是怀念从前的诗歌那种"有模有样"的状态，觉得那才是诗的"样子"。他们不能理解进一步的"无型就是型"，而只能理解退一步的"定型才是型"。也就是说，当时的"新格律"论者针对自由诗采取的形式反转策略，其实就是一种思考上的懒惰。懒惰即依古，依古不慎，即是泥古。如果说古人当年的格律化选择是一种聪明的体现，那么当情形不再，时势有异，现代人这种对格律的重祭，却在熟悉、安全、方便的同时，也表现出守旧甚至

---

① 中国那些守旧的政治家也是这么想的。他们认为民主与自由是一件很难的事，甚至是一件不可能的事。他们不相信民众的自觉与自律。或者说他们不相信民众的素质。这种担心不无道理，但却颠倒了逻辑。正确的逻辑是：不是素质带来民主，而是民主带来素质。那么回答诗歌的自由与自律，我们也应该确立这样的逻辑：不是自律推动着自由，而是自由推动着自律。

僵化的退避姿态。人性如水而常就下。强大的格律传统对人们的吸引，也正如大海对江河的吸引，在外形式整饬这样老马旧途般强大的行为惯性中，一般人还真的是宁肯选择退守，也不肯选择冒进。宁肯这样，也不那样，这个句式中深藏着中国人的悲剧，没想到这样的悲剧却也发生在诗歌的外形式这样偏僻而又偏僻的世界角落。

这是对固有外形式的依赖，而在这种依赖的更深层面，还存在着对外形式本身的依赖。

多年来的中国现代诗歌研究，如果存在着不无可惜的僵化之处，则这种僵化中之最大的僵化，就是人们始终面对着（或者说希望面对着）一个"形式的诗"，即人们自己给自己划定了一个牢狱般的疆界：所谓诗，首先就是那些拥有诗歌外形式的东西。如果一个文本并不具有诗歌的外形式，则它既然不是诗，我们又何必去面对它？然而，有广义的诗，有狭义的诗。从诗歌内容与诗歌形式的关系这一角度进行观察，广义的诗，只拥有诗的内容，不一定拥有诗的外形式；狭义的诗，既拥有诗的内容，也拥有诗的外形式。事实上还有一种更狭义的诗，这种诗只拥有诗的外形式，并不拥有诗的内容。当然，还有一种，既无诗的内容，亦无诗的外形式，它肯定就是显而易见的"非诗"。虽然我们常常会遭遇到后两种，但是我们一般谈论的，肯定只是前两种：1. 狭义的诗，兼备着诗的内容与诗的外形式者；2. 广义的诗，至少拥有诗的内容者。

问题是，人们谈论得最多，认识得也最清楚的，只是第一种即狭义的诗，对第二种即广义的诗，人们谈论得较少，认识得也较模糊。

然而，诗之为诗的存在，在其狭义的存在中往往会被掩盖，却往往会在广义的存在中得到彰显。海德格尔认为："其实诗歌仅仅是真理之敞开着的筹划的一种方式，也即是宽泛意义上的诗意创造的一种方式：虽然语言作品，即狭义的诗，在整个艺术领域中是占有突出地位。"[1] 海德格尔对广义的诗歌肯定情有独钟，道理很简单：对世

---

[1] ［德］海德格尔：《诗·语言·思》，彭富春译，中国社会科学出版社1999年版，第73页。

界与人生的观察与思考如不上升到哲学的高度，不可谓有知；同样，对诗歌的理解如不能到达"宽泛意义上的诗意创造"，也不可谓有知。所以，对那些有着诗的内容却并无诗的外形式之语言存在，诗歌的爱好者应该感到好奇，诗歌的研究者更应该勇于探究。诗歌穿着诗歌外形式的马甲，那敢情好；诗歌如果没有穿诗歌外形式的马甲，尤其没有穿那件早已穿旧了的旧马甲，那么，如何在这样外形式缺失的情况下判断一个文本中诗性的存在呢？

那就得依靠内形式，甚至得依靠内形式中更为内在的某个部分。

于是问题渐渐变得清晰：在内形式探索被迟滞、被制约的情况下，人们无从对只有诗之内容而没有诗之形式的文本进行诗的判断，只好局限于"有形"之诗的视域，希望通过外形式的确立，来对他们认为自由得有些过分的新诗进行规范。即使这样的规范是有悖于诗之本体的，他们也觉得舍此别无他途。而且他们还认为，这种办法虽然涉嫌守旧，却是聊胜于无。

同样是传统诗歌外形式的长期稳定性，在养成了人们的形式依赖之同时，却也累积为人们对诗歌外形式的反抗。"五四"之后，这种反抗以其强烈的"去形式化暗示"波及所有的形式探索，内形式探索的被"去"与被迟滞是在所难免的无辜"躺枪"。

中国现代新诗的横空莅世无疑是诗歌艺术改天换地的壮举，是中国诗人千年面壁之后渴盼已久的一朝蜕变。中国诗人对传统的、规定的且僵化的诗歌外形式多年来郁积的不满，终于得到了畅快的释放。他们呐喊着拥抱自由的精神，拥抱创造的意识，感受到了自由奔放的巨大快乐。他们的诗歌创作，也排山倒海一般充满了"去形式化"的时代精神。这种精神甚至以意念的方式进入人们的潜意识，让他们的心目中满满的都是"去形式化暗示"。当胡适称自己的诗中还残存着"缠脚布"，当闻一多比喻诗的格律为"脚镣"，这种种的说法无不透露着人们潜意识里对形式的反抗。他们已经喊出了"无型便是型"，他们只差喊出这样一个更极端的口号：从此诗歌无形式！

如果说以前人们对诗歌的形式问题，只是搁置而已，只是暂时摆脱了外在形式的纠缠，而欲专注于内在情志的表现，那么在"五四"

的自由万岁之时代，人们则是连形式本身的意义都要否认。也就是说，在当时，渴望自由的人们把诗歌外形式的解放，惯性地（甚至也乐意地）理解成了诗歌所有形式的解放。现在看来，这当然是不对的。相比于形式的搁置，相比于形式的复古，对形式的否定，当然是更不负责的态度，更加懒惰，也更加任性。然而，当时人们偏偏就需要这样的任性，人们也偏偏就欣赏这样的任性。人们需要尽情地享受所有的自由。在这样"绝端的自由"面前，人们一时还不需要静下心来思考什么内形式的内在制约。内形式的考虑无疑是一种冷静的考虑，是理性的考虑，但它需要一个过程，比如开始考虑诗歌的形式，开始考虑诗歌的外形式，然后考虑诗歌的大内形式，然后才有望考虑诗歌的小内形式……然而，当时以及此后好长的一段时期，诗歌却不只是文学的，更是社会的，甚至还是政治的……

在如此强劲的时代势能面前，闻一多他们试图为新诗量身定做"新格律"的想法，出发点虽然值得尊重，事实上却必遭敬而远之、置若罔闻的对待。他们想要"以身试法"，想给新诗这位孙猴子戴个藏着咒语的猴帽，但悲催的是，这帽子总是被孙猴子摘掉，并扔在地上。他们对现代诗的自由追求这一自由愿望的强烈程度，真是估计不足。事实上，在浪潮一般涌动的"去形式化"这一诗歌艺术的时代追求中，他们这些"新格律体"诗人虽苦苦纠缠，却一直未获突破。他们惜败于一个错误的逻辑。他们认为：从自由的奔突到格律的凝练是诗歌发展的必由之路。他们却不愿意看到："自外部建立秩序的努力都有违现代诗的根本。"[1] 他们更没有看到另一个逻辑的存在：从自由的奔突，诗歌完全可以发展到更自由、更奔突！即他们犯的另一个逻辑错误是：除了外形式的规范，诗歌似乎就别无规范。

迟滞并制约着现代诗歌内形式探索的，还有一个更为深层的原因，那就是中国文化重"道"轻"器"的传统观念。

在"工以技贵，士以技贱"的陈腐观念里浸淫太久的中国人，一

---

[1] 韩东：《关于文学、诗歌、小说、写作……》，见《你见过大海——韩东集1982—2014》，作家出版社2015年版，第355页。

直相信一种叫做"大法无法"或"至法无法"的理论（至少他们在人多的地方装逼的时候往往会这么"大言不惭"）。这种说法本身，是对一种古老话语方式的沿袭，即对"大什么无什么"句式的套用，比如"大德无行""大智若愚""大音希声"，等等。其实，这才是一种真正可恶的机械论。历史事实证明，对所谓"大法无法"的盲目相信，以及对"道而不器"的盲目崇拜，真是贻害匪浅。第一祸害，是让中国人向以方法与技术的研究为耻，并让中国人与科学和理性的精神日远。我国直到现在才提倡所谓的"大国工匠"，是不是为时有晚？第二祸害，就是为那些占卜扶乩、谈玄论道之徒提供了撒手放任而"空空道人"的托词。

这种"大法无法"的"玄妙"观念，对中国古代诗歌危害甚巨，对中国现代诗歌也祸害不小。其祸害之一，就是内形式研究的薄弱与粗浅。截至本书写作之时，知网搜索可见，从1986年至今，在整个社会人文领域的研究中，题名含"内形式"者共有18篇，其中讨论诗歌内形式者仅有一篇，是张洋先生的《内形式与外形式的完美结合——浅论余光中的乡愁诗》（《写作》2005年第8期）；其他题名含"内形式"且讨论对象为文学作品者，也只有三篇，它们是：吴士余的《内形式：意象组合的主观倾斜——形象构成嬗变之一》（《小说评论》1987年第8期）、成镜深的《文学作品的内形式与外形式》（《四川职业技术学院学报》2003年第5期）、冯健飞的《老舍叙事作品内形式研究》（《名作欣赏》2011年第12期）。更为惊讶的是，将时间往前延伸到知网目前可搜索时段的最上限即1915年，迄至1986年，70年间，题名含"内形式"的所有文章只是多出了两篇，且这两篇与文学全无关系。换"题名"为"主题"，再搜索"内形式"之关键词，学科综合得776条，限于哲学与社会科学视域，得179条，其中并含关键词"文学"者，为28条，含"诗"者，14条。其中与诗歌的内形式探讨相关者也仅仅三篇。即使查看那些论述过内形式问题的学者历年的著述，其与内形式相关的论述也只是偶见，而非系列，几如守株所得。即使换搜"内形式"为"内在结构""内部结构"等，仍然所获甚少，满目苍凉。人们耻于言技、惧于言形式，居然且耻且惧到了如此的程度！

　　数据是最有说服力的，诗歌形式尤其是诗歌内形式研究如此这般惊人空白的形成，其间意味足够我们深长思之。陈仲义在谈到人们对现代诗的接受标准时说："新诗伊始就遇上了太多'外围性'事务，承受外界前所未有的压力，再努力也腾不出手来清理自家事务。"①他说的"自家事务"，除了诗歌标准，应该还包括诗歌的形式尤其是内形式。新诗的创作是如此，新诗的研究也是如此。新诗好像一直"不务正业""本心迷失"，这其间的曲折原委，是应该追问的：我们究竟重视了什么？如果说我们重视了内容，则我们对内容是不是太重视了？而且我们对内容的重视是真的重视吗？是因为爱它而重视的呢，还是因为怕它而重视的？是因为它有美而重视了它呢，还是因为它有用而重视了它？在我们的研究中，如果器识既未成，而大道早已偏，莫不是两败而俱伤？

　　中国文化是重"道"轻"器"而又重"用"轻"体"的文化，从这一角度进行观察，可以看到迟滞着中国诗歌内形式探索的另一深层原因。

　　中国文化有一个奇怪的悖论：一方面，它是不讲求实用的，另一方面它又实用得惊人，而且实用与否的选择似乎老是不够得当。比如，对火药，本该求其实用的，却纵其成为审美的焰火；对文艺，本该纵其审美的，却要求"文以载道"，并强其"为XX服务"……比如，对诗歌，本该顺从其审美特质与抒情特质的，但是事实上却让它负轭重重。在这方面，最典型的一个表述就是："诗可以兴、观、群、怨。"②

---

　　① 陈仲义：《重提现代诗接受的"标准"问题——多元分歧与厘清接受"误区"》，《当代作家评论》2017年第6期。

　　② 甚至有人认为《周礼》的"六诗"说，即风、赋、比、兴、雅、颂，也是说"用"之词。比如徐北文就认为："《周礼》的原意，大体是说《诗经》有六种意义（作用），即可以歌唱（风），可以朗诵（赋），可以用作比喻（比），可以鼓舞人心（兴），可以推广通用语言（雅），可以表演（颂）。"（徐北文：《先秦文学史》，齐鲁书社1981年版，第34页。）问题是，"用"是可以慢慢地改变"能"的，物之功用是可以慢慢地改变物之本能的。

孔子的这句名言，其实就是中国传统文化中最早也最强烈的诗用观。这种诗用观里渗透着许多其实非诗的东西，比如社会性，比如控诉性，比如主题性。余光中曾这样嘲讽过我们的文学："用二三流的散文谈天，用四五流的散文演说，复用七八流的散文训话。偶尔，我们也用诗，不过那往往是不堪的诗，例如歌颂上司，或追求情人。"①他嘲讽的，其实也就是我们的文学那种强烈的功利色彩。时至今日，这样的功利色彩仍然有增无减。

从"下半身诗歌"一路走来的当代著名诗人沈浩波，不只诗越写越好，在诗歌的思考方面，精辟之论也越来越多。他曾说到过中国当代诗歌评论这样一个毛病："那些对诗歌内在美学认识较为浅薄的社会现象研究者、媒体人和学院里的文学批评家、诗歌研究者们，更多地还是在解读和流传许立志那些写得并不高级的'打工抒情诗'，这些诗歌靠其社会性、主题性、控诉式抒情获得了传播。"②语中沈浩波对那些"功夫在诗外"的评论家，进行了毫不留情一针见血的批评。沈浩波认为他们的诗歌评论事实上无关乎诗歌的"内在美学"。

沈浩波之所以能看出那些诗歌的外行在诗歌外围的纷纷扰扰，与他日益明确的"纯诗"追求有关。这是一个伟大的追求，也是几代中国诗人梦寐以求但是屡屡破灭的"诗歌梦"。多少年来，那些不纯的、杂质的、非诗的东西（如沈浩波刚才列举的社会性、主题性、控诉式等），长久地占据着人们的诗歌望眼，像遮日乌云一样，蒙蔽着人们对诗歌之美的真正认知。在它们的威逼引诱之下，百年以来的中国现代诗人以及诗歌评论家，事实上很少有人能够静下心来"入乎其内"，从美学上、诗学上而不是从政治学、社会学上去钻研诗歌这一门伟大的艺术。就连一生为中国现代诗歌保驾护航的谢冕先生，也认为自己未能做到对诗歌本体的直面。他曾不无遗憾地说到过自己研究

---

① 余光中：《剪掉散文的辫子》，见《余光中自选集》，伊犁人民出版社 2000 年版，第 465 页。

② 沈浩波：《新世纪以来的中国先锋诗歌》，见张执浩执行主编《汉诗·六口茶》2017 年第 1 期。

的"弱点":"回首一望,发现还是偏于诗史和批评的内容,而对诗的本体论及不多,艺术性的分析亦嫌不足。"① 然而这不是他一个人的"弱点",也不是他一个人的遗憾。学者夏晓龙也曾这样感叹:"中国是诗的国度,但真正将诗作为诗本身去对待的却少之又少,因为诗从来都是'意义'—'内容'的附庸,至于诗是如何表达或为什么能够表达'意义'的问题,则鲜有深究。"② 是的,我们太缺少关于诗本体的研究,太缺少关于诗本身的学术。

商震有一首诗名为《去西夏王陵》,全诗为:

> 我和贺兰山之间是一片开阔地
> 地底下是曾经喧闹的西夏
> 树们都静穆地站成哨兵
> 小花小草羞怯地缱绻
> 几只麻雀在私语,哪一只突然高声
> 会把整群麻雀吓得惊恐乱飞
> 我站在这里,辽阔地张望
> 看到风踮着脚悄悄地走过
> 我来,是想听听千年前的故事
> 那些隆起的坟冢
> 一定有许多话待说未说
> 可花草树木摇头不语
> 祖辈生活在这里的鸟儿们
> 也都忘记了西夏语的发音
> 空旷的西夏王陵,只能看到空旷
> 唉!也许西夏只能是史册里的西夏
> 那些被史册漏掉的故事

---

① 谢冕:《生命因诗歌而美丽(代后记)》,见《谢冕论诗歌》,江西高校出版社2002年版,第390页。
② 夏晓龙:《当代诗歌形式研究》,《湖北广播电视大学学报》2009年第3期。

要么被大地封存
要么藏在贺兰山的心底

　　郑正西却是这样批评的："西夏在历史上存在了两百年，史事纷繁，诗中仅用'喧闹'二字一笔带过，树不说，草不说，花不说，麻雀不说，可是作者也不说。诗中虽然也表达了作者怀古的愿望，但这只是空泛和虚无的怀古。读者也未能从诗中得到西夏的任何历史信息。"①

　　这真是让人大跌眼镜的评论。

　　商震不是一个优秀的诗人，这首诗作为他的"代表作"其实写得也很一般，但它毕竟是一首"诗"。既然是诗，我们的批评就只能"以诗攻诗"，而不能"以史攻诗"。郑正西的说法，恰恰是以史攻诗。郑正西指责商震的诗，说是"未能从诗中得到西夏的任何历史信息"，这显然是一种苛求。在这个叫做"诗"的文本里，作者有没有说出"史"来，是不重要的，重要的是他有没有说出"诗"。诗乃天地之心，而非天下之事。之所以读者（包括郑正西）觉得这首诗"浅""苍白""不深刻"，不是因为其中"无史"，恰是因为其中"无诗"，是因为其手法之简易、内容之苍白、语词之庸俗、诗意之浅薄！但是，评论者倘不能指摘得体，而是以史攻诗，人家自然不会服气。郑正西应该多从这些地方下手批驳："在写法上，无论结构和语言都缺乏张力。写了那么多树呀草呀花呀，很不凝练。而且至少有两处语言似欠妥。一处是'小花小草羞怯地缱绻'，'缱绻'乃缠绵之意，写西夏王陵是一个厚重而严肃的历史题材，这样的题材的诗中为什么要用缠绵之词呢？读不懂。另一处是'我站在这里，辽阔地张望'，用'辽阔'修饰'张望'，这通吗？"② 这样的批评，算是不失大体，毕竟在就诗论诗。当然，要做到这一点也殊非易事。比如，对

---

① 郑正西：《浅议商震诗歌〈去西夏王陵〉》，见新浪博客"网络诗选"http：//blog.sina.com.cn.2014－11－27。
② 同上。

其中的"缱绻"一词，不能一句"读不懂"就敷衍了事，应该直接指出其"媚雅之俗"。不过，"辽阔地张望"，不仅是通的，而且也是这首诗里写得最好的地方，应予肯定。

这里不厌其烦地分析这一事例，当然是想具体而微地对沈浩波提倡的"纯诗"创作方向（包括纯的评论方向）表示支持与响应。"纯诗"的方向，就是"诗本体"的方向；"纯诗"方向的明确，就是"诗本身"方向的明确。可喜的是，近年来"文本细读"的呼声越来越响亮，也越来越为人们所重视。这无疑是一个好现象。能够对一个文本进行细读，说明国人的心境渐趋平静，也说明中国现代诗歌即将迎来屏气静息而后入乎其内的创作局面与研究局面，说明人们渐渐开始关注并深味诗歌作品文本内部的山高水长与波澜壮阔。事实上，在诗歌作品的文本内部，同样层峦叠嶂，同样波谲云诡，有着同样迷人的好风景。

这样的好风景，毫无疑问，要由诗歌的内形式承而载之。而这样的诗歌内形式，真不能继续漠然视之。感知并尊重诗歌内形式的存在，无疑可以帮助我们更为全面深入地理解诗歌这一门人类独特的言说艺术，晓悉其进入的路径，把握其呼吸与命脉。反过来，如果我们一如既往地无视并漠视诗歌内形式的存在，不能明晰其门径，则我们进入诗歌的过程，很有可能就是一种进入误区甚至进入雷区的过程，会面临到内外失序同时内外失据的险境而惛然无知，甚至虽处危险的边缘却冒失依旧。

第三节　现代诗歌内形式研究的意义判断诸问题

关于当下诗歌内形式的研究，肯定不能说是应运而生，因为它本来就存在着；也不能说是另辟蹊径，因为并未脱离前人的方向；更不能说起死回生，因为它从来也没有死亡，只能说，我们现在关于诗歌内形式的研究，是对前人道路的接续，最多也是对前人工作的重启，是"添酒回灯重开宴"。然而，这样的"接续"与"重启"却意义重大。

一　通过对诗歌内形式的研究，可以发现、梳理并整合中国传统诗学以及西方诗学中有关内形式的思想资源

仁者见仁，智者见智。有内形式之眼，才会有内形式的发现。那么，以内形式之眼而投射于中国传统诗论，我们有可能对中国传统诗论中的内形式资源进行更为有效的挖掘，对传统内形式资源进行更具针对性的整合。挖掘与整合之目的，是古今合观、今古对接，而古代诗歌与现代诗歌在内形式的层面上恰恰也最容易对接。我们相信，清楚而符合生活逻辑的诗歌大内形式与同样清楚而符合诗性逻辑的诗歌小内形式，并不会因为文言与白话的区别而隔阻重重，也不会因为格律与非格律的分野而形同陌路。

当然，以这样的内形式之眼投射于国外的内形式研究，也将带来更为清晰的学术对照，而后取长补短，去弥合中国现代诗歌与大众之间多年来因为西方诗论的盲目植入而导致难以认同的对接隔膜；以这样的内形式之眼而投射于中国现代诗歌的创作实践，也会发现内形式在诗歌创作中的客观存在，并帮助分析其成功之处与不足之处，或发扬，或纠正，或警醒，从而促进现代诗歌创作的良性发展，并取得与读者大众紧张关系的有效缓解。

这显然是一个浩大的工程。要梳理、挖掘、发现中国历代诗论中关于内形式的论述，要对浩如烟海的传统诗论中以局部与片段的形式存在的诗歌内形式论述进行结算、整合，而后复活传统中国诗学的内形式资源，这样的工程已然巨大；而梳理、挖掘、发现并整合西方古今诗学的内形式资源，这样的工程同样体大且思深。更为艰巨的是，要实现中国诗学中内形式研究的进展，要明确内形式的概念，体认并辨识内形式的存在，领悟内形式的艺术意味（如同中国画的创作者领会其"笔墨"），既需要研究者学术上深厚的功力，还需要研究者在创作上丰富的领悟——这一点尤其困难。这只能寄希望于集体的智慧，不可能只靠某一个人的灵机一动与单一思路就能一蹴而就。这可能意味着一种牺牲。当然，如果因此而换取到丰乡润土的中国诗歌"诗学自觉的复苏"中"内形式的复苏"，应该也是值得的。

二　通过对诗歌内形式的研究，可以形成中国现代诗歌外形式研究有力的侧应

中国诗歌史上对诗歌艺术的形式研究，一直侧重于外形式的研究。这一研究的倾向性，尤其表现于中国现代诗歌堪称"固执"的外形式研究。从闻一多的"新格律诗"，到艾青的"自由体诗"，到林庚的"林九言"，到沙鸥的"沙八行"，从何其芳与卞之琳的"现代格律诗"，到周策纵的"定型新诗体"等，不论是齐言齐顿的外形式追求，还是非齐言非齐顿的外形式探索，几乎都是外形式的研究。其研究的过程堪称漫长，但是研究的收效却是微薄，而且前景十分茫然，几乎已临穷途末路。

穷则思变。既然在外形式层面的探索几乎此路不通，那就应该适时地且明智地转战于其他方面，比如内形式层面，应该在这一"侧面"去探索诗歌言说的内在结构与内在规律。换言之，既然在外形式层面为现代诗歌的"建模"（所谓的形式重建）企图已告破产，那就应该在内形式的层面去继续尝试。诗歌艺术虽然千变万化，随体赋形，但它与读者进行的交流，有其基本的对接方式，有其永远也不会改变的"渡口"，这一摆渡对接的永恒接口，极有可能不是外形式，而是内形式，尤其是小内形式。

也就是说，面临绝境的中国现代诗歌的外形式研究，急需有力的侧应。袁忠岳说："闻一多的新格律诗、艾青的自由体诗、林庚的林九言、沙鸥的沙八行等，都是有意识地在诗体建设上进行探索试验并取得一定成绩的。现在缺少的是对已有的体式进行全面科学的概括总结：可以分几大类，几小类，是否把现代汉语格律形式的可能性都已穷尽？从中还可以比较其优劣，择其优而褒扬之。……比起不切实际的空想，这才是可以做也需要有人去做的实事（事实上也正有不少诗人和学者在这样做）。"[①] 袁先生倡导的这一任务，固然需要有人去完成，但是也不能所有的人都去做这样的事。如同攻击，正面冲锋的同

---

① 袁忠岳：《新诗诗体建设散想》，《西南大学学报》（社会科学版）2007 年第 4 期。

时，得有人负责迂回包抄。王光明说："历代诗人讨论格律，大多着眼于'声音模式'的建构，从20年代的'格律诗派'到50年代的'现代格律诗'，其主要关注，也在音、韵方面。"① 然则音韵之外的着眼点，比如作者的思维模式这个侧面，就为我们的迂回包抄提供了可能。而思维模式，恰恰就是诗歌内形式研究的一个重要内容。而在战争史上，开始时的佯攻，常常会变为后来的主攻。

三 通过对诗歌内形式的研究，为现代诗歌的秩序规范探索另一个可能的方向，即在内形式层面修复并接续现代诗歌与传统诗歌的关系，同时努力争取把作者与读者的对接窗口，从外形式转移至内形式

由于"五四"以来的诗体大解放，横空出世的中国现代新诗以决绝的姿态，与中国传统诗歌体制形成了巨大的断裂。这是不容否认的事实，但现代诗与传统诗最明显的断裂是外形式，而不是内形式。诗体的大解放，并不包括内形式的大解放，尤其是后文将要述及的小内形式。这同样也是事实。

事实是用来做什么的？事实是用来尊重的！

既然外形式的断裂是巨大的而且是不可修复的，既然多年来的外形式重建之努力已屡告失败，既然我们从失败中渐渐得到了这样的认识：再不能把外形式的统一作为现代诗歌所谓成熟的标志，既然现代诗歌的发展与成熟不是要形成若干种所谓的诗体，而是要在内外体式上保持更多的变化与张力，既然传统诗歌与现代诗歌在内形式的层面上几乎没有断裂，那么，我们为何不在这方面多下功夫，去开通其联系并强化其联系？在取消了外形式的诗歌准入证之后，中国现代新体自由诗最后的一个聚合力，就是内形式的聚合力。我们必须正视这一现实。尤其到了口语诗横行的当下。

口语诗歌一个普遍的事实是，有着大量的口语化叙述。口语诗口语化叙述的诗写，在被其追随者大量复制的过程中，曲解为绝对的自

---

① 王光明：《音律以外的诗歌形式实验——论"图像诗"》，《天津社会科学》2004年第2期。

由和没有节制，最终导致了与散文的纠缠不清，河水混淆了井水，并让优秀的口语诗歌蒙受了"跳进黄河洗不清"的冤屈。如何让口语化叙述的诗歌在自由的旗帜下彰显出自己的诗性，似乎只剩下了一条可行的路径：强化内形式。

也就是说，我们不得不承认这样一个现实：仅仅在外形式的层面上，已难以进行现代新诗的诗体重建。幻想着像唐代格律诗那样的现代诗之"成熟"与"成功"，是一个伪命题。要重构诗体，现在只剩下一个可能的方向，就是内形式的方向。以相对规范的内形式为基点，结合相对自由的外形式，中国现代诗歌的诗体重建，方有路可行。这条路就是：保持外形式的自由性与自由权而不动摇，同时努力争取内形式的言之有序。它分为两个方面：一方面要尊重中国现代诗歌根源于极权反抗的绝对自由的诗歌外形式，另一方面，也要尊重中国现代诗歌其实不自由的（服从于人类共同而基本的言说规约的）诗歌内形式。自由永远是局部的、相对的，而不是整体的、绝对的。自由的魅力产生于自由周遭的不自由。只强调自由，或者只强调不自由，都有失偏颇。

而且一定要认识到，重视、发现并强调现代诗歌其实不自由的内形式，也是现代诗歌获得诗歌恒量的现实途径。

回顾中国诗歌的"定型"史，从"言"之定，到"韵"之定，到"声"之定，到"句"之定，人们孜孜以求的各种各样的"定"，正是追求着某种"恒量"。诗歌诚然是一种艺术的创造，然而艺术的创造并不意味着无序的创造。绝对的恒量，固然是艺术的死亡，但是绝对的变量，同样是艺术的幻灭。宋代罗大经有句"识字"之言："作诗要健字撑拄，要活字斡旋……撑拄如屋之有柱，斡旋如车之有轴。"（罗大经《鹤林玉露·甲编卷六》）原话说的虽然是诗中用字的"健"与"活"，但是，本书却认为也可以帮助理解诗歌中的"恒量"与"变量"，即可套用其句式而为："作诗要恒量撑拄，要变量斡旋。"也就是说，艺术创造应该是恒量与变量的统一，而诗歌创作也就是诗歌文本中恒量与变量的基本统一与大体平衡。诗歌的格律，是古人诗歌创作中运用已久的恒量。当这种恒量在现代诗歌的创作中被明确弃置，而现代诗歌的创作又不能没有恒量，于是就有两个选择：1. 回到"五四"的形式零点，继续沿用古代诗歌的外形式格律，重拾为时代所抛弃的恒量；2. 发现并建立现代诗歌自己的恒量。显然，前一种选择已为无数的诗歌前辈收效甚微的实践证明了其路不通，于是，第二种选择就成了我们不得不面对的方向。也就是说，中国现代诗歌的形式恒量，在内形式！

袁忠岳指出："故其（现代自由诗）内形式更为重要，自由诗无内形式的聚合力，就成了一盘散沙了。"① 虽然袁先生说得似乎漫不经心，也虽然他的这篇文章所刊非著，也虽然袁先生"人微言轻"，但是，袁先生这里所谓的内形式的"聚合力"，确乎就是现代自由诗在外形式的绝对自由之下最后一个"挺住意味着一切"的力量，是相对于"自由"的"不自由"，是相对于"变量"的"恒量"，是相对于"变数"的"常数"，是实现诗歌写作文本自身的程序化与逻辑性，实现线性陈述语体中诗性内容尽可能存留的最为稳定、最可依靠的力量。

自由化的外形式与规约化的内形式之结合，也就是现代诗的未来。

理解了诗歌作品外形式与内形式之间这样一种变量与恒量的、自由与不自由的辩证关系，我们就会发现，"五四"时代人们对现代诗歌的形式"绝端的自由"之呼唤与追求，在正确的同时也有着不正确。正确之处在于，现代诗的外形式可以是"绝端的自由"；不正确之处在于，现代诗的内形式不应该是"绝端的自由"。惜乎许多人因为不能识破"绝端的自由"这一呼唤的真义，导致了他们的创作从内容到外形式甚至到内形式的全面失控，而这也恰恰伤害了他们自己梦寐求之且来之不易的自由。

现代诗不可能再被所谓"大体上一致的"外形式所"定型"。宋词和元曲那么丰富多选的词牌和曲牌，都未能满足人们对于外形式解放的需求，而中国现代新诗的"新格律诗"又能给现代中国诗人们

---

① 袁忠岳：《回到诗歌的"内形式"》，《雨花》1998年第6期。

提供多少的"诗牌"？中国古人确曾定型过诗歌外形式，但应该这样认识他们的苦心孤诣：内容、内形式、外形式这三个方面如果都成了变量，都脱离了控制，则诗歌这个"数学演算过程"就无一恒量，其阅读与理解就殊为艰难，统一（同时也搁置）外形式，怕只是权宜之计。搁置是为了暂时避免纠缠，必要的时候自当重启讨论。所以现代诗歌的诗体解放，与其说是受到了外来的影响，不如说是中国诗歌自身从词到曲参差言之的进化之必然，是中国人终于迎来的外形式探索的解冻。事实上，现代诗歌不只是解放了诗歌的外形式，而且是空前广泛且深刻地讨论了诗歌的外形式。其探索精神可谓勇往直前，当然也承受了随之而来的巨大矛盾与痛苦。但是，汗水不会白流，走过了外形式探索的必由之路，独具视野的内形式之门（以及其他更隐秘的门）正在徐徐开启。

四　通过对诗歌内形式的研究，可以破解诗歌尤其是现代诗歌的内部编码方式，从内心深处唤醒并增强诗人们诗歌内形式的自觉，做到内形式意义上的"言之有物"与"言之有序"

需要解释的是，这里所谓"言之有物"的"物"不是内容意义上的"物质"，而是形式意义上的"物态"。内形式的构建，其实是对物态的构建，也是一种对于大自然天生丽质天赋之形的"模仿"。如树之有根有梢，如河之有源有流，如金字塔之上小下大，如手掌之一总五分……仔细想来，人类艺术的构造设想，何尝不是自然物态在我们内心的投射？也只有这样的投射，才是容易为我们所把握、所模仿的投射，也是容易为我们所理解、所领悟的投射。明白这一点是相当重要的。明白了这一点，我们就不会让自己的诗歌作品在外形式上看去仿佛是诗，却在内形式上形同混沌，无有眉目，像个怪物。怪物来自于怪胎。所谓的奇形怪状，奇怪于诗歌的外形式其实并不可怕，可怕的是奇怪于诗歌的内形式。在现代自由诗的大背景下，那些让我们无法卒读的所谓诗歌，我们确实并不怪异于它们的外形式，却会恼火于它们无可捉摸不知所云的内形式。我们想不通它们为什么会那样说话？为什么不能有话好好说？人们之所以嘲讽一些诗人为"神经病",就是因为他们的语无伦次。而所谓语无伦次,分明指的是内形式的崩溃与破碎。有些诗人的语言并不怪异,也许还温文尔雅,但是读来仍然不知所云,如入云里雾中,还是因为它们没有构建起一个合乎逻辑的内形式。

还有,"言之有物,言之有序"这句话其实有互文的意味,即"序"就在"物"中,"物"也就在"序"里。诗歌的内形式之所以是诗歌艺术内容与外形式的中介,这个物——物态,这个序——秩序,是两个重要的支撑。而且,内形式的研究不只能唤醒作者一方的"言之有物(序)",还可以唤醒诗歌批评者在进行批评时的言之有物、言之有序,能带动他们的批评向着诗艺本体、本体批评的回归。最后,内形式的研究还可以帮助诗歌的读者,让他们也获得一双"内形式之眼"。从理论上说,诗歌的读者也是诗歌本身所培养,"有章法"的诗歌作品自然也能够培养出"有章法"的诗歌读者。而当一个艺术创作的这一体多方都能够思维明确(而不朦胧)、言语有序,都能够尊重那"连草鞋虫都要求着"的"自己的形态",则这一活动中洋溢着的逻辑性,一定有助于诗歌去化解自身与大众之间那种"古老的敌意"。

结 语

应该承认,20世纪没有为中国现代诗歌的发展提供比较良好的生态。人们在诗歌外形式上对格律以及标准的时时留恋和过度关注,极大地搁置了诗歌内形式的研究,致使中国现代新诗其文体自觉、文体成熟的过程,断断续续,忽冷忽热而发育不良。时至今日,现代诗的华诞已整百年,诗歌的外部生存环境发生了很大的变化,人们内心深处对自由的呼唤虽丝毫未减,但是人们对自由诗的实践热情,却有所怠倦,也渐趋冷静。冷静是好事,甚至边缘化也是好事。边缘化正好可以让诗歌省悟到自身,并不断自我净化(去音乐化、去宣传化、去格律化等)。只有充分地认识到自我而剔除了非我,人们一直呼唤着的诸如现代诗的创作规范、批评通则和鉴赏标准等,才可望逐步建立。而且可以推断的是，诗歌外形式研究的山穷水尽，有可能倒逼人们研究目光的内化，而人们对内形式研究的日益关注，尤其是对诗歌小内形式的关注，说不定会成为中国现代诗歌形式研究一个别开生面的突破口。

第二篇
现代诗歌的大内形式

第四章　现代诗歌的空间性大内形式

认识到形式的内外之分，是黑格尔的哲学贡献。将这一区分用之于诗歌，看到诗歌的外形式与诗歌的内容之间那一个广阔的形式空间——内形式，无疑是对诗歌理解与诗歌研究的巨大帮助。但是，对形式的认识不应该停留于此。本书认为，内形式又可分为两种：宏观层面上的内形式和微观层面上的内形式。为理解和表述之便，它们可强名之曰：大内形式和小内形式。

同为内形式，大内形式和小内形式均非外视可见，必经阅读而后方可感知。但它们又有不同。例而言之，大内形式如同古代作战时摆开的阵势（如犄角之势，如长蛇之阵等），而小内形式则是阵势内部更为隐蔽、更为内在且各自独立的作战小组。面对一个诗歌作品，初读之下，即可看到其大内形式，如同察知敌方的大体阵势，但是要看到那些微小却紧凑的战斗小组——作为独立单元的小内形式，第一需继续观察，第二需观察得更为内行，因为战斗小组表现的正是战斗的"门道"，而只有内行才能看出门道。继续喻言之，大内形式如同家庭之间的社会组织形态，小内形式如同家庭内部成员之间的组织方式。

诗歌作为文化的本质当然就是说出，然而诗歌的说出并非简单地说出，更不是徒有其表——只有外形式——的说出。比如一直被人们讥讽的古体诗歌的"顺口溜"式说出，和现代诗歌中那些通过"回车键"的乱分行式说出，它们的作者都误以为只要有个诗歌的外形式就已足够。① 其实不然。人的情绪就像流水，需要某个外物为它定型；人的意念也比较杂乱，需要某个方式把它们组织起来；尤其当一首诗里边意象迭出的时候，更需要某个秩序来维持。也就是说，诗歌的说出，至少应该是通过某个大内形式"言之有序"的说出。比如北岛的《船票》：

> 他没有船票
> 又怎能登上甲板
> 铁锚的链条哗哗作响
> 也惊动这里的夜晚
>
> 海呵，海
> 退潮中上升的岛屿
> 和心一样孤单
> 没有灌木丛柔和的影子
> 没有炊烟
> 划出闪电的船桅
> 又被闪电击成了碎片
> 无数次风暴
> 在坚硬的鱼鳞和贝壳上
> 在水母小小的伞上
> 留下了静止的图案
> 一个古老的故事
> 在浪花与浪花之间相传
> 他没有船票

---

① 好多人都认为，诗歌一开始就是以"形式"而不是"内容"与其他的人类言说相区别的。如果他们所认为的"形式"指的是"怎么说"，则这样的说法还有其一定的正确性；如果他们所认为的"形式"指的是诗歌的"外形式"，则这样的说法其实不正确。不要说仅仅靠外形式区别不了诗与非诗，就是诗歌"内形式"中的"大内形式"，也区别不了诗与非诗。比如，我们不能简单地以分行与否去判断现代诗的诗与非诗，我们同样也不能简单地以押韵与否去判断古代格律诗的诗与非诗。

海呵，海
密集在礁石上的苔藓
向赤裸的午夜蔓延
顺着鸥群暗中发光的羽毛
依附在月亮表面
潮水沉寂了
海螺和美人鱼开始歌唱
他没有船票

岁月并没有中断
沉船正生火待发
重新点燃了红珊瑚的火焰
当浪峰耸起
死者的眼睛闪烁不定
从海洋深处浮现

他没有船票

是啊，令人晕眩
那片晾在沙滩上的阳光
多么令人晕眩
他没有船票

陈仲义说这首诗，"在回环反复中，连续五次推出'他没有船票'，如此悲苦意象的复沓环绕，就是智力不高的读者也会从中知觉到某种对应性意味，很容易从没有船票的反面联想到包括青春、理想、岁月、目标的匮乏与缺失"。[1] 陈仲义把北岛《船票》的这种

---

[1] 陈仲义：《"意象征"——现代诗掌握世界的基本方式》，《学术研究》2002 年第11期。

"悲苦意象的复沓环绕",称之为"五个单纯结构的'网结'"。他接着说:"凭着这些网结,全诗整个意象网络就被并联式地撑开了。这个例子再次雄辩地佐证:哪怕很简单的意象符号,当它形成结构时,在诗人的主观情思作用下,其自身形式与意义之间大都具备对应特征,它使得意象能充分通过各个'网结'的'提携',胜任从意象到象征的有序化组织。"[①] 陈仲义这里所说的"有序化组织",其实就是诗歌的大内形式。在外形式搁置不论的前提下,所谓诗歌的构思,主要就是寻找并确立诗歌的大内形式。

对应着天下万物千姿百态的神奇构造,诗歌的大内形式也丰富多样。本书将从空间性大内形式、时间性大内形式和逻辑性大内形式三个方面分类介绍。本章主要介绍空间性的诗歌大内形式。诗歌的空间性大内形式,即诗歌在空间维度上组建的内在结构。这样的结构往往具有共时性的特点,即在其时空关系中,时间往往是一个恒量,而空间的变化则为其变量。

第一节 现代诗歌的辐辏式大内形式

辐辏的结构特点,"如车之有毂,众辐归焉",是围绕一个中心点向四周的辐射,于是辐辏式诗歌大内形式的特点,也就是围绕一个中心点的多向聚焦。韩作荣在《语言与诗的生成》中称它为"诗的向心式结构":"通过意象来思考和感觉,通过主要的意象元件,内聚为一种向心式结构。"[②] 他举自己的《元宵》一诗为例:

元宵是一种独处的寂寞/于水中淹死的日子重新浮上来/独自品味/是幸福还是残酷//元宵太糜软了/柔而无骨的夜始于塌陷/人,便再也爬不出来//甜蜜囚禁在白房子里/浑圆的鸟卵孤独而

[①] 陈仲义:《"意象征"——现代诗掌握世界的基本方式》,《学术研究》2002 年第 11 期。

[②] 韩作荣:《语言与诗的生成》,《诗刊》(上半月刊) 2004 年第 1 期。

懦弱/人所共知的隐秘裹在脂粉之中/让一万种风情胎死腹中//哦，一种幽深，一种疲倦和隐忍/一种薄薄的爱的迷惘/一种躲在苍白之后的黑夜/一种顷刻便远逝的情爱/良宵死灭/元宵在我的唇边失去味觉/饮一只碗中的月亮/瞬间我的皮肤便敷满霜粒

然后他解释说："（这首）诗，单纯、集中地围绕元宵这一意象而写成，所思所想都和元宵本身的特质相融而显现，而诗之主题，则是对诗的意象的态度和总结。"① 韩作荣认为这就是典型的"诗的向心式结构"。这种"诗的向心式结构"与本书所谓的"辐辏式诗歌大内形式"，名异而实同，是一种极其常见的诗歌结构法。

辐辏式结构的反方向，就是辐射式，即从一个中心点向外围的发散。刘心武说是"花瓣式"："犹如从一个花托朝四周伸出若干重叠交错的花瓣。"② 郑敏的代表作《金黄的稻束》就采用了这一"向外发散"的辐射式诗歌大内形式："金黄的稻束站在/割过的秋天的田里"，是这首诗的起句，也是这首诗的一个中心点。面对这个中心点，作者的第一个辐射是"我想起无数个疲倦的母亲/黄昏的路上，我看见那皱了的美丽的脸"，而第二个辐射则是作者把自己的目光从大地移到了天空："收获日的满月在/高耸的树巅上"。她的第三个辐射，是把自己的目光移到了远山："暮色里，远山是/围着我们的心边/没有一个雕像能比这更静默。"然后作者回到了中心点："肩荷着那伟大的疲倦，你们（黄金的稻束）/在这伸向远远的一片/秋天的田里低首沉思"。最后，她又来了一个辐射："静默。静默。历史也不过是/脚下一条流去的小河。"最后的最后，她又回到了中心点："而你们（稻束），站在那儿/将成了人类的一个思想。"要把一个独立的事物写出四射的神采，要求作者善于在事物的前后左右展开腾挪，而又能始终围绕着一个核心，在这一点上，郑敏表现得很是出色。这也证明着郑敏诗歌的形式感。在"九叶诗派"的诗人当中，唐湜和袁可嘉

---

① 韩作荣：《语言与诗的生成》，《诗刊》（上半月刊）2004年第1期。
② 刘心武：《多层次地网络式地去表现人》，《光明日报》1986年1月9日。

也具有敏锐的形式感。

　　"朦胧诗"的重要诗人多多的《致太阳》也是这样的辐辏式结构。这首诗的中心点是"太阳"这个"你"，而所有的诗行都可以看作是太阳这一主语所引领的动宾结构："（太阳）给我们家庭，给我们格言/你让所有的孩子骑上父亲肩膀/给我们光明，给我们羞愧/你让狗跟在诗人后面流浪//给我们时间，让我们劳动/你在黑夜中长睡，枕着我们的希望/给我们洗礼，让我们信仰/我们在你的祝福下，出生然后死亡//查看和平的梦境、笑脸/你是上帝的大臣/没收人间的贪婪、嫉妒/你是灵魂的君王//热爱名誉，你鼓励我们勇敢/抚摸每个人的头，你尊重平凡/你创造，从东方升起/你不自由，像一枚四海通用的钱。"诗中的每一句都以太阳为"词根"，但每一句却各有各的方向。所以说这种辐辏式的结构，很像是一个"中央车站"，诗人的想象和意念，像是源源不断地从"中央车站"驶出的车流。在这种结构的写作中，为了让众星围绕的中心点不断地发挥其核心作用，这一中心点就需要被不断地重复，而类似主旋律一样的句子也就此应运而生。比如未央《祖国，我回来了！》一诗中的"车过鸭绿江，好像飞一样"。比如李瑛《一月的哀思》中的"车队像一条河/缓缓地流在深冬的风里"。而这样中心点的不断重复，就像植物不断分蘖，也像蜜蜂不断另拥蜂王。一个蜂王一个蜂巢，每一次中心点的闪现，也就形成诗歌中的一个诗节。诗歌的连贯性与整体性也由此获得。所以，这种辐辏式大内形式，似乎适于承载絮絮叨叨的抒情。

　　这种"四方辐辏"或者"花香四散"式的结构之所以为人们所喜爱，既因为它可以向心、聚焦，还因为它有利于思维的发散与飞扬，有利于获取诗歌作品的放射性美感，同时让局部的结构得以撑扩而避免作品格局的狭小。比如余秀花诗《清晨狗吠》第一节："客人还在远方。/而露水摇摇晃晃，在跌落的边缘/它急于吐出什么，急于贩卖昨夜盗取的月光/急于从没有散尽的雾霭里，找到太阳的位置/这只灰头土脑的狗"。其首尾两行，分别向其前、其后放射宕开，并都与中间的部分保持着距离，于是五行诗形成了三个方向，形成了掎角之势，产生了稳定和饱满的诗歌美感。也就是说，"辐辏/辐射"式结构同时兼有意象的焦点式组合之美与散点式组合之美两大功能。焦点式意象组合要求意象共存于同一个时空，能经得起"镜头"的推拉。不在同一个时空的，经不起镜头推拉的，就是散点式意象组合。

在诗歌作品中极易看到的博喻手法，所依赖的正是这种辐辏式结构。其广博而不散乱，依赖的也是这一结构的向心力。比如柳沄的《我和自己》："我和自己／有些不一样／像自尊和虚荣／那么不一样"，接下来，围绕着"我和自己／有些不一样"，他说出了一连串的比喻："我承认：我和自己／确实有些不一样／像嘴上说的／和心里头想的／那么不一样／／像上午的太阳和下午的太阳／那么不一样；像／升起来和落下去那么不一样／像神采奕奕和愁眉不展／那么不一样／／太阳熄灭了还有灯／灯熄灭了还有月亮／我和自己，就像／灯光和月色那么不一样／就像月色里的禾苗和稗草／那么不一样"。当然，在此诗的最后，作者又给"不一样"来了一个"一样"的镜像："这是一件让我苦恼的事／什么时候，还得活多久／我和自己才能一样起来……"全诗写得像一个美丽的花环，像一石击水形成的涟漪，一圈一圈，荡漾开去……

在这种辐辏式结构中，众所拱卫的中心乃其恒量，多向的辐射乃其变量，殊途（扩散的、广阔的、灵活而迁移的）而同归（同一源头、同一起点和同一指归）乃其美感。而所谓的"扇形结构"，其实是这种"辐辏／辐射"式结构的局部化。

第二节 现代诗歌的并列式大内形式

并列，即共时且并置的存在方式，也是天下事物空间关系中最基本也最常见的关系，所以也是空间性诗歌大内形式一个最为常见的种类。在中国古代，它主要体现于对仗诗学中的对偶句式，及至现代，则体现为不像对偶那么严格的排比句式、并置章法、层叠结构，等等。

由于排比是一种特别适用于抒情的修辞法，所以，那些抒情性特强的诗章，往往会自觉不自觉地运用排比句法而形成诗歌的并列结构，如海子著名的抒情诗《面朝大海，春暖花开》："从明天起，做一个幸福的人／喂马，劈柴，周游世界／从明天起，关心粮食和蔬菜／

我有一所房子，面朝大海，春暖花开/从明天起，和每一个亲人通信/告诉他们我的幸福/那幸福的闪电告诉我的/我将告诉每一个人/（从明天起）给每一条河每一座山取一个温暖的名字/陌生人，我也为你祝福……"以上全是"从明天起"引领的并列结构，以下"祝福"的内容同样也是并列的："愿你有一个灿烂的前程/愿你有情人终成眷属/愿你在尘世获得幸福/我也愿面朝大海，春暖花开"。排比，往往有着句式大体相同的特征。如果不在句式上刻意追求，则在那些有意识地追求诗歌作品画面感的写作中，就会体现为罗列。比如甘肃诗人独化的《郊外》：

荞花。羊群。玉米林。豆角。萝卜。莲花白。秋天的菠菜
一条古老的河流河畔两个闲谈的老人。一个柳树的林子
林子里我们几个闲谈的人
牧羊人只关心他的羊群。耘田的农妇也并不完全停止她手中的耘锄
女儿手中提着刚从农妇那儿买到的两个小西瓜宛如提着两个绿色灯笼

独化的诗追求古人所谓"筑屋松下，脱帽看诗"（司空图《诗品·疏野》）的散淡，他的这首诗就极具中国画散点式透视的韵味。全诗都是跨度或大或小的物象罗列。前三行全是不惧笨拙的物象罗列，后两行换了一种句型继续罗列，直到最后一行"两个绿色的灯笼"出现，好像才有个东西在他的诗里轻轻地扭了一下小蛮腰，轻轻地变了一下形。上面的三首诗都是这样。沈浩波的《十字路口》也是大同小异：

左边有一个亮着的红灯
右边有一个亮着的红灯
前面有一个不亮的红灯和绿灯
后面有一个不亮的红灯和绿灯

十字路口因此被照耀成了
一个广场
一幅拼图
一堆积木
一桌凌乱的麻将

有65辆自行车
车头向右
有32辆自行车
车头向左
它们都像瘦骨嶙峋的马

有100个人
像木偶
有另外100个人
在行走
有一个穿越红灯的人
像冲上舞台的小丑

有10000辆汽车
像有毒的蘑菇
开放在4条道路上

有一个天空
像输光金币的赌徒
有一片暮色
像一只巨大的蟾蜍

这种罗列，从其分布的规模上可以分为整体性并列与局部性并列两种。整体性并列者，如马致远的《天净沙·秋思》："枯藤老树昏鸦，小桥流水人家，古道西风瘦马，断肠人，在天涯。"如柳宗元的《江雪》："千山鸟飞绝，万径人踪灭。孤舟蓑笠翁，独钓寒江雪。"这两首诗好像写的都是某个"人类的尽头"，遥远，冷清。马致远《秋思》的目光是平行移动，柳宗元《江雪》的目光由远而近。有人用电影镜头的推进来理解《江雪》，完全可以，但因此就赞扬古人的镜头感（好像镜头就有多么的了不起），却大可不必。人的目光运动这一"自然"，才是艺术真正的本源，电影的镜头运动，不过是对自然的模仿而已。

　　如顾城的《弧线》："鸟儿在疾风中/迅速转向//少年去捡拾/一枚分币//葡萄藤因幻想/而延伸的触丝//海浪因退缩/而耸起的背脊"。如杨牧的《哈萨克素描》："站着是一匹伊犁马/睡着是一架乌孙山//动时是一条喀什河/静时是一片大草原//三角肌和肱二头肌/高高隆起剽悍的力/两腿的螺旋钳着鞍镫/始终是没有终点的起点//一副刀鞘，插着原始的果敢、顽强/一顶粗毡，护着自身永恒的温暖/鹰鼻钩着惊险的故事/两眼却是幽默的流传//酒里没有太高的奢望/酒后又有敞亮的不满/太阳落下左肩的时候/依旧把月亮扛在右肩//古老的历史正在开发/每一片胸脯，都擂着鼓点"。如果只在某一局部使用排比，即可形成局部的并列并助成局部的肌骨丰满。如赵丽华的《傻瓜灯——海兽》："我轻轻叹息一声/海鲸/海獭/海豚/海牛/海狮/海象/和海豹/这些胎生的/哺乳的/恒温的/用肺呼吸的/胖胖乎乎的/海上动物/同时游向了大海"，全诗 15 行，中间 13 行全是并列。赵丽华的另一首诗《听到》，全诗 22 行，有 17 行是通过"听到"领起的一连串的听到的事物。

　　这种基于意象并置的所谓"蒙太奇"理念而形成的并列结构，好处是内容丰富且能蓄积语势并尊重读者的联想能力。如北岛《回答》中句："我来到这个世界上，/只带着纸、绳索和身影。"如柯平《诗人毛泽东》中句："思想在水底沉淀/水面上漂浮着史书、语言和时间"。所以，优秀的诗人，在进入这样的意象并置式大内形式后，会非常注意并置的意象之间绝不按部就班的变化，特别注意意象之间比较大的时空跨度和物性跨度。而且，会特别注意其描写的细节性。意象陈列，从修辞手法上看，往往也是一种借代：以特征性的局部借代整体。比如同在《诗人毛泽东》中的柯平诗句"他躺在农民家的竹床上/枕着《孟子》和《共产党宣言》/沉沉睡去"，其中的"《孟子》"和"《共产党宣言》"就是特征性的中国传统文化和毛泽东所信奉的马克思主义之局部性借代。所以，意象并置最终表现的就是作者捕捉事物其细节性特征的能力。对于一个艺术家来说，这是一个至关重要的能力。江南才子柯平在这个方面堪称能力出众，比如他的《湖州夜庙有人向我兜售一把明代折扇》句：

> 文人身体的一部分
> 它的知交是长衫、方巾和笔
> 骨子不硬
> 面子也一撕就破
> ……
> 扇面上画满了点点桃花
> 细看时都是血

读他的这类诗，真是如沐春风，似有羽扇轻摇。

有人在说到赵丽华的《廊坊不可能独自春暖花开》时，认为这首诗"有一种神秘的逻辑在自由的意识中穿梭流动"[1]。彼所谓"神秘的逻辑"是指什么呢？这"神秘的逻辑"其实并不神秘，就是这首诗的大内形式，就是赵丽华把石家庄、北京以及夹在中间的廊坊这三个地点并置起来而形成的并列结构：

> 石家庄在下雪
> 是鹅毛大雪

---

[1] 某网民评赵丽华，见赵丽华《一个人来到田纳西（诗/画）》，吉林人民出版社2014年版，第125页。

像是宰了一群鹅
拔了好多鹅毛
也不装进袋子里
像是羽绒服破了
也不缝上

北京也在下雪
不是鹅毛大雪
是白沙粒
有些像白砂糖
有些像碘盐

廊坊夹在石家庄和北京之间
廊坊什么雪也不下
看不到鹅毛
也看不到白砂糖和碘盐
廊坊只管阴着天
像一个女人吊着脸
说话尖酸、刻薄
还冷飕飕的

而在她的《风沙吹过……》中，这种随自然方位的移动而移动的天然结构法就更为分明：从风吹过草原，到风吹过城市，到一路向南吹来，到吹到我，"全诗恍如行云流水，内心的感觉一泻千里"。① 这样的诗歌结构，可称之为诗歌大内形式的"空间位移模式"：

风沙吹过草原

---

① 某网民评赵丽华，见赵丽华《一个人来到田纳西（诗/画）》，吉林人民出版社2014年版，第67页。

风沙吹过草原的时候几乎没有阻挡
所有的草都太低了
它们一一伏下身子
用草根抓住沙地

风沙吹进城市
风沙终于吹进城市
在城市的街道上
它们飞奔
步伐比行人还快
它们遇到混凝土建筑
遇到玻璃幕墙
它们一路地往上吹
带着情绪往上吹
在最高的楼层
呜咽的最厉害

风沙吹过我居住的城市
向南一路吹去
风沙还将吹过我
吹过我时
就渐渐弱了下来

　　复以戴望舒《我用残损的手掌》为例。戴氏用"我用残损的手掌/摸索这广大的土地"领起后，即进入了空间位移式的内形式布局："这一角已变成灰烬，/那一角只是血和泥；/这一片湖该是我的家乡……"在此稍做停顿，又继续空间位移："这长白山的雪峰冷到彻骨，/这黄河的水夹泥沙在指间滑出；/江南的水田，你当年新生的禾草/是那么细，那么软……现在只有蓬蒿；/岭南的荔枝花寂寞地憔悴，尽那边，/我蘸着南海没有渔船的苦水……"至此，戴氏复以

"无形的手掌掠过无限的江山，/手指沾了血和灰，手掌粘了阴暗"，对首句进行了呼应，最后又回到空间位移模式："只有那辽远的一角依然完整，/温暖，明朗，坚固而蓬勃生春。/在那上面，我用残损的手掌轻抚，/像恋人的柔发，婴孩手中乳。我把全部的力量运在手掌/贴在上面，寄予爱和一切希望，/因为只有那里是太阳，是春，/将驱逐阴暗，带来苏生，/因为只有那里我们不像牲口一样活，/蝼蚁一样死……那里，永恒的中国！"有论者认为此诗为戴望舒走出"雨巷"后的代表作，那一定是就其诗歌的情感内容而言。若从形式上看，他走不出的则是"雨巷"所象征的"空间位移模式"这一诗歌大内形式。至于这首诗的分节以及两行一韵等，其实都是不太重要的外形式。

事物的空间变化之由大到小者，即"倒金字塔型"，也在此空间位移模式之列，如雷平阳的《亲人》：

> 我只爱我寄宿的云南，因为其他省
> 我都不爱；我只爱云南的昭通市
> 因为其他市我都不爱；我只爱昭通市的土城乡
> 因为其他乡我都不爱……
>
> 我的爱狭隘、偏执，像针尖上的蜂蜜
> 假如有一天我再不能继续下去
> 我会只爱我的亲人——这逐渐缩小的过程
> 耗尽了我的青春和悲悯

雷平阳对诗歌的大内形式有着敏锐的感觉和娴熟的把握，也有着勇敢的探索，比如他饱受争议的《澜沧江在云南兰坪县境内的三十七条支流》，第一行"澜沧江由维西县向南流入兰坪县北甸乡"，为全诗定下了"澜沧江"空间位移的基调，然后他几乎是出人意料地进行了一老一实的铺叙："向南流1公里，东纳通甸河/又南流6公里，西纳德庆河/又南流4公里，东纳克卓河……又南流48公里，澜沧江这条/一意向南的流水,流至火烧关/完成了在兰坪县境内130公里的流淌/向南流入了大理州云龙县"。人们对此诗多有非议,是因为它的结构方式太简单了,简单得似乎在嘲弄读者的智商。读者们可能不是太明白,诗歌的大内形式,其实是越简单越好。鲁迅在1935年的一封信中就说到:"诗须有形式,要易记,易懂,易唱,动听,但格式不要太严。要有韵,但不必依旧诗韵。只要顺口就好。"① 鲁迅这里所谓诗的"形式",不只是外形式,还包括大内形式。这个大内形式,也就是鲁迅语中的"格式"。鲁迅说这样的形式"要易记",指的就是诗歌的大内形式要简明。只有简明的大内形式,才"易记"。如果同时选择了"押韵",则可以兼有"易唱"和"动听"的好处。但是,诗歌如要"易懂",却不能只靠外形式和大内形式,还得依靠小内形式。

尤其重要的是,他们在进行并列性空间位移的时候都自觉不自觉地遵守着并列结构语义重心的后置律。比如柯平《诗人毛泽东》的第八小节:

> 是一个多么宽博的人啊
> 胸中装得下四海云水五洲风雷
> 一个县的病情
> 农民的一只饭碗,一条棉被
>
> 这又是一个多么固执的人啊
> 不大愿意出国
> 讨厌吃喝,讨厌医生
> 讨厌穿新衣服
> 甚至讨厌
> 有人在庐山美庐的劲松下

---

① 鲁迅:《致蔡斐君》(1935年9月20日),见《鲁迅全集》第十三卷(书信1934—1935),人民文学出版社2005年版,第553页。

对他轻轻说一个"不"

　　所谓并列结构语义重心的后置，就是与它并列的但是在它前面的那些事物，名义上是并列的，但是事实上却往往不幸地成了它的陪衬与铺垫。

　　不论是整体的并列还是局部的并列，在高手腕下，就是层峦叠嶂，而在庸才笔底，却是危如累卵。艾青的《大堰河，我的保姆》中，就有不少这样胡乱堆砌的并置。所以，并列结构的结构要点在于其内部控制机制的确立。如果没有一定的控制装置，由于这种结构的简单性，极易形成局面的失控。而能对并列结构形成重要控制作用的，就是并列结构语义重心的后置律。比如于坚诗《便条集》之325：

在黑暗苍穹的顶端
星星把天空
一小片一小片地照耀
就像我家的灯
在大城市的黑夜里
只照耀着小杏
于果
和我的茶

　　如果我们做一个实验：把这首诗以"就像"二字为转轴进行反转，有趣的是，它就会变成这样：

我家的灯
在大城市的黑夜里
只照耀着小杏
于果
和我的茶

就像在黑暗苍穹的顶端
星星把天空
一小片一小片地照耀

那么，我们通过什么来做出最后的确定呢？究竟谁上谁下、谁前谁后呢？这一决断的依据，就是并列结构语义重心的后置律：把要重点表现的东西，放在后面。

在并列结构的诗歌文本中，像上述这样存在着中轴线者，往往具有一种形式上的对称美。"朦胧诗"的重要诗人江河的《星星变奏曲》就是一首对称式并列结构的优秀作品。诗分上下两节，每一节的起句都是"如果大地的每个角落都充满了光明"，然后，如论者所评："在结构上两节之间是一种均衡对称的并列关系。然而，前后两节的内涵却完全不同。"在第一节中，反问句式引领的是"星星""诗""蜜蜂""萤火虫""睡莲""春天""鸟""白丁香"等意象；在第二节中，反问句式引领的是"夜""冰雪""冻僵的夜晚""僵硬的土地""被风吹落的星星"等意象。这两组意象在意义指向上是互否性关系。[①] 张志民的《倔老婆子》则是在前半部分与后半部分之间形成了一种对称："那时间——/她拿棍子赶着小伙子走，/背过脸，/骂着她家大丫头：/'哪有女娃招后生？/十七大八不知羞……'"而下一节则正好相反："昨晚上——/她拿筷子戳着三闺女的头，/嘱咐着：/'抹抹嘴儿还不赶快走！/省得他，/在咱家门口儿干咳嗽……'"态度大变，几乎是180度逆转。

对称式并列结构，可以看作中国传统诗歌对偶式大内形式的现代延续与当代变形，深藏着中国诗歌的对仗美学。在这一结构上，中国古人用心用力久矣，但并未穷山尽水，穷形尽相，现代诗人仍可大有作为。戴望舒就有一首极富对称之形式美感的《烦忧》：

[①] 郭富平导读江河诗，见马超主编《百年新诗百篇导读》，吉林大学出版社2011年版，第166页。

说是寂寞的秋的清愁,
说是辽远的海的相思。
假如有人问我的烦忧,
我不敢说出你的名字。

我不敢说出你的名字,
假如有人问我的烦忧。
说是辽远的海的相思,
说是寂寞的秋的清愁。

这首诗简直是现代版的"回文诗""颠倒歌",是十分典型的"倒影"式镜像结构,有一种诗歌形式强烈的尝试性。虽想落天外,却又执其环中——能守住诗歌的圆心:中间四行。再如公刘的《夜半车过黄河》:

夜半车过黄河,黄河已经睡着,
透过朦胧的夜雾,我俯视那滚滚浊波,
哦,黄河,我们固执而暴躁的父亲,
快改一改你的脾气吧,你应该慈祥而谦和!

哎,我真想把你摇醒,我真想对你劝说:
你应该有一双充满智慧的明亮的眸子呀,
至少,你也应该有一双聪明的耳朵,
你听听,三门峡工地上,钻探机在为谁唱歌?

全诗两节,上下对称:事实上"睡着"的黄河与"真想把你摇醒"对举,黄河的"固执而暴躁"与"应该有一双聪明的耳朵"对举。而这样的对仗式结构之佳作,当推当代诗人苏浅的《尼亚加拉瀑布》:"当然它是身体外的/也是边境外的//当我试图赞美,我赞美的是五十米落差的水晶//它既不是美国,也不是加拿大的/如果我热爱,它就是祖国/如果我忧伤/它就是全部的泪水"。全诗三节，中间一节简直就是对称轴，然后分别对称，对仗均衡，简直是一种比翼双飞的结构！写得真美！再如赵丽华的《约翰逊和玛丽亚》，全诗只有一个对话：先是"一只老波尔羊感慨"过去的不好，后是"一只小波尔羊抱怨"现在的不好，内容上是对立的，形式上则是对称的。

赵丽华另一首题名《新开路》的诗，其并列结构可称之为镜像式对举："新开路有些你不了解的声响/我为此恐惧/我从这里跑着回家/像被刺客追杀/新开路偶尔也是寂静的/那是你所不了解的寂静/像遭遇暗杀前的寂静"。前半部分的声响与后半部分的寂静，形成了一种典型的镜像式结构。而她的《朵拉·玛尔》结构更为奇特："她平躺着/手就能摸到微凸的乳房/有妊娠纹的洼陷的小腹/又瘦了，她想："我瘦起来总是从小腹开始"/再往下是耻骨/微凸的，一个缓缓的山坡/这里青草啊、泉水啊/都是寂寞的"。有个叫探头的人就发现了赵丽华在这首诗里之所以使用第三人称的用意："作者的切入很有意思，选择了朵拉·玛尔这样一个第三者，以实现个人写作上的旁观性角色。这有助于感性的同时，保持了语感上的智性。"[①] 于是，这首诗也就形成了一种独特的镜像式结构——它并不直接写自己，而是把自己放在镜中，然后在一定的角度与距离下进行观照。赵丽华作为当年"梨花体"的教母，"梨花"味其实并不浓，即她不仅非为女儿态，而且实多丈夫气。但她却是一个"照镜子"的高手，她的镜像式诗歌结构，五花八门，下面再举一例。比如她的《其实》：

其实你肯定会把用在我身上的温情
在其他女人身上
再用一次
像旧伤复发

[①] 网民探头评语，见赵丽华《一个人来到田纳西（诗/画）》，吉林人民出版社2014年版，第27页。

其实我也一样

最后一节虽然只有一行,却反弹力十足,反击力更强。虽出语平常,但平平淡淡的话语中深藏着这位艺术的女强人极其高傲的心性。

第三节　现代诗歌的"Y"式大内形式

并列与对举,以及影像式对称的内形式,终归有一种分为两岔的疏离感,于是,依照分而合之的结构法,诗人们往往会将在两两对举之后,再设法将它们结而束之,这就形成了我们极易看到的一种上开下合式的"Y"型结构,即"Y"型大内形式。比如南人的《清明,湖面》:

你看到的
是湖面上一艘艘游船

我看到的
是湖面上一只一只漂浮的鞋子

所有在夏天溺水而死的生命
此刻全都倒立着
脚在水面
身在湖底

前两节的"你"与"我"各标一枝,第三节的"全都"又将它们合二为一,这就是典型的"Y"型结构。再比如蔡其矫的《雾中汉水》:"两岸的丛林成空中的草地;/堤上的牛车在天半运行;/向上游去的货船/只从浓雾中传来沉重的橹声,/看得见的/是千年来征服汉江的纤夫/赤裸着双腿倾身向前/在冬天的寒水冷滩喘息……"以上部分全是并列,然后就是最后的"总结":"艰难上升的早晨的红日/

不忍心看这痛苦的跋涉，/用雾巾遮住颜脸，/向江上洒下斑斑红泪。"这就是那最后一个捆结与绳束。戏幕一合，一场戏结束了。再比如沈浩波极具灵气的《她叫左慧》，先说她的姓"左"，接着说她的名"慧"，最后合起来说"左慧"，也就是典型的"Y"型结构。

这样的"Y"型结构，喻言之，就是"树杈"型结构。树杈，也是上开下合。如果直接地概说，可称"散碎出，整饬收"。有一个叫做子牙河西的网民在说到赵丽华的《大雪封山》一诗时，就说到了赵丽华此诗"散碎出，整饬收"的结构特点。这首诗为："鸟类要刨开半尺厚的雪/才能够找到吃的/白茫茫一望无际的大地/只有这时候是干净的/一个肩扛猎枪的猎人/向人迹罕至的地方走/他多么幸福/那里一点儿城市也没有/那里一点儿废话也没有/他呼吸到的空气/他踩出来的鞋印/都不是别人的"。很显然，这儿所谓的"整饬"，指的是一种分明的整合意味，犹如刀剑之锋芒，收敛着刀剑所有的指向。写作必然是一种有放有收的言说过程，写作的艺术也必然是一种收放的艺术，要说诗歌真正的大内形式，那就是一放一收。如台湾诗人非马的《罗湖车站——返乡组曲之八》："我知道/那不是我的母亲/我的母亲/她老人家在澄海城/十个钟头前我同她含泪道别/但这手挽包袱的老太太/像极了我的母亲"。这是其中的一个杈；"我知道/那不是我的父亲/我的父亲/他老人家在台北市/这两天我要去探望他/但这拄着拐杖的老先生/像极了我的父亲"。这是其中的另一个杈。然后就是合："他们在月台上相遇/彼此看了一眼/果然并不相识//离别了三十多年/我的母亲手挽包袱/在月台上遇到/拄着拐杖的我的父亲/彼此看了一眼/可怜竟相见不相识"。如果说此诗是节与节的分而合之，席慕容的《七里香》则是既有节与节的分而合之，又有行与行的分而合之："溪水急着要流向海洋/浪潮却渴望重回土地//在绿树白花的篱前/曾那样轻易地挥手道别//而沧桑了二十年后/我们的魂魄却夜夜归来//微风拂过时/便化作满园的郁香"。在诗歌的"Y"型结构中，王家新的《蝎子》也堪称佳构："翻遍满山的石头/不见一只蝎子：这是少年时代/哪一年哪一天的事？"这是一杈；"如今我回到这座山上/早年的松树已经粗大，就在/岩石的裂缝和红褐色中/一只蝎子翘起尾巴/向我走来"。这又是一杈;"与蝎子对视/顷刻间我成为它足下的石沙",这一节紧紧地束扎前文,却也语含颠倒:高大的东西此刻渺小,渺小的东西此刻高大!比如艾青的《我爱这土地》:

假如我是一只鸟,
我也应该用嘶哑的喉咙歌唱:
这被暴风雨所打击的土地,
这永远汹涌着我们的悲愤的河流,
这无止息地吹刮着的激怒的风,
和那来自林间的无比温柔的黎明……
——然后我死了,
连羽毛也腐烂在土地里面。

为什么我的眼里常含泪水?
因为我对这土地爱得深沉……

这首诗在总体上是典型的"感性+理性"结构。在其"感性"部分,即第一节,以一鸟而并驭了好几样"歌唱"的宾语:土地、河流、风、黎明等,于是这也是其并列的部分;第二节,即"理性"部分,理性就理性在以抒情主人公形象直接倾诉:"为什么我的眼里常含泪水?/因为我对这土地爱得深沉。"这却是并列之后的一个总合。至此,这首诗的"Y"型结构也告形成。另如伊沙主持的《新诗典》2016年7月2日轩辕轼轲的诗《成吉思汗的部队没有粮草官》:

每个人都要
自备干粮
牛肉干
羊肉干
奶酪干
压缩饼干(以上为"Y"之一枝)

只有马是湿的
只有不停奔跑
才能避免
倒下后被制成（以上为"Y"的另一枝）
马肉干（这一行为合）

伊沙在推荐语中说轩辕轼轲："他不缺机灵，不缺写作能力，但有时候常常用大炮打蚊子或者打空气。状态好时，便如本诗，一个杠杆，撬动了草原、战争和历史。"这首诗确实也是以小见大的"本色"之作——诗歌的职守，似乎从来就是这样以小小的光斑而反射生活的大光辉。

如果把这种分而合之的结构法稍做变动，如果在分之前先来一个合，就成了合分合结构，如洛尔迦的《告别》（陈光孚译）：

即便我已死去，
也要让凉台敞开着。

孩子吃柑橘，
我可以从凉台看到。

农夫割麦子，
我可以从凉台看到。

即便我已死去，
也要让凉台敞开着。

于坚的《尚义街六号》，也是这样一种分而合之分分合合的结构法。

于坚的《尚义街六号》，先是合而言之："法国式的黄房子/老吴的裤子晾在二楼/喊一声，胯下就钻出戴眼镜的脑袋/隔壁的大厕所/

天天清早排着长队/我们往往在黄昏光临/打开烟盒打开嘴巴/打开灯",而后则是针对不同的人分而言之:"墙上钉着于坚的画/许多人不以为然/他们只认识梵高";"老卡的衬衣揉成一团抹布/我们用它拭手上的果汁/他在翻一本黄书/后来他恋爱了/常常双双来临/在这里吵架,在这里调情/有一天他们宣告分手/朋友们一阵轻松很高兴/次日他又送来结婚的请柬/大家也衣冠楚楚前去赴宴";"桌上总是摊开朱小羊的手稿/那些字乱七八糟/这个杂种警察一样盯牢我们/面对那双红丝丝的眼睛/我们只好说得朦胧/像一首时髦的诗";"李勃的拖鞋压着费嘉的皮鞋/他已经成名了,有一本蓝皮会员证/他常常躺在上边/告诉我们应当怎样穿鞋子/怎样小便怎样洗短裤/怎样炒白菜怎样睡觉等等/八二年他从北京回来/外衣比过去深沉/他讲文坛内幕/口气像作协主席";"茶水是老吴的电表是老吴的/地板是老吴的邻居是老吴的/媳妇是老吴的胃舒平是老吴的/口痰烟头空气朋友是老吴的/老吴的笔躲在抽桌里/很少露面"。下面转笔合而言之:"没有妓女的城市/童男子们老练地谈着女人/偶尔有裙子们进来/大家就扣好纽扣/那年纪,我们都渴望钻进一条裙子/又不肯弯下腰去"。写到这儿又回到了专写一个人:"于坚还没有成名/每回都被教训/在一张旧报纸上/他写下许多意味深长的笔名";接着又写另一个人:"有一人大家都很怕他/他在某某处工作/'他来是有用心的,/我们什么也不要讲!'"以下其实还是分写:"有些日子天气不好/生活中经常倒霉/我们就攻击费嘉的近作/称朱小羊为大师/后来这只手摸摸钱包/支支吾吾闪烁其辞/八张嘴马上笑嘻嘻地站起"。最后,又是合写:"那是智慧的年代/许多谈话如果录音/可以出一本名著……"我们看武打电影中手摇扇子的书生文侠,那一把扇子开开合合,自如阖捭,好像描写的就是于坚这样的诗中高手。

结　语

　　佛斯特《小说面面观》在讲到小说的"图式与节奏"时,讲到了一种"钟漏型"小说结构,并以法朗士的小说《苔依丝》为例——"钟漏型"于是又得名"《苔依丝》图式"。按照他的描述,当一个叙事中距离遥远的两个人物渐渐地发生了交集,而后又渐渐地分开,并且在分开后人物的命运发生了互换性的变化,则这样的叙事图式,就像是"钟漏"的形状,就是"钟漏型"。他所谓的这种"钟漏型",就像是一个正"V"和一个反"V"的上下对接所形成的"X"型。比如《红楼梦》中至尊至贵的贾母和至贫至贱的刘姥姥,本来相距遥远,却神差鬼使一般发生了交集。交集之后,渐渐的,至尊至贵的贾母随着她的家族而沦入困顿,而至贫至贱的刘姥姥反而成了贾府的救星。这就是《红楼梦》叙事中的"《苔依丝》图式"。这里提及这一图式,是想把上述诗歌的"Y"型结构通过"复杂化"而加深理解。事实上,诗歌的结构一般不会这么复杂。而佛斯特在解释他的"钟漏"这一比喻时说的这一段话,倒是应该引起我们的重视:"我们自然不要把它视为一个钟漏——它不过是在演讲时借用的一个术语,在这儿决不要仅从字面上理解。我们将会发现用这个几何图形作比喻是很有用的。如果不借用钟漏这种'图式',《苔依丝》的故事、情节,以及像苔依丝、伯福鲁士这样的人物就无法施展其全部力量,无法像他们现在这样进行呼吸。'图式'似乎很严格,其实它与那种变幻不定的气氛是密切相关的。"[①] 佛斯特讲的正是本书所津津乐道的内形式的力量与价值!

[①] [英]佛斯特:《小说面面观》,苏炳文译,花城出版社1984年版,第132页。

第五章　现代诗歌的时间性大内形式

　　大自然中最基本也最自然的事物进程，莫过于时间的进程，于是时间的进程也就是诗歌大内形式天然的九天通衢。

　　时间性大内形式，指的是事物历时性的内在组织结构。比如"递进式结构"，就是以时间上的先后次序为其承续关系。沙白的《水乡行》即是如此："水乡的路，/水云铺；/进庄出庄，/一把橹。//渔网作门帘，/挂满树；/走近才见/几户人家住。//榴火自红，/柳线舞。/户户门前，/锁一副。//要找人，稻花深处；/一步步，/踏停蛙鼓。//蝉声住/水上起夜雾；/儿童解缆送客，/一手好橹。"全诗固然语言简洁、音韵流畅，但其入水乡、出水乡的这一"顺时"之"顺叙"结构，也为此诗奠定了清晰的路线图。再如赵丽华的《黎明》："天开始是暗的/这种暗持续了很长时间/后来有了一点点白/淡淡的灰白/再后来是惨白/死人白/再后来像死人擦了粉/像死人活过来"，其自然进程就是天色由黑转白的天亮过程。再如她的《月光如水》："夜里/你睡不着/你穿着睡袍来到窗前/你抱着双膝晒了会儿月亮/你感慨说月光如水啊/你又感慨说照缁衣啊"。五个动作呈连续关系，拉出一道时间的进程，其时间性的大内形式井然有序。

　　如果说空间性的存在更多是"物"的存在，则时间性的存在就更多"事"的存在。我们对这样"事"性的存在的言说，就是叙事，其主要使用的表达方式，就是叙述。于是所谓时间性的大内形式，主要也就是叙事性言说的内在结构方式。于是现代诗歌时间性的大内形式，主要也就是叙事（故事）性的大内形式。下面介绍几种比较常见的历时性诗歌大内形式，即叙事（故事）式诗歌大内形式。

第一节　现代诗歌的小说故事式大内形式

余秋雨有一句话，窥探到了民间世俗之所以对陶渊明并不感冒的秘密："民众的接受从来不在乎通俗，而在乎轰动，而陶渊明恰恰拒绝轰动。民众还在乎故事，而陶渊明又恰恰没有故事。"[①] 没有故事的人，确乎很难进入民众的视野。陶渊明的这种遭遇，反过来也证明了故事的力量。

故事，是说故事的人一板一眼地讲出来的，有它言说的大内形式，即叙述学所谓的叙事结构。其单线型结构（"链条式"）者，如《张铁匠的罗曼史》《人生》；其复线型结构者，如《安娜·卡列尼娜》；其辐射型结构者，如《人到中年》《追忆似水年华》；其蛛网型结构（三条以上线索互相交叉，盘根错节像一个蛛网）者，如《水浒传》等。它们虽然种类较多，却有一个共同之处，那就是随事件的自然发展过程而运动。于是简而言之，小说故事的大内形式，就是叙事。江弱水说："现代是小说为王。……若论穷形尽相地刻画人性、描写生活，诗不能不让位于小说。"[②] 于是，到了口语诗，中国现代诗人们即在自己的诗歌中大量地引入了叙事。他们想从小说那里讨一点"便宜"。不能说他们的这一策略不够聪明。自古以来，故事本来也是诗歌艺术一个重要的言说内容，而讲故事的基本方式，自然也就是叙事性诗歌文本的大内形式。比如某诗人的《一碗油盐饭》（作者姓名待考）：

　　前天
　　我放学回家
　　锅里有一碗油盐饭

[①] 余秋雨：《田园何处》，见余秋雨《中国文脉》，长江文艺出版社2012年版，第231页。

[②] 江弱水：《诗的八堂课》，商务印书馆2017年版，第178页。

昨天，我放学回家
锅里没有一碗油盐饭

今天
我放学回家
炒了一碗油盐饭
放在妈妈的坟前

作家刘醒龙曾赞不绝口地说："我从未读过也未见过只用如此简单的形式，就表现出强大的震撼力与穿透力的艺术作品。"① 其中从"前天"到"昨天"再到"今天"的这一自然过程，也就是这首诗顺其自然的结构方式。比如赵丽华的《磨刀霍霍》：

先用砂轮开刃
再用砂石打磨
再用油石细磨
最后用面石定口
这位来自安徽的磨刀师傅
态度一丝不苟
手艺炉火纯青
我掂着这把寒光闪闪的刀上楼
楼道无人
我偷偷摆了几个造型
首先是切肉
然后是剁排骨
最后是砍人

这首"杀气腾腾"的诗，从第一行的"先"，到最后一行的"最

---

① 转引自袁忠岳《回到诗歌的"内形式"》，《雨花》1998年第6期。

后",结构并无多么特别的用心,随顺着事情的自然进程,是什么就是什么。这样的诗歌结构,按说应该是诗人的一个表达的基本功吧,因为一个人学习叙事,也都是从小学的记叙文开始的。叙事稍微有些讲究的,比如王小妮极力推举的麦豆短诗《荷》:

远远地看见你落水
没来得及呼喊

留下一件绿色有香气的旗袍

八月中秋,闹市街头
我遇见一位桂花飘香的女子
臂挂菜篮,肌肤雪白

诗分三节,对应着三个时段,时间的推进脉络也是十分清晰。美的沦落和美的复活,一个凄美的抒情,得之于一个凄美的故事,而这一故事感的形成,又得之于故事式大内形式的承载。它和赵丽华的《磨刀霍霍》一样,都有明确的大内形式:《荷》的大内形式是一个再生故事,《磨刀霍霍》的大内形式是一个磨刀过程。它们都借重了叙事,也都描写了一个特定的场景——都有一种戏剧化的努力。这种诗歌写作的叙事性与场景感,显然有效地克服了诗歌抒情常见的边界飘忽、所指空泛、形式模糊与意象杂乱。于坚的《过海关》也是如此:

夏天 走向海关时出了一身汗 担心起来
过了这关就是大海啦 盐够了吗 鳞是否足以抹去
肉身?很多年了 有个密探一直藏在某处 从不出面
只感觉谁在暗中观察 分析 记录 汇报并领着
薪水 黑暗深处的海豹 随时会把暴露者衔出水面
现在 忽然这么近 紧贴着我 推了一把似的

隐私被公开在亮处　　队伍依次向关口移动
判决的时刻临近了　　我看见守门人正歪着头
审视白纸黑字　　多次出境　　自信也没有
危害过任何人　　做事对得起良心
也没有破坏过公园的一草一木　　呼吸
急促　　神色反常　　拼命要露出做贼心虚的样子
汗如雨　　无法控制自己像一个逃亡者那样
面对海关　　我不能肯定过去的日子中
他是否　　已经走错了路线　　是否言论过激
行为不检点　　是否思想的秘密管道出现裂缝　　漏光
或者肾结石已经　　于不知不觉中转化为海洛因
自觉地接受仪器终身监测　　但深夜里
还是会在荒凉的广场上醒来　　察看自己的手指
大部分时间中　　我不太知道什么事可以做
什么不可　　那么多社论　　那么多微言大义　　那么多量杯
此一时彼一时　　老虎由于花纹来历不明被捕
树木因为议论风被消灭　　茶太浓有变色之嫌
教师忠于情书　　朋友爱梅　　曾经都是罪　　学生不准读书
后来又统统解禁　　多年反复折腾　　旗袍和玫瑰
都不显老　　只是当事人九死一生　　战战兢兢　　纷纷
草木皆兵　　再也不敢了　　拉上窗帘说话
是我父亲和同事后半生的小毛病
告密者和打手全部失踪　　大海复归平静
鱼虾王八各自归位　　还是要吃咸的　　沧海桑田
君子三畏　　畏天命　　畏大人　　畏圣人之言
捉摸不透的深　　何时　　它会再次翻脸不认？
说普通话的目光炯炯　　盯着我的光头看了三秒
真后悔没带头发　　敲击键盘　　核对数据 搜索
电脑　　可别出现乱码啊"哪个单位的　　去那边干什么？"
吃喝玩乐也许还无害生计地小赌一把却报告说去开会

　　　　不由自主　又扯了一个小小的谎　几乎就要
　　　　像一个罪犯那样举手投降的时候
　　　　一个章盖下来　打开出口　放了我
　　　　大海是一面灰色的透镜　看了一眼
　　　　鱼众正无言地打着呵欠　昏昏欲睡　鳃如云

　　于坚的这首诗，内容那么丰富，多亏了他在记叙其事时清晰的时间过程，让我们在涉渡这首诗歌之江的时候手中有了一根牵绳。这根牵绳，就是这首诗的大内形式。再比如北岛的《迷途》："沿着鸽子的哨音/我寻找着你/高高的森林挡住了天空/小路上/一颗迷途的蒲公英/把我领向蓝灰色的湖泊/在微微摇晃的倒影中/我找到了你/那深不可测的眼睛"。这首《迷途》，是"朦胧诗"的"代表作"，它充满了那个叫做"象征"的"假动作"：处处象征，却处处"象"而不"征"。善于附会诗意的人会认为"哨音"象征"召唤"，"天空"象征"理想"，"森林"象征"障碍"，但这首诗写的，终归是一次"迷途"的体验。如果从"寻找"入眼，把这首诗看成一个有关寻找的单线叙事过程，则就能看出"迷途"的美丽：我们不仅不会因为徘徊歧路而大哭，我们甚至会像诗人那样，在小径交织的花园流连忘返。比如古马的《大雨》：

　　　　森林藏好野兽
　　　　木头藏好火
　　　　粮食藏好力气
　　　　门藏好我
　　　　闪电
　　　　为啥藏不好美丽而痛苦的脸

　　　　大雨半夜敲门
　　　　大雨要我泼出灯光
　　　　给你腾个藏身的地方

"藏"并且"藏好",是个极具情节性的动词,配合上"大雨半夜敲门/大雨要我泼出灯光/给你腾个藏身的地方",情节性得到了加强,但这个文本毕竟是诗而不是小故事的分行排列。如果一定要强调其中的故事性,则这样的故事不会是现实主义的,而绝对是浪漫主义的——是童话般的故事。

古马的《尼庵》也是这样一首"故事诗"。他写尼庵的静,却绕了一个大弯子——从蟋蟀的对话开始,而且也不知古马是如何想得出来的,他以"贼人之心"度蟋蟀之腹,竟然想到了一个同样"静悄悄"的动作:窃!两个蟋蟀,商量着窃……窃这窃那……于是最后这几行就获得了实实在在的空前绝后的艺术张力:

蟋蟀都很激动
声音
越来越大
尼庵越来越黑
越来越小

古马此诗,堪称匠心独运!出神入化,是诗歌中可遇而不可求的神品。于坚《避雨的鸟》也是这样:

一只鸟在我的阳台上避雨
青鸟　小小地跳着
一朵温柔的火焰
我打开窗子
希望它会飞进我的房间
说不清是什么念头
我洒些饭粒　还模仿着一种叫声
青鸟　看看我　又看看暴雨
雨越下越大　闪电湿淋淋地垂下
青鸟　突然飞去　朝着暴风雨消失

一阵寒战　似乎熄灭的不是那朵火焰
而是我的心灵

作为诗意呈现的想象——把小鸟想象成一朵火焰，在这首诗里，这一过程被作者裹入了一个避雨的、收留的、离开的情节。但是这情节却十分知趣地愿意为诗歌而委屈自己——诗到情感而止，而不是到事件而止。这就是诗歌中叙事与抒情的关系。如阿信的《在尘世》：

在赶往医院的街口，遇见红灯——
车辆缓缓驶过，两边长到望不见头。
我扯住方寸已乱的妻子，说：
不急。初冬的空气中，
几枚黄金般的银杏叶，从枝头
飘坠地面，落在脚边。我拥着妻子
颤抖的肩，看车流无声、缓缓地经过。
我一遍遍对妻子，也对自己
说：不急。不急。
我们不急。
我们身在尘世，像两粒相互依靠的尘埃，
静静等着和忍着。

因为诗歌终归不是讲故事的，而是抒情的，什么时候情感得到了释放，得到了说明，得到了证实，就可以"止"——打住！再如食指于1968年写下的《这是四点零八分的北京》，虽然其外形式是典型的"豆腐块形"（北岛的《回答》沿用了这一诗的外形），但是其大内形式，却是以时间推移为动态的顺时叙事。虽然是叙事，但诗中诸如"一片手的海洋翻动""我的心骤然一阵疼痛，一定是/妈妈缀扣子的针线穿透了心胸。/这时，我的心变成了一只风筝，/风筝的线绳就在妈妈手中"，再如"一阵阵告别的声浪，/就要卷走车站；北京在我的脚下，/已经缓缓地移动"等句子，充满了想象与变形，正意象之所居，乃诗味之所在。否则，它就是散文的分行排列了。

第二节　现代诗歌的戏剧冲突式大内形式

如果说诗歌的故事式大内形式是诗人将其经验故事化，那么，诗歌的戏剧冲突式大内形式，就是诗人将其情感与想象戏剧化，即诗歌在言说的过程中，出现了接近于180度的情节大逆转。情节的反转往往点爆着小说叙事的高潮，而情节的反转在诗歌中同样也是诗歌叙事的一个重要节点。西班牙天才诗人加西亚·洛尔迦的《哑孩子》（戴望舒译）就是这样一首180度情节逆转的叙事诗：

孩子在找寻他的声音
（把它带走的是蟋蟀的王）

在一滴水中
孩子在找寻他的声音

我不是要它来说话
我要把它做个指环
让我的缄默
戴在他纤小的指头上

在一滴水中
孩子在找寻他的声音

（被俘在远处的声音，
穿上了蟋蟀的衣裳）

这首诗其实是叙述了一则关于诗人的寓言：我们就是这个哑孩子，我们都在寻找自己的声音。我们不是没有过自己的声音，我们的声音被"蟋蟀的王""带走"了,甚至被"俘"走了、"偷"走了。从此我们变成了哑巴。但我们毕竟还想说话,还想拥有自己的声音。这是我们的渴望也是我们的固执。同时找寻,也就是我们的奋斗(或者说是挣扎)。一滴水(也有译为"一滴露水"者),则寓言着我们奋斗的纯洁性(或寓言着我们挣扎的危险性):我们的声音已经"穿上了蟋蟀的衣裳",都快要变成蟋蟀了,即使我们相见,我们还能否相认?

再如赵丽华的《浪漫主义灌木》。这首诗的上半部分写"一丛浪漫主义灌木":懒洋洋的、随意地东歪西靠,部长来了也不站起来,长时间不去理发、不刮胡须,说过的话可以忘记,发过的誓言可以不兑现,拒绝参加年终考核及计算机考试,拒绝和生活在附近的另一丛灌木结婚……但是,突然地,他的生活中出现了一只鸟。于是这首诗进入到几乎180度反转的下半部分,这丛浪漫主义灌木因此发生了改变:开始在意自己职称的事儿,出门前喜欢照照镜子、拽拽领带并偷偷在日记里写下:"我爱你。我甚至说不清这是为什么/我甚至不敢小声说出这句话/仿佛不可能。不应该。不是真的。"而这样的180度反转,也就构成了这首诗的情节逆转型大内形式。有人说这是一首"魔幻现实主义诗歌。这么写爱情,还前无古人吧?我开眼了……"① 也许这样的写法的确前无古人,也许这样的内容的确很是魔幻,但是这样180度的反转式结构,却既不魔幻也不新鲜——所有涉及到形式的东西,都具有一种恒久性。再比如赵丽华的《紧》:

  喜欢的紧
  紧紧的喜欢
  一阵紧似一阵
  这么紧啊
  紧锣密鼓

---

① 网民小青评语,见赵丽华《一个人来到田纳西(诗/画)》,吉林人民出版社2014年版,第153页。

紧紧张张的
紧凑
紧密
紧着点
有些紧
太紧了
紧死你
最后一句
是杀人犯小 M
在用带子
勒他老婆的
脖子时
咬牙切齿地说的

  这首诗撷取了某一生活事件的其中一个片断，在叙事的紧要处，赵丽华仍然使用了上述的反转手法，从开始的喜欢得紧，到最后的紧死你，也是一个 180 度的大反转。其笔法堪称诗歌中的"欧·亨利"式结尾，但又终归是诗，而不是一个小说，虽然它确实隐含了故事在其中。赵丽华的《像馒头》也隐含着一个故事："你总是穿墙而过/遇到很高的楼你就用轻功过去/但这一次你失手了/你的脸红红的/有些羞涩/头上还有一个包/像馒头"。她的《大结局》也是如此：

没有什么
真的
那有什么呢？
这一切都来得太快
迅雷不及掩耳
或者太慢
预谋已久
你杀死我或我杀死你

结果都是一样

　　网民魏克评曰：这首诗"重拾了叙事性，也是对叙事诗手法的再运用。不同的是它砍掉了冗长的细节捕捉和臃肿的故事框架，使得其中的叙事简化并纯化为诗歌的营造，不为叙事性本身所累，这是其高妙之处"。[①] 再如她的《我发誓从现在开始不搭理你了》："我说到做到/再不反悔"。网民子牙河西说："这诗是小说里的微小说。"[②] 认为它是"小说"，叙事之外，情节之外，还因为它的"场"。所有文学的描写无不追求描写的逼真性，无不努力要让读者相信：你在作者的描写中已然身临其境。这就是场的作用。如果说每一首诗都应该拥有它的内形式，则换一个说法就是，每一首诗的写作，都需要一个特定的场。场的缺席往往是诗歌写作情感冒进的表现。

　　当然，还有必不可少的细节描写。

　　诗歌当然并非小说，但是文体之间，也有互相的"拆借"现象，诗歌往往也会借用小说的某些表现手段。在上述的借鉴之外，诗歌往往会借鉴小说的细节描写。比如韩东的诗《你的手》，不只借鉴了小说情节的不断反转，还借鉴了小说的细节描写："你的手搭在我身上/安心睡去/我因此而无法入睡/轻微的重量/逐渐变成了铅/夜晚又很长/你的姿势毫不改变"。这是第一个反转。他接着说："这只手应该象征爱情。"这是把低下去的东西又扳了回来，却又脱手滑了下去："也许还另有深意/不敢推开它/或惊醒你"。但接着是又一个反转："等到我习惯并且喜欢/你在梦中又突然把手抽回/并对一切无从知晓"。正是这些不断的反转以及层出不穷的细节，让诗歌的行文避免了平铺直叙，显示出作者平地可起惊雷、微风而涌洪波的语言能力。细节即生活，细节亦即叙事。离开了细节的叙事，在小说中尚不能允许，而况于诗？一个显而易见的事实是，越是伟大的诗人，越是有能

[①] 网民魏克评赵丽华诗，见赵丽华《一个人来到田纳西（诗/画）》，吉林人民出版社2014年版，第251页。

[②] 网民子牙河西评语，见赵丽华《一个人来到田纳西（诗/画）》，吉林人民出版社2014年版，第229页。

力的诗人，越不怕那些所谓司空见惯的题材，因为他们拥有在别人司空见惯的题材中发现与众不同的细节之能力。

如果这样的叙述是双线的，就会形成缠绕式双线条齐头并进式结构。

这种双线结构，常见而普遍，因其"线条"的质地与差异，也有着不同的称呼，有称"正副线"者，有称"虚实线"者，也有称"明暗线"者。比如，人们认为鲁迅的《药》是一明一暗，而川端康成的《禽兽》是一虚一实。诗歌作品中，这种以双线并进而为大内形式者，时有所见，如臧克家《有的人——纪念鲁迅有感》："有的人活着，/他已经死了；/有的人死了，/他还活着。//有的人/骑在人民头上：'呵，我多伟大！'/有的人/俯下身子给人民当牛马。……"当代诗人靳丹樱的《蓝色指甲油》也是两条线齐头并进：

　　窝在沙发里，她开始锉指甲
　　电视新闻正播报尼泊尔地震救援实况

　　银屑纷纷从指甲盖剥离
　　三千多条性命正从尼泊尔户籍档案剥离

　　多琐碎的粉末呀！
　　她指尖微翘，轻轻拧开一瓶蓝色指甲油

无独有偶，伊沙主持的《新世纪诗典》也推出过一首同样结构的诗《阿莲的父亲下葬时，她正在打一只苍蝇》[①]：

　　阿莲的兄弟朝棺材磕了第一个头
　　阿莲的碗边叮了一只苍蝇
　　兄弟抹干了眼泪

[①] 此诗作者为李柳杨，见《新世纪诗典》2016年9月18日。

阿莲抽出了一个拍子
兄弟向棺材撒了第一把土
阿莲正到处挥舞着她的拍子
接着泥土铺天盖地地淹没了棺材
阿莲的苍蝇又停在了她的碗边
抬棺材的兄弟灭了他的烟插进土里
阿莲挥了挥手把那只苍蝇赶走
一铲一铲的土终于达到了它该在的高度
兄弟停了下来擦了擦汗，他说
"真热，生死一个样受罪啊！"
苍蝇再一次小心翼翼地停稳了
兄弟铲了一块土盖在了父亲的坟头
好了，他说
啪的一声阿莲终于把苍蝇拍死了
好了，她说

这是一种比较独特的诗歌结构样式，它在总体上并不是并列的，而是叙述的，有一脉随着时间的推移而行进的顺叙式递进。但是，它却不是单线的递进，而是双线条的递进，而且它又和一个诗节一个诗节的并行式前进不同，它的两条线紧紧地靠在一起，像极了两股线的搓绳——是一种缠绕式的齐头并进。有过搓绳体验的读者会觉得，这哪里是在写诗啊，这简直就是在搓绳子！周公度的《女友通信录》也是如此："我们一起去了动物园/但我们还没有一起去植物园//我们彼此给对方买过衣物/但我们还没有互相熨过一只手帕//我们爱着同一只爱打架的猫咪/但我们还没有一个两人的餐桌//我们有次在街道上亲吻/但我们还没有在阳台上相爱//我们曾经执手相对着泪眼/但我们还没有吃过同一枚橄榄//我们有许多事情要一起做"。最后一行，像一根绳子，把分散着的上文捆扎到了一起。当然，也有人十分洋气地称呼它为"双轨控制线"。

如果诗歌中的叙述，是那种铺张扬厉式的叙述——铺叙，那就是古已有之的"赋比兴"之"赋"式结构。

　　赋，其实就是叙述，但赋的叙述却有一个特点，那就是"铺张"，所以也称铺叙，即其叙述详尽、全面，汗漫淋漓。所以赋又包括着"叙列二法"，叙是叙述，列是列举。这种赋式结构，曾被"第三代"诗歌大为利用，且名篇迭出，如于坚的《尚义街六号》《零档案》等。安琪的《长白山，72道弯》，也极尽其铺张之能事：

　　　　汽车上山，路跟着上山
　　　　路在第1道弯时你没觉得，第2道弯时
　　　　你也没觉得，很快，路来到第9道弯，你向左倾身
　　　　成大于号，又迅速向右倾身
　　　　成小于号，此时，路来到第10道弯

　　　　接下来你不断在石灰路上一会儿大于
　　　　一会儿小于，演算着长白山渐渐增高的力度
　　　　你回望已被甩下的30道弯——
　　　　它们蛇行而上，白花花的身子被绿色护栏紧束
　　　　它们追随着你一直到第40道弯

　　　　此时白云跑下天庭，在你眼前游出各种形状
　　　　白云已被第45道弯踩到脚下
　　　　你有一瞬的晕眩，你在第49道弯时看到山色
　　　　如墨，而山顶却有依稀的白
　　　　啊那是雪，终年不化的雪，称之为长白。

　　　　汽车上山，雪跟着上山
　　　　一面峭壁的雪，两面峭壁的雪，近乎幽灵的雪
　　　　知道你们在看它！
　　　　东北师傅把车开得麻溜利索，全然
　　　　不畏惧迎面驶来的车辆，交汇中已拐了55道弯。

满车的惊叫夹杂着手机掉落声，双手揪住车座
你分不出手去捡拾手机
就让它在车里滑来滑去，滑来滑去
只要车门还牢牢关着
手机和你就不会滑出长白山外

第66道弯，你听到耳膜鼓胀的声音
心跳加速的声音，想不到海拔2691米也会让你
高原反应，你太敏感了，这样不好
人生在世应该麻木些，无知些。

第70道弯，谢天谢地，梦幻般的山色有红
有黄，有绿，还有紫
这些被地下的熔浆烤熟了的石头
质地已相当松脆。1702年，长白山最后一次喷发
今日我们到来。我们会是这座活火山再次喷发的祭品吗？

第72道弯，我们来了
长白山！

和这些规模比较大的"大赋"比起来，韩东的那首23行的《有关大雁塔》就只能算是"小赋"了。韩东的《有关大雁塔》以其完整的过程论，是为叙述；以其多点面的描述论，是为铺张，所以也算是赋式结构。

如果只是为了铺排而铺排，应该是铺排中的下品；如果铺排是为了一个目标，如同助跑是为了起跳，这样的铺排与叙述，就会一跃而成"响尾蛇"结构。在世界小说史上，可以荣膺"响尾蛇"这一江湖名号者，美国的欧·亨利当然要算第一个。他那些"欧·亨利式结尾"的小说，不正是一条又一条的"响尾蛇"吗？也许，所有"卒

章显志"的作品都是"响尾蛇"。而所有当得起"响尾蛇"之称的诗歌作品，必然会耗费诗歌的前半部分甚至大半部分。在这耗费中，他在积蓄，他在隐忍，他在卧薪尝胆一般十年生聚，为的就是那最后的绝地一击。沈浩波的《后海盲歌手》就是如此："……/那一瞬间/我突然觉得/在他的歌声中/周围行走的/都是死人。"前面受的千般苦楚万般委屈，至此一响泯恩仇。响尾蛇，既可以用来描述一个诗人，也可以用来描述一首诗。它是一个好名字。

大约也就是从韩东的这首诗开始，中国现代诗歌出现了事象化写作。

事象化，是相对于意象化而言的。所谓意象化，是指以北岛他们的"今天"派为代表的象征、隐喻、变形等意象方式。它们逐渐形成当时诗歌的主流话语方式，但也渐渐造成了诗歌艺术新的程式化。到20世纪90年代，"第三代"诗人更多地倾向于日常经验的诗意捕捉与艺术传达，采取了"叙事性""戏剧化""主智化"的抒情策略，实现了从意象抒情到事象抒情的转换。

第三节　现代诗歌的意识流动式大内形式

意识流动，就是"意识流"。"意识流"显然不是"时间流"。之所以将它置于本章，是因为：第一不能把它安排于"空间性大内形式"（虽然意识流中也有场景的变换），第二不能把它安排在"逻辑性大内形式"。思虑再三，只好权且安顿于此，滥竽充"时"。毕竟意识的流动也需要时间，也常常随着时间的推移而流动，虽然流动得不是那么老实。

意识流大内形式，应该是所有诗歌大内形式中思路最不清晰，也最难按照一般的时空移易方式与逻辑关系进行理解的一种大内形式。和小说的意识流一样，它随从着人们心理活动的变化而变化，随顺着人们意识活动的游荡而游荡，却比小说的意识流动更为模糊、灵变，更加难以捉摸和把握，因为它比小说更多了想象的与幻想的、情绪的与情感的东西。与小说结构的"现实性"比较起来，它更像是一种

"心理结构"。这自然是它的难点，但同时也是它的妙处。诗歌本来就是人类一种更偏重于意识甚至潜意识支配的感觉性言说行为，具有一种"妙在似与不似之间"的"模糊性"，所以，"意识流"这种大内形式，能够在小说叙事中蔚为大观，更会在诗歌抒情中如鱼得水，成为诗歌的种种内在结构中最具灵性，变化如水，随体赋形且又不拘一格的一种，也是最冒险也最扣人心弦的一种。

把杜运燮引爆"朦胧诗"之争的《秋》放在"意识流"这一章节来讲述，应该不会十分唐突。其实，读者倘能先以内形式之眼观察此诗，则至少可以去除其第一层所谓不知所云的"迷茫"。此诗名为"秋"，却并非"独立寒秋"，而是自然地把秋置放于春夏秋冬的时间序列："连鸽哨都发出成熟的音调"，暗示了鸽哨在此前的不成熟；"过去了，那阵雨喧闹的夏季。/不再想那严峻的闷热的考验，/危险游泳中的细节回忆"。其中的"过去了""不再""回忆"，莫不膺服于时间这一路线图。第二节也是一样："经历过春天萌芽的破土，/幼芽成长中的扭曲和受伤，/这些枝条在烈日下也狂热过，/差点在雨夜中迷失方向。"其中的"经历过""成长""也狂热过""差点在"，同样沉浸在对于过去的即秋天之前的回忆中。接下来的一节作者沿时间的大路来到了"现在"："现在，平易的天空没有浮云……"这一部分，作者的思路拐入到了空间位移的山间小道："现在，平易的天空……山川……视野……河水……气流……山谷……（风）吹来的……香味……秋花秋叶……街树……自行车的车轮……塔吊的长臂……秋阳……"按说，在这首诗里，最完整的时间结构还应该写到秋天之后的冬天，但是作者却没有表现得那么机械。毕竟这是诗歌。余光中的《乡愁》也只是写了"小时候……长大后……到后来……而现在"，并没有死板地再写"而未来"。

海子的《亚洲铜》应该是这一类意识流大内形式中比较容易理解的一首：

亚洲铜，亚洲铜
祖父死在这里，父亲死在这里，我也会死在这里

你是唯一的一块埋人的地方

亚洲铜，亚洲铜
爱怀疑和飞翔的是鸟，淹没一切的是海水
你的主人却是青草，住在自己细小的腰上
守住野花的手掌和秘密

亚洲铜，亚洲铜
看见了吗？那两只白鸽子，它是屈原遗落在沙滩上的白鞋子
让我们——我们和河流一起，穿上它吧

亚洲铜，亚洲铜
击鼓之后，我们把在黑暗中跳舞的心脏叫做月亮
这月亮主要由你构成

  我们不难看出此诗多处迸射的诗意（它的承载者就是我们下面要详细介绍的诗歌内形式中的小内形式这一"诗意"的小小"肉身"），我们不难感受到这首诗在每一个诗节之内局部的清晰表达，但是让我们在整体上感到稍有费解者，就是它的大内形式。第一节描述了一块铜一样的土地，其诗歌情绪从"唯一的一块埋人的地方"句探出；第二节中"爱怀疑和飞翔的是鸟"有些突兀，而"淹没一切的是海水"更是魂飞天外，但毕竟由青草和野花把他的思绪拽回了眼前的土地；第三节是对第二节的进一步特写；第四节却又变得想象来历不明，除了对"亚洲铜"的继续呼叫能与上文保持一脉联系之外，那个"击鼓"真有些弦外之音的意味。甚至一直到"击鼓"二字，海子也是宁肯击一块"鼓"，也不肯让他的那个突兀的"铜"字在诗里发出哪怕是轻微的声响。要么出语来历不明，要么落词去向不明，真不知海子的意识是如何流动着的。同样是以"铜"入诗，李贺有句"向前敲瘦骨，犹自带铜声"（李贺《马诗》），在逼仄的十个字之内，"敲瘦骨"与"带铜声"也不忘记互相有个照应。李贺的意识，是清

楚的。

张绍民的散文诗《五行波浪》虽然也是意识流,但并不难理解:"米,最先达到故乡的瓷器,使日子明亮。当米饭盛在瓷碗里,瓷便不再想什么。/一滴水伸长脖子看世界,结果成了一条川。/桶乃井的断章。井乃桶深入泥土的定居。把井罚站到地上成了水塔。/时间观念:时间没有固定的家。一个人是另一个人的碑。一个人是另一个人的时间。/流浪的眼泪,这离家出走的乡土知道回家吗?"张绍民是一位优秀的诗人,这首诗也一如既往地展示着他过人的想象力,可谓妙语连珠,波澜起伏。需要指出的是,这首诗的五个句子之间,其实是罗列性的关系,相当于五样不同东西的拼盘。是什么把它们"组织"到了一起呢?与其说是"五行波浪"把它们"组织"到了一起,还不如说是五个意识片断的"连缀"。所以"意识流"这一说法本身是不准确的:意识如真的成了"流",则其不是具有了有关系的空间性,就是具有了有关系的时间性。所以"意识流"的准确说法应该是"意识断"或者"意识散"。"散",能传达出其散点的、点射般的结构特征。或者说它不是意识的"楷书",而是意识的"草书"。

陈东东《雨中的马》就有着意识草书的意味。《雨中的马》虽然起句是"黑暗里顺手拿一件乐器。黑暗里稳坐",而最后一句是"我拿过乐器/顺手奏出了想唱的歌",但并不能说它就是一个完整的环型叙事结构,它仍然是一个意识的流动过程。"黑暗里顺手拿一件乐器。黑暗里稳坐/马的声音自尽头而来",看似散漫,实则根脉清晰。"黑暗""乐器""稳坐""马""声音"这几个关键词,陆续到位,欲有作为——为后面诗章的爆响而预为背书。果然,第二节"雨中的马",看似孤零零的四个字,就从前面的"马"意象脱身而来,且披了一身的新雨。然后是乐器被奏响:"这乐器陈旧,点点闪亮/像马鼻子上的红色雀斑,闪亮/像树的尽头/木芙蓉初放,惊起了几只灰知更鸟"。在对乐器的描述中,诗人没有忘记"马鼻子"以及那些与"黑暗"有关的东西比如点点闪亮、红色:"雨中的马也注定要奔出我的记忆"。接下来轮到接续"稳坐"一词了,果然,"像乐器在手/像木芙蓉开放在温馨的夜晚/走廊尽头/我稳坐有如雨下了一天//我稳坐有如花开了一夜/雨中的马。雨中的马也注定要奔出我的记忆/我拿过乐器/顺手奏出了想唱的歌"，奇妙的感觉次第而出。陈东东是一个才子，他把本来应该连续在一起的两个"稳坐有如……"分在了两个诗节，真是一个高明的停顿，是太有意味的处理。这样的意识流，几乎就像是传说中的"撒豆成兵"：第一节撒豆，在其后的诗节里，它们一个接一个生根并且发芽。

也许，幻想型的诗人与想象型的诗人相比，前者更喜欢在意识流的诡异迷踪之河里兴风作浪。想象本乎人生的经验，幻想本乎人生的超验，所以相对而言，一般诗歌大众还是觉得想象型的诗人更加亲近一些。而更一般的大众，他们直接喜欢的就是小说中的甚至电视剧里的"生活流"。

结　语

上述二章把空间性的诗歌大内形式和时间性的诗歌大内形式分开来讲，无疑是为着述说的方便。如果从理论上讲，时间与空间是不可分离的，正如一个汉字的笔画组成，静态地说它，它就是空间的，体现为各笔画之间的间架构成；但是动态地说它，它又是时间的，体现为点画笔之间的前呼与后应、过渡和逆转。在古人的诗文评说中，常常会有"神思纵横"一类的措辞，指的正是时间上的纵向程序与空间上的横向程序互相的交融所形成的言说事实。比如余光中的《白玉苦瓜》，就是一首"神思纵横"的杰作。《白玉苦瓜》时间上的纵向程序主要是起承转合，空间上的横向程序主要是以苦瓜为中心而向着其"苦"、其"熟"、其"甘"等的四散辐射。其空间性大内形式的存在，让诗作富于立体感，而其时间性大内形式的存在，又让作品具有了运动感与曲线美。优秀的诗人从来都是这样"下笔如有神"，情思大飞扬。

第六章　现代诗歌的逻辑性大内形式

逻辑有着这样的二重性：它首先是"超自然"的，即逻辑所描述的，不是空间性的事物关系，也不是时间性的事物关系，它描述着超越时空关系这样的自然事物之间的关系，比如因果关系，比如正反关系，比如主从关系等等；但是逻辑又是"合自然"的，逻辑的第一逻辑，也就是顺其自然的逻辑，即逻辑终归是自然规律的投射、反映与抽象。艺术的内形式，不论是大内形式还是小内形式，因此必然具有与生俱来的逻辑性。和空间性大内形式以及时间性大内形式一样，无论多么"荒诞"多么"朦胧"的艺术之所以终归是可以理解的，逻辑性大内形式的存在是其必不可少的支撑。诗歌也是一样，大自然的千姿百态投射于诗歌创作，诗人在诗歌的构造设计以及意境营造的过程中，无疑会体现出顺其自然、参赞造化的自然之道。也就是说，即使在神思纵横情意飞扬的诗歌中，即使逻辑发生了变更，但是逻辑却不会消失；即使逻辑有时会出现暂时的空白，但是逻辑会很快自动修复。本章即重点梳理现代诗歌三大内形式之一的逻辑性大内形式。

第一节　现代诗歌的"云结构"式大内形式

所谓的"云结构"，描述的是事物之间一高一低、若即若离的那种关系。有人也称之为"击鼓听音"式结构，即先说出一个事实，然后再说出这个事实引起的后果（这一后果越远且越有联系越好）。比如赵丽华的《你终于决定离我而去》：

夜深了
月亮在更高、更冷的地方

　　这首诗，标题是"我"，两行诗是"我"头顶上的"云"；标题是"击鼓"，两行诗是"听音"。它们之间，一高一低而又若即若离。在这样的标题与这样的正文之间，在这样的一片"广阔天地"，本来是可以充塞许多东西的，事实上却空无一物，只有一种像是空谷回声一样的东西，荡荡而悠悠，最后只飘来孤零零的两行，岂非夜半钟声，遥及客船？和这首诗异曲同工的，还有她的名诗《一个人来到田纳西》：

毫无疑问
我做的馅饼
是全天下
最好吃的

　　其标题"一个人来到田纳西"是击鼓，其正文就是其远远的余响，整个结构就是击鼓听音式结构——把那一个声音一直听、一直听、一直听到最后的一个音！这两首诗，因为是诗与题的合构，所以，击鼓在题。而有些诗，则击鼓在第一行或第一节，位置并不确定。它们堪称是现代诗歌的"云结构"——题外之句，遥远若云。我们在大地上，云在天空里，云与我们本来天各一方。然而，换一个角度来观察，云却在我们的头顶上，像是从我们生命中高高地飞出去的一部分：云与我们构成了一种形断而意连的关系。我们在这一关系的"地端"，我们的另一头，则是"云端"。这就是我们生活中的"云结构"。现在的云技术、云盘、云存等概念，都是受此云结构而获得的命名。也就是说，一首诗歌，如果有一个部分相对于另一个部分如同是大地与云之间遥相呼应的关系，如同地端与云端若即若离的关系，则这样的结构就是"云结构"。

　　在古人与此近似的感觉与表述当中，这叫做"思出天外"或

"思出尘表",而这样的语言动作,叫做"宕"——"宕开一笔"的"宕"。宕者,拖延、搁置、放荡也,即不受拘束而开拓出另一个境界,而不是在原来的地方死磕。亦即笔头转向另一面,其引申义就是另寻他路,另辟蹊径。有人把"宕开一笔"称为闲笔,说的是情节发展到关键处、紧要处,故意把笔宕开,漫不经心、若无其事地去写其他事情。但是,闲笔其实不闲,表面上它是节外生枝,实际上它对文章结构的安排、人物的塑造、中心的表达、调动读者的兴趣都起着重要作用。而当释"宕"为"荡"的时候,即是一种摆渡的方式,近似于通常所谓的"升华"(有一种炊烟或树一样上升的语感),也有些近似于书法运笔中经由充分物化而后的笔锋飞出,也有些像隔山隔水的呼应,比如山这边的呼与山那边的应!如蒋三立《往昔》中的下面两节:

如果没有别的需求(A)
我的心(A)就会露珠一样安静(B)
溪水一样透明(B)

我得把一些事情遗忘(A)
心态安详地活着(A)
像一些开谢了的花朵(B),把春天丢在一边(C)

从"像一些开谢了的花",到"把春天丢在一边",这就是一种宕开的笔法,但是宕的幅度却有些不够辽远、不够开阔——云的意思还不太浓厚。但是海子《给母亲》诗中的这一节却"云"味深长——

……在现象之河的两岸
花朵像柔美的妻子
倾听的耳朵和诗歌
长满一地

倾听受难的水

水落在远方

海子在表达他的这种"云"意时,不只使用了分行法,而且也使用了分节法,海子就是想要远远地"宕"开去!

郑敏曾经察觉到诗歌中这一结构的存在,她说:"在现实主义的描述上投上超现实主义的光影,使得读者在读诗过程中总觉得头顶上有另一层建筑,另一层天,时隐时现,使人觉得冥冥中有另一个声音。"① 但是,她所感觉到的那一层"天",抽象得更像一种诗歌的内在意蕴,而并非一个客观具象的存在。当然了,如果她那个时候已经出现了"云盘""云计算""云数据"等这样的云概念,则敏锐如她,可能就会发现诗歌中的这一云结构。也就是说,本书所谓诗歌的云结构,是一种可以看到的具体的文本存在,属于结构的范畴——有着确实的构件。如麦豆的《荷》:

远远地看见你落水
没来得及呼喊

留下一件绿色有香气的旗袍

八月中秋,在集市上
我遇见一位桂花飘香的女子
臂挂菜篮,肌肤雪白

这最后一节的宕开,这最后一节与前文若即若离的关系,就像是这首诗的"云端"部分。没有这一部分,则此诗的天地立显其小,而境界也立显其局促。需要特别加以说明的是,诗歌的云结构并不是

---

① 郑敏:《诗的内在结构》,《文艺研究》1982 年第 2 期。

一种从"底层"向"高层"的所谓"高层式结构",因为底层与高层其实是一体相连的。换言之,云结构的第一个特点就是两个部分之间分明的远程的相离,第二个特点则是两个部分之间若隐若现的相关。比如下面麦豆的另一首诗《自语》:

从花木市场把你带回
就像从孤儿院领养一个孩子
就像多年前母亲把我从另一个世界领回

给它洗澡
给它起一个吉祥的名字
你是我的孩子,树
我把你从一个喧嚣的世界领回了孤独的家

我们的生活没有比喻
没有雄辩和荣耀
我们取用阳光和水
把身子洗净,保持优雅
我们在孤独中收获智慧
从不绝望

如果生活不用锋利的刀
没有人知道我们多么脆弱

麦豆这首诗的最后一节,极具诗歌的云意识与云精神!
云结构这种诗歌意节之间若即若离的关系,是一种飘逸的关系,是一种"酒神"般的关系,它常常以一种超出凡尘的想象而连缀意象,以一种非同寻常的意念而前后呼应,它与人体的骨骼之组织不同,它更像人体内神经系统的联系,它往往是看不见的,但是却能够感觉得到。在这样的结构中,句与句之间,甚至行与行之间,似乎存在着一种雾幔一样的东西,我们能感觉到一种"隔"的存在,却又看不到那个隔的事物。就像空空的山谷,它什么也没有,但是它却隔开了山这边和山那边。虽然隔开着,但是却可以闻其声,甚至还可以睹其身。如果它是一朵"闲云",它承载的当然就是闲雅的诗意;如果它不是一朵闲云,如果它承载着正能量式的赞美,则它就是人们习称的"升华"。于坚说:要拒绝升华。

第二节 现代诗歌的"串珠结构"式大内形式

如果说上述击鼓听音式的云结构是事物两部分之间的"无线"联系,则串珠式结构就是它们之间的"有线"联系——有一条明确的线索。也有人称之为"链式"结构,或"糖葫芦结构"。小说中链式结构最为成功者,当推莫泊桑的《项链》。有人盛赞这篇世界小说的名篇,说它不只写了一个关于项链的故事,且其叙事的结构也是"一环扣一环的链形结构"[①]。这种串联式的结构法,在中国古代文论中,往往被称为立骨法,有一字立骨、一词立骨、一句立骨等。在中国现代诗歌中,它们仍然有着广泛的存在。比如赵丽华的《西门河》就是典型的一字立骨法(以一字而串联之):

> 西门河的夜晚是凉的
> 西门河的水是凉的
> 从西门河捞出来的尸体是凉的
> 尸体圆睁的双目是凉的
> 躺在冰棺里面的身体是凉的
> 用来做尸检的刀是凉的
> 肉体被反复切开的过程是凉的
> 切走的胃是凉的
> 切掉的 50 克肝和 100 克肺是凉的

[①] 傅修延:《〈项链〉的链形结构》,《上饶师专学报》1983 年第 1 期。

被反复掏挖的 14 岁少女的阴道是凉的（据说仍是处女）
她妈妈、爸爸、哥哥、叔叔的心也是凉的
很凉，非常凉，特别凉
凉的就要着火了
更多人的心跟着凉了
更多的火要烧起来
西门河就这样带着冰凉的火焰
一波一波
一齐涌向乌江

全诗以一个"凉"字沟通起全部诗行的气韵，全诗也凉气贯通。沈浩波的《他正手忙脚乱的遮掩锋芒》则是用一个"扔"字联通全诗：

十几年前我刚认识他的时候
瘦得像一把扔不出去的小刀
又像一只饿得皮包骨头的小狼
坐在酒吧门口的台阶上抽烟
我知道他随时想把自己扔出去
只是没想到，他把自己扔得这么远

再比如甘肃优秀诗人古马的《倒淌河小镇》：

青稞换盐
银子换雪

走马换砖茶
刀子换手

血换亲

兄弟换命

石头换经
风换吼

鹰换马镫
身子换轻

大地返青
羊换的草呀

这首诗简短而不简单，我曾经这样评曰："它以一个'换'字而'一字立骨'，也以一个'换'字而'一字传神'。它给我们的重大启示在于：事物的神态，不在事物的名词性静态，而在事物的动词性动态。古马此诗，若无这个'换'字之一以贯之，仅靠那些刀子呀、血呀、鹰呀、羊呀之类的西部事物（名词），当与一般徒具其形的西部诗无异。'换'字也是一个'楔子'，它牢牢地嵌入了这首诗中，让它再无'空隙'。"① 而诗人李继宗的《黄昏以后》则是以"黑了"二字一词立骨（以一个词而串联之）：

城北黑了。
前河沿黑了。
积雪的田亩黑了。

场院黑了。
去年丝结橼头的蛛网黑了。
堆在墙根的劈柴黑了。

---

① 雪潇：《八马儿跑啊——甘肃"诗歌八骏"作品印象》，《诗潮》2012 年第 9 期。雪潇是本书作者的一个笔名。

去往新疆的路黑了。
丑子与何世全商量的一件大事黑了。
羊皮贩子的脸黑了。

又是寒假，中学教室的门窗黑了。
孩子们整天烧荒的地埂黑了。
那个做寒假作业女生的眼前黑了。

喊出去的声音黑了。
街头吹笛子的人反复吹奏的严冬大地：黑了。

  这样的一词立骨，宛若茫茫湖面上有一叶小舟，在轻轻游荡，而且游荡得那么富于韵律。不过这样的结构，既然是"串珠"，则肯定会发生两种极可能的偏差：要么重在"串"，串得高兴的时候，所串非珠，也串；要么重在"珠"，只要珠好，串得上串不上，似乎并不打紧。这样以"珠"为重而轻于其"串"的结构，肯定会出现"意识断"的情况，其组织方式，就会演变为拼接式与蒙太奇式。前者如余光中的《乡愁》之续。2013年，余光中在珠海的北京师范大学分校有过一次演讲，并即兴给他的《乡愁》续写了一节："而未来，／乡愁是一条长长的桥，／我去那头，／你来这头。"这样的接续，确实也完成了时间的三维，但是也改写了《乡愁》最早的一片悒郁浓情。这一片浓情被那个"美好"的未来给冲淡了。事实上余光中当时之所以没有写"未来"，肯定有其原委。人们对他的这一节"续弦"之作并未表现出多大的兴趣。人们也没有改变对"原配"版《乡愁》的热爱。有时候，艺术作品要以残缺与断裂为美，而以完整与连续为不美。所以，余光中对自己的《乡愁》，"他要做的事情，恰恰不是续，而是删：把原来的最后一节删掉。母子情怀、夫妻恩爱、生离死别，置之四海而皆是，置之千古而皆然，但是海峡之隔，毕竟只是一时一地的事,也毕竟只是一部分人的事"。① 甘肃诗人阿信《挽歌的草原》也是这样的一词立骨,其"挽歌的草原"一语,简直是"矢志不移"、游丝如缕:

挽歌的草原:一堆大石垒筑天边
一个人开门看见
——但忘记弦子和雨伞

挽歌的草原:花朵爬上山冈,风和
牧犬结伴
——但没带箱子和缀铃的铜圈

挽歌的草原:喇嘛长坐不起,白马
驮来半袋子青稞
——但一桶酥油在山坡打翻

挽歌的草原:河水发青,一堆格桑
在路旁哭昏。哑子咬破嘴唇
——但鹰还在途中

挽歌的草原:手按胸口我不想说话
也很难回头
——但远处已滚过沉闷的雷声,雨点
砸向冒烟的柏枝和一个人脸上的
土尘

小引的《移动》同样是以"移动"一词而立骨,而悠悠然引领

---

① 薛世昌:《话语·语境·文本:中国现代诗学探微》,中国社会科学出版社 2015 年版,第 38 页。

全诗:

夜晚在移动
城市随之移动,毛巾移动
冬天如果进入浴室
怜悯也随之移动

火柴盒握在手心,忧郁在移动
烧过的烟灰
仿佛灵魂在移动
三小时他们一直在移动

入睡以后我拼命朝你移动
肤浅的花饰,最后的晚餐
移动你的手指
把绳索套住脖子移动

你在潮湿的电话中移动
移动春天,移动那场温暖的午睡
祖国的东面是太平洋
而太平洋,正在移动

我很疲倦了,不要移动
我想了想,想哭
比较蓝的天空正在移动
移动的还有那些光秃秃的枝微末节

对这种串联结构的衡量,以所串的取舍为指标。所串可舍,可有可无,舍了无伤大雅,那就是"串"的下品;所串难舍,舍了伤筋动骨,自然是"串"的上品。诗人唐欣的《仰望蓝天》则以"一个人仰望蓝天"一句立骨（以一个句子而串联之）：

　　一个人
　　仰望蓝天
　　蓝天一望无际
　　蓝天　蓝得让人想入非非
　　一个人
　　仰望蓝天
　　就给定在那儿
　　像一个黑点
　　所有想法
　　都已烟消云散
　　一个人
　　仰望蓝天
　　直看得蓝天不是蓝天
　　一个人
　　仰望蓝天
　　先是晕眩
　　后是茫然
　　终于莫名其妙
　　泪流满面

　　似乎这样的"串珠"式结构有其结构的简便之处，更好像这种结构的简易化是对诗歌大内形式的搁置——能让诗人将才华投射到更为本质的地方，所以几乎没有诗人未曾尝试过这种写作的快感。比如胡弦的《马戏团》：

　　　　不可能一开始就是锣，
　　　　一开始就是猴子和铃铛。

狗熊裹着皮大衣，心满意足，
理想主义的鹿却有长久的不宁。
不可能一开始就是铁笼子，
就是算术、雪糕、绕口令。

不可能一开始马就是马，
狮子就是狮子；不可能
一开始就到了高潮，就宣称
没有掌声无法谢幕。

不可能一开始就和气一团；
就把头伸进老虎嘴里。
观众鼓掌，打唿哨，连猎人
也加入了进来。不可能一开始
猎人就快乐，老虎也满意。

撒旦酣睡，艺术驯良，
天使从高处忧心忡忡飞过。
在这中间是马戏团的喧哗。
不可能一开始就这么喧哗。

不可能一开始就是火圈、
糖果、道德的跳板；
金钱豹，不可能一开始就爱钱；
头挂锐角的老山羊，不可能
一开始就是素食主义者。

但是上述的这些诗歌"串串"，都是明串，而不是暗串。暗串者，像一条没有路标的路，人们在一种隐隐约约的指引下不露痕迹不动声色地前进。这就是暗串的好处。胡弦就有一首暗中串联的《卵石》：

——那是关于黑暗的
另一个版本:一种有无限耐心的恶,
在音乐里经营它的集中营:
当流水温柔的舔舐
如同戴手套的刽子手有教养的抚摸,
看住自己是如此困难。
你在不断失去,先是坚硬棱角,
接着是光洁、日渐顺从的躯体。
如同品味快感,如同
在对毁灭不紧不慢的玩味中已建立起
某种乐趣,滑过你
体表的喧响,一直在留意
你心底更深、更隐秘的东西。
直到你变得很小,被铺在公园的小径上,
经过的脚,像踩着密集的眼珠……
但没有谁深究你看见过什么。岁月
只静观,不说恐惧,也从不说出
万物需要视力的原因。

"串"的东西,到最后都有一个"结"的问题,如同"散"的东西,到最后都有一个"束"的问题。一般而言,结有死结,也有活结。死结喻言其结束的闭合性(古人名之为"煞尾",即"煞住了"),活结喻言其结束的开放性(古人名之为"度尾",即"度过去")。前者如关门时的猛关门、关紧门,后者如关门时的慢慢关门、闭而不合。他们都有着各自不同的意味,也有着各自不同的美感。比如胡弦(对不起,这里老是以他的诗做例子)的《平武读山记》:

我爱这一再崩溃的山河,爱危崖
如爱乱世。
岩层倾斜,我爱这

犹被盛怒掌控的队列。

……回声中，大地
猛然拱起。我爱那断裂在空中的力，
以及它捕获的
关于伤痕和星辰的记忆。

我爱绝顶，也爱那从绝顶
滚落的巨石一如它
爱着深渊：一颗失败的心，余生至死，
爱着沉沉灾难。

读者诸君以为胡弦在这首诗中关门关得如何呢？是"煞住了"呢？还是"度过去"呢？

第三节 现代诗歌的"DEE 结构"式大内形式

"DEE 结构"这一概念最早出现在新闻学中，是对一种新闻写作方法的简易指称。这种新闻写作法最早见于美国的《华尔街日报》，所以又称"华尔街日报体"。其中的"D"，即 Describe（描写、描述），指新闻写作从描写某个人或某个局部的、具体的事实入手；第一个"E"（以下称 E1）即 Explanation（解释），指通过对局部的相关解释和恰当的背景交代，来显示报道的整体；第二个"E"（下称 E2）即 Evaluation（评价），指在前所描述与解释的基础上点明主题，或引述当事人或权威人士的话推出观点，加以评论。这种"DEE 结构"以其叙述的文学性倾向，长期以来与刻板但简明的"倒金字塔结构"并驾齐驱，成为新闻写作常用的写作方式。

"DEE"结构之所以赢得读者的喜爱（自然也赢得了作者的重视），一般被认为与其新闻叙述的文学性之"感性感受"对常规新闻叙述的"理性告知"的纠正与冲击有关，即"DEE"结构具有一种叙述的具体性。但这只是"DEE"结构显而易见的一个外在层面。"DEE"结构其实还包含着一个更为深层的理性逻辑：当人们面对一个事物且准备对其加以言说（包括叙述、议论与抒情）的时候，一般都是由感性而理性、由客观而主观、由外在而内在、由表层而深层、由前景而背景、由具象而抽象，即首先都会如实、客观、具体、事实性地进行"Describe"（描写与描述），接着会依据常理、根据普遍共识，进行"Explanation"（解释与交代），然后才会推出个人化的、与众不同的、主观的"Evaluation"（判断与评价）。所以，对"DEE"结构更为抽象的认识应该是，它是一个由现象描述（D）、背景解释（E1）、主题评价（E2）这样的三个基本步骤所形成的一个言说程式。由于主题性的、主观性的东西，在"DEE"结构中出现得比较靠后（先于它出现的都是客观的和非自我的东西），所以，"DEE"结构的另一个重要特点，可称"主观的延宕"。

"DEE"结构这样一种从具体的事物开始而渐入宏大、渐入主观的描述、解释、评价的言说程序，因其抽象性而具有了规律性，即它自觉或不自觉地被运用且存在于除新闻之外的多种文体的言说事实中。比如，一个教师听完一个学生对某一问题的回答，教师往往会进入以下的言说程式：先是如实而客观地复述学生的回答（D），然后对学生回答中的一些概念性、常识性甚至资料性与背景性的东西进行解释（E1），最后，他会根据刚才的客观陈述和已经做出（且认为足够）的解释做出自己的主观评价（E2）。这一言之有序的过程，是"DEE"结构最为典型的日常体现。再比如广告文案从其广告标题到广告正文、再到广告口号的这一基本结构，也体现着"DEE"结构从客观描述，到多方解释，再到主观鼓动的基本过程。其实，法庭论辩的全过程，也可视作一个宏观的"DEE"结构：陈述事实与核对事实（D）、解释事实与论辩事实（E1），最后由法庭做出判断（E2）。由于"DEE"结构描述、解释、评价的言说重心在"评价"，所以"DEE"结构作为一种更具理性的逻辑结构，在议论文中同样大显身手。议论文的整体布局，即议论文提出问题、分析问题、解决问题的全过程，就是"DEE"结构所体现的一个自然而然的言说过程。即使是议论三要素即论点、论据、论证，如按"DEE"结构排序，仍然是论据（强调客观真实之 D）、论证（强调多方阐释之 E1）、论点（强调主观评判之 E2）。诗歌的言说思维也是如此。比如徐志摩的《再别康桥》节：

　　那河畔的金柳（D）
　　是夕阳中的新娘；（E1）
　　波光里的艳影
　　在我的心头荡漾。（E2）

　　诗中用"D、E1、E2"所表示的结构，也许会在前人那里被表述为文学作品"物象—意象—意义"的委婉传达，也许会在古人模糊的感觉中，说成是"由物及心"，而本书对它们的描述，则是"DE1E2 结构"。其中的 D 部，是对某一客观事物的"描述"；其 E1 部，是用比喻的方式对事物做出的"解释"（相当于议论性文章中的"比喻论证"，当然这里的解释，是站在诗歌的立场上做出的想象性解释）；而 E2 部，则是作者内心的主观感受结合前述形象的解悟性呈现。这是一个诗歌意节内的"DEE 结构"。如果一个诗歌意节就撑起了一首诗，则"DEE 结构"也就成了诗歌的整体结构。比如戴望舒的《萧红墓畔口占》：

　　走六小时寂寞的长途，
　　到你头边放一束红山茶，
　　我等待着，长夜漫漫，
　　你却卧听着海涛闲话。

　　戴先生的这首短诗，被王家新认为"在新诗史上，十行以内的诗中，没有一首能和它媲美"[1]。而在对这首诗具体的解读中，王家新

---

[1] 王家新：《一首伟大的诗，可以有多短》，见张桃洲主编《新世纪诗歌批评文选》，中国社会科学出版社 2016 年版，第 292 页。原载《读书》2001 年第 12 期。

也断断续续地说到了它的"DEE结构":"首先是现象的陈述:'走六小时的寂寞长途'。"这就是D,接着是E1:"'我等待着',这是诗人对情景的现场说明,也是诗人对自己在时代与人生所处的位置的一种解释";然后是E2:"在这种情景(即'长夜漫漫,/你却卧听着海涛闲话。')中,安详、恬淡、超然,甚至某种冷淡,都构成了对人生的评价,并将这评价延展到对生与死的领悟中。"[1]王家新无意于把这首诗"DEE"化,但他却无意中说出了这首诗的"DEE"结构。它本来就是一个客观的存在。正视这一客观,必然会说出这一客观,无论你使用什么样的词语。

这种"DEE"结构的客观实存,也一定会存在于古代的诗歌。比如白居易的《江南好》,就是典型的"DEE结构":"江南好,风景旧曾谙",是对事物的陈述(D);"日出江花红胜火,春来江水绿如蓝",是对此一事物的描写型解释——江南就是这般的好(E1);而"能不忆江南"则显然是评价性的态度表白(E2)。正好清晰地呈现着"DEE"结构即描述、解释、评价这三个层次。以前,人们只是从音拍上来观察这个作品,认为"江南好,风景旧曾谙"是第一拍,"日出江花红胜火,春来江水绿如蓝"是第二拍,"能不忆江南",是第三拍。这样的划分也有道理,但局限于"音节"而未能前进到"意节"。

回到现代诗歌,比如西川的《十二只天鹅》:"那闪耀于湖面的十二只天鹅/没有阴影//那相互依恋的十二只天鹅/难于接近",这是必要的描述部分,相当于D;然后进入诗歌的解释(E1):"十二只天鹅——十二件乐器——/当它们鸣叫//当它们挥舞银子般的翅膀/空气将它们庞大的身躯//托举/一个时代退避一旁,连同它的讥诮";而下面的部分接近于"议论"(E2):"想一想,我与十二只天鹅/生活在同一座城市!//那闪耀于湖面的十二只天鹅/使人肉跳心惊//在水鸭子中间,它们保持着/纯洁的兽性";下面继续其诗歌的解释

---

[1] 王家新:《一首伟大的诗,可以有多短》,见张桃洲主编《新世纪诗歌批评文选》,中国社会科学出版社2016年版,第293—294页。原载《读书》2001年第12期。

(E1)："水是它们的田亩/泡沫是它们的宝石//一旦我们梦见那十二只天鹅/它们傲慢的颈项/便向水中弯曲"，并继续诗歌的"议论"(E2)："湖水茫茫，天空高远：诗歌/是多余的//我多想看到九十九只天鹅/在月光里诞生！//必须化作一只天鹅，才能尾随在/它们身后——/靠星座导航//或者从荷花与水葫芦的叶子上/将黑夜吸吮"。由于诗歌的终极关怀是抒情，所以，E2之"议论"，常常也是诗歌的抒情。但不论是议论还是抒情，都属于"主观"。再比如尊敬的孙静轩先生1979年在远洋轮上写下的《沉船》，也可以通过上述的"DEE"结构而观之：

> 当船儿穿过暗礁
> 行驶在波涛汹涌的海面
> 我想起了从前在风暴中遇难的船（这三行无疑是"描述"）
> 昨夜，水手们还在讲述那惊心动魄的故事
> 对殉难的先驱者寄予无限的崇敬与思念（这两行是事实补充性的解释）
> 也许那残损的船体就在我脚下的海底
> 那水藻覆盖的船舱里，仍有生锈的铁铳
> 雕花的陶瓷、和那古老的铜钱……（这三行是对事实的想象性解释）
> 啊！朋友，又何须对死者凭吊
> 也无须在沉船的水域踌躇不前
> 既然航海者选择了击风搏浪的生涯
> 又怎能希图侥幸地逃避灭顶的危险
> 生者与死者自会有各自的归宿（这后五行无疑是"评论"）
> 谁生存谁就该探索前人不曾开拓的航线

在外国的现代诗中，例如埃利蒂斯《夏天的躯体》之一节：

> 这是谁，在那海滩上摊开手脚

抽着银灰色橄榄叶的烟，仰天而卧？
蟋蟀在他耳里警告低鸣
蚂蚁赶忙来到他胸脯上操作
蜥蜴在他腋窝的荒草中滑行
而那个派它来的小海妖在歌唱：
"啊，夏日赤裸的躯体……"

韩作荣认为这就是"诗的展开式结构"："诗由船在海面航行而展开想象，由现实追溯到以往，由海面到海底，以及沉船之内所遗留的一切，层层推进，最后升华为生者的归宿就是探险、发现和开拓，有了较为深入的寓意。"[①] 韩先生所言是正确的。但如果要对这种"层层推进"的"展开"式结构加以更为清晰的概括，则所谓的"层层推进"，正是本书所谓从 D 到 E1、再到 E2 的推进与展开。

当然，有时候这种"DEE"结构表现得也并不完整，比如赵丽华的《大叶黄杨》。"园丁手艺不高/他只能把大叶黄杨/剪成/水平状/波浪状/和圆状"，这一节，是典型的事实描述；后一节："如果不剪的话/园丁对我解释说/黄杨/就乱了"，则是典型的事实解释。没有出现 E2。再如她的《此诗献给我们家敬爱的 KELON 牌冰箱》："你的冷藏室总是在漏水/你的冷冻室总是需要除霜/东西放得稍微满一点/你就由冰箱变成保温柜/每到夜深人静你都呱呱地叫唤/像一个人吃坏了肚子/要拉稀"。"像"字之前，是 D 部；之后，是 E1 部，也是没有 E2。而她的《一个人》（这首诗事实上是在表达一种论说）："一个人与众不同/一个人离经叛道/一个人加快自己的脚步或者停下来/他脱离了大多数/他与普通群众拉开了距离//我想他的命运有这样两个：/或者被狂热而盲从的人们推上圣坛/或者被狂热而盲从的人们踩在脚下"。诗分两节，第一节相当于"DEE"结构的 D——客观描述（物化），第二节相当于"DEE"结构中的 E2——主观的"评价"。却是没有 E1。再比如蔡其矫的《雾中汉水》：

[①] 韩作荣：《语言与诗的生成》，《诗刊》（上半月刊）2004 年第 1 期。

两岸的丛林成空中的草地；
堤上的牛车在天半运行；
向上游去的货船
只从浓雾中传来沉重的橹声，
看得见的
是千年来征服汉江的纤夫
赤裸着双腿倾身向前
在冬天的寒水冷滩喘息……
艰难上升的早晨的红日，
不忍心看这痛苦的跋涉，
用雾巾遮住颜脸，
向江上洒下斑斑红泪。

直到倒数第三行，此诗才结束了"描述"部分，进入"解释"部分——当然是诗意的解释。也没有 E2。

其实这种看似简单的"DE"结构，却是"DEE"结构的原型。如果进行语言发生学上的考察，在文化的早期，或者在文化行为的开端，即所谓的"元语言阶段"，人们的言说结构主要就是"DE"结构，即叙述事实层面＋判断价值层面。随着文化的发展，人类进入到"语言阶段"，随着一些渐成权威的、渐成共识的、成为常识的东西，开始进入人们的言说，而人们也觉得应该尊重前人的意见，于是 E1 出现，于是言说者个人的判断就成为 E2。而 E1 也会渐渐地进入 D，即渐渐地也成为需要人们来描述的"事实"，同时 E2 也会渐渐地成为 E1——个人的判断与看法渐渐地会进入共识与常识。如此则"DEE"结构就渐渐地形成了一个极具吸纳能力的结构，它能不断地把 E1 吸纳为 D，而把 E2 吸纳为 E1。当然，它也永远地呼唤着 E2 的出现。对 E2 的呼唤也就是对创造的呼唤。当然，E2 永远也是需要证明的，它一经被证明，就"升级"为 E1。到了"后语言阶段"，E1 大大扩张，而 E2 却会越来越珍贵。创造永远是珍贵的。

当然，"DEE 结构"也会在具体的诗歌实践中发生序变。比如非马的《醉汉》:"把短短的直巷/走成一条/曲折/迂回的/万里愁肠//左一脚/十年/右一脚/十年//母亲啊/我正努力/向您/走/来"。在这首诗中,E2 在第一节,D 在第二节,E1 是第三节。读者可以试将其调整为正常的"DEE"顺序而体会之。此诗和余光中的《乡愁》同为台湾诗人的思乡佳作。以刻意经营短诗而闻名的非马,在短小的形式中致力于参差的句式变化。这首诗,行列的摆布与醉汉的醉态醉步以及诗中跌宕起伏的内在感情十分契合,是一首外形式和内形式双双俱佳的好诗。

结　语

　　以上三章所描述的种种诗歌常见的大内形式,无疑可以反映出诗歌思维的有序运动。和小说相比,诗歌的大内形式总体上虽然并不复杂,但仅仅上述数种,肯定没有概括出所有诗歌的思维方式。事实上,有好多的诗歌文本,其思维呈现为一种难以名状的无序化运动状态,比如顾城的《惺》:"粉红色/客人/一对/毯子/说过/厚嘴唇/湿/跳入室内"。我们敬重优秀的诗人顾城,但是我们却不可能敬重他的每一首诗。比如面对这首不知所云的诗(估计只是顾城当时的写作"提纲"),本书也只好陷入失语。有一点需要说明:上述这些诗歌的大内形式往往不是单一的,而是综合的,比如黄翔的《我》。诗分三节,分别用一、二、三表示:"一//我是一次呼喊/从堆在我周围的狂怒岁月中传来//二//我是被粉碎的钻石/每一颗碎粒都有一个太阳//三//我是我　我是我的死亡的讣告/我将从死中赎回我自己"。这首诗猛一看似是空间性的并列结构,细一看却是时间性的递进结构,而再一看,却是心理性的逻辑结构:因为呼喊,于是被粉碎,然后即死亡,这一过程,只能是"逻辑"的。余光中的《乡愁》也是同样。但余光中的《乡愁》之所以不胫而走,比黄翔的《我》更为脍炙人口,其"不公平"的地方也许在于,乡愁这一情感对读者的冲击面,似乎比因呼喊而毁灭这一悲剧对读者的冲击面要更大一些。家园情结永远比死亡情结更大众一些。换言之,被阻隔的感受与被迫害的感受,前者要更大众一些。

第三篇
现代诗歌的小内形式

第七章　关于现代诗歌小内形式的现象性描述

西川在说到现代诗歌的标准时曾这样认为："衡量一首诗的成功与否有四个程度：一、诗歌向永恒真理靠近的程度；二、诗歌通过现世界对于另一世界的提示程度；三、诗歌内部结构、技巧完善的程度；四、诗歌作为审美对象在读者心中所能引起的快感程度。"[1] 在他所谓成功诗歌的四个"程度"中，属于诗歌形式方面的只有一个。这一个足以说明诗歌的"形式"在现代人心目中漠然视之无足轻重的地位。不过西川毕竟还是说到了诗歌的"内部结构"，且认为诗歌的"内部结构"应该"完善"。西川所谓诗歌的"内部结构"，就是诗歌的内部形式（相对于外形式）。前面已经说过，诗歌的内部形式有"大内形式"与"小内形式"之别，而且，它们是必须"完善"的。

为什么呢？

博尔赫斯说："诗就埋伏在街角那头。诗随时都可能扑向我们。"[2] 然而，诗在扑向我们的时候，不是飞着过来的，而是走着过来的。那个叫做诗的家伙是踩着一种古老的节奏，踏着一种独特的步调胼手胝足地走过来的！是的，诗歌如果都能像我们博得了头彩那样，来得快捷，来得如有神助，那敢情好，可是，那只是一个传说。大部分诗歌其实都是诗人们彻夜不眠的呕心沥血之作。所谓的灵感光

---

[1] 西川：《艺术自释》，《诗歌报》1986年10月21日。
[2] [阿根廷] 博尔赫斯：《诗艺》，陈重仁译，上海译文出版社2017年版，第3页。

顾，往往只是美丽的谎言；所谓文不加点、一挥而就，绝对是写作世界里小概率的事件。不过，诗歌在走向我们的时候，它的脚步，却从古到今都是那么"几下子"。这"几下子"就是它最基本的"语法"。诗歌，它首先是语言的，它必须遵从普通语言的语法。当然，在普通语言之上，诗歌还躬行着一种"诗的语言"。古人称这种语言为"诗家语"，但是语焉不详。"诗家语"非指专门的诗歌词语（世界上没有专门的诗歌词语），而指的是专门的诗歌语法。这一诗歌语言不得不遵循的"语法"，就是本书重点讨论的一个概念：诗歌的小内形式。正是这一诗歌小内形式的存在，让天下诗歌不至于成为想怎么说就怎么说的胡言乱语而同样"言之有序"。

前面已经多次提及，在诗歌的内形式当中，有大内形式，也有小内形式。诗歌的大内形式是诗歌的"章法"，诗歌的小内形式是诗歌的"笔法"——小内形式是更为深层的、更为内在的"内在结构"，它甚至比人们常说的意象结构更为深层。意象结构是意象与意象之间的关系，而小内形式则试图揭示意象内部的结构层次。诗歌的大内形式虽有许多的"定式"，但总体上仍然是活跃而多变的。天下事物有多么丰富多彩，它就有多么丰富多彩。而诗歌的小内形式却是一种相对的"常格"，拥有"常"性即相对的稳定性（简直就像一个政治上的不倒翁，几乎人人喜欢）。同时，诗歌的大内形式是相对"整体"的，而诗歌的小内形式则相对"局部"。正因为"局部"，这才以"小"称之。但是，麻雀虽小，肝胆俱全，诗歌的小内形式虽然"小"，却"点血而具五官百骸之势"[①]，像生命基因一般深藏着诗歌艺术的所有奥秘。

所以，它是一首诗（尤其是现代诗）创作的过程中要尽可能"完善"的。

本章先对诗歌小内形式的基本构成进行一些现象层面的描述。

[①] （清）李渔：《闲情偶寄·结构第一》，见郭绍虞主编《中国历代文论选》（一卷本），上海古籍出版社1979年版，第296页。

第一节　现代诗歌的小内形式：作为
　　　三个基本点的存在

德国学者格罗塞在其《艺术的起源》中收录了当地土著人一首"颂扬酋长的歌"：

这位酋长是不怕什么的！①

这首"歌"虽只一行，却由两个重要的部分——"酋长"和"不怕什么"——构成了一个言说与被言说、判断与被判断、阐释与被阐释的结构关系，即"酋长（被言说部）——是不怕什么的（言说部）"。它叙述了土著人对酋长的一种情感判断，情感的表达直接且写实。这样的判断肯定不如"酋长是天不怕地不怕的"更具语义的间离与情感的夸张，即土著人此语肯定质朴有余，但诗性不足。在诗性方面稍有增色的，是格罗塞同样收录于《艺术的起源》的另一首"讽刺土人的歌"②：

噢，怎样的一条腿，
噢，怎样的一条腿，
你，袋鼠脚的贱东西！③

如果认为这首"歌"说的就是袋鼠的脚，则它就与上一首"歌"一样表意过于直接。但是，它说的不是袋鼠的脚，而是某个脚像是袋鼠的"土人"——某个跛脚的土人。于是，袋鼠的脚，也就成了对跛脚人的一个喻体；于是整首"歌"也就成了对跛脚人的一种想象式

---
① ［德］格罗塞：《艺术的起源》，商务印书馆2015年版，第177页。
② 同上书，第180页。
③ 同上。

换名；于是它们之间的关系，也就成了表现与被表现的关系——想象的介入与意象的出场，无疑加强了语言的间离性和形象性。

如果说上一首"歌"是"跛脚"的，其跛在于形象的缺位，则这一首"歌"差一点也是"跛脚"的，不是跛在形象的缺位，而是跛在形象阐释的缺位，它所有的表意行为差一点戛然而止于"袋鼠脚"。但是，那个"贱"字，虽然只是一个字，却终于占领了一个重要的语言位置，并发挥了重要的功能：对形象的伸展性阐释。在另外的一个译本中，这一行被译成了"你这长着袋鼠脚的坏东西"。相比之下，这一译本对"袋鼠脚"的伸展性阐释更为分明（译者似更懂诗）。

引述上面这两个堪称"古老"且极具原生态的诗歌文本，是想对它们进行以下的比较：1.《酋长》是表达式的——语言直接运载着要表达的意思；《跛脚人》是表现式的——语言没有直接运载要表达的意思，而是给要表达的意思运来了一个可以收藏其意思的容器：意象。2.《酋长》的表意没有借用他物；《跛脚人》的表意借用了他物：袋鼠脚。3.《酋长》直接阐释而形象缺位；《跛脚人》形象到位却没有继续阐释。之所以要进行这样的比较，为的是提取出类诗歌言说或准诗歌言说三个基本的语义点：被言说者、言说者、言说的伸展。而这三项，就是诗歌小内形式三个基本的构成元素。

赵丽华的这首《一个渴望爱情的女人》，就是诗歌小内形式三个基本元素的悉数登场，是三个基本点标配般的呈现：

  一个渴望爱情的女人（以上的部分代号为 A）就像一只
  张开嘴的河蚌（以上的部分代号为 B）

  这样的缝隙恰好能被鹬鸟
  尖而硬的长嘴侵入（以上的部分代号为 C）

说明：自此以下，凡例诗中用圆括号所表示的，均为本书的分析语言。也请读者从此牢记：从这一诗例开始，本书将大量地用 A 来表示诗歌言说的第一个基本点即被言说者、被表现者所在的点位,用 B 表示第二个基本点即言说者、表现者所在的点位,而用 C 表示第三个基本点即对 B 的继续阐释与表现性延展。下面继续举例说明。比如古马《寄自丝绸之路某个古代驿站的八封私人信件》句:

  叫声最亮的蟋蟀(A)
  秋天的玉(B)
  镶在我的帽子上(C)

在这一诗节中,诗歌言说三个基本的语义项堪称"中规中矩",一清二楚。再如古马《青麦掩映》中句:

  麦田上空的乌鸦(A)
  两粒去年的黑小麦(B)
  被风吹向落日(C)

再如林军雄《牙医麦南》节:

  麦南牙科所
  在一条破旧的小巷(A)
  像人们嘴里的疼(B)
  隐于暗处 深含不露(C)

如朦胧诗首席诗人北岛《十年之间》句:

  时间诚实得(A)像一道生铁栅栏(B)
  除了被枯枝修剪过的风
  谁也不能穿越或往来(C)

如"朦胧诗"最著名的女诗人舒婷《落叶》中句:

残月（A）像一片薄冰（B）
飘在沁凉的夜色里（C）

其实也可以从呼吸的角度来体会诗歌言说的这一个基本单位。一个完整的三位一体式言说动作，恰如一次诗歌的呼吸。再如舒婷《初春》句：

但已有几朵小小的杜鹃（A）
如吹不灭的火苗（B）
使天地温暖（C）

再如舒婷著名的《祖国啊，我亲爱的祖国》句：

我（A）是你河边上破旧的老水车（B）
数百年来纺着疲惫的歌（C）

如朦胧诗最优秀的诗人顾城《生命进行曲》句：

让阳光的（A）
瀑布（B）
洗黑我的皮肤（C）

如甘肃当代诗人老乡《野诗》句：

当暮霭里出动的长城（A）
成了我的诗里
最为冗长的句子（B）
一行读不断的绝句（B 的进一步具体化）
竟使我苍凉的双肩
从此耸起了悲壮（C）

以上诸例，都通过一个"A、B、C"的组合，即通过诗歌言说三元素的组合，表达出一个相对完整的诗歌情意。下面非马的这首《醉汉》，虽然在外形上稍微长了一些，但是其内在的结构，却仍然只是一个"ABC"组合："把短短的直巷／走成一条／曲折／迂回的／万里愁肠／左一脚／十年／右一脚／十年／母亲啊／我正努力／向您／走／来"。其中的"直巷"就是A；"愁肠"就是B，后面的就是C。徐志摩《雪花的快乐》中句："假如我（A）是一朵雪花（B），／翩翩地在半空里潇洒（C），／我一定认清我的方向——（C＋）／飞扬，飞扬，飞扬……（C＋）"虽然在C的位置上加了又加，但是作为一个"ABC"组合的这一内在结构却是没有变化。

这样的"ABC"组合既大量出现在传统意象诗的写作过程，同样也出现在当下最为流行的口语诗写作过程。比如口语诗人鬼石的《看见》：

市政府门口
那环卫工
那中年妇女
把一个垃圾桶
抱在怀里（A）
像自己孩子一样
细细地擦拭
转眼间
垃圾桶光亮如新（B）
恍惚间看见它
背着书包
对着我说了声：
叔叔再见（C）

上面的这些例诗中，有不少是独立成诗的篇章，它们作为一首诗的成立充分说明：诗歌小内形式的"ABC"组合，常常是孤胆英雄，可以独立出动，可以不需依托诗歌的大内形式而独立地推动一首诗、完成一首诗，并且支撑一首诗，甚至决定一首诗。而它们（独立的一个"ABC"组合）作为一首诗的成立同时也证明：诗歌小内形式的"ABC"组合如果携起手来，并肩前进，或者三五成群而组成兔起鹘落的阵势协同作战，则其力量肯定会大增，诗味会爆满。事实上，更多的诗歌还真不是"单核"的，而是"双核"甚至"多核"的。比如鲁藜的《泥土》，一首诗里就有两组"ABC"：

老是把自己（A1）当作珍珠（B1）
就有时时怕被埋没的痛苦（C1）

把自己（A2）当作泥土吧（B2）
让众人把你踩成一条道路（C2）

如徐志摩《再别康桥》中的这两个形式节，也分别由一个"ABC"构成：

那河畔的金柳，(A)
是夕阳中的新娘；(B)
波光里的艳影，(C)
在我的心头荡漾。(C)
……
那榆荫下的一潭，(A2)
不是清泉（B2），是天上虹；(B2)
揉碎在浮藻间，(C2)
沉淀着彩虹似的梦。(C2)

而艾青《冬天的池沼》，则由四组"ABC"构成：

冬天的池沼，

寂寞得象老人的心——
饱历了人世的辛酸的心；

冬天的池沼，
枯干得象老人的眼——
被劳苦磨失了光辉的眼；

冬天的池沼
荒芜得象老人的发——
象霜草般稀疏而又灰白的发；

冬天的池沼，
阴郁得象一个悲哀的老人——
佝偻在阴郁的天幕下的老人。①

全诗共四节，每一节都有三个标准配置的"ABC"基本点，这四组"ABC"也就构成了这首诗并列结构的大内形式。和这首诗结构相同者，比如余光中脍炙人口的《乡愁》："小时候/乡愁（A）是一枚小小的邮票（B）/我在这头/母亲在那头（C）"。《乡愁》的其他三个小节，结构与此相同，大家也都熟知，这里不再赘列。这里推介一首甘肃著名诗人叶舟相同结构的《卷轴：月亮》。在"月亮"这一共同的 A 之下，他展开了四组"ABC"构造（称"卷轴"者，隐隐地让人们联想到那个叫做"四吊屏"的"大内形式"）：

这个孤独的人（B1）　停在
敦煌　若有所思（C1）

---

① 关于艾青这首《冬天的池沼》，有两个说明。一、关于其中表示比喻的四个"象"字，原作即是如此。这也是以前"象""像"不分的时候人们一个共性的文字现象。二、这首诗里那四个破折号也值得注意，它几乎是在"形象"地演示着诗歌小内形式"ABC"组合中所谓 C 位的延展性阐释。破折号，在这里正表示着语气的一种延展。

这只盛开的羊（B2）　卧在
天上　像一块白银（C2，但是其中又含有另一个B）

这卷打开的经书（B3）　铺在
头顶　云雨将临（C3）

这位远来的菩萨（B4）　站在
世上　一直笑而不语（C4）

而甘肃乡土诗人高凯的《村口》，虽然没有外形式上的分节，却也有着四组并列的"ABC"组合：

村口（A1）
其实和碗口一个样（B1）
喂活过一些人（C1）
村口（A2）
其实和井口一个样（B2）
吞掉过一些人（C2）
村口（A3）
其实和心口一个样（B3）
惦念过一些人（C3）
村口（A4）
其实就是村子的一张口（B4）
总是唠叨村里的事情（C4）

经过上面不厌其烦的例析，本书想描述出这么一个面对诗歌文本的事实：面对一首诗歌作品尤其是一首现代诗歌作品，人们的阅读进程一般都是"猛看一大片，再看一条线"。"一大片"，是我们与诗歌外形式遭遇后的视觉直观；"一条线"，即是我们察知诗歌大内形式的阅读过程。接下来的，就是"细看三个点"。这三个点，就是 A 点、B 点和 C 点。正是这需要"细看"方可触及的三个点，构成了诗歌文本最为基本的表意单位。我们发现，只要有一个这样的表意单位，一首诗就可以赖以成立；而所谓的长诗，无非是许多个这样的表意单位在一定的大内形式下有序的组合。所以，从意象的角度看，这三个点的组合，一般大于或等于一个意象；从文本的角度看，这三个点的组合小于或者等于一个文本；从内形式的角度看，当一首诗的篇幅短小到不存在其他任何的大内形式，则其大内形式与小内形式（"ABC"组合）就二者合一……

第二节　现代诗歌的小内形式：作为一个基本言说程式的存在

天下诗歌的小内形式"ABC"，不可能都像艾青的《冬天的池沼》和余光中的《乡愁》那样中规中矩、一目了然，而更多地表现为建立在"ABC"组合这一基本形式之上的灵活变化。那些丰富的"ABC"变体虽然彰显着"ABC"组合的巨大弹性和随遇而安的适应能力与变形能力，但却不会影响到"ABC"组合作为诗歌思维基本程序的规律性。为了申明"ABC"组合的普遍适应性，下面拟在更为广义的视野内，对"ABC"组合更为普遍的存在进行更为多元、更为广泛的现象学描述。如汉代无名氏的《上邪》：

上邪！我欲与君相知，长命无绝衰（A）。山无陵（B1），江水为竭（B2），冬雷震震（B3），夏雨雪（B4），天地合（B5），乃敢与君绝（C）！

其中的 A 部分，直接陈述"我"要与"君"长相知遇永不绝衰的意愿，这一意愿有多么强烈而坚决呢？作者说，只有出现了以下五种情况，"我"才敢"与君绝"。这五种情况，就是从 B1 到 B5 的五样。这是不可能的五样。这不可能，就是作者要传达的意思。但是作者却不明说，她不想让对方"知道"这不可能，她要让对方"感觉"这不可能。在充分地让对方"感到"之后，她最后才顺着这五样不可能的事物水到渠成般申明："乃敢与君绝！"这是多么委婉而又智慧的表达，也是多么含蓄而又尊严的表达！在如此响彻千古的言说中，"ABC"组合这一"三点一线"的诗歌思维程式功不可没。再如著名的北朝民歌《敕勒川》：

敕勒川，阴山下。（A）
天（A）似穹庐（B），笼盖四野。（C）
天苍苍，野茫茫。（结束对A的描写之后A的回归）
风吹草低见牛羊。（结束对A的描写之后A的回归）

还有李白的《静夜思》：

床前明月光，（A）
疑是地上霜。（B）
举头望明月，（结束对A的描写之后A的回归）
低头思故乡。（结束对A的描写之后A的回归）

这两首诗有一个共同的特点，即诗人都具有强大的对眼前事实与现实情境的白描能力，并体现为作品中A的巨大占比。两首诗都出动了想象，却只是想象的短促突击，浅"想"辄止。《敕勒川》对其想象稍微延展了一下，《静夜思》却直接是"想象到霜为止"。中国古代诗歌，确实更在乎诗歌的言说本性。而现代诗歌，人们更在乎诗歌的表现本性，比如当代诗人雁翼的《一朵云彩》：

太阳（A1）【B1】匆忙地走下西山（C1），
把【A2】一张彩色的手帕（B2）忘在山巅（C2），
风（A3）姑娘（B3）轻轻抖动着手帕（C3），
仿佛要把太阳招喊回还（C3）。

再如于坚《便条集之263》:

　　群猫之眼（A1）被闪电的光芒击中（B1）
　　像钻石（B2）那样亮起来（C2）
　　但它们只是停在钻石的边缘（B2）
　　并不像钻石（a）那样
　　【b】一旦从黑暗中脱颖而出（c）
　　就直奔王冠（c）

再如舒婷《向北方》句:

　　乌云（A1）像癣一样（B1）
　　布满天空（a1）的颜面（b1，C1）
　　鸥群（A2）
　　却为她铺开（C2）洁白的翅膀（A2）
　　去吧（A3）
　　我愿望的（A3）小太阳（B3）
　　如果你沉没了（C3）
　　就睡在大海的（a2）胸膛（b2，C3）

如上几个诗例中，各有多组的"ABC"及其下一个层级的"ABC"（用"abc"表示），而且其中有的地方（如【】号所示）还有许多的省略，需要读者自己填充。这些有隐有显且重重叠叠的"ABC"组合，可能会让古人感到头疼。古人要是看到冯至的《什么能从我们身上脱落》，那简直会感到头疼欲裂:

　　什么能从我们身上脱落，（C3）
　　我们都让它化作尘埃：（C3）
　　我们安排我们在这时代（A1）
　　像秋日的树木，一棵棵（B1）

把树叶和些过迟的花朵（C1）
都交给秋风，好舒开树身（C1）
伸入严冬（C1）；我们安排我们（A2）
在自然里（A2），像蜕化的蝉蛾（B2）

把残壳都丢在泥里土里；（C2）
我们把我们安排给那个（A3）
未来的死亡（A3），像一段歌曲，（B3）

歌声从音乐的身上脱落，（C3）
终归剩下了音乐的身躯（C3）
化作一脉的青山默默。（C3）

头疼归头疼，但是古人却不会因此就违背其中所深藏着的诗歌基本思维。古人虽古，但在思维方式上其实和我们现代人并无二致。以宋代诗人杨万里《闲居初夏午睡起》中下面的句子为例，其中三个基本点的分布就极其自然而平稳：

梅子（A1）留酸（B1）软齿牙（C1），
芭蕉（A2）分绿（B2）与窗纱（C2）。

而苏轼《和子由渑池怀旧》中的"ABC"几乎就是按部就班：

人生到处知何似（A），
应从飞鸿踏雪泥（B）。
泥上偶然留指爪（C），
鸿飞那复计东西（C）。

其实外国人也一样。如荷马史诗《奥德赛》中句："我的孩子，

（A）/从你的齿（A）篱（B）溜出了什么话?（C）""船桨（A），那是船只飞行的翅膀（B）/……/当有一位行路人与你相遇于道途/称你健壮的肩头的船桨（A）/是扬谷的大铲（B）"；如瑞典诗人贡纳尔·埃凯洛夫《无形的存在》中句："那些黑色的大树（A）好似/无声的叫喊（B），手臂在空中（B）……"；如席勒《卢梭（A）》节：

　　我们这个时代的耻辱的墓碑（B，A是其标题中的"卢梭"）
　　墓铭使你的祖国永远羞愧
　　卢梭之墓，我对你表示敬意
　　和平与安息，愿你在身后享受
　　和平与安息，你曾经白白寻求
　　和平与安息，却在此地（以上均为C）

如苏联诗人玛雅可夫斯基的《月夜即景》：

　　明月将上
　　微露银光
　　看哪，一轮满月，
　　已经在空中浮荡。（以上A）
　　这想必是上帝在上，
　　用一把神妙的银勺，（以上B）
　　捞星星（a）熬的鱼（b）汤（c）。（C；行内复有小一层级的"ABC"构造）

不只专业诗人是如此，对于诗歌的写作偶一为之的网上诗粉们也是如此。比如某网络诗人的诗句："记忆（A1）是牙齿掉了留下的豁口儿（B1）/总让你忍不住去舔舔（C1）""我（A2）要学苍蝇（B2）/只要拍不死我/我就脏死你（C2）"。看来，不论是雅言雅诗，还是俗言俗诗，其于诗歌的"ABC"组合这一小内形式，却都是一样的不可逃避。换言之，民族与时代可以不同，诗歌的文体与诗歌的事实可以不重复，但是，诗歌的规律却一定会重复！

第三节　现代诗歌的小内形式：作为一种基本思维方式的存在

　　现代诗歌的小内形式"ABC"组合既然是一种思维方式，而且是"诗意"的思维方式，则它一定不会只活跃于诗歌这一文体之内，更是一定会输出到其他的文体，或者说其他的文体一定会把它当作攻玉的"他山之石"——非诗歌文体中，"ABC"组合随处闪现着自己的憧憧"诗"影。

　　我们常常说某某小说或某某散文富有诗意，事实上，在非诗歌文体即其外形式非诗的文体当中，有着大量局部语言组织的"ABC"程序，它们无疑加持着语言的形象性与生动性。比如韩东短篇小说《呦呦鹿鸣》中，女明星看到那个没有手的小孩后，红了她的眼圈，用她戴着宝石戒指的手，握住了小孩子的那个"肉球"。然后作者写道："一瞬间，宝石戒指闪烁，星光和佛光交相辉映。我们沐浴其中。"[1]而"……宝石戒指闪烁（A），星光和佛光（B）交相辉映。我们沐浴其中（C）"，正是这样一个三步成想的"ABC"步骤：A——描述被言说者；B——以他物比喻之，进一步形象刻画；C——对形象的阐释，形象思维的延伸。韩东这句话的后面，跟着的一句是："窗外的风声和树叶的摇动声就像是来自远方的掌声，庆祝演出成功。"[2]同理同构，这里不再分析。

　　散文中的"ABC"组合也是随处可见。比如北岛散文《约翰和安》中句："安有时在一所小学教亚洲孩子说英文。她很适合当老师，乐观而有耐心，能看得出来，孩子们喜欢她，但她更想成为小说

---

[1] 韩东：《呦呦鹿鸣》，见《2010 中国最佳短篇小说》，辽宁人民出版社 2011 年版，第 38 页。

[2] 同上书，第 39 页。

家。她正在写那个梦魂萦绕的造纸厂,好像那罩住她青春的魔法,只有用笔才能除掉。那旷日持久的写作使她占据家中唯一一间书房,因此而获得某种中心地位(A),像一颗恒星(B),约翰得围着她转(C)。约翰四月开车去一千二百英里外的大学教书,十月回来,陪安过冬。"①再比如余秋雨随笔《唐诗几男子》中句:"唐诗(A)如玉杵叩扉(B),叮叮当当,嗡嗡喤喤,一下子把心扉打开了,让我们看到一个非常美好的自己(C)。"②

甚至在持语谨慎的评论文章中,也不时会闪现出"ABC"组合的靓姿。比如诗人牛汉《死的活的我都疼——谈诗人食指和海子的获奖》中句:"食指(A)现在像一个活着的废墟(B),他活着就是为了展示历史的痛苦,他的笑也是历史的,一笑就让人触及到历史的伤疤和痛苦(C)。"③比如王家新《无花果养大的诗人》中句:"我之认同策兰这样的诗人,更因为他们一直在面对内心、面对他们灵魂内部的那些问题。这种如铁锚(B)一样下沉(C)的'内在性'(A),使他们从不浮到生活的表面上来。"④再比如这一句议论:"写到这里,我不禁暗自发问:呈现在我眼前的这个大十字架(A),是作家或诗人们为行将终结的世纪竖立的(C)墓碑(B),还是他们呈献给新世纪的(C)一枚勋章(B)?"⑤"ABC"组合在学理文章中的出现,无疑会增强论说的形象性与可感性,并最终提高其说服力。

古语有云:仁者见仁,智者见智。以诗歌小内形式"ABC"组合之眼去纵目观察,无处不有这样形象化言说的人类语言智慧。当然,那些人类早期的"ABC"组合早已葬身于词语世界,成了诗歌的化石,成了人类语言机制与诗意机制之间古老关系的"证词"。换言

---

① 北岛:《约翰和安》,见北岛《蓝房子》,江苏文艺出版社2009年版,第52页。
② 余秋雨:《唐诗几男子》,见余秋雨《中国文脉》,长江文艺出版社2012年版,第278页。
③ 牛汉:《死的活的我都疼——谈诗人食指和海子的获奖》,《文汇报》2001年7月14日。
④ 王家新:《无花果养大的诗人》,《海南师范大学学报》(社会科学版)2008年第5期。
⑤ 何锐:《世纪末的文学格局与新诗创作》,《诗探索》1994年第1期。

之，诗歌小内形式的"ABC"组合，似乎有一种神奇的缩身术，它当然可以存在于一句之内、一行之内，甚至也可以存在于小小一词之内。比如：

门（A）口（B）
山（A）脚（B）
云（A）海（B）
雨（A）珠（B）

再比如：

心（A）花（B）怒放（C）
欲（A）壑（B）难填（C）

如果说这是一种微观"ABC"的话，那么在它的反方向上，还有一种宏观的"ABC"，即它不只拥有离开诗歌大内形式也能成就一诗的缩骨之法，而且也有与天齐高的隆身之术，即一首看上去规模宏大的诗，往往是一个"ABC"程式的撑开与放大、接续与复制，或是若干个"ABC"程式的接力与组构。李亚伟的《中文系》即是如此。篇幅所限，下面只引用它的第一节：

中文系是一条撒满钓饵的大河
浅滩边，一个教授和一群讲师正在撒网
网住的鱼儿
上岸就当助教，然后
当屈原的秘书，当李白的随从
当儿童们的故事大王，然后，再去撒网
……

诗歌一开始即将"中文系"这个所谓高等文化的象征物（A）喻

为"一条撒满钓饵的大河"（B），然后放手进行得心应手的恣意嘲弄，其后的整首诗几乎都可以视作为 C。当然，为了述说中文系丰富的生活，老是滞留在"河"的意象上毕竟捉襟见肘，所以诗中有些地方作者的思绪有些游移，但作者毕竟从头至尾保持着"拖泥带水"的"河性想象"："河埠头——鲁迅的洗手处""……那块石头/一些蠢鲫鱼和一条傻白蛙""从思想的门户游进燃烧着的电影院""一年级的学生，那些/小金鱼小鲫鱼……""中文系就这样流着……"，直到"它的波涛/随毕业时的被盖卷一叠叠地远去啦……"河是属于智者的，所以，全诗充满了中文系才子式的灵气；河也是自然流淌的，所以，诗歌读来如水奔流而不居不涩。[①] 德国诗人黑塞的《我是一颗星》也是同样：

　　苍穹中我是一颗星，
　　将这世界打量，将这世界鄙夷，
　　在自身灼烧中燃尽。

　　我是大海，翻腾于黑夜，
　　哀怨着，沉重奉献似的，
　　重新扑到旧日罪孽上。

　　我被你们的世界驱逐，
　　被骄傲造就，被骄傲欺骗，
　　我是国王，却没有疆域。

　　我是哑然的激情，
　　在没有炉火的房子里，在没有刀剑的战场，
　　病倒在自己的能量中。

[①] 雪潇导读《中文系》语，见马超主编《百年新诗百篇导读》，吉林大学出版社2011年版，第209页。

黑塞的诗歌思维也没有脱出"ABC"这样的三级递进程式，他也是踏着"ABC"的节奏而"绳趋规步"地前进着，且每一步都是刀削斧劈式的分明，每一个进阶都是出崖落谷般的有力。他本来就行走在诗歌最为标准的舞步上。法国象征派诗人瓦雷里说："上帝无偿地赠给我们第一句，而我们必须自己来写第二句，而第二句必须跟首句首尾同韵，而且无愧于它神赐的兄长。"① 他所说的"第二句必须跟首句首尾同韵"，我们不必理睬，但是他所说的从上帝所赠的"第一句"到我们自己的"第二句"，却是感悟了诗歌在那无数的偶然性中所隐藏着的一个必然：诗歌永远都是"接着写"的艺术，且诗歌的接着写，从来都有其接续的原则。

结　语

诗歌的大内形式并非真正的诗质元素，它们并不能决定诗与非诗。如果说大内形式保证着言说的自然性与逻辑性，则相对于大内形式的小内形式，却决定着言说的诗性。即如戴望舒《过旧居》，虽然其大内形式是对举而后总合的"Y"型结构，也虽然它四行一节，甚至每一节还内部成韵，但倘若没有"幸福在窥望""过去都压缩成一堆""同样幸福的日子，这些孪生姊妹""没有可爱的影子，娇小的叫嚷，/只是寂寞，寂寞，伴着阳光" "是否我肩上压着苦难的岁月，/压着沉哀，透渗到骨髓，/使我眼睛朦胧，心头消失了光辉？"如果没有这些深藏了小内形式的句子隐现其间，则其诗味将大打折扣。也就是说，作为诗歌，只有大内形式是不够的，因为它失之于空疏；只有小内形式也是不够的，因为它失之于零碎。有些诗人，可能只是"大内高手"而不是"小内高手"。反过来，有些诗人可能只是"小内高手"而不是"大内高手"。真正的高手必须是大内与小内的结合。甘肃诗人娜夜曾在《母亲》一诗里大显其一大一小两样不俗的身手："黄昏。雨点变小/我和母亲在小摊小贩的叫卖声里相遇//还

---

① 转引自江弱水《诗的八堂课》，商务印书馆2017年版，第20页。

能源于什么——/母亲将手中最鲜嫩的青菜/放进我的菜篮/母亲//雨水中最亲密的两滴/在各自飘回各自的生活之前/在比白发更白的暮色里/母亲站下来/目送我//像大路目送着她的小路/母亲"。这首诗的外形式，就是我们所习见的现代自由诗的行列方式，长短参差，疏密有致。它的大内形式，是故事型的叙事：雨后的黄昏，去菜市场买菜，遇见自己的母亲，母亲给了两把青菜，而后在一个路口母女分手。但是，它的诗歌美感却收获于小内形式："（母女二人，A）雨水中最亲密的两滴（B）""各自飘回各自的生活（C）"。如果说这一组"ABC"还比较一般的话，则她最让人过目不忘的一组"ABC"最后出场了："在比白发更白的暮色里/母亲站下来/目送我//像大路目送着她的小路/母亲"。它再一次告诉我们什么是诗：徒有诗歌的外形式并不是诗，只有诗歌的大内形式还不是诗，甚至只有母爱的（以及其他的）内容仍然不是诗，是什么让诗成为诗？是诗的小内形式！

第八章　关于现代诗歌小内形式的理论阐释

文学创作这一伟大的人类行为，归根结底是动词性的，是行动的，故于坚对写作的这一见解堪称"知道"："将已经完成的现成的东西，处理成在途中的东西，还原为过程。"① 是的，优秀的写作者，确乎拥有这一"在途中"的"行走"能力。但文学作品这一创作时"在途中"的东西，当它最后以文本的（打包的）方式"块"然出现在读者面前，分明又是一个凝固的符号整体，而读者的阅读也不得不成为一种还原过程，艰难地将其"处理成在途中的东西"。于是有无精准的还原能力，就成了对阅读者以及研究者的考验。上一章，本书对诗歌小内形式的"ABC"组合这一诗歌思维的基本程式进行了现象层面的描述，希望通过这样的描述，引起人们对诗歌小内形式"ABC"组合的重视，至少希望人们能够明白：诗歌固然是人类的飘逸之思，诗人固然在情感与想象的心理状态下多有"非理"的表达，然而"诗"与"思"本就"处于近邻关系中"②，本就不是截然对立，人类的诗歌行为本来就不是没有规律的胡思乱想，从来都有其合乎逻辑的内在机制。本书所欲努力揭示的，正是这种内在机制。本书所谓诗歌小内形式的"ABC"组合，即诗歌致思的"ABC"三级递进这一动态进程，就是这一努力的初步发现。在上一章现象性描述的基

---

① 于坚：《棕皮手记·1999—2000》，见于坚《拒绝隐喻》，云南人民出版社2004年版，第50页。
② ［德］海德格尔：《语言的本质》，孙周兴译，见《海德格尔选集》下卷，上海三联书店1996年版，第1076页。

础上，本章的任务，转为进一步从理论分析的层面，去揭示这一现象的背后所蕴涵的文学原理。

第一节　高凯、董小玉、臧棣、孙绍振、余德予等人如是说

诗歌小内形式的"ABC"组合，即由诗歌思维三个基本点所构成的三级递进这一诗歌行为的进程，无疑是文学艺术形象思维、形象言说之基本原理的具体体现。本书之前，虽然尚未见到有关这一问题的直接研究，但也看到不少相近或相关的表述，它们零零星星地闪烁在先辈学者以及诗学人士不同角度、不同层面、不同场合的诗歌话语中，表明着他们敏锐的察觉、智慧的发现以及深刻的思考。应该承认，它们给了本书十分宝贵的启示。

当代甘肃乡土诗人高凯曾这样表述过自己的创作体会："其实，诗歌的创作是很简单的事情，就是真诚地、形象地、意味地'说说话'而已。"① 高凯此言，大体不错，因为他抓住了诗歌创作的三个关键词，而且他说出这三个词的次序也颇引人注目：真诚地、形象地、意味地。这个次序，有分晓。古人云，玉有六德。其实世间万物，各有其德。"ABC"组合亦是如此：A 位之德，德在"真诚"；B 位之德，德在"形象"；C 位之德，德在"意味"。然则高凯此言，不正是不经意间而德配其位了吗？不正是无意间与诗歌的一个古老的律令有所邂逅而会心么？

高凯是敏锐的，但高凯毕竟又是感觉型的，"真诚地、形象地、意味地"毕竟只是对感觉的描述，或者说只是对一种动作效果的描述，如何取得这些效果，则是操作学需要解决的问题。而人们更为需要的，恰恰不是"真诚地""形象地""意味地"之类形容词性的概括，而是某种动词性的概括。

董小玉先生就试图总结出诗歌写作动词性的运思过程。他曾把诗

---

① 高凯：《坚守诗歌的母土地带》，《文学报》2006 年 2 月 16 日。

歌写作的过程概括为这样的三个阶段:"灵感—寻象—寻言"。① 他的这一概括,基本上是正确的。诗歌写作确乎是因意寻象、因象寻言的一种寻找过程,但这一概括可惜不够谨严。"灵感"并非只出现在诗歌写作的第一运思阶段,"寻言"也并非只出现在诗歌写作的第三运思阶段。而且,他以"灵感"作为诗歌写作的肇始之物,一般人更是觉得难以捉摸,难以对接。何况,"灵感"这个名词,也影响了其动作序列一以贯之的动词性——需要有一个同样的动宾词组来替换"灵感"一词。

著述等身的孙绍振教授曾就文学的形象思维与造型工程,有过一句过程化的描述:"客观生活特征和主观感情特征在想象的假定性中猝然遇合,构成了形象胚胎。"② 如果将诗歌小内形式"ABC"的三元素带入他的这一描述,就是"客观生活特征(A)和主观感情特征(C)在想象的假定性中猝然遇合,构成了形象胚胎(B)"。如果再将其语序调整为"ABC"次序,就是:"客观生活特征(A)经由想象的假定性遇合构成的形象胚胎(B),描述出主观感情特征(C)。"这样的调整(也可能是"歪曲")是想表达这样的意思:孙先生也察觉到了诗歌创作中某一神秘程式的存在,也试着加以描述,但是,由于未知的原因(也许是由于对诗歌艺术的过于敬畏),他和董小玉先生都与"ABC"组合这一程式的发现错肩而过。

教授兼诗人的臧棣也遭遇到了同样的命运。臧棣《汉语中的里尔克》有言:"里尔克的诗歌对世界采取的态度在总体上是一种解释的态度,它认为人与世界之间存在着一种神秘的联系。人的存在意义在于对生命的体验。但这体验不能在人自身中完成,必须通过人对世界的领悟才能获得。"③ 这应该是臧棣在借里尔克之口,吐自己之言。但是,他说的道理其实也很简单。何止里尔克是如此?天下诗人,都

---

　　① 董小玉:《现代写作教程》,高等教育出版社2000年版,第165页。
　　② 孙绍振:《文学创作论》,春风文艺出版社1987年版,第324页。在孙教授的这句话中,"特征"一词至关重要。当生活与艺术不可能全息对等,它们的遇合——因遇而合,一定是特征性的遇合,即一定只是在某一向度上方可遇合。
　　③ 臧棣:《汉语中的里尔克》,《郑州大学学报》(哲学社会科学版)1999年第3期。

是如此！首先，天下诗人对世界的态度都是"解释"的态度，其言说的基本句型都是"什么是什么"；其次，人与世界之间的关系，确乎是神秘的，且这神秘为科学的解释不能独自完成，还需要宗教以及诗歌等等另类的解释。至于人的存在意义是不是"对生命的体验"，这个可能虽不好概而言之，但诗人的存在意义却无疑就是"对生命的体验"。所以臧棣说得在理："这体验不能在自身中完成。"这体验需要在对象化的客体中完成，需要在"对世界的领悟"中完成。臧棣所谓的这一完成与获得的过程，其实已经分明地包含了诗歌小内形式"ABC"的三个基本点：A——世界、B——对象化客体、C——对世界的领悟。这一过程，也就是所谓对象化的证明与呈现过程。然而，臧棣却没有想到（或根本就没有想）要把这一过程进一步"工艺化"。倒是先锋如韩东，却冷静地认为："流程并非工业社会的发明，实在的工作无一例外都包含工序之美。"①

然而那些自觉伟大的人们似乎不屑于此"工艺性"的"雕虫小技"。

不过深圳大学的余德予先生在其《诗歌写作入门》中终于进行了比较实在比较明确的概括。他认为诗歌的写作，"接受外界景物的刺激，是第一阶段。……由景物引起的联想，是第二阶段；然后，诗人援笔宣文，运用诗歌技巧，把自己的感受写成了诗。这是诗歌写作，是第三阶段"。② 这是很有见地的观察。他把诗写的"三步曲"分成了文本外的前两步和文本内的后一步，也大体符合写作的事实。不过，即使在文本内的所谓诗歌写作的"第三阶段"，其实仍少不了前两个阶段的影射与闪回，并且也必有其联想的后续，即对于联想的再联想。而这，也正是本书所谓诗歌小内形式的基本组成：A——是什么外界的事物刺激了诗人、激发了诗人？B——由此事物引发了诗人什么样的联想？C——诗人对此联想又有着什么样延展性的解释与说明？余德予接下来对他所说的三个阶段做了进一步的说明："在第一

---

① 韩东：《关于文学、诗歌、小说、写作……》，见《你见过大海——韩东集1982—2014》，作家出版社2015年版，第360页。

② 余德予：《诗歌写作入门》，花城出版社2001年版，第57页。

阶段，一般地说，人们对景物刺激的反应是大致相同的"，且"共同的审美观使人们有了共同的语言，这是文艺的基石"。① 其实，在这一阶段，谈"共同的审美观"还为时尚早（这时候只有"共同面对的现实生活"）。但余先生说到的"基石"这一比喻，与本书所谓的"与现实生活对接的一个接点"大体意近。"基石"也好，"接点"也罢，说的都是诗人与大众在面对"第一自然"时共同的认知基础。这个时候，诗人与大众三观尚未撕逼，还有一定的"共同语言"。但是接下来会不会三观不合，那就不好确定了。

余先生接着说："在第二阶段，由景物刺激而引起的联想因人而异。"② 这也是对的。不同的生活经历，不同的审美观，决定了诗人的想象确实因人而异。他继续说："在第三阶段，诗人要广泛深入地发掘题材，去芜存真，去粗取精，运用诗歌的技巧把感受写下来。在写作中还可能有新的诗意产生。"③ 在余教授的这一概括里，可以提取出三个诗歌动作的关键词：接受、联想、发掘。但美中不足的是，在这三个动词中，"接受"是一个被动的动词，与写作行为本质上的主动性有些背悖。余先生似乎已经感觉到了联想之后联想的延展这一"新的诗意"，惜乎他不是十分明确地知道它的具体位置。因为他的心中没有诗歌的小内形式"ABC"，于是他的眼睛也就看不到那个C点的存在。④ 比他更早时候的朱自清先生，和他一样也是视而不见。朱自清也感觉到了诗歌的小内形式"ABC"这一诗歌工序的存在，他说："发现这些未发现的诗，第一步得靠敏锐的感觉，诗人的触角得穿透熟悉的表面向未经人到的底里去。那儿有的是新鲜的东西。"⑤

---

① 余德予：《诗歌写作入门》，花城出版社 2001 年版，第 57 页。
② 同上。
③ 同上书，第 58 页。
④ 余德予先生在说到诗歌写作的三个阶段时，多次使用了"刺激"与"感受"二词。刺激与感受，确实是诗歌写作一对人与世界的双向互动，但对它们的理解，如果仅此而已，却还不够。对刺激与感受的正确理解应该是：强烈的刺激＋敏锐的感受＝有价值的感受，也就是说，一般的刺激＋肤浅的感受＝无价值的感受。
⑤ 朱自清：《诗与感觉》，见朱自清《经典常谈·文艺常谈》，民主与建设出版社 2015 年版，第 128 页。

朱自清的感觉无疑是敏锐的,可惜他和诗歌的"ABC"组合这一普遍程式之间,同样也隔了一个叫做"小内形式"的屏障。

有这样的"隔阂"并不要紧,要紧的是,这"隔阂"存在的时间也有些太长。2009年,有一篇文章说得堪称敏锐:"作为语言艺术,同小说不能没有故事一样,诗歌不能没有'形式',一种与诗歌性命攸关的形式。如果说故事是小说存在的基础,那么'形式'就是诗歌存在的前提。"① 这位夏晓龙先生关注"与诗歌性命攸关"的东西,认为这个和小说的"故事"可以等量齐观的东西,是"形式"。这个说法显然是错误的,因为"故事"与"形式"不能构成等量齐观的关系。诗歌中,可与"故事"等量齐观者,或为"想象",或为"情感"。但是在夏先生这么明显的错误里,却隐藏着一种有价值的东西,即他的艺术直觉告诉于他的发现:"与诗歌性命攸关"的那个东西,就在"形式"当中。可惜他不能说得更准确了,可惜他的文章中从头到尾连"内形式"的概念都没有,更何况有"大内形式"与"小内形式"的认识了。于是他对诗歌的误判也就紧随其后:"近年来,诗坛不景气、诗歌没市场、诗人受冷落,已是不争的事实。其根本原因就是汉语诗歌形式的失落。"② 而且更为严重的是,他甚至把这种失落的原因归结于"革命":"中国历史上发生过各种革命,彻底胜利的不多,但多次的诗歌革命,则确实将汉语诗歌的'命'给彻底革掉了。"③ 他的文章以《当代诗歌形式研究》为题,却对"口语诗"这一"当代诗歌"的重要构成者只字不提,有些任气。

第二节 任遂虎、于坚、袁可嘉等人如是说

西北师范大学任遂虎先生积多年的所学与所思,曾撰文《文学"真实性"级次辨析》,探讨文学的"真实性"这一文学的元问题。

---

① 夏晓龙:《当代诗歌形式研究》,《湖北广播电视大学学报》2009年第3期。
② 同上。
③ 同上。

他认为文学的真实性分为三个级次：第一个级次——符实度；第二个级次——可信度；第三个级次——性灵度，并在文章的摘要中如此概括："第一个级次是本事之真，即真相的再现，以符实度为标准；第二个级次是常理之真，即逼真的表现，以可信度为标准；第三个级次是情趣之真，即超世的展现，以性灵度为标准。"① 这真是任先生对文学真实性的真知灼见。虽然他的这三个文学级次，是泛文学意义上的品位级次，且其文学评价的意义要大于文学操作的意义，但是，它完全可以用来映照诗歌小内形式"ABC"组合的文学合理性即文学真实性。两相对照，不难看出这三个文学的级次与诗歌小内形式"ABC"组合高度的契合之处。

其第一个级次，即"符实度"级次，可对应诗歌小内形式"ABC"组合的 A 点，它们描述的都是"本事之真"，都是与读者、与大众、与生活对接的部分。这时，想象与变形均未开始，尚属接踵而来的其他诗歌动作的"预备动作"，自当"以符实度为标准"。黑格尔说："诗艺术是心灵的普遍艺术。"② 所谓"普遍"，就是对接的依据。对接之后，伟大的作品自会带着普遍的心灵向上飞升，而低俗的作品则只会与"普遍"共舞并"和光同尘"。

其第二个级次，即"可信度"级次，对应的是诗歌小内形式"ABC"组合的 B 点，它们所描述的也正是"常理之真，即逼真的表现"。当然这个常理，显然不再是社会之理、逻辑之理与科学之理，而是想象之理、直觉之理、艺术之理。在诗歌中，由于这个所在正是想象飞扬之处，弄不好会思飞天外，所以，就有"逼真"与"合理"的原则，用以制约 B 点的想象不使其越出人们可以接受、可以理解的限度，所以，须"以可信度为标准"。任遂虎先生的这句论断，还可以帮助我们释解想象自身那种天然的可疑性，并保持对想象之真的坚

---

① 任遂虎：《文学"真实性"级次辨析》，《西北师范大学学报》（社会科学版）2015年第6期。
② ［德］黑格尔：《美学》第一卷，朱光潜译，商务印书馆1964年版，第113页。

信："文学之真，其实只能是某一向度之真，不存在全息之真。"① 天下想象，都是在某一向度上的想象，要求想象（比如要求一个比喻）是全息对等的，那是对诗歌的苛求。

其第三个级次，即"性灵度"级次，对应的是诗歌小内形式"ABC"组合的 C 点，描述的是"情趣之真，即超世的展现"。任遂虎先生这里使用的"超"与"展"两个词，极为准确地描述了文学实现这一腾飞与跨越的动作特征，而这，也是本书常常称呼 C 点为"悟点"的原因。作为最具作者学养也最显作者智慧的一个级次，也作为文学说服某种狡辩性的体现，它当然要"以性灵度为标准"。为了帮助人们深入地理解文学在其第三级次上的这一"性灵"之美，任遂虎先生不厌其烦地说："在艺术殿堂里，除了这种可然之真，还有超然之真。超然之真不受生活逻辑的制约。艺术思维的多样化，允许按现实描写，也允许'超现实'描写；允许逻辑地表现，也允许非逻辑地表现。荒诞、怪异、悖逆、浪漫和艺术的'真谛'并行不悖。"② 是啊，不能理解文学的超然之真，何以理解诗歌的灵妙之悟？

但是，诗歌的这种灵悟之旅，诚如王家新所言，是一种对于所谓正常生活的偏离："实际上对于一个诗人，当他进入写作，诗歌便开始加剧着他与一切外部生活方式的偏离。看不到这种区别，把诗歌人生化，或是把人生诗歌化，那只是一个错误的两个方面。"③ 而德国社会学家卡尔·曼海姆则"英雄所见略同"地看到了这一过程中的"乌托邦"取向——超现实取向。曼海姆对乌托邦是肯定的："（如果）从我们的世界上彻底取消超越现实的成分，会把我们引向事实性问题，而这个问题最终将意味着人类意志的衰退……乌托邦的消失带来事物的静态，在静态中，人本身变成了不过是物。"④ 他这种对乌

---

① 任遂虎：《文学"真实性"级次辨析》，《西北师范大学学报》（社会科学版）2015 年第 6 期。
② 同上。
③ 王家新：《回答四十个问题》，见《王家新诗歌研究评论文集》，东方出版中心 2017 年版，第 430 页。
④ ［德］卡尔·曼海姆：《意识形态与乌托邦》，黎鸣译，商务印书馆 2000 年版，第 196 页。

托邦的肯定，其实也就是对超现实的肯定，也就是对诗的肯定。于是，诗歌在人类的言说中即具有了如此的合法性：诗歌就是一个用清醒的语言不断到达模糊状态的过程，"清醒是一种表达的到位，是语言对事物原生形象的描述和切近；模糊是一种遐想，是语言向原生形象的背离和远去"。[1] 所以，公平地讲，在理性的立场上，柏拉图对诗歌的警惕甚至对诗歌的"驱逐"（"不让诗人进入治理好的城邦""把他涂上香水，戴上毛冠，请他到旁的城邦去"）是没有错的。在柏拉图看来，感性而且感性至极的比如"激情"的诗歌、"制造幻想"的诗歌、"欺骗与说谎"的诗歌，明明白白是有着"无理性冲动"之不可理喻的方向。所以，柏拉图的立场至少不失其哲学家的本分。事实上，柏拉图从来也没有否认过诗歌独有的价值，他承认："我们自己也能感受到它（诗歌）的迷人……我的朋友，难道不是这样吗？你自己难道没有感受到它的魔力吗？尤其是荷马本人在吟诵的时候？它的魔力大得很。"[2] 我们不能把一个人对诗歌基本的尊重与对诗歌应有的批判混为一谈。

诗歌艺术"不可理喻"的方向并非可耻的方向。一个事物行走在它天性使然的方向上，非为不道德。王家新说："诗歌要达到的，却是某种不可诠释的境界，是写只有诗歌才能写的东西。"[3] 他所说的"不可诠释"，不是真的不可诠释，是不可用通常的逻辑与一般的理性去诠释——诗歌自有诗歌的逻辑。如伊沙主持的《新诗典》曾选发的诗人朵儿的诗《这儿好冷》：

死去的爸爸
托梦给我
我赶紧行动

---

[1] 唐翰存：《李老乡守望诗歌的残局》，《甘肃日报》2002 年 11 月 18 日。
[2] ［希腊］柏拉图：《柏拉图全集》第 2 卷，王晓朝译，人民文学出版社 2003 年版，第 630 页。
[3] 王家新：《回答四十个问题》，见《王家新诗歌研究评论文集》，东方出版中心 2017 年版，第 447 页。

棉衣棉被空调（以上 A 部）
最后想想，还是
带一本《毛主席语录》吧（以上 B 部）
小时候，每次看见爸爸高举语录
都红光满面（以上 C 部）

它是一首"口语诗"，但是，它并没有摆脱本书所谓诗歌小内形式"ABC"组合这一诗歌艺术的基本程式。它有着分明的"三部曲"构造：A 部，描述一个现实中的事实，调动读者的生活体验，并使接下来的"敞开"拥有立足的根基；B 部，进入想象，逸出生活的常轨，刚刚的熟悉，至此变得陌生；C 部，对刚才的想象进行延展性的解释。其实，这就是人们向来讳莫如深的"想象的逻辑"。是的，这一逻辑的特点就是"强词夺理"，就是"无理而妙"，也就是"反常合道""似非而是"。它只需合乎诗人的情感并合乎情感的逻辑即可。诗歌的迷人之处也在于此。叶维廉在其《中国诗学》里曾介绍过美国诗人庞德对诗的看法：一首诗有三个层次，即音乐的层次、意象的层次和"思想的舞跃"层次。他还说钱钟书在《谈艺录》里把这三个层次与刘勰《文心雕龙》的"声文""形文""情文"进行了比拟。[①] 叶先生这么介绍的时候，英雄所见略同的意思，溢于言表。细究庞德所谓诗的三层次，与本书所谓的"ABC"程序并非一回事，但他的文本结构分层论，与本书的文本生成分序论，其入乎其内的姿态却是相同的。尤其是其"思想的舞跃"一语，用之于"ABC"的过程之描写，恰能传其活络的动态——诗歌小内形式所负载的"ABC"组合这一过程，确乎是引人入胜的，是神思美妙的。

在任遂虎先生的观点中，对本书诗歌小内形式"ABC"组合的概念产生了重大启示作用的，是这样的一段："用个形象的比喻，纪实文学中的'竹子'就是原生的竹子，现实主义文学中的'竹子'则是不失真态的竹子，而浪漫主义文学中的'竹子'则是'开了花'

---

① 叶维廉：《中国诗学》（增订版），人民文学出版社 2006 年版，第 181 页。

的奇竹。三种真实体现着文学感知和反映生活的三种形态。"① 为了论说的可信度，任先生在他的文章中还引用了亚里士多德《诗学》的一段话以为佐证："诗人既然是一种模仿者，他就必然在三种方式中选择一种去模仿事物，照事物的本来样子去模仿，照事物为人们所想的样子去模仿，或者照事物的应当有的样子去模仿。"然后他解释说："'本来样子'就是本事之真，'应当有的样子'就是常理之真，'所想的样子'是性灵之真。任何文学的真实，都不出这三种范围。"② 诚哉斯言也！本来的样子——纪实文学的竹子——本事之真，正是A；应当有的样子——现实主义的竹子——常理之真，正是B；所想的样子——浪漫主义的竹子——性灵之真，也正是C。如此说来，诗歌小内形式的"ABC"组合，其称名也小，其蕴涵也大——它竟然暗藏着文学的三大模样：纪实文学、现实主义文学、浪漫主义文学。

当代诗人于坚曾这样表达过自己对诗歌内在结构的形象感觉："一首魅力四射的诗是一个塔。塔的基础部分人人可进可懂。个人的修养（心灵、感觉、阅读积淀、知识结构）决定你可以进入诗的哪一层。诗最核心的塔顶部分，只有少数人可以进入。但如果只有这个高处不胜寒的少数，没有下面的基础，塔就飘在天上。齐白石说：'太似则媚俗，不似则欺世'，媚俗的诗只有一层，欺世的诗只有飘在天上的尖。好诗是：其最大的一圈是引车卖浆者流都明白的汉语；其最小的一圈，是禅。好的诗歌是七级浮屠。深度属于最小最核心的一圈，最基础的部分，那个外沿只要懂汉语都可以进去。"③ 于坚的这一段话，虽然表述得有些"零"光四射，但对于本书诗歌小内形式"ABC"组合的理论，却具有重要的参考价值。

于坚语中"人人可进可懂"的"塔的基础部分"，正是诗歌小内形式"ABC"组合中的A。前面说过，A这个点，它是整个诗歌活动

---

① 任遂虎：《文学"真实性"级次辨析》，《西北师范大学学报》（社会科学版）2015年第6期。
② 同上。
③ 于坚：《诗论：一首诗是一个场》，《上海文学》2008年第10期。

第八章　关于现代诗歌小内形式的理论阐释　❖　179

与我们所来自的现实生活相对比较熟悉而便于形成对接的一个接点，它描述着我们每一个人都能够看到的生活现象与生活事实，它和其后一部分比较容易理解的比较倾向于现实主义的 B，共同构成了一首诗的塔基部分，它也是于坚所谓的"最大（外）的一圈"，是"引车卖浆者流都明白的汉语"，是"外沿"——语言的识读层面。而于坚所谓"只有少数人可以进入"的"高处不胜寒"的"诗最核心的塔顶部分"，亦即"其最小的一圈""最核心的一圈"，即"禅"，即"深度"之所在，正对应着诗歌小内形式最具灵妙悟性的 C 点。诚如于坚所言，没有 A 这个基础，或者只有这个基础，不是媚俗，就是欺世："齐白石说：'太似则媚俗，不似则欺世。'媚俗的诗只有一层，欺世的诗只有飘在天上的（塔）尖。"① 于坚所谓"好的诗歌是七级浮屠"之说，一点也不夸张。本书所描述的诗歌小内形式的"ABC"组合看似只有三级，其实并不比七级少。即使只有三级三层，而你究竟可以进到哪一层，诚如于坚所言，也是由"个人的修养（心灵、感觉、阅读积淀、知识结构）决定"的。②

　　于坚，人称"于师傅"，他可真是中国当代诗坛难得的一位行家里手。

　　而当年的"九叶派"诗人，后来改行从事外国文学翻译和研究的袁可嘉先生，对诗歌想象以及想象绵延不绝的延展性，也有着堪称聪慧的认识。

　　早在 1946 年，他就这样描述出只有微观方可观察的想象展开过

---

① 于坚：《诗论：一首诗是一个场》，《上海文学》2008 年第 10 期。
② 读于坚诗论读到此段，百感交集。在中国诗坛这个小社会，从来都是呕心沥血殚精竭虑而为诗的老实人居多，但也从来不缺少以玄幻笔法跳大神的江湖混混，他们一头雾水的文本败坏着诗歌尤其是晦涩一路诗歌的名声，也往往将清亮一路的诗风逼得口齿不清。他们不只盗名，而且欺世，为真正的诗人所深恶痛绝，却也无可奈何。与此同时，也有一种诗人，倒是说话不绕不兜，也不故弄玄虚，然而他们不跳大神，却跳小神，愣是把话说得太明白了。他们以为读者不是八岁小儿就是吃瓜群众。那种苦口婆心、絮絮叨叨，同样显得媚俗万分……其实他们（太明白的与太晦涩的）的太晦涩与太明白，都是因为他们的不自信。如果他们因为对诗歌小内形式的"ABC"组合有所认识而拥有"道路自信"的话，相信他们会慢慢地变得既不媚俗，也不欺世——他们知道，自己所行走的，已是一条堂堂正正的大道！

程（为便于分析，在引文中插入了诗歌小内形式的分析符号"ABC"）："从一个单纯性的基点（A）出发，逐渐向深处、广处、远处推去，相关的意象（B）——即合乎想象逻辑的发展的意象——展开（B1B2B3……），像清晨迎风醒来的瓣瓣荷花，每一个后来的意象——不仅是前行意象的连续，而且是他们的加深和推远（C），是诗人向预期效果进一步的接近，读者的想象距离通过诗人笔下的暗示、联想以及本身的记忆感觉逐渐作有关的伸展，而终于不自觉地浸透于一个具有特殊颜色、气味与节奏的氛围里（'ABC'组合所构成的诗歌意节所形成的诗歌意境）。"[1] 袁可嘉先生把诗歌想象的这一延展性过程描述得多么准确、优美、动情，他甚至动用了一个比喻："像清晨迎风醒来的瓣瓣荷花"。这并非是袁先生的溢美之词，这其实也是对诗歌想象生成过程的一种精准描述。"ABC"的动态过程，从线性向前的方向看，像是打水漂，一下一下地向前，但若是从立体向上的角度看，就像是开花。

　　这一过程，要是用唐代诗人王昌龄的话来说，就是一个字——"张"。王昌龄说："诗有三境：一曰物境，二曰情境，三曰意境。物境一：欲为山水诗则张泉石云峰之境极丽绝秀者，神之于心，处身于境，视境于心，莹然掌中，然后用思，了然境象，故得形似。情境二：娱乐愁怨皆张于意而处于身，然后驰思，深得其情。意境三：亦张之于意而思之于心，则得其真矣。"（王昌龄《诗格》）语中的三个"张"字，皆为张大、开张、伸张的意思。这个"张"字，用海德格尔的话说，就是："敞开""绽开"。其实，说它是一种从聚敛到压缩、再到引爆的爆炸过程，也无不可。中国当代口语诗人阿吾就说："一首好诗源起于某个局部的引爆。"[2] 这个局部，就是一个"ABC"的组合。爆炸也是一种敞开。诗歌小内形式的 A 点，继标题的第一向度之后，继续指明其言说的向度，这就是一种聚敛；然后 B 点出现，

---

[1] 袁可嘉：《诗的晦涩》，见《益世报·文学周刊》1946 年 11 月 30 日。转引自邓程《论新诗的出路》，中国社会科学出版社 2004 年版，第 158—159 页。

[2] 阿吾：《诗歌写作的局部主义》，民刊《开》2008 年第 1 期（创刊号）。

将万千思绪，具象且具体地汇合为一个意象，这就是一种压缩；而后在 C 点引爆——意义迸射、兴发或悟出，其与花朵的开放，何其相似乃尔！

当然，这种展开与延伸有其内在的控制。它既是逃离的、散发的，也是受控制的、有目的的。阿诺德·豪赛尔说："所有的历史发展都是第一步决定第二步，它们又一起决定第三步。"① 他说的是历史的发展过程，然而这样"发展"的却不只是历史，这样"发展"的也有诗歌的"小内形式"。这样的"发展"，用清人沈约斋的话说，就是"下句即从上句转出，而意更深远"②。而换成本书的说法就是：下一个点即从上一个点转出，而意更深远，即 A 决定着 B，A+B 决定着 C；目（肉眼与心眼）之所瞩，决定着意之所游；而 C 则是"双联"，是 A 与 C 的聚集，是对 A 与 B 共同的回答与响应。

第三节 中国传统的赋比兴诗学如是说

在中国传统诗论智慧的结晶中，给予本书所谓现代诗歌小内形式"ABC"组合这一概念以最大启发者，是赋比兴理论。

赋比兴是中国古人对于诗歌写作深刻的智慧体悟，堪称中国古人对于诗歌这一人类的言说方式在实践与思考之后一个伟大的发现，它概括出诗歌艺术最基本的逻辑单元——诗歌艺术的"三段论"。它与本书所谓诗歌小内形式的"ABC"组合，有着高度的思维相似性以及形式的可对接性。

首先，从诗歌的行为动作与行为对象之间的距离关系上来考察赋比兴与"ABC"的关系，则赋予 A，同为"事物本身"，都是对现实的直面与直写，如实地叙写着一种未曾变形与再造的世界的朴素状态，是面对"第一事实"的"一度命名"；而比与 B（AB——借形），

---

① ［美］阿诺德·豪赛尔：《艺术史的哲学》，陈超南等译，中国社会科学出版社 1992 年版，第 2 页。

② （清）沈约斋：《论词随笔》，转引自傅庚生《中国文学欣赏举隅》，北京出版社 2003 年版，第 64 页。

也同为"离开事物本身"——通过想象与刚刚还在面对的事物拉开了一定的距离，向着变形、借形与再造的方向迈出了一大步，开始面对"第二事实"并进行"二度命名"。所以说艺术作品中的审美意象都是具有"它性（otherness）"的；而兴与C（"ABC"——回到事物本身，不再借形），就是"回到事物本身"至少是"回顾事物本身"——最大可能地回到事实、回到客观、回到事物，让事物本身来发言说话，让事实自己来呈现其自身的力量。这是诗歌思维为克服变形可能会引起的变异以及二度命名可能会引起的疏离，而进行的一种自我制衡。需要说明的是，这里所说的"兴"，与一般赋比兴概念中"起兴"意义上的"兴"有所不同，这是一种"尾兴"——在一个诗歌意节的最后，用来发挥诗意、延展诗意，甚至提振诗意。

其次，从人类言说基本的动作过程来观察，一种言说的止步于A，与止步于赋，同为直接言说，直面现实，就是直抒胸臆，其追求也同为"词达而已矣"（《论语·卫灵公》）。这样的直接言说，后来甚至发展为一个独立的文体——赋（名词）。如果其言说不是止步于A，也不是止步于赋，而是有所借助（它之所以借助他物是因为它对之前的A或赋的表现能力不够相信），则这一形象援引的动作就让诗歌思维来到了AB（赋比）程式，即间接言说方式。由于借助了他物，且含蓄其意于他物，于是这也就是传说中"意象的诞生"。君子善假于物，也善于让事物来替自己说话。这样的比附性言说，虽然并没有发展为一个独立的文体（比如名词性的"比"），但是，后人所谓的比兴诗学、象征诗学、意象诗学等，其实无不将"比（B）"紧紧围绕。如果是直接言说＋间接言说，是上述两种言说方式的结合运用，那就会请C友情出演，就是赋比兴的同台共舞。其最基本的组合方式，在现代诗中就是"ABC"型，在古代诗中就是"CABC"型，即"兴—赋—比—兴"型。其中第一个兴是"首兴"——兴起一个物，第二个兴是"尾兴"——兴出一个意。这样的"CABC"程式，表示的是这样一个全部的进程：首兴——先言他物——兴起（C）——赋——次言本物（A）——比——借用他物（B）——尾兴——终言本意——兴出（C）。

最后，从"ABC"和"赋比兴"其组成各元素之间的功能互补性这一角度来观察，它们之间有着同样互相补充、互相制衡的复杂关系。

赋，既然最为直接也最为接近于言说的本质，按说世间言说，应该是一赋足矣，何待比为？何待兴（首兴）为？显然，人们觉得只有一个赋，是不够用的，至少也是有缺失的。比如钟嵘就认为："若专用比兴，患在意深，意深则词踬；若但用赋体，患在意浮，意浮则文散，嬉成流移，文无止泊，有芜漫之累矣。"（钟嵘《诗品·序》）而且，这样"内含"不够的赋，叙物而言情，语止而情尽；述事而表意，语止而意滞。《诗·大序》的这句"名言"可谓人尽皆知："在心为志，发言为诗。"然而这句话实为诗歌写作无难度论的始作俑者，它显然简化了心与诗的距离，仿佛诗人只要一举步、一发言，就可以踏入诗的国境。这种对诗歌的理解，最容易让人忽视了诗歌活动中的"心物交感"。我们的心，"随物以宛转"，故而有价值；我们的物，"与心而徘徊"，也才有价值。而这也就是"比"之所以应运而生的原因：比是为着纠正与弥补赋的"意浮"而来。赋意在直，而比贵在隐。一个明显的事实是，和比相比，赋毕竟是单层结构的言说，而比则是言说的双层结构；赋是直观本事，因为它是赤身，而比是透视本事，因为它有衣冠。

有了直陈其意的赋，又有了比附而言之的比，对于诗歌的表达仍然不够。如上钟嵘之所言，即使是加强版的比体，也自有比体之得失。赋比兴之比，索物以托情，托物而陈情，情内附于物，甚至内寓于物，所以，比体的优势，在其援象而托言、立象而寓言，于是比以及紧随其后的比后兴（尾兴），也正是在这个意义上，成为诗歌艺术其思想感情客观化、物象化的重要手段。古代诗歌向来可以雅俗共赏，其原因之一也盖出于此。但是，"若专用比兴，患在意深，意深则词踬"（钟嵘《诗品·序》）。钟嵘此语中的"比兴"之"兴"，仍然是首兴（赋前兴），所以虽然"比兴"连用，而其意等同于"兴中带比"。这种"兴比"或"比兴"，因为任务在于"兴起"，在于"发语"，所以仍难免"意深"而"词踬"之患。但是尾兴（比后兴）就不一样。尾兴，或者说当兴在尾，其发语和兴起的作用消失，代之以延展与解析，而唯有延展与解析，方可以破解"比"以及"比兼兴"的深奥，来制衡比的沉默，来冲淡比的浓郁。所以，赋比兴中的兴，似乎心地最为良善，也似乎最为活跃，它显然常常包揽了诗歌意节的首尾二端。手心手背都是它。它看到赋太直接，就在赋的前面，帮它兴一下，然后它又看到比太内敛，不苟言笑，于是它又跑到比的后面，逗它一下——让它笑出声来说出话来……尾兴似乎就是这样为着纠正与弥补比的"意隐"而来——兴贵在显，说的一定是尾兴而不是首兴。尾兴对 B 进行延展性解释，其使命就是对比之"深入"进行"浅出"的纠正。这就是比与兴的相辅相成：比者，蔽也；兴者，去蔽也。尤其需要注意的是，这个兴，其实是并不"隐"的。虽然刘勰说"比显而兴隐"（刘勰《文心雕龙·比兴》），但那个兴应该是首兴与中兴——其味并不出头。中国传统诗学的这一现象十分有趣：为了意义的言说，使用的却是不说的手段。不说而说，即选择了比；为了意义的显示，使用的却是遮蔽的手段。以蔽而显，即选择了兴。

所以，诗歌写作，于赋比兴三法，要"宏斯三义"，结合使用，长短互补，形成互相联系的一种整体性的表述机制。比如，于比之后，以尾兴之法而延展之、道破之、说出之、浮现之——这也就是人们最常说的比兴。有人甚至说：中国的比兴，就是西方的象征——征其象。这种象征，这种征其象，有时候几乎就像是挤其象——挤呀挤呀，直到把某种意味挤压出来。是的，这样的"象征"也许只能是广义的象征了，然而这样的广义的象征，却正好与诗歌小内形式的"ABC"组合，有着似乎相同的"患难"经历：从形象的被选择、被援引、被确立，到形象的被征引、被阐释、被改造、被重塑，再到形象与意义的最终实现其双赢，比翼齐飞。这就是中国传统的诗歌程序赋比兴与本书所谓诗歌的小内形式"ABC"所共同面对的使命，以及命运。

但是，本书所谓的诗歌小内形式"ABC"组合，与传统的赋比兴却并不完全一样。本书讨论的赋比兴，主要是"小赋比兴"而不是

"大赋比兴"。小赋比兴，是诗歌文本内部的方法论；大赋比兴，是诗歌文本外部的主题论。这种区分，尤其以"兴"为最明显。文本之内的兴，是小兴；文本之外的兴，是大兴——是诗歌写作不可预期的一种意外发力。"诗可以兴、观、群、怨"，这是孔子的传世名言。但是人们却一直说不清楚孔子所谓"诗可以兴"的"兴"，是首兴还是尾兴，因为如果是首兴，就是所谓的诗兴大发之兴，就是动宾词组之"兴诗"。但如果是尾兴，就成了主谓词组的"诗兴"。"诗可以兴"，显然是主谓结构，显然指的是读了诗之后会怎么样。自然，读了诗之后，人们会受到感发。因感动而奋发，也就是受到种种激励。比如杜甫的诗句"尔曹身与名俱灭，不废江河万古流"，一般而言，人们会感动于杜甫对功名的蔑视，会奋发于踏踏实实的人生。多年之后，"文化大革命"中，当烈士遇罗克在日记里引用它的时候，其中的"尔曹"，却有了另一个意指，指向了我们都知道的那些不让人说真话、讲真理的坏人。这就是诗歌艺术一种更为效力久远的兴，它几乎超出了作者的原意，指向未来某个"意外的意义能指"。

但是，诗人应该努力做到的，却只是文本之内的"小兴"，至于文本之外的"大兴"，则是一种可遇而不可求的诗歌彩票。真正"沉着"的诗歌写作，不宜于此有所强求。

结　语

随着现代科学的发展，人们对世界与生命的认识越来越深远。其认识之深，深及生命的幽微内在——基因。何为基因？度娘的解释是：生物学上指带有遗传讯息的 DNA 片段。然则诗歌的基因是什么？代代相传绵延不已的诗歌这种人类的语言艺术，如果说它是"活着"的即它是有"生命"的，则它一定也会有其"遗传"，也一定有其"基因"。而且，这个基因，不会是诗歌的外形式，也不会是诗歌的大内形式，而极有可能是诗歌的小内形式。因为只有它，才决定着诗之为诗；只有它才是隐秘而且深在的，也是本质的。于是一个更为大胆的想法冒出脑际：现代诗歌与传统诗歌之间的关系，是不是就是基因与转基因的关系呢？百度上说，将此一生物中的基因转入另一生物，使之重组，从而产生特定的生命性状，这一行为称为转基因。那么，现代诗歌，越看越觉得它有些像是"转基因"。当我们把传统诗歌内在的编程方法与编程法则，转入了现代诗歌，当我们把西方诗歌的好多元素与诸多基因转入到中国诗歌……中国的诗歌会不会从此进入到"转基因"的时代呢？而且，更大问题摆在眼前：转基因究竟是一种进化呢，还是一种异化？

第九章　关于现代诗歌小内形式的
　　　　　个人性判断

　　博尔赫斯说过:"有些读者的心中只关心诗而不在乎诗学理论……可能从来都没有想过这几句诗其实都可以追溯到同样的一个模式。"① 是的,注意到诗歌中普遍而又简单的模式,既需要智慧,也需要勇气。人们实在不愿意把传说中气质飘逸的"诗歌"和死搬硬套的"模式"这两个天壤之别的词放在一起。《庄子》记载过颜渊的一个疑惑:"夫子步亦步,夫子趋亦趋,夫子驰亦驰;夫子奔逸绝尘,而回瞠若乎后矣。"(《庄子·田子方》)大意是:人之于人,有可步趋者,有不可步趋者;或者说,人之于事物,有可学习者,有不可学习者。本书认为,那些"奔逸绝尘"的东西,固然高不可攀,然而那些"亦步亦趋"的东西,却应该先期掌握。本书讨论的就是诗歌中那些"亦步亦趋"的东西。本书默认的读者不是天才,而是一般人。而且本书斗胆,要言之凿凿地求证诗歌小内形式"ABC"组合这一"简单的形态",是因为本书相信卢梭的这句话:"任何一个不自觉的动作,只要我们善于去寻找,就不可能在我们心中找不到它的原因。"② 诗歌小内形式的"ABC"组合,就是一个诗人们"不自觉的动作",但它肯定是有"原因"的。探究这一原因,就是求证它的存在,也是求证其存在的合法性与合理性。于是,在经过了前面两章辛

---

① 博尔赫斯:《隐喻》,陈重仁译,见《博尔赫斯全集·诗艺》,上海译文出版社2017年版,第44—45页。

② 卢梭:《一个孤独的散步者的梦》,李平沤译,商务印书馆2017年版,第74页。

辛苦苦的现象性描述和七拉八扯的理论性佐证之后，这一章打算对现代诗歌小内形式的"ABC"组合，进行以下初步的判断与认定。

第一节 现代诗歌小内形式是比诗歌"音节"更重要的诗歌"意节"

显然，在诗歌小内形式"ABC"组合这一诗歌思维三级递进的诗歌程式中，A、B、C 三个点，构成了一个典型的诗歌表意单位——本书称之为"意节"（相对于诗歌外形式之"节"以及诗歌声音的"音节"）。

"意节"，是一个诗歌形式的"新概念"。

对诗歌的外形式之"诗节"，人们早已熟悉不过。对于诗歌的"音节"，人们也是多有关注。但是，诗歌的外形式之节与音节，其实都比较简单、直观，而诗歌的意节，因为与"意"相关，却比较难以理解，需要阅读理解之后才能内视而见之。这与人们对诗歌"行"与"句"的理解是同一个道理。"行"是形式的，是容易理解的；"句"是内容的，不太容易理解。再如"自然段"与"意义段"也是同样。"自然段"是形式的，而"意义段"是内容的。诗歌的意节就是诗歌的"意义段"。诗歌的意节，承载着一个相对独立的诗歌表意单元，它由"ABC"所表示的三样诗歌的表意元素所构成。它比音节更为内在，也比音节更为重要。

一 现代诗歌小内形式的"ABC"组合由三个各司其职的基本点构成

现代诗歌小内形式的"ABC"组合，既然由 A、B、C 这三个诗歌表意的基本点构成，则对这三个点位，须首先认识如下：

A 点。A 点所表示的，是一个相对独立的诗歌言说单元（意节）中的被言说者。它位于一个相对独立的诗歌意节的发生部，是整个诗歌思维变形活动的"前身"即"物质身"部分，也是整个诗歌活动与我们所来自的现实生活相对比较熟悉而便于形成对接的接点。它描述着我们每一个人都能够看到的生活现象与生活事实，在哲学上，谓之此在，亦即物质性的此岸。它往往处于现实层面的"外视点"，为作者所目视、耳听、手触，或为普通心理学层面上的感到、想到、忆起等。虽然它往往最先出现于诗人的感知，但它在"ABC"三点组合中的重要性却位列第三，因为它只是负责言说对象的如实推出、直观呈现。它即使有所形容和描述，往往也是"他很高、很强壮"之类的简单描述与基础形容，而不是"他的肌肉好像是钢铁铸成"一类比较夸张生动的修饰。它的呈现更多的是一种客观物象变形之前的基础性呈现。在诗歌的言、象、意三者中，它是言；在艺术表现的话语层面、形象层面、意蕴层面三者中，它是话语层面；在诗歌思维的逻辑思维、形象思维与灵感思维中，它属于逻辑思维。如果说"ABC"分别代表着诗歌活动三个逐次深入的层次，它就在第一层次；如果说诗歌"ABC"意味着诗歌三个递进的深度，它就是深度一。

B点。B点所表示的，是一个相对独立的诗歌言说单元中针对着被言说者的那个言说者，亦即"意象诗"中借以言说的那个"他物"。它位于一个相对独立的诗歌意节的发展部。相对于其前的发生部，它是整个诗歌变形活动的"化身"即"艺术身"部分，是整个诗歌活动与我们所来自的现实生活对接之后的变形部分。它不再描述人人肉眼即可见之的现实世界，而描述只有心眼方可见之的想象世界，即想到的艺术意象，所以在哲学上谓之彼在，亦即艺术性的彼岸。它是相对于A这个外视点的对于A的内视化想象之处，即"内视点"。B点这一由外而内的转换性，让它在"ABC"组合中的地位陡然升级——负责更高一级的意象呈现，是"事物背后的那个事物"的幡然现身。在诗歌的言、象、意三者中，它是象；在诗歌的话语层面、形象层面、意蕴层面三者中，它是形象层面；在诗歌的逻辑思维、形象思维、灵感思维三者中，它属于形象思维。如果说"ABC"分别代表着诗歌活动三个逐次深入的层次，它就在第二层次；如果说诗歌"ABC"意味着诗歌三个递进的深度，它就是深度二。

C点。C点所表示的，是诗歌言说在B点基础上进一步的自然延展，多为根植于B点的对B点的形象解悟——对其喻意的阐释性深化。它位居一个相对独立的诗歌意节的感发部、"超度"部、延展部。相对于其前的发展部,它是整个诗歌变形活动的"灵身"即"观念身"部分,是整个诗歌活动与我们所来自的现实生活对接之后、变形之后的灵悟延展部分。它不再描述人人肉眼即可见之的现实世界,也不只描述变形后的想象世界。在哲学上,谓之比彼在更为超然的远景,亦即对神性的遥望。在诗歌的言、象、意三者中,它是意;在诗歌的话语层面、形象层面、意蕴层面三者中,它是意蕴层面;在诗歌的逻辑思维、形象思维、灵感思维三者中,它是灵感思维。如果说"ABC"分别代表着诗歌活动三个逐次深入的层次,则它就在第三层次;如果说诗歌"ABC"意味着诗歌三个递进的深度,它就在深度三。在中国传统文化的理解中,它往往被名之为"悟""悟心"以及"悟性",说的是一种心灵的直观能力(即对逻辑的抵抗能力)。它在诗学上的表现,则是一种特殊的推陈出新。所以,展示于C点即悟点的诗人之所见所思,既非A一样是外视的,也非B一样是普通内视的,它无疑比外视要高级,而且比内视也要高级,于是它堪称"灵视"。

由于"灵视"与"悟"是理解诗歌小内形式"ABC"组合中C位的关键词,所以下面有必要稍加申说。

关于"灵视",台湾诗人罗门有过独到的见解。他在《我两项最基本的创作观——"第三自然"与"现代感"》一文中认为(大意):田园是第一自然,都市是第二自然,它们都不是心目即心灵之眼所发现与创造,心灵之眼的发现与创造,即灵视,它是超越第一自然与第二自然的"第三自然"的创造者。[①] 罗门的这段表述,为诗歌的判断提供了一个可靠的着眼点:心灵之眼。他让我们在读诗的时候,注意看诗歌的"眼睛"(当然不一定就是诗歌的村夫们津津乐道的所谓"诗眼")。我们平时看人,还不是看他的眼睛吗?武术家与人对搏,还不是要看他的眼神吗?但是,本书所谓的灵视,与罗门所谓的灵视

[①] 罗门:《我两项最基本的创作观——"第三自然"与"现代感"》,见罗门《诗眼看世界》,台湾师大书苑有限公司1989年版,第94页。

又有所不同。本书认为：灵视云者，既非肉眼之所见，亦非知识之所得，也不是思考之所获，而是一种介于感性与理性之间"思接千载……视通万里……神与物游"（刘勰《文心雕龙·神思》）的"神遇"，是作者个性化感受的表达，是作者独特生命气息的深情灌注。它置身于"ABC"组合中最高一级的地位，如同灯所放射的光芒。它是诗歌小内形式"ABC"组合这一相对独立的言说单元中诗歌意味的最终呈现。

显然，诗歌小内形式"ABC"组合，随着其深度的一而二、二而三，确实意味着难度的不断增加。一般人的理解也许是：想到（B）比看到（A）要困难，但是谢有顺却说："看见比想象更困难。"[1] 他所谓的"看见"一定是非同寻常的比较高级的看见，也一定是归真返朴的看见，如大智若愚之愚，也如大法无法之无法。他所谓的"看见"之难，如果以一个具体的诗歌意节而言之，应该就难在构成这一诗歌意节的诗歌小内形式"ABC"组合中的C位——灵眼之所见。灵眼之所见，自然比心眼之所见要困难一些，也自然更为奇妙一些。而且谢有顺这里有可能是想强调：感性比理性更困难。相比于外视与内视，C位的灵视无疑是一种离现实较为遥远的思维界域，堪称理性的"沉沦"之所。但是，理性的沉沦之所，却有可能是感性的"崛起"之地。理性的颠覆，有可能恰恰意味着感性的解放。王家新早年的诗论《人与世界的相遇》在诗歌表现人与自然之神秘关系方面曾经有所会心，他认为诗歌就是打通人生与世界的某个独特通道："就一个诗人来说，在平时他只是他自己，只有在某种与世界相遇的时刻，他才成为'诗人'。"[2] 是的，诗歌确乎就是诗人与世界突然相遇时分惊喜的发现与发现的惊喜。

王家新所谓的"相遇"，应该就是谢有顺所谓"看见"的先决。没有相遇，何来看见？

关于"ABC"之"C"至关重要的另一个关键词——"悟"，还

---

[1] 谢有顺：《看见比想象更困难》，《中国图书商报》2001年8月23日。
[2] 王家新：《人与世界的相遇》，文化艺术出版社1989年版，第5页。

有这样一个有趣的解释：悟者，误也。意思是悟的来历，即其心理根源，是一种"误读"与"误会"。此说甚有道理，也甚是幽默。盖人们对于一个文本的阅读，从来都少不了误读。而误读，至少有这样的两种：一种是破坏性的误读，曲解其原意，歪曲其所指；一种是建设性的误读，添花于锦上，发展其所指。而悟，指的应该就是这后一种建设性的误读，即为我所化的而不是泥滞于物的误读。诗歌小内形式"ABC"组合的C点（或者动态地说是C步），在对其前的B点之形象进行解悟的时候，也确乎以剑走偏锋为优秀，而以循规蹈矩为平庸；以"另类命名"为优秀，而以陈陈相因为平庸；以歪打正着为巧妙，而以硬冲猛撞为呆板。好多科学发明都是诞生于研究的"意外"，好多新文化的涌现也诞生于伟大的"误解"。"许多事都发生在/江山被动过手脚的地方"（胡弦诗《丹江引》句）。一句话，C点对形象的"正解"往往会让诗歌索然无味，而C点对形象的"误解"常常却是诗意的闪光点、生长点。

二　现代诗歌小内形式的"ABC"组合是一个三级递进的诗歌思维过程

上面对"ABC"进行了分而释之。如果把它们合而观之，即让它们连而动之，则"ABC"就是一个诗歌思维的三级递进过程，是一个首先在诗歌意节的内部即具有推陈出新的动力与活力的过程。这一过程，像一个拳击手的组合拳，又像隶书中的一波三折，也像戏曲里的一唱三叹，甚至像粉刷工的一刀而三飘。它构成了一个诗歌意节即相对独立的一次诗歌活动感于目（面对事实，呼取对象）、呈于象（想象出动、形象到场）、会于心（灌注生命气息，显示精深智慧）的三级递进思维，形成一个联想不断深入、才情不断显示的诗写过程。这一过程，就是从"看见现实世界"前进到"看见诗意世界"的过程。甚至可以说，这一过程，正是诗意之所诞生，也是诗意之所驻藏，更是诗意尺蠖般的伸展。而伸展，就是古人所谓的"永"。《尚书》有云："诗言志，歌永言。"（《尚书·尧典》）"诗言志，歌永言"这六个字是互文表意：诗不会是只言其志，而歌也不会只永其言。在诗歌中，从其志到其言，都浸透着一个"永"字。永者，延长也，拉伸也。歌不永其言，难以骋其情；诗不永其言，难以展其义。这一伸展，必然会有一个形式上相应的体量变化，这一体量变化的存在之所，就是诗歌小内形式的"ABC"组合。正是它，让诗歌的"说出"这一过程，获得了如同春蚕吐丝一般的徐徐动态，也让诗歌艺术伸展其义的过程，拥有了一个承载它的形式。因为它太"小"了，太局部了，常常被大内形式所包容，所以，本书称之为"小内形式"。

其实它并不小，其实它仍然是一个偌大的世界。

本书认为，诗歌小内形式"ABC"的内部运动过程，必然会将各自的点位特征表征于外，而这样的外在呈现自然也为读者的诗歌阅读、诗歌进入、诗歌理解，提供了进步的台阶。比如，面对着一个具体的诗歌意节，我们会发现，"ABC"组合中的第一个点（A），似乎是在面对这样一个问题：你（诗人）看到了什么？看到的，当然是现实世界，于是这一点位之所叙述，事实上人人皆可见之。一般大众，也都生活在"此见"世界；到第二个点，诗歌的说服力大为增强，B 的涌现、选择与确定，又似乎面对到这样一个问题：你现在想到了什么？想到的，当然就是用以表现 A 的意象 B。这一想象，这一个 B 位的表现，展示出诗人的想象才能，可以区分出诗人与非诗人。但它区别不出一般的诗人与优秀的诗人；第三个点（C）作为对 B 的延展性阐释，它要回答的问题则是：你在这里表达了什么？而一个诗人在这个地方的表现，即其形象解悟，最需灵性与才华，也是一个诗人智慧和学养的体现。于是，这位诗人是优秀诗人还是一般诗人，往往可于此得出判断。

如上所述，这个 C 点，既然是诗歌的"悟点"，既然佛与众生的差别也在忽然顿悟与执迷不悟的一悟之间，所以，大诗人与一般诗人，也会在这个悟点所承载的一悟之间而拉开距离。

佛学认为悟有三种：解悟——听他人讲解而悟；证悟——用自己的人生经历验证而悟；彻悟——顿悟，即各种困扰于心的问题顿时的豁然的解决。事实上读诗读到出神入化的这一个悟点，也常常会有一种大彻大悟赏心悦目的快乐，甚至有种被击中的力感。就像是打排球，A 步如同一传，要稳稳地接住，轻轻地托起；B 步则如二传，同样要稳稳地托起，同时要隐隐地含有某个指向；而 C 步即如最后的那一下扣球，一传、二传所有的辛苦经营，最终都要体现为扣球的千钧之力！肯·威尔伯《万物简史》提到的"常青哲学"认为："实在是由存在和意识组成的一个巨大的层次系统。从物质到生命，从生命到心智，再从心智到灵性，每一个层次都超越并且涵括了比它更低的层次。所有层次组成了一个逐级递增的层次系统。"① 这段话简直就是对诗歌小内形式"ABC"组合这一个三级递进诗思的生动概括。作为诗歌审美语境"入乎其内"的内化走向，这一过程无疑是诗人艺术体验的推而广之、动而深之，是一种层层推进、联翩萌动的过程，是"一个逐级递增的层次系统"。这一层层推进的过程，如果要抽象而集中地进行动作学的概括，就是"一看（A）、二想（B）、三悟（C）"，即在诗歌文本相对独立的一个意节中，一般以叙列之法而推出物象呈现之 A 点，复以想象比拟之法推出意象呈现之 B 点，最后经延展阐释而推出意味呈现之 C 点。

明白了这样的诗歌观察路径，就如同中医明白了把脉时那三个手指之下的"寸、关、尺"。诗歌的 A、B、C，就是诗歌的寸、关、尺。我们从这里，可以去触摸并把握诗歌的脉动。诗歌是个生命，诗歌也有其脉动。这脉动，就是"ABC"，就是诗歌小内形式所承载的"ABC"三级递进这一思维过程，也就是王昌龄所谓"目击其物（一看，A），便以心击之（二想，B），深穿其境（三悟，C）"（王昌龄《诗格》）的过程；这脉动，也就是萧统所谓"踵其事而增华，变其本而加厉"（萧统《〈文选〉序》）的过程；这脉动，宗白华是这样描述的："艺术意境不是一个单层的平面的自然的再现，而是一个境界层深的创构，从直观的感象的摹写（A），活跃生命的传达（B），到最高灵境的启示（C），可以有三层次。"② 而这样的过程，这诗歌

---

① ［美］肯·威尔伯：《万物简史》，许金声译，中国人民大学出版社 2006 年版，第 23 页。
② 宗白华：《中国艺术意境之诞生》，见宗白华《艺境》，商务印书馆 2017 年版，第 187 页。

的脉动，不也是海德格尔所谓的"敞开"与"澄明"的诗歌动态吗？

　　理解了诗歌小内形式"ABC"组合这一"微乎其微"但是又"敞开"而"澄明"的言说程序，我们在入乎其内地来到诗歌后，就有了一个可靠的落脚点，就可以驻足而后四顾，去观察，去感受，去发现，去评价，去进行有方法、有路径的，而不是空泛不着边际的"文本细读"。比如北岛那首只有一个字——"网"——的诗《生活》，这个简明的文本究竟算不算一首诗？有人至今还在质疑："两个字的题目，一个字的内容，既不具备文学作品的基本结构，也没有什么不可替代的含义。连'打一字'的谜语都不如。照此套下去，可以写出《命运——河》《婚姻——绳》《希望——虹》等等类似的无穷无尽的'诗'来。依我看它不能算诗，实在不应担此虚名。"[①]然而本书认为，它虽然不是一首优秀的诗，但是它就是诗！这个文本："生活（A）//网（B）"，虽然连题目只有三个字，虽然没有C位，但是A位与B位俱在，仍然完成了对事物的诗意命名。有人还质疑"妈妈是一杯酒/爸爸喝一口/醉了"是不是一首诗？"妈妈（A）是一杯酒（B）/爸爸喝一口/醉了（C）"，这句话显然完成了一个比北岛的《生活》更为完整的诗歌过程，它更是一首诗了。

　　许多人对现代诗歌（尤其像《生活》那样篇幅比较短小的作品）感到不能理解、不能接受，觉得没头没尾，还没有开始，就已经结束，觉得其身量单薄得连开头与结尾都难以区分，也谈不上什么起承转合的曲意摆布以及诗意的"战略纵深"，而且，一共只有那么寥寥的三两个字，何处去展现什么节奏与旋律？何处去展示什么平仄的变化？这样的东西，如果幸得诗名，岂不是太过便宜？其实，这是以"文"眼而观"诗"身，未得诗之为诗的要害。事实上不管是多么短小的一个诗歌作品，只要其基本的思维方式是"ABC"这样推陈出新的过程，只要其文本（哪怕只有一个字）是这一思维程序的产物，它就是一首诗。万里长途，乃是一步一步慢慢前行的。小内形式虽然

---

① 高平：《质疑近年三大"名诗"》，见高平的新浪博客 http://blog.sina.com.cn/gaoping，2018-01-18。

小,虽然局部,虽然片段,但是它就像诗歌的"跬步"。这样的"跬步"累积起来,就可以到达诗歌的千里之外。事实上,随着小内形式的不断被重复,若干个"ABC"这样的诗歌意节,就会组成更大的诗歌结构,表现更丰富的诗歌意蕴。

三 现代诗歌小内形式"ABC"组合是一个决定诗之为诗的诗歌"意节"

相对于诗歌的大内形式,小内形式确实是有些小,但是,虽然它"小",但它却如一斑之于全豹,反映着诗歌的大问题,甚至也隐藏着诗歌的大秘密,因为它是诗歌的"核",甚至是诗歌的"DNA",是诗歌的生命密码——决定着诗之为诗。江南才子韩东在这方面感觉敏锐,他说:"有人的奇思妙想在词语的尺寸内(配搭),有人的在意象的尺寸内(比喻),有人的在叙述和结构的尺寸内(事件、创意)。"[①] 把他的意思倒过来理解,即诗歌小内形式的"ABC"组合,小到词语之内,大到结构之间,可谓无处不在——诗意的"奇思妙想"可谓无处不在。

要阐明"ABC"组合可以决定诗之为诗的"诗性",先得绕道于那些貌似是诗歌的"准诗歌"。比如匈牙利诗人裴多菲的这首"诗"。这首诗在中国几乎脍炙人口:

生命诚可贵,爱情价更高。
若为自由故,二者皆可抛。

这是白莽的译本。这首诗的另一个译本,是孙用的译本:

自由,爱情!
我要的就是这两样。

[①] 韩东:《关于文学、诗歌、小说、写作……》,见《你见过大海——韩东集 1982—2014》,作家出版社 2015 年版,第 372 页。

为了爱情，我牺牲我的生命；
为了自由，我又将爱情牺牲。

　　白莽的译本使用了中国传统诗歌五言绝句的外形式，孙用的译本则采用了中国现代诗歌的自由体外形式。这两种外形式，让它们"形似"诗歌。但如果撇开其外形式而进行内在的观察，则它们勉强只能算是一种直抒胸臆（甚至连直抒胸臆也不是，而是直陈其观点）的诗性文本。1987年获诺贝尔文学奖的俄罗斯诗人约瑟夫·布罗茨基，曾于1964年因一首《列宁格勒近旁的犹太坟场》被判流放五年。其诗的后半部分是：

……他们为自己唱歌
他们为自己攒钱
他们为别人死去
但生前一直缴税
一直尊敬警察
在这物欲横流的世界一直
在解说塔木德
内心永远是个理想家

　　难怪人们对它有所质疑，它也太直接了，直接得几乎就是"话"，直接得徒有分行排列的诗歌外形式。
　　陈述上面的这几个"准诗歌"，是想表达这样一个意思：虽然诗歌的外形式并非全无意味——即使是诗歌文本四周的空白，其实也都是有意味的，它就像是我们审视诗歌这个"雕塑"时，围绕着它四周走动的那个空间。但是，外形式（比如分行）毕竟只是诗歌的躯壳、外相与建筑性外观，单单靠外形式，不能决定一个文本就是诗（否则散文诗就不是诗了）；让一个文本成为诗的，也不是其中的音乐如平仄和韵律等（这些概念更接近于对"歌"的评价而不是对"诗"的评价）；甚至，诗与非诗，也与其大内形式无关（其他的文章也会使用同样的内在结构)。决定一首诗是诗者,实为小内形式。具体而言,就是诗歌思维如上所述的"ABC"三级递进。

所以,本书关于诗歌小内形式"ABC"组合一个重要的认定就是:作为比诗歌的"音节"更为重要的诗歌"意节",它决定着一个号称是"诗"的文本作为"诗"能否成立。

如果说诉诸"诗听"的诗歌"音节"可以外在地推动一首诗,那么诉诸"诗想"的诗歌"意节"则可以内在地推动一首诗,因为构成诗歌意节的"ABC"组合具有强大的诗歌内驱力!比如赵丽华的《廊坊不可能独自春暖花开》句:"石家庄在下雪(A)/是鹅毛大雪(A)/像是宰了一群鹅(B)/拔了好多鹅毛(B)/也不装进袋子里(B)/像是羽绒服破了(B)/也不缝上(B)"。再比如赵丽华的《我把一个……》:"我把一个恰如其分的词放入诗行之中(A)/如同把子弹压入枪膛(B)/下面的问题成为关键/我将射谁?(C)"还有她的《雷》:"打雷了/声音很大/像是从头顶炸开/我一定有罪恶/在屋子里/也藏不住"。还有她的《个案》:"满世界都是乱的/我看着你们乱/像热锅上的蚂蚁/我心安稳/是最躁动者的安稳"。让她的这些诗成为诗的,不是她的分行排列,而是比分行排列更为内在的小内形式即"ABC"结构。赵丽华自己曾这样说:"诗歌主要地不是为了抒情,主要地不是为了讲道理,也不是为了享受单纯的语言韵律美,更不是为了用诗歌教育人……诗歌是人的生命与体验的直接呈现……诗歌是对生命的敞亮。"① 而这一"敞亮"的过程,就是如此这般迈着"ABC"的步伐一步一步走过来并最终蔚为大观的。

更多的时候,诗人赵丽华(及其他更多的诗人)总是直觉地依从着"ABC"这一诗歌的规律。比如她的《这个夜晚……》:"这个夜晚像一个无家可归的人那样/在黑黑的大地上蹲伏着/他被巨大的委屈笼罩着/找不到出路……/直到天亮的时候/他突然不见了"。仅仅有"这个夜晚"的指称怕是不够的,仅仅有"像一个无家可归的人那样"的比喻怕也是不够的。虽然这是一个十分新鲜的、奇崛的比喻。

---

① 赵丽华:《一个人来到田纳西(诗/画)》,吉林人民出版社2014年版,第57页。

而当"……在黑黑的大地上蹲伏着/他被巨大的委屈笼罩着/找不到出路……/直到天亮的时候/他突然不见了"这样的句子出现,作者这才罢手,意义这才呈现,诗意这才敞亮。诗到哪里为止?诗到诗为止!诗到诗意的敞亮为止!

然而诗意的敞亮,绝对不是、也不可能是无来由的!

第二节 现代诗歌小内形式是决定诗之为诗的"诗意命名"过程

如果说决定一个文本是诗的内容要素是"真情实感",如果说决定一首诗歌最基本的语言要求,就是会组词、会造句、会成联、成拍而且会谋篇布局,则这样的"先决"条件,作为诗歌写作最最基本的要求,可以忽略不计。世界上真情实感的东西不止于诗歌,世界上文从字顺的东西也不止于诗歌。一个文本而可以称之为诗歌,定有其作为诗歌的独特之处。且这一诗之为诗的独特之处,肯定不是真情实感,也肯定不是文从字顺。退一步讲,即使承认诗歌的灵魂就是真情实感,则诗歌的真情实感,既要求是真实的,同时也要求是独特的——那些大众化的、共性的(就像流行歌曲的歌词那样)情感内容,会让文本的艺术张力大打折扣,甚至沦为非诗。

韩作荣对此有一段深有体会的表述:"多年来,人们常常误解诗的内容就是诗的情感和思想意义。但诗的内容不仅仅是事实、事件和思想倾向,应该是诗本身,是语言之间内在的有机联系以及语言背后渗透出来的什么。"[①] 作为一个多年来浸淫于诗歌中的诗歌工作者,他意识到的诗歌"语言之间内在的联系",其实就是本书所谓诗歌的小内形式,而他所谓诗歌"语言背后渗透出来的什么",其实就是诗歌求得情感之独特的手段。这一手段就是对事物的"重新命名"。

人生的喜怒哀乐对于每一个人其实是等量的,但是诗人却偏偏"哀乐倍于人"。这种情感的放大(或者浓缩),其实是对情感的改

---

① 韩作荣:《语言与诗的生成》,《诗刊》(上半月刊) 2004 年第 1 期。

写，是对大众性情感与共觉共知性情感的另类表达。辛弃疾的这首词似乎是触及了人生的一种共性："少年不识愁滋味，爱上层楼。爱上层楼，为赋新词强说愁。//而今识尽愁滋味，欲说还休。欲说还休，却道天凉好个秋。"但是，在认知其共性情感的同时，一定要注意作者的语出惊人之处。辛弃疾此诗之所以语出惊人，正因为他说出的乃是人人心中所有而人人笔下所无。人人心中所有，是其共性的一面，是"一度命名"的一面；人人笔下所无，则是其个性的一面，是"二度命名"和"重新命名"的一面。诗歌小内形式的"ABC"组合，就是诗人对于现实人生进行重新命名与二度命名最为便捷的语言程式。当它一组一组地次第出现，就是诗歌文本一个意节一个意节的次第推进，也就是一个崭新的艺术世界的次第而来。

毛姆《月亮和六便士》第 57 章，库特拉斯医生说到高更的画时，这样描述自己的感觉："他画了许多树，椰子树、榕树、火焰花、鳄梨……所有那些我天天看到的；但是这些树经他一画，我再看的时候就完全不同了，我仿佛看到它们都有了灵魂，都各自有一个秘密。"[①]这位塔希提岛上的医生的这段话，在本书看来，是一块艺术的考古家发现的老古董，浑身藏着艺术的秘密。可以和这段话互相印证的我国本土语段，最著名的当为郑板桥的画竹之悟："江馆清秋，晨起看竹，烟光日影露气，皆浮动于疏枝密叶之间。胸中勃勃，遂有画意。其实胸中之竹，并不是眼中之竹也。因而磨墨展纸，落笔倏作变相，手中之竹，又不是胸中之竹也。总之，意在笔先者，定则也；趣在法外者，化机也。独画云乎哉！"[②] 他们两位共同的感觉与相通的体会，告诉我们这样一个事实：艺术活动是有其基本的活动规律与活动程式的。这一程式就是：从生活事实的存在，到主观的灌注和着色，到艺术新世界的缔造。而诗歌小内形式的"ABC"组合，正是这一规律与程式的诗歌反映。

---

① ［英］毛姆：《月亮和六便士》，傅惟慈译，上海译文出版社 2009 年版，第 334 页。
② （清）郑板桥：《题竹》，见《郑板桥全集》（增补本）第 1 册，凤凰出版社 2012 年版，第 332—334 页。

然则我们对诗歌小内形式"ABC"组合这一诗歌意节"重新命名"的诗歌使命,又当作何理解呢?

不论是讨论诗歌的内容还是讨论诗歌的形式,最为先在、也最为基本的问题,却是一个永恒的"诗歌何为"问题。一个诗人,他在不停的换行、停顿所形成的那个其实十分狭小的言语空间里,究竟想干些什么?他发表的诗,像是贴出的失物招领,他要让每一个读者在那个叫做诗歌的文本里认领到什么?他把日常生活中那些平凡不过的字词和句子,组合成语言,又把这些语言打造成一般人看不懂的"ABC"式组合,他们用这样的语言密码,对读者发出的到底是什么样的呼唤?是的,阅读优秀的诗歌无疑是一种艺术的享受,但这享受是抽象的么?是模糊而不可言说的么?

现代诗人废名有一首著名的《十二月十九夜》:"深夜一支灯,/若高山流水,/有身外之海。/星之空是鸟林,/是花,是鱼,/是天上的梦,/海是夜的镜子,/思想是一个美人,/是家,/是日,/是月,/是灯,/是炉火,/炉火是墙上的树影,/是冬夜的声音。"冯先生在这首诗里享受的是什么?是铺排么?应该不是。废名先生在这首诗里享受的,显然是一种"什么是什么"的命名快乐!当然,他的命名,不是一般文化意义上对事物的解释,他是在进行诗意的命名。诗人的天职与使命,就是为世界万物重新命名,就是站在诗歌的立场上对事物进行诗学意义上的命名、解释、言说与表现。这就是他的快乐。这也是他希望传递给读者的快乐。

所以,废名先生的《十二月十九夜》就是一首需要重视的诗,它事关诗歌的去魅——诗歌的基本句式,其实就是这样一个简单极了的判断句:什么是什么(A 是 B)。而诗歌行为的本质(也是文化的本质)乃是一种阐释。当然它是一种别样的阐释,是一种美学的解释与情感的阐释。这一阐释在诗歌的向度上丰富着人类对于世界人生的命名体系,引领着人类对于世界人生的另一种认识与揭示。诗歌的意旨固然是如此的高尚,但是诗歌的句式却可以非常的简单。比如瑞典诗人索德格朗的《现代处女》:

我不是女人。我是中性人。
我是孩子、侍童和一种大胆的决定，
我是一轮深红色太阳的笑纹……
我对于所有贪婪的鱼来说都是一张网，
我对于所有女人的光荣来说都是一次祝酒，
我是迈向机会与毁灭的一步，
我是进入自由和自我的跳跃……
我是男人耳朵里的血液的低语，
我是灵魂的疟疾，对肉体的渴望与拒绝，
我是进入新乐园的标志。
我是一片搜寻着的黄铜色的火，
我是自由而忠诚地结合的火与水……

看看，诗意满篇，却不过是解释而已。诗意满篇，也只有一个句式："我是XXX。"然而这就是诗歌的力量，这就是诗歌其实一点也不神秘的力量：解释的力量。英国诗人马修·阿诺德早就说过："诗的力量是它那解释的力量；这不是说它能黑白分明地写出宇宙之谜的说明，而是说它能处置事物，因而唤醒我们与事物之间奇妙、美满、新颖的感觉与物我之间的关系。"[①] 让我们看一看不同时空下不同诗人们其实一点也不神秘的诗歌动作——解释。比如朱自清的《细雨》：

东风里，
掠过我脸边，
星呀星的细雨，
是春天的绒毛呢。

不过是一句话而已。但是这一个被排列成诗的外在样式的言说单位，它之所以是诗，正在于它是一种对于事物与众不同的解释——诗

---

① 转引自老舍《文学概论讲义》，复旦大学出版社2004年版，第132页。

意的命名。在这一点上，何其芳同样是心领神会。且看他的《欢乐》："告诉我，欢乐是什么颜色？/像白鸽的羽翅？鹦鹉的红嘴？/欢乐是什么声音？像一声芦笛？/还是从稷稷的松声到潺潺的流水？/是不是可握住的，如温情的手？可看见的，如亮着爱怜的眼光？/会不会使心灵微微地颤抖，/而且静静地流泪，如同悲伤？/欢乐是怎样来的？从什么地方？/萤火虫一样飞在朦胧的树阴？/香气一样散自蔷薇的花瓣上？/它来时脚上响不响着铃声？/对于欢乐，我的心是盲人的目，/但它是不是可爱的，如我的忧郁？"何其芳的这首诗其语调是歌唱的，但是决定它成为诗的却不是歌唱，而是解释。再比如下面赵丽华的《春风与春雨并不是孪生兄弟》。这首诗的语调，不是歌唱的，而是讲述的，但它仍然是诗：

  春风是个负责任的、勤快的信使
  从另一个角度说，他也是一个爱管闲事的人
  连冬眠在洞穴里的东西都被他叫醒：
  "起来啦，宝贝，装死不好玩！"
  而春雨则是个懒散的、爱耍性子的人
  他高兴起来可以缠缠绵绵、雨脚如麻，连下三天三夜
  他不高兴了蜻蜓点水，雨过地皮不湿……

  这里必须澄清一个重要的区别：一般文化意义上的事物命名与诗意的命名。一般文化意义上的命名，是一种事物的符号化过程，即给客观事物一个符号化的表达与指称。人类的文明之所以能够于空间上实现交流而于时间上得以传承，正是因为人类拥有对事物的命名能力——赋予它们意义的能力以及解释其意义的能力。相当多的诗歌，以及相当多的诗歌中的语言，其实并不是诗意的命名，其实仍然是一般文化意义上的命名。比如这句对"知识分子"一词的质疑："'知识人'这个名词是我现在提倡的。讲知识人等于中国人讲读书人一样，讲政治人、经济人、文化人都可以，为什么不能用知识人呢？我

的意思是人的地位要受到尊重，我要恢复人的尊严。"① 作者认为，不应该叫做"知识分子"，而应该换名为"知识人"，这就是"重新命名"。但这却不是诗歌意义上的重新命名。"疾风知劲草"是不是诗？是的。在这个话语诞生的当时，它就是诗，但是现在如果有一个人还说同样意思的话，它却不再够得上"诗"的资格。它不再是诗，它只是一种文化！古往今来，疾风依旧，莫非我们从此就说不得疾风了吗？也不是。说是仍然可以说的，但是看你怎么说。比如胡弦是这样说的："阵阵疾风／曾为上气不接下气的王朝续命"。如果你就是这么说的，那么祝贺你，你所说出的，就是诗歌之神所喜欢的——就是诗！

这也就是冯文炳先生认为中国古代的诗歌"以诗为文"的原因。所谓以诗为文，就是说在诗歌的形式里存在着的其实是非诗的东西——是一般文化意义上的命名。即如上述废名的这首《十二月十九日》，其诗意的命名，与其非诗意的命名，所共同使用的句式，都是"A 是 B 式"。显而易见，仅仅依靠这样一种"A 是 B"的句式是无法区分出诗与非诗的，所以，用什么解释什么，把什么解释成什么，就成了区分二者的关键。如当代诗人车前子《天涯》之局部：

一个村庄的天涯（A）是另一个村庄（B）
一个朝代的天涯（A）是被故意忽视的思想（B）
一个思想的天涯（A）是信以为真（B）
一块手表的天涯（A）是发条坏了（B）
一根恶棍的天涯（A）是桌子的腿（B）
一条脖颈的天涯（A）是脖颈上的脑瓜（B）

于是，所谓诗学意义上的命名，就是对事物进行的"重新命名"或"再次命名"或"另类命名"或"二次命名"，就是从诗歌的立场

---

① 余英时：《在这个时代，如何做一个有尊严的知识人》，《学习博览》2009 年第 3 期。

去重新诠释与言说一个事物。就是对现实的改写，就是苏东坡标榜的"反常合道"，就是严羽所谓诗的当行本色——"别趣"："诗有别才，非关书也；诗有别趣，非关理也。"（严羽《沧浪诗话》）人人都知道"学古而不泥于古"的道理，但是又常常对那些事实上无关紧要的坛坛罐罐恋恋不舍，主要的原因就是不明白诗歌的要害。什么是诗歌的要害？"非关理也"的重新命名，这才是要害！

大多数诗人都能直觉到这一点，但是只有少数的诗人才能说出这一点。于坚就是为数不多的能够说出这一直觉的诗人之一。他在1994年的《我一向不知道乌鸦在天空干些什么》这首诗里，如此进行了他的"诗说"："我一向不知道乌鸦在天空干些什么　书上说它在飞翔／现在它还在飞翔吗……／我一向不知道乌鸦在天空干些什么／但今天我在我的书上说　乌鸦在言语"①。如果说"飞翔的乌鸦"是对于乌鸦的第一次命名，则"言语的乌鸦"就是对乌鸦的第二次命名。诗意命名最大的吊诡之处在于，它对于事物的命名具有极其强大的吞噬力。所有的二次命名一旦出现，即马上沦为一次命名（即沦为已有的与陈旧的命名），而诗意命名的乐趣与价值恰恰也在于此：它永远要求着新颖，永远呼唤着独特，也永远追求着创造！

于是所有优秀的诗人都是我们这个世界的重新命名者，所有优秀的诗人笔下无不云堆潮涌般聚焦着他们对于世界人生的簇新感受。如洛夫《烟之外》："左边的鞋印才下午／右边的鞋印已黄昏"；如洛夫《边界望乡》："一座远山迎面飞来／把我撞成了／严重的内伤"；如曾卓《有赠》："你的含泪微笑着的眼睛是一座炼狱。你的晶莹的泪光焚冶着我的灵魂。／我将在彩云般的烈焰中飞腾，／口中喷出痛苦而又欢乐的歌声"；如余光中《当我死时》："安魂曲起自长江，黄河／两管永生的音乐，滔滔，朝东"……再如海子诗《敦煌》第一节：

敦煌石窟（A）

---

① 于坚：《我一向不知道乌鸦在天空干些什么》，见《于坚的诗》，人民文学出版社2000年版，第15页。

像马肚子下
挂着一只只木桶（B）
乳汁的声音滴破耳朵——（C）
像远方草原上撕破耳朵的人（B）
来到这最后的山谷
他撕破的耳朵上
悬挂着耳朵（C）

海子面对的敦煌，也是天下人共同面对的敦煌，然而海子看到的敦煌却是那么独特、新颖、创造！海子看到了敦煌背后的敦煌、事物背后的事物。天下苍生顺着海子的眼睛看过去，看到了一个别样的敦煌，看到了一个更美的敦煌！在这首诗里，海子无疑践行并完成了一个诗人的命名。这个使命就是：对一般文化意义上的事物命名进行超越，对人们习以为常的事物重新命名，拆散语言与世界之间的庸俗化与惯常化联系，重新发明语言的诗意化质素，重建语言与世界的诗意联系。英国结构主义学者库勒说："文学是通过语言及其联结形式进行变换和改造从而改变世界的一种试验。"[①] 他的这种文学改变世界说，没有余秋雨说得具体而精彩、见微而知著。余秋雨说："李白是专门来改造人们眼神的。"[②] 论诗而动辄"心灵"甚至"灵魂"，话语中隐隐夹带了某种绑架，至少也有一种居高临下的恫吓。真正属于技艺切磋的诗论，却会像"改造人们眼神"这样中性、温和、内行。这句话无疑是对"诗意的命名"这一诗歌本质的生动注解。"改造人们眼神"，不正是诗人的天职和诗歌的天命？上述二例中的穆旦和顾城，不正是出色地完成着"改造人们眼神"这一光荣的任务吗？

美国诗人塞琪·科恩在她的书里曾引用过一个名唤多丽安·雷克斯者的一段话："在我生命的大部分时间里，我是一个母亲和一个妻

[①] ［英］J. 库勒：《文学中的结构主义》，张金言译，《国外社会科学》1982 年第 6 期。

[②] 余秋雨：《唐诗几男子》，见余秋雨《中国文脉》，长江文艺出版社 2012 年版，第 281 页。

子，所以我目力所见的只能是房子周围的影像。月亮对我来说是一个碎成两半的餐盘，云则是一块洗碗布⋯⋯当然，几个世纪以来，月亮一直是女性的象征，并且月亮这个意象总是充满诗意。但是我想用它来做点新的事情。尽量避免陈词滥调，用现代的方式审视一个传统的意象，并找到一种观察事物的新的方式，这就是诗人应该做的事情。"① 其实，科恩自己也是这样认为的。她在讲到意象的时候说："诗通过意象，以令人惊异的崭新方式来表达我们的生活和世界。一首诗也许只是在简单地'呈现'正在发生的事情，而不需'陈述'给我们什么。通过明喻和隐喻，诗行的陈列看似不像事实本身，却有助于我们以新的方式再次打量它。"② 科恩说得多好啊！诗人来到这个世界上，就是要"以新的方式再次打量它"，可能的话，他们还要用富于个人魅力的打量方式，去改造人们司空见惯的那种古旧眼神！那些传统的所谓抒情诗人读到这里，不知有何感想？你们以为做一个诗人，就是要婆婆妈妈地诉说你们的失恋与失财么？或者那些所谓的"神性写作者"亦不知感想为何？你们以为做一个诗人，就一定要死去活来地折腾你们的灵魂使其不安吗？

那极有可能是一个误会！

既然诗歌的任务如此光荣而巨大，作为诗歌最为基层的单位，诗歌的小内形式"ABC"组合，每一步即需步步为营，每一步都要扎扎实实：既要有对物质世界、世俗生活准确无误的描写力（A），也要有透视物质现象、神与物游而援物寓意的想象能力（B），同时还要有改造人们眼神、提升世俗情感、揭示艺术真实的命名能力（C）。这三大步骤，这三样能力，在优秀的诗人的笔下，应该是不会偏废而互济的，其实也是难以割裂而并驱的。优秀的诗歌作品无不有着现象层面的经验准确性陈述（A），也有着超现象层面的想象性描写（B），复有着更为超越的理念层面的批判性的说明与议论——这超越

---

① ［美］塞琪·科恩：《写我人生诗·从你的所在出发》，刘聪译，中国人民大学出版社2014年版，第9页。

② 同上书，第7页。

的视野（C）就是诗人境界的展示。用诗论家陈超先生的话说就是："未来的先锋诗歌既需要准确，但也需要精敏的想象力：语言的箭矢在触及靶心之后，应能有进一步延伸的能力。所谓的诗性，可能就存在于这种想象力的双重延伸之中。"① 毫无疑问，一首好的诗歌，必然是本真体验的现场目击，同时也是充满想象的精神命名。

所以，诗歌的小内形式"ABC"组合，就是对诗歌真理的一种承载。也正因为真理在焉，于是天下诗人也许趾高气扬，也许狂放不羁，也许四面出击，但是具体到诗歌的意节，具体到每一个诗歌的步骤，却都老老实实，绳趋规步。看似墨守成规，实则暗通款曲。比如2016年1月口语诗人笨笨展示于长安诗歌节上的一首《妊娠纹》：

像鱼
像蚯蚓
像隐形的蝴蝶

这些婴儿种在母亲身上的
花朵

当你俯身
侧耳倾听时
还能捕捉到
"咚哒、咚嗒、咚哒哒……"
花开的声音

这首诗，从标题（A）到第一节"像鱼/像蚯蚓/像隐形的蝴蝶"（B），到"这些婴儿种在母亲身上的/花朵"（C1），再到"当你俯身侧耳倾听时/还能捕捉到咚哒、咚嗒、咚哒哒/花开的声音（C+）"，

---

① 陈超：《先锋诗歌20年：想象力方式的转换》，《燕山大学学报》（社会科学版）2009年第4期。

不正是一个完整而且标准的"ABC"三步诗式么？像笨笨这样的诗歌新人类，他们的诗歌姿态是那么的先锋，然而，他们的诗歌写作，却并不行笔草草，而是颇有章法。这个"章法"就是：第一步（A），现实本位——对事物的符号化陈述或者描述；第二步（B），想象本位——诗歌想象力出动、诗歌想象开始、诗歌形象到场；第三步（C），阐释本位——是诗人思想情感与其他生命气息的赋予和灌注，是整个诗歌单元如沈德潜所谓的"境界全出"：既有从物象到意象神奇的发现，又有从意象到意境强烈的震撼。这一堪称"步步惊心"的过程，就是诗歌小内形式的"ABC"组合。

是的，它是很"小"，但是，却一点也不能"小瞧"了它。

北岛曾说："我有时翻开诗歌刊物或到文学网站上浏览，真为那些一挥而就的诗作汗颜。我以为我们，对此有共识的诗人和评论家，有必要从诗歌的'ABC'开始，做些扎实的工作，为中国诗歌的复兴尽点儿力。"① 北岛对那些诗歌的粗制滥造之作"一挥而就"的批评，真是一针见血，堪称见解敏锐。诗歌尤其是现代诗最大的毛病，就是这样不知天高地厚的"一挥而就"。这样的"一挥而就"是极其普遍的诗歌现象，人们对这一毛病类似的评语还有：一盘散沙、一览无余、天马行空、杂乱无章……一挥而就，肯定会失于浮滑与飘忽。黄宾虹在谈书画艺术的用笔时说："用笔之法，最忌浮忌滑。浮乃飘忽不遒，滑乃柔软无劲。"（黄宾虹《画法要旨》）书法运笔，最忌浮滑，诗歌运笔，也是同样。什么是诗歌的浮滑之笔？如北岛所批评的"一挥而就"，就是浮滑之笔。究其原因，是对"ABC"的毫无意识、毫不尊重。北岛在这里所谓的"ABC"显系"虚词"，即并无实在的所指，而本书的"ABC"却是实有所指。如果说所谓诗人，就是能够在生活中看到诗意并善于把诗意言说出来的人，如果说所谓读诗，就是在诗中看到诗意且理解了诗意的过程，则所谓写诗，就是诗人把从生活中看到的诗意置入一定的语言形式即"诗"中让别人也能看到

---

① 唐晓渡、北岛：《我一直在写作中寻找方向——北岛访谈录》，《诗探索》2003 年第 3—4 辑，第 171 页。

并分享的过程。这一过程，就是诗歌小内形式的"ABC"组合。这一"ABC"过程的分阶段存在，也是对"一挥而就"式诗歌语言的有效制衡。

第三节　现代诗歌小内形式是诗歌艺术最为基本的内在"笔法"

诗歌小内形式"ABC"组合另一个不可小瞧的地方，就是它所携带的诗歌艺术至关重要的"笔墨"之妙与"内在之美"。

画家黄宾虹一生潜心于艺术创造，有许多艺术的真知灼见。他提出的"内美"与"笔墨"之绘画观，对现代诗歌的创作同样适用。关于"内美"，他说："山水乃图自然之性，非剽窃其形。画不写万物之貌，乃传其内涵之神。若以形似为贵，则名山大川，观览不遑，真本具在，何劳图也？"[1] 显然，他认为艺术当以"传其内涵之神"的"神似"为追求，而不能止步于"形似"，不能"竭毕生之力，兀兀穷年，极意细谨，临摹逼真。"他认为那样的话，终"不过一画工耳"。[2] 他说得极是。所有形似方面的模仿都是优孟衣冠。更可贵的是，黄宾虹不止看到了艺术"内美"的存在，同时也看到了实现这一艺术内美的方式：笔墨。

黄宾虹所谓的"笔墨"，也就是用笔用墨之方法，即通常所谓的"笔法"。他认为："书法专精，先在用笔。用笔之法，书画同源。"（黄宾虹《画法要旨》）且认为书法的笔法"言其简要，盖有五焉。笔法之要：一是曰平；二是曰留；三是曰圆；四是曰重；五是曰变。"（黄宾虹《画法要旨》）如果继续"言其简要"、如果把上述这五个运笔的动作要领连贯起来，其实就是天下笔法中最重要的精神：一波三折。

---

[1] 黄宾虹著，张国标编：《黄宾虹谈艺术录》，河南美术出版社2007年版，第132页。
[2] 黄宾虹：《自题山水》，见赵志均编《黄宾虹论画录》，浙江美术学院出版社1993年版，第99页。

一波三折，指的是一个笔画的内部（甚至一个点的内部）应该存在的三个动作及其动作过程。黄宾虹虽然没有明确地说出"一波三折"这个词语，但是他早已明白了"一波三折"的意思。比如他就说过："用笔之法从书法而来，如作文之起承转合，不可混乱。起要锋，转有波澜，收笔须提得起。一笔如此，千笔万笔无不如此。……唐褚河南每写一点，必作S，此真书画秘诀，用笔之法泄露几尽。"①他还说："水有波折，固不害其为平；笔有波折，更足形其姿媚。"（黄宾虹《画法要旨》）按照黄宾虹的观点，一个手执毛笔的人，而看不到一个笔画内部的这个"小动作"，就没有得到观察书法之路径，那么本书认为，看不到诗歌的一句话内部"ABC"这样的"小动作"，诗歌的观察同样也就失去了目光的落点，不知从何看起。

黄宾虹虽然没有明确地提出艺术作品"内形式"的概念，但是他的这些理解，已足够"内"，更足够"小"，同时也足够"形式"。对照黄宾虹先生的"内美"与"笔墨"之说，不由我们不对我们的诗歌艺术心生此问：诗歌的内美之处又何在？什么又是诗歌的"笔墨"？如果说黄先生所谓的内美，即是"笔墨之奥""章法之真"，则离开了笔墨的诗歌与离开了章法的诗歌，又何以实现"人工天趣，合而为一"的创造？也许，理解了诗歌的小内形式"ABC"组合，也就理解了中国画所谓的"月移壁"般的"笔墨"意味。反过来，理解了中国画的笔墨，也就理解了诗歌的小内形式。不懂"笔墨"，不能欣赏中国画；不懂"ABC"，怕也不能算是懂得诗歌尤其是现代诗。

现代新诗，取白话而舍文言，至"第三代"而径用口语，而且舍格律、弃音韵，然而它仍然是诗。这让它于"众叛亲离"之后而仍然是诗者，就是诗歌的小内形式——它几乎成了诗歌最后的一块根据地。

好在我们终于发现并认识了它。

随着对诗歌小内形式"ABC"（诗歌的用笔之法）的辨识和确

---

① 黄宾虹著，王中秀编：《黄宾虹文集·书信编》，上海书画出版社1999年版，第25页。

认，对诗歌大内形式（诗歌的结构章法）的理解和判断，似乎也更为容易与分明：是诗歌的小内形式让诗歌的大内形式马上变得"大度"了起来，也马上拥有了一种平台性，即大内形式所承载的任务更为清晰了：它其实不是诗歌的主角，也不是诗歌演出的主角。诗歌的主角是诗歌的小内形式，诗歌是在小内形式中涌动的，而它展现自身形体以及形体美姿的这一逻辑平台，就是大内形式（当然，诗歌更为外在的形式平台，就是诗歌的分行排列这一外而外之的外在形式）。从来论诗以"句"而不以"篇"，正是因为诗歌的写作，需要章法但不重在章法；诗歌的写作，重在诗歌的小内形式"ABC"组合这一内部蠕动的笔法。

而确立了小内形式的这一"笔法"性质，也有助于我们探讨诗歌小内形式的"ABC"组合与中国传统诗歌的起承转合这一动作系列的异同。起承转合，无疑是中国古人对诗歌写作（进而对文章作法）一个高度的技术总结，堪称一个极具普遍性也极具可操作性的诗歌程式。本书所谓的诗歌小内形式"ABC"，即看、想、悟，在动词性表述这一点上，无疑是相似的；在对诗歌表达逻辑单元的概括上，也无疑是所见略同、诗脉暗续。但是，起承转合，它说的主要是一种诗歌的章法，是句子与句子之间的递进关系，或者说是一个诗歌意节与另一个诗歌意节之间的递进关系。如此，则它显然属于诗歌的大内形式，而本书所谓诗歌的"ABC"组合，却属于诗歌的小内形式，它主要描述的是一个诗歌意节内部各元素之间的组织关系。

如同读书，开始时，从薄读到厚，从无知到有知，用的是知性之加法；到后来，从厚读到薄，从繁到简，用的是智性之减法。其实，对天下任一技法的掌握皆是如此。诗歌的小内形式"ABC"组合这一过程，析言之，是"ABC"各自不同的一看（A）、二想（B）、三悟（C）过程，如果质而言之，却只是一个字：看。一看之看，是外视，用肉眼看；二想之想，是内视，用心眼看；三悟之悟，是灵视，用灵眼看。都是"视"，也均为"见"，更皆源于"看"，所以，如果以"简易"之眼而观之，则一言以蔽之，曰：看！天下诗歌，无非一看。这时候，大法无法，一个诗人所有的能力，都表现在了"看"的功夫：别人用眼看，他用心看；别人没看到，他看到了；别人看得浅，他看得深；别人看得少，他看得多……一切都是看到，包括诗意。

然则"看到"的意义何在？

对于写作者而言，看到，就是为着发现；发现，也就是为着说出。诗人的使命，就是发现并且说出天地间的秘密（包括心灵的秘密）。天地之间有好多秘密，为了揭示这些天地间的大神秘，在真的道路上，科学家们正在奋勇而前；在善的道路上，宗教徒们正在苦行苦思；而在美的道路上，诗人们也在且行且吟。维克多·什克洛夫斯基说："那种被称为艺术的东西的存在，正是为了唤回人对生活的感受，使人感受到事物。"[1] 林语堂先生也有过类似的表述："我觉得艺术、诗歌和宗教的存在，其目的，是辅助我们恢复新鲜的视觉，富于感情的吸引力，和一种更健全的人生意识。"[2] 诚哉是言也。天下诗歌，就是对事物进行陌生化的命名，就是为了唤醒并修复人们对生活的感觉。人们只有对自己有感觉的生命与生活才会感到喜爱，而对于生命与生活的热爱，正是人生的幸福，也正是诗歌的意义。

当然，说出一定得有具体地说出的方法——言之有序。本书所述诗歌写作最为基本的且摆脱了所有外形式拘束的诗歌言说程式，即"ABC"三级递进诗思，就是一种"序"：先以叙列之赋法而描述出物象呈现之 A 点，复以想象比拟之法而描述出意象呈现之 B 点，再以尾兴之法而引申出意味呈现之 C 点。当然，它也是一种"法"。它是基础的，于是也是可以超越的。南宋诗论家严羽说："学诗有三节：其初不识好恶，连篇累牍，肆笔而成；既识羞愧，始生畏缩，成之极难；及其透彻，则七纵八横，信手拈来。"[3] 可惜的是，好多人起初的诗歌热情，被后来的"羞愧"与"畏缩"所阻拦，而未能到达"透彻"。

---

[1] [俄] 维克多·什克洛夫斯基：《作为手法的艺术》，方珊译，见朱立元《二十世纪西方文论选》，高等教育出版社 2002 年版，第 187 页。

[2] 林语堂：《生活的艺术》，中国戏剧出版社 1995 年版，第 136 页。

[3] （南宋）严羽：《沧浪诗话·二十六》，见王大鹏等编选《中国历代诗话选》卷二，岳麓书社 1985 年版，第 812 页。

结　语

　　关于上文中说到的"看见"一语，这里想多说几句。谢有顺说："看见比想象更困难。"① 看见，它不只是困难的，而且它还是危险的。柴静的《看见》② 正因为其不只是困难的而且是危险的，所以才引起了人们的围观与点赞以及敬佩。古希腊神话中有一个著名的"柏修斯之看"，说是有个女妖美杜莎，所有看见她的人都会立马变成石头。后来是柏修斯用他的盾牌做镜像，从反光中杀死了女妖。这个故事的寓意之一就是：看见不仅是困难的，而且是危险的。俗世之人一般都不敢做诗，说是才华不够、没有天赋，那是托词，惧怕成为石头才是真正的原因。在中国，这种看见——即使是诗性的看到、诗意的命名——有着另一种更为世俗的危险性。北岛在 2009 年"中坤奖"的获奖致词中一开始就说："1972 年年初，我把刚完成的《你好，百花山》一诗初稿拿给父亲看，没想到他责令我马上烧掉，其中一句'绿色的阳光在缝隙里流窜'把他吓坏了。我看见他眼中的恐惧，只好照办。此后我再也没把自己的作品给他看。"③ 北岛的父亲之所以害怕，是因为相比于"红色的阳光"，"绿色的阳光"显然是另类的，是与当时主流的想象相异甚至相悖的。何况它还在"流窜"！那是一个不允许不同政见的时代，强大的专制之下一切都是单一的，连人类最自由、最富有活力的诗歌想象，也是单一的！于是那也是一个命名单一的年代，因为丰富的命名，由于人们的害怕，往往会被烧掉。北岛说："1973 年，芒克写下'太阳升起来，天空这血淋淋的盾牌'

---

① 谢有顺：《看见比想象更困难》，《中国图书商报》2001 年 8 月 23 日。
② 《看见》，2013 年 1 月由广西师范大学出版社出版。作者柴静，曾为央视最受欢迎的女记者和主持人。曾主持央视"看见"栏目。作者亲历了一些重大题材纪录片的采访、制作以及播出的过程，然后进行了个人化的二度记录：记录下淹没在宏大叙事中的动人细节，为时代留下了私人的注脚。所以，本书既被人们视为柴静个人的成长告白书，也被视为中国社会十年变迁的备忘录。
③ 北岛：《缺席与在场——2009 年 11 月 11 日在第二届"中坤国际诗歌奖"上的获奖致辞》，见北岛《古老的敌意》，生活·读书·新知三联书店 2015 年版，第 180 页。

(《天空》)，同一年多多也写下'你创造，从东方升起，你不自由，像一枚四海通用的钱！'(《致太阳》)今天的人们很难想象，为太阳重新命名意味着什么。"① 而现在，我们当然可以向他们表示真诚的尊敬了。他们是祖国的天空里曾经高高飞翔的"精神雄鹰"！

没有雄鹰的天空那是多么苍白的天空！

---

① 北岛：《缺席与在场——2009年11月11日在第二届"中坤国际诗歌奖"上的获奖致辞》，见北岛《古老的敌意》，生活·读书·新知三联书店2015年版，第181页。

第四篇
现代诗歌小内形式的基本变体

第十章　现代诗歌小内形式"ABC"组合的增量性变化

《易经》之易，其义有三：简易、变易、不易。简易者，凡是真理的表述必简单易懂而不复杂，意为凡拥抱真理的事物也必然模样平易而不装逼，甚至到达真理的途径其实也极其平常，并不一定就要远渡重洋。诗歌小内形式"ABC"组合这一基本的诗歌思维流程，正有其简易的一面。"知我者谓我心忧，不知我者谓我何求。"（《诗经·王风·黍离》）故其简易，在有些人看来是真理的显示，而在另一些人看来却简陋而不可相信。其实，诗歌的"ABC"这一小内形式并不简单。不仅仅是它的形式根基与形式意味不简单，即使它的形式本身，也是灵活多变，变体众多。它的这一变化，也正体现着易之三义的另一义即"变易"，亦即"无常"，即世界上没有任何一样东西是永恒不变的。诗歌小内形式的"ABC"组合这一思维流程也不可能居于一是、定于一尊而一成不变。恰恰相反，这个诗歌小内形式的"ABC"三级递进诗思，有着丰富的时序演变、空序异在、局部强化、局部简化甚至各自独标等等复杂多样的变异与变体。而且变则变矣，其规律性的东西却始终不变，这又应和着易之三义的"不易"原则。

从本章开始，本书将依次论述现代诗歌小内形式"ABC"三级递进诗思这一基础程式各个组成元素的量变、序变与向变。

诗歌小内形式"ABC"组合，依照其组合的数量，有单建制单结构者：一个A、一个B、一个C，构成一个"ABC"；有双建制双结构者，两个A、两个B、两个C构成两个"ABC"；也有群建制群结构者，多个A、多个B、多个C，构成多个"ABC"。它们错综复杂的结构关系，彰显着诗歌迷人的魅力。由于双建制与多建制的"ABC"建构其实是单建制"ABC"的重复与演变，故本书如不特别加以说明，即以单建制的"ABC"组合为默认论述对象。在这样的一个"ABC"组合里，即在一个以"ABC"递进为其组合形式的诗歌意节里，A、B、C这三个诗歌语点，往往并非均等着力、平均分配，而常常有所侧重或者有所省略。有所侧重的变化，可称之为"增量性变化"；有所省略的变化，可称之为"减量性变化"。本章先讨论其不同部位的增量性变化。

第一节 现代诗歌小内形式"ABC"组合的 A 位增性量变

现代诗歌小内形式的 A 位增性量变即"ABC"构成三元素中 A 位所发生的增加性量变，主要有 A 位的强化与突出以及 A 位的一 A 独大（纯 A 化）等。

一 A 位第一变：A 位强化

如果我们把发生在 A 位的所有变化称之为 A 变，则种种 A 变中，第一位的 A 变，就是 A 的局部膨胀，即 A 的局部强化，可称为"A+之变"或"A 变+"。比如赵丽华的《黎明》即是：

> 天开始是暗的（A）
> 这种暗持续了很长时间（A）
> 后来有了一点点白（A）
> 淡淡的灰白（A）
> 再后来是惨白（A）
> 死人（B1）白（A）
> 再后来像死人擦了粉（B2）
> 像死人活过来（B3）

全诗八行，直到最后两行，想象性的 B 点才慢慢腾腾地姗姗来迟。在此之前，所有的诗行都是非想象性的直陈：直接的叙述与描写。相比之下，其 A 位显得格外膨胀，这就是 A 位的强化。再如娜夜的《起风了》也是如此：

> 起风了　我爱你　芦苇
> 野茫茫的一片
> 顺着风
>
> 在这遥远的地方　不需要
> 思想
> 只需要芦苇
> 顺着风
>
> 野茫茫的一片（以上都是 A）
> 像我们的爱（B）没有内容（C）

全诗九行，也是直到最后，作为喻体的 B 点这才姗姗而来。在此之前，作者只是语态从容地叙述和描写，虽在极逼狭之地，却仍然不避重复，是典型的"喃喃自语"。但在最后一行，这首诗最终还是"穿上了鞋子"——援引他物，使其互喻：空荡荡的爱与野茫茫的一片芦苇，说出人们心中共同的茫然。这也是 A 的强化。这样的 A 强化中，隐隐传来着樵夫磨刀的声音。磨刀不误砍柴工，这样的 A 强化需要诗人的耐心与淡定。这样的诗写过程，似乎是在画龙，最后一笔，似乎就是传说中的"点睛之笔"。这样的"压轴之笔"和点到为止的"点睛之笔"提醒我们：A 强化似乎有种诗歌形体上的"虚张声势"，真正诗意呈现的点睛之处，却在最后的那个 B 点。这也如同跳高与跳远，A 强化似乎是在拉长助跑的距离。古人说得好："托喻不深，树义不厚，不足以言兴。"[①] 助跑的距离不够长，则最后的奋

[①] （清）陈廷焯著，彭玉平纂辑：《白雨斋诗话》，凤凰出版社 2014 年版，第 209 页。

勇一跳，也就不会远、不会高。台湾诗人简政珍的《试装》对此也是有所会心：

> 服装部大拍卖
> 你门里门外进出
> 表现各种身段
> 对着镜子
> 排演春夏秋冬
> 已好久没有如此真切看你
> 赫然发现你脸上的皱纹
> 竟以为
> 镜子有了裂痕

这首诗前面不厌其烦地描写了"你"在服装店试衣服的情景，用了赫赫然的六行来进行局部的 A 位膨胀。他那般蓄势待发的目的，为的就是推出最后三行的那种恍惚和误会。然后，就适时地结束。

博尔赫斯在谈到人生的时候曾说："我个人并不相信来世。我希望我有个结束。"① 博尔赫斯这里所谓的"结束"，充满了对自己一生的满意。要是他厌恶自己的生命，他可能会说成"了断"。天下没有不散的筵席，天下也没有不结束的文本，那么，一个诗歌文本，到什么时候就可以结束呢？这个问题其实很重要。诗到什么为止，这并不仅仅是诗歌何为的宏观问题，也是一个具体为"诗写到什么地方就可以结束"的文本微观。简政珍的这首诗告诉我们：诗到从清醒而机械的人生里唤出那种迷人的恍惚为止！诗到从正常而疲倦的人生里唤出那种可爱的误会为止！而只要这样的呼唤最终是成功的，其前那些 A 位的婆婆妈妈和絮絮叨叨，似乎也就一扫可憎的面目，甚至成了"必需的"。再如沈浩波的《桌上有只西红柿》：

---

① ［美］威利斯·马恩斯通编：《博尔赫斯谈话录》，西川译，广西师范大学出版社2014年版，第24页。

妻开车，我坐副驾驶

去英语培训班

接儿子

时间还早

我们把车停在路边

不约而同

掏出手机

各自刷屏

看微信

车里无声

车外的世界

向黄昏滑去

我偶尔抬头

看到脸盆大的太阳

红里带黄

神情呆滞

挂在灰色的天上

就像我家餐桌上的

那只西红柿

好几天了

它就放在那里

我们谁都没想起

去吃掉它

　　沈浩波的这首诗结构并不复杂，上部分叙述，下部分描写。叙述的是他们等着接孩子时看手机的过程，描写的是他当时看到的太阳。叙述，是口语诗的看家本领；描写，又是传统意象诗的护身大法。沈浩波聪明而理性：只要能写出好诗，哪管什么口语诗什么意象诗。叙述部分确乎是"非诗"的，但它给了后面的"诗"一个铺垫、一个语境、一个现场。后面的描写部分，想象的出场，诗意的呈现，因为有了前面的叙述，既不显得突兀，同时也生气沛然。整首诗在"ABC"诗歌小内形式中逐步展开，"看到脸盆大的太阳"之前，是A，然后是两个B的出现：脸盆、西红柿，最后剩下的部分是C。其中的A，看似冗长，然而必须，它正是A的放大、膨胀与强化。

二 A位第二变：纯A型诗

诗歌小内形式"ABC"的A位增量性变化中，除了"ABC"结构中A位的局部强化之外，另一个常见的变化，就是A把BC"排挤"出诗歌文本，而后"独霸"其诗，形成一种"纯A型"诗。

这里的"独霸"与"排挤"，都是拟人化假设：假设一首诗的地盘是有限的，是容下了这一个就容不下另一个的。然后"独霸"和"排挤"的意思就是，A的强化如果强化到将B点和C点排挤出文本之内，全部的诗歌文本中，就只有A一枝独秀、一力擎天。这样的不假借于他物而裸陈其事，就是古人所谓不待乎比兴的纯用赋体。

能不假借于他物而诗意自洽、自足，能不劳动B的大驾而一A自驱，自然再好不过。如唐人孟郊的诗句："高枝低枝风，千叶万叶声。"多么写实，却也多么天籁，远比他的后两行"山静似太古，寒山若洪荒"（虽然这仍是"积极的修辞"）要好得多。再如白居易的"离离原上草，一岁一枯荣。野火烧不尽，春风吹又生。"实实在在的事物本身，一喻不设的素面朝天，正所谓独步而能天涯，何必要骑个驴子？天生丽质，又何必金妆玉扮！如著名的骆宾王之《咏鹅》："鹅，鹅，鹅，曲项向天歌。白毛浮绿水，红掌拨清波。"仅一"歌"字略涉变形，其余全是如实道来，却仍然一片天真烂漫。如杜甫《绝句》："两个黄鹂鸣翠柳，一行白鹭上青天。窗含西岭千秋雪，门泊东吴万里船。"清丽纯正，一任自然。再如柳宗元《江雪》："千山鸟飞绝，万径人踪灭。孤舟蓑笠翁，独钓寒江雪。"就其文本内部而察之，全诗无一字语涉想象，最多也只是从一山而推想千山，从一径而推想万径，诗人的主观，似被竭力克制。再如张志和《渔歌子西塞山前白鹭飞》："西塞山前白鹭飞，桃花流水鳜鱼肥。青箬笠，绿蓑衣，斜风细雨不须归。"张志和、柳宗元，似乎是同一个人在不同的时代往来穿越：遇江雪之冬，其人就是柳宗元；当春暖花开，其人就是张志和。这两首诗的内在精神太有些相似。再如辛弃疾《西江月》："明月别枝惊鹊，清风夜半鸣蝉，稻花香里说丰年，听取蛙声一片。"如果要强言其"修辞"，不过是稍事拟人，其余都是"顺风顺水"而未有穿凿。这首清通万古之作，也当以纯 A 型诗即纯用赋体视之。现代诗中，这样的纯 A 型诗不胜枚举，如赵丽华的《廊坊下雪了》：

已经是厚厚的一层了
但是仍然在下

再如赵丽华的《有风吹过》：

我看到柳枝摇摆的幅度
有些过分

在当年中国诗坛的"梨花诗事件"中，上面的这两首诗曾因对大众的习惯性诗歌认知进行了审美的冒犯而饱受网民非议，但陈仲义的评说却是："或许无意间也在尾巴留有空白，产生了某种意想不到的'召唤结构'。"[1] 陈仲义感觉到的"召唤结构"，在这两首诗中确乎存在，但普通的诗歌网民却不会感到其中的"召唤"，一如普通的吃瓜群众一般也感觉不到时代的"召唤"。赵丽华这样的诗，属于艺高人胆大者的平地风雷，其艺术动作看似若无其事，其艺术用力恰在于无声处。一般人却只能感觉到匪夷所思。一般人能够接受也一定会大受感动的，是下面罗铖的《起风了》：

起风了（A）
祖母一声赶一声地咳（A）
咳出血来了（A）

---

[1] 陈仲义：《中国前沿诗歌聚焦》，中国社会科学出版社 2009 年版，第 137 页。

这场风真的很大（A）

这首诗堪称现代诗中言简意赅的"绝句"。大量像这首诗一样的"截句"（如卞之琳的《断章》）对于诗歌的理解最为耐人寻味的启示是：有时候，一首残垣断片式的诗，偏偏拥有着某种诗的味道，而一首看上去十分完整的分行排列物，却是索然无味。看来对于诗歌而言，残缺的瓷器同样胜过完整的木器。

当诗人认为自己所描述的事实，其本身已足够强大，而不再需要借助于意象而来"尽意"，在这样的创作心态下，纯 A 型诗就会应运而生。比如赵丽华的《天空很早以前就是蓝色的，而大地刚刚呈现绿色》：

从滩里
到下官地
有两只鸟
在迎面飞
它们刚刚交叉过一次
现在是第二次

这真的是一些索然无味的大实话的分行排列么？似乎是的。然而静心揣摩，其平实的叙述中，竟然有着孤独而高傲的艺术追求。她好像拒绝着 B，也拒绝着想象，她好像要同时拒绝 C，拒绝想象的延伸。那由 B 导入的想象变形与那由 C 导入的意义申说，都被她"断然"拒绝了。她认为自己所描述的事实本身已经足够强大。赵丽华是个观念型的诗人，是中国当代诗歌几位著名的女先锋之一。她的许多诗都被胡塞尔的哲学名言不幸而命中："面向事实本身。"后来，当"事实的诗意"这一概念在中国诗坛普而遍之的时候，赵丽华却早已不再玩诗了——她早已改行画画去了。但是她照样玩得很嗨！在中国当代诗坛，赵丽华的华丽转身以及沈浩波的敛容洗心，都是值得寻味的"变故"。

美国诗人华莱士·史蒂文斯的《观察黑鸟的十三种方式》第 1

节，也是直接叙述眼前事实而不假以想象的名句：

> 周围，二十座雪山
> 唯一动弹的
> 是黑鸟的眼睛①

西班牙诗人洛尔迦《低着头》中下面的这两行也是：

> 思想在高飞，我低着头
> 在慢慢地走，慢慢地走

台湾诗人非马的《鸟笼》也是：

> 把鸟笼打开
> 让鸟飞走
> 把自由还给
> 鸟笼

直接叙述，最怕的是叙述的呆笨。上面的三个例子，却都以各自的叙述手段，成功地躲开了呆笨的叙述，当然也躲开了叙述的乏味。史蒂文斯的叙述手段是大与小的对比，以及其中的细节。洛尔迦的手段，是重复，是对思想的"高飞"这一想象"信以为真"的陈述。非马的手段则是叙述时"偷天换日"的"意外"。古往今来，那些直陈其意而获得成功的作品，无不在看似平直的叙述中暗施其玲珑妙手。

诗歌的叙述与小说的叙述是不同的，因为它们的叙述目标不一样。小说的叙述，为的是讲故事，而诗歌的叙述，为的则是抒情。比如伊沙的《死者》：

---

① 也有人把"黑鸟"更为具体地翻译为"乌鸦"。

在某人的追悼会上
我看见死者坐起来
朝我们伸着手
说着什么
我听懂了他的意思
他是烦那没完没了的悼词
他是在拒绝追认
——"让我死吧,
让我带走你们的错误。"

我们不能向一个已经笑出了声同时已经结束的笑话如此发问:那么后来呢?我们同样也不能要求诗歌的叙述像小说那样有头有尾。笑话的叙述到"笑"为止,诗歌的叙述到"诗"为止。在这首《死者》中,伊沙的叙述事实上到"……说着什么"就已经结束了。唱戏的台子已经搭成,下面该唱戏了。诗歌的"戏"就是情感的"发声"。在这首诗里,就是伊沙替那位"死者"说出其"拒绝"。伊沙这样的叙述,不失诗歌的抒情本色,也不失诗歌的想象本色,是口语诗中堂堂正正的叙述。

叙述往往不是单一的,往往会遇到需要罗列的、需要铺而陈之的内容。这时候,罗列什么,如何罗列,所列之物关系如何,就是对叙述者的考验。比如乡土诗人高凯《村小:识字课》的第一节(其他的各节与此节大同小异)中的罗列就颇费心机:

蛋　蛋　鸡蛋的蛋
调皮蛋的蛋　乖蛋蛋的蛋
红脸蛋蛋的蛋
张狗蛋的蛋
马铁蛋的蛋

其中的那些"蛋",并非是胡乱的拼凑。比如"红脸蛋"作为孩子们的形象特征，是必选的。比如"调皮蛋"作为老师对学生爱怼兼有的口头禅，也是必选的。"狗蛋""铁蛋"几乎是农村孩子的"常名"，而将"铁蛋"置于并列结构最后的那个重心位置，毫无疑问地寄寓着作者对孩子们健康成长、坚强如铁等美好的祝愿。当代诗人乌青下面这首颇有争议的"白云体"诗作《对白云的赞美》，则表现出直陈其意的另一样风貌：

　　天上的白云真白啊
　　真的，很白很
　　白非常白
　　非常非常十分白
　　特别白特白
　　极其白
　　贼白
　　简直白死了

请读者们不要以为乌青真的就很傻。不是，她不是傻，她这是大智若愚、大写不写，或者说是雅极而俗。她这诗是有想法的。她在为天上的白云"洗白"：她把多少年来附着在白云上的那些隐喻，那些涂抹，那些点缀甚至那些污渍，就这样一洗而去。她用自己的遭骂，从历年来对白云的庸俗赞美那里赎回了白云，她把一片干干净净的白云还给了我们，这有什么不好？

三　纯 A 型诗为什么能够成立

其实，纯 A 型诗作为诗之所以是成立的，上面所例，本身已有一定程度上感性的证明，但尚有必要从理论上稍加阐释。

人类的言说，从"说什么"这一维度来看，有三个基本指向：1. 说真；2. 说善；3. 说美。从"如何说"的角度上观察，也有三个基本的言说方式：1. 直接言说；2. 间接言说；3. 直接言说＋间接言说。直接言说，就是直抒胸臆，其言说之于接受一方的诉求是"知晓",而其言说的任务,也就是所谓的"辞词达而已矣"(《论语·卫灵公》)。间接言说,则是"婉而成章"(《左传·成公十四年》),是人们面临着晦与显的语言考量时对"晦"的选择,其基本的语言动作就是以彼言此、言此意彼,假借他物而言说,信托他物而寄寓其意。其言说之于接受一方的诉求是"感悟",而其言说的任务,也就是藏意于象。直接言说+间接言说,自然就是它们的结合运用、同台演出。诗歌作为人类言说的一种,作为诗人对世界人生万事万物的诗学命名,于是也就拥有三种与生俱来的命名法:1. 直接命名法;2. 间接命名法;3. 直接命名法+间接命名法。所谓"诗者,志之所之也,在心为志,发言为诗"(《毛诗·大序》),说的就是直接命名。但是其接着说:"言之不足,故嗟叹之;嗟叹之不足,故咏歌之;咏歌之不足,不知手之舞之足之蹈之也。"(《毛诗·大序》)我们能够想象这位古人说话时的语境:一定是一个载歌载舞的开放性场所,因为只有在那样的场所,当"言之不足"之时,才可以嗟叹以助之、咏歌以助之,甚至"手之舞之足之蹈之"以助。但是,后世诗人的诗歌创作,却只是一方小小的纸片,是一个不可能"手之舞之足之蹈之"的方寸之地。当此之地,如果仍然感到"言之不足",感到直抒胸臆的困惑与无力,当此之时,他所能做到的,也只有托物言志、寓意于物、借助替身而意从旁出了。而这,就是间接命名的诞生。由于直接命名与间接命名往往并不独立存在,而是常常结伴而行,所以,事实上我们最多见到的,都是它们二者的结合——直接命名+间接命名。这也就是本书所讨论的诗歌小内形式"ABC"组合的一个来历:A——直接的部分,B——间接的部分,C——结合的部分(C是必须兼顾A与B而不可偏废、不可偏爱的一种绾合性延伸)。

虽然如此,但直接命名与间接命名各自独立运行的现象并不鲜见。当直接命名动不动就要独往独行于天下,纯A型诗的成立,也就有了可资依赖的"先例"。于是很多时候,诗人都会"明目张胆"地喊出来自己直截了当的胸臆。比如赵丽华的《当你老了》:

当你老了,亲爱的

我肯定也老了
那时候，我还能给你什么呢
如果到现在还没能给你的话

比如苏浅的《理想主义》：

只学习一种技艺：
爱大多数人
并宽容剩下的少数人

比如水晶珠链的《羡慕》：

我看到一些无边无际的东西
天空、海洋、草场、吃草的牛羊
它们跟爱一点关系也没有
无边无际的天真与好胃口
让他们顾不上
心碎

只要有直截了当地说话的现实存在，就有直截了当地抒情的诗歌存在；只要人生中有"明目张胆一呼，以舒其愤懑"① 的需要，也就不必一定要遮遮掩掩，不必一定要"以比体出之，终以狂呼叫嚣为耻"。② 于是纯 A 型诗成立的理由"一言以蔽之"就是："诗"终归还是"话"的一种，也终归是一种"言"。言之不足，这才呼朋唤友，呼叫 B 的帮忙；言之既足，则何待其他？A 之既足，何待乎 B？在这一点上，于坚深有会心，他那著名的"拒绝隐喻"诗观，就源自他对 A 的深切体认："隐喻的表达方式是 A 是 B。……A 是 B 隐藏

---

① （清）陈廷焯著，彭玉平纂辑：《白雨斋诗话》，凤凰出版社 2014 年版，第 206 页。
② 同上。

着某种语言暴力,作者将个人的是非、结论通过象征强加于读者。"①于坚显然不认可这种"强加"与"暴力",他觉得还是"A 是 A"比较自然、比较靠谱:"A 是 A,就是相信心的先验,相信读者,……A 就是 A,语言直接说话,言此意彼的空间是语词的组合自然呈现的。"② 由于他认为"A 是 B"的方式,不是语言在直接说话,其言此意彼的空间不是词语的组合自然呈现的,所以他就要"拒绝隐喻":"我说拒绝隐喻,一般来说,就是要拒绝 A 是 B。A 是 B 的方式,可以说是 20 世纪中国新诗最普遍的,那些受苏俄诗歌影响的新诗都擅长于 A 是 B。"③ 于坚的意思,当然是要回到常识,回到元喻而直陈其物。于坚如果是位将军,必是一位主张赤膊上阵的将军,而且是一位手起即要刀落、刀落即要取对方首级的将军。他的"拒绝隐喻",拒绝 B,就是要在 A 这个别人或许只是起步、只是序曲的地方,先发制人,一步成杀。大师于坚,其志乃在不小!

　　英雄所见略同。伊沙曾在一次讲话中这样说到韩东:"老韩的前半部分很弱,不是说一首诗的前半部分,而是说感知世界和世界发生关系的那部分大不如年轻时代了。也就是说他所捕捉的信息量很少了。信息量不够怎么办呢,就靠后半部的'想'和'思'来挽救前半部分。"④ 伊沙显然在提说老韩的一种"退步",这种退步,用本书的说法,就是"A 能力"的弱化。A 能力弱了,怎么办?按照伊沙的说法,"就靠后半部的'想'和'思'来挽救"。很显然,于坚和伊沙对"ABC"似乎都不能等量齐观,而是有所偏爱,而且他们好像都喜爱 A。正如古人之喜爱"言"。言之不足,这才"想"和"思";A 之无能,这才 B 和 C。

　　如果说在"A 能力"方面韩东如伊沙所说真的在退步,那么相比之下,沈浩波的"A 能力"却与日俱增。比如他那首《玛丽的爱

---

① 于坚:《这个时代缺乏禅意——答河南大学当代文学博士程一身问》,见于坚《于坚诗学随笔》,陕西师范大学出版社 2010 年版,第 214 页。
② 同上书,第 215—216 页。
③ 同上书,第 216 页。
④ 伊沙:《只谈问题——在重庆两江诗会告别场的讲话》,"诗生活"网 www.poemlife.com,2017 年 6 月 20 日。

情》。比如他另一首不太知名的《原谅》:"朋友中岛/在网上给我留言/说他又没工作了/让我再帮他找/我一下子感到绝望/这年头/到他妈哪儿/找去啊//突然就原谅了昨天见到的那个女孩/我去她们公司时/她正在跟老板请病假/特别强调/为了工作/她要去把肚子里的孩子/拿掉"。这首诗里有一种尖锐、逼人的现实痛感,表现着沈浩波内心深处真切的人生悲悯,而这也就是伊沙所谓的"感知世界和世界发生关系",也就是于坚所强调的"A 是 A"。他们是多么希望自己面对生活的时候能够出手成杀,而不假借刀兵。或者说,他们面对生活的时候,常常感觉到来不及假借刀兵,而只能徒手搏斗、徒手退敌。我们应该为他们的这种英勇报以掌声。

不过,伊沙刚才的那段话语也说到了韩东的另一种"进步"与"成熟",即韩东的"A 能力"虽然弱化了,但是他"想"和"思"的"B 能力"和"C 能力"却渐有所强。一个诗人"想"和"思"的能力之渐强,毕竟不是什么坏事。事实上更多的诗人在更多的时候,靠的还就是"想"的能力与"思"的能力。比如沈浩波的《后海盲歌手》:"我一点钟到那里时/他正在唱/坐在地上唱//我听不懂他的河南腔/不像是在唱/更像是在喊//声嘶力竭的/喊/像在喊命//我停下来看他/他坐在那里/肚子特别大/像一口大风箱//一口大风箱/在人流中/声嘶力竭的唱//仿佛不是在闹市/而是置身/人都死光了的/空城"。沈浩波的这一首诗,不是像前面《原谅》那样是"空手道"。在这首诗里,他的手里是握有兵器的。这个兵器就是比喻,就是想象。我们看着他手里的小"沈"飞刀,刀光闪闪,尖锐中平添了深邃,而不是太过逼人;悲悯中平添了诗意,而不是太过直接。这样的"思"与"想",又有何不可?韩东现在如果也是这样,亦有何不可?其实,一个优秀的诗人,在诗歌小内形式"ABC"的任何一个步骤上,都应该身手不凡,出类拔萃。尤其是当他们出手而未能成杀,甚至假借刀兵也未能成杀,那就需要在最后的一步实施 C 点的绝地反击。[①]

[①] 关于这一绝地反击的诗歌"拗救"的"C 能力",本书有专门的论述。请详阅第十章第二节。

当然，天下的"纯正"之物，往往也是"脆弱"之物。纯 A 型诗"孤军深入"固然可以创造辉煌，但是，由于没有 B 与 C 的配合和掩护，两翼空虚，也往往会面临"单人独马蹿唐营"的险境。这一险境就是："发扬暴露，病在浅尽。"① 而其主要原因，就是 B 的缺席，就是连带着的 C 缺席。换言之，如果简单地理解了古人的"在心为志，发言为诗"，则这样直抒胸臆的言说，往往会付出"发扬暴露，病在浅尽"的代价。可惜的是，这样的误会随时随地都在发生。只认识斧头而不认识刨子的人却祭祀着伟大的鲁班，这样滑稽的现象充斥着我们荒唐的人间。这些一知半解的人看见佛说家常话，见山是山，于是他们自己也说家常话，也见山是山。这种拙劣的模仿真能把人笑翻。他们对"即物即心"观念的简单化理解，显然简化了心与诗的距离。他们误以为只要一举步、一发言，就可以踏入诗的国境。像麦哲伦以为印度就是中国一样，他们会以为下面的这东西就是诗："如果你一定要走/我又怎能把你挽留/即使把你留住/你的心也在远方浮游//如果你注定一去不回头/我为什么还要独自烦忧/即便终日以泪洗面/也洗不尽心头的清愁//要走你就潇洒地走/人生本来有春也有秋/不回头你也无须再反顾/失去了你，我也并非一无所有"。这不是诗，这只是歌词。

虽然我们不能严格且死板地以有没有意象及其意象思维来区分诗与非诗，但正如象征主义诗人马拉美所说："指出对象（有译为'直陈其事'者）无疑是把诗的乐趣四去其三。诗写出来原是叫人一点一点去猜想，这就是暗示，即梦幻（有译为'那才是我们的理想'者）。"② 马拉美所谓的"指出对象"（或"直陈其事"），就是本书诗歌小内形式"ABC"中未经 BC 配合的诗歌"独立团"——纯 A。虽然一个独立的 A 所形成的纯 A 型诗常常也是可以成立的，甚至还有可能成为一首家喻户晓的好诗，但是，中国诗学仍然强调诗歌的心物

---

① （清）陈廷焯著，彭玉平纂辑：《白雨斋诗话》，凤凰出版社 2014 年版，第 208 页。
② ［法］马拉美：《关于文学的发展》，王道乾译，见章安祺编《西方文艺理论史精读文献（修订本）》，中国人民大学出版社 2003 年版，第 523 页。

交感、以象见意。中国诗歌美学终极的追求，仍然是"随物以宛转""与心而徘徊"（刘勰《文心雕龙·物色》）。

四 纯 A 型诗与赋比兴的赋

现代诗歌小内形式的"ABC"组合，与中国古人发现的诗歌"六艺"之"赋比兴"有着高度的相似性。

赋比兴，在古人的表述中，有两种不同词性的理解与运用。首先，它们是动词，如赋之、比之、兴之。这时候，它们作为一种方法而存在。其次，它们又是名词，指的是通过赋比兴这三个动作而实现的三个事物：赋得之物、比成之物、兴就之物。赋比兴的这一词性活用表明了赋比兴高度的体用结合性，也表明了它们的动作灵活性与形式多样性。作为动词的赋比兴，常常用以表示局部的赋比兴动作，而作为名词的赋比兴，常常用以表示其文本的整体动作属性，如纯用赋者，即为赋体；纯用比者，即为比体；纯用兴者，就是兴体。作为名词的赋比兴，侧于宏观，而作为动词的赋比兴，则近于微观。所以与本书的诗歌小内形式"ABC"较为接近者，就是作为动词的赋比兴：A 部大体上相当于赋部，B 部大体上相当于比部，C 部大体上相当于兴部（不是兴起的兴，而是阐发的兴。不是诗首之兴，而是诗尾之兴）。

从理论上说，赋体、比体与兴体应该是等量的，也应该受到人们的齐观即平等的对待。但在文本事实中，赋体却最为多见，比体次之，兴体相对较少。这是因为：赋比兴三用三体，事实上却以赋为主，而以比为宾，复以兴为次。清人庞垲说："赋者，意之所托，主也。意有触而起曰兴，借喻而明曰比，宾也。主宾分位须明……故余谓诗以赋为主。兴者，兴起其所赋也。比者，比其所赋也。"（庞垲《诗义固说》）也就是说，赋者，赋陈其意也好，描叙其情也罢，乃是言说最为基本的初心。赋之不足，于是才兴之、比之；A 之不足，于是才 B 之；B 之不足，于是才 C 之。像庞垲这样以赋为主的理解也符合人类文化的本旨。文化之本，在于对事物的解释，而解释的行为之本，在于话语，在于言说。作为一种艺术表现手法，赋与生俱来地拥有着三个基本的含义：1. 直而言之——直接的叙述，言说的总体语势；2. 铺而言之——铺排性的叙述，时间性的言说；3. 列而言之——罗列性的描写，空间性的言说。对以上三者，古人的缩结之词是"叙列二法"（刘熙载《艺概·赋概》）。所谓"叙列二法"，就是对事物直接的、铺排性的叙述和罗列性的描写。一言以蔽之，就是客观而又写实的直接说。如果一个文本基本上都是"直接说"，则古人往往就把这样的现象谓之"纯用赋体"。

中国古代诗歌中纯用赋体的作品极其普遍。比如曹操的《短歌行》：

> 对酒当歌，人生几何？譬如朝露，去日苦多。
> 慨当以慷，幽思难忘。何以解忧，唯有杜康。
> 青青子衿，悠悠我心。但为君故，沉吟至今。
> 呦呦鹿鸣，食野之苹。我有嘉宾，鼓瑟吹笙。
> 山不厌高，水不厌深。周公吐哺，天下归心。

其中虽有微弱的比类思维与兴起语势，但在总体上却是直抒胸臆，情感与态度十分明确。比如张继的《枫桥夜泊》："月落乌啼霜满天，江枫渔火对愁眠。姑苏城外寒山寺，夜半钟声到客船。"除"对愁眠"三字稍涉主观之外，其余都是客观的描摹。再比如李白的《黄鹤楼送孟浩然之广陵》："故人西辞黄鹤楼，烟花三月下扬州。孤帆远影碧空尽，唯见长江天际流。"诗中的人物、景物、事件、时间、地点，几乎字字落实，其"孤帆"，其"远影"，其"唯见"，虽然略显"主观"，但也不出对感受的直陈。再比如王维的《鹿柴》：

> 空山不见人，但闻人语响。返景入深林，复照青苔上。

如果仅仅以想象的是否飞扬为标准，当我们面对王维的诗歌尤其是他的《辋川集》时，往往会觉得很难品鉴这位"诗佛"的艺术。

在王维的诗歌中，像"岩岩若孤松之独立""傀俄若玉山之将崩"（刘义庆《世说新语·容止之14》引山涛语）之类的句子，比较少见。王维几乎是诗歌中"不愿意说话"的天下第一人。他是诗人中的欲语还休者。王维对自己的主观十分抑制，即对自己诗中的自然，基本保持着不介入、不改变、不改造、不变形、不想象的态度。哪怕是这样的"懒于诗"，会显得作者弱智、笨拙，王维似乎也不大在乎。当然他也不是完全的惜字如金。他是把自己的"话语权"大度慷慨地让渡给了事物而自己则"超然物外"。在他的诗歌中，物自身得到了极度的呈现：事物（物象）是那么的突出、前挺、高亮，而自我却是那么的隐蔽、退后、低调。这就是王维的诗歌，这就是他诗中的"禅"。什么叫淡泊？这就是淡泊！再比如苏轼的《水调歌头·明月几时有》：

明月几时有？把酒问青天。不知天上宫阙，今夕是何年。我欲乘风归去，又恐琼楼玉宇，高处不胜寒。起舞弄清影，何似在人间！

转朱阁，低绮户，照无眠。不应有恨，何事长向别时圆？人有悲欢离合，月有阴晴圆缺，此事古难全。但愿人长久，千里共婵娟。

苏轼不只是宋朝的文人，他是整个中国的文人。他也是一位当之无愧的"月光诗人"。在月光下，他的诗歌思维极其飘逸飞扬。那首"明月夜，短松岗"不也是月光下的旷世抒情吗？这首"明月几时有"也是。那么饱满的情思，那么明快的思绪，那么强烈的与世界的联通，让苏轼几乎是不假思索、出口成章，直抒胸臆、率尔成章。这就是赋的一个特点：赋联通着诗人"所在"的那个世界（而"比"则联通着诗人"彼在"的世界）。比如前述当代诗人罗铖的《起风了》："起风了//祖母一声赶一声地咳/咳出血了//这场风真的很大"。这首小诗写得深沉有力。如果说它在艺术上极有"含诗量"，则此"含诗量"也就是诗人生命的"含血量"——是生命之"血"本身老早地甚至是先于诗地决定了它的力量。

　　正因为赋联通着人们"所在"的现实世界与现实感怀，所以，有一些"赋"的诗歌，虽然情境和意境双缺乏，却往往能让大众动心。比如普希金的《假如生活欺骗了你》："假如生活欺骗了你，/不要悲伤不要焦急。/阴冷的日子就会过去，/相信吧，快乐已即将来临。/心永远憧憬着未来，/而现在却是忧郁。/一切都是瞬息，/一切都会过去。/而那过去了的，/就会变成最美好的回忆。"说实话，这首"脍炙人口"的诗在艺术上实在是乏善可陈，但大众却甚是喜欢。大众当年对汪国真的诗也甚是喜欢。而本书认为，最值得继承的赋之精神，不是赋"热情"的直接，而是赋"冷静"的叙述与罗列。如甘肃当代诗人独化的《2008年8月5日晨》，就暗得赋之"冷静"的奥妙：

　　　　空旷。操场。
　　　　跑动的是我女儿。
　　　　静坐的是那个叫独化的人。
　　　　风景依次是：小黄花。槐花。喇叭花。狗尾草。斑斓的蝴蝶。

　　当然，在纯用赋体即纯A型一A足矣、一A成诗的时候，不待意象的摆渡而欲直抵心性，缺乏形象的外援而又要不失其文学质感，就得依赖于细节的刻画。比如前述罗铖那首诗里的"咳"这一细节。比如那首古代民歌《敕勒川》，如果没有最后的那行"风吹草低见牛羊"，还真传达不出那种草原的质感。再比如苏浅的《起风了》："起风了/一些玻璃挤碎了自己/一些叶子压弯了自己/一些水弄皱了自己，紧抱双臂/无力抵挡的风/推着我/向背离家的方向/一路小跑　起风了/一些谎言也就找到了借口"。其细节不只是生动，而且还丰富。有人说"无比不成诗"，如此看来这话说得是有些太夸张了。无比，不假于比，照样能写出好诗；拒绝了隐喻，同样也能写出好诗。于坚之所以胆敢"从隐喻后退"①，因为他早已看好了退路。其退守之所在，就是赋，就是 A，就是纯用赋体。

五　纯 A 型诗与整体象征

耐人寻味的是，纯 A 型诗由于文本内部"象"的淡化，却往往可以生成整体象征的艺术效果。

上述的纯用赋体之诗，常常会表现为以下两种情况：A 位赋与 C 位赋，即 A 位直陈与 C 位直陈。它们都是绕开了形象寄寓、弃用了形象比拟的直接说，然而，由于所处位置不同，它们也就有了区别。A 位直陈是对事物本身的直陈，面对的是第一事实，而 C 位直陈是对"影子事物"的直陈，面对的是第二事实。比如陆游的《东村》就是"第一事实"的展示："野人喜我偶闲游，取酒匆匆劝小留。舍后携篮挑菜甲，门前唤担买梨头。"诗作面对的是事物本身，描述的是生活本身。陈子昂的《登幽州台歌》却是"第二事实"的呈现："前不见古人，后不见来者，念天地之悠悠，独怆然而泣下。"它也是直陈，但它却是主观"赋得"，倾向于主观的感受与感悟。它是 C 位直陈，面对着的是"事物背后的事物"，是事物的"影子"。

于是 C 位直陈，就有了另一个名字：兴。张远山说："'兴'类似于'赋'。然而'赋'是实用的、直接的，而'兴'是非实用的、婉曲的。"②他的感觉是正确的，但是，未能把兴加以区分。类似于"赋"的"兴"，只能是"兴发"即阐发的兴，它常常在 C 位或 C 位之后，而"非实用的、婉曲的"兴则是"起兴"的、起动的兴，常常在 A 位或 A 位之前。为了与 A 位赋之前的那个兴（起兴之兴）相区别，本书不得不将兴分别为首位兴与尾位兴。

---

①　"从隐喻后退"这个提法，据作者的文章自注，提出于 1993 年至 1994 年 8 月，可能也是后来作者在荷兰莱顿大学亚洲国际中心"中国现当代诗歌国际研讨会"上的发言主旨。后来以"从隐喻后退——作为一种方法的诗歌"为题发表于《作家》1997 年第 3 期。在 2010 年出版的《于坚诗学随笔》中，改题目为《拒绝隐喻——一种作为方法的诗歌》。

②　张远山：《从赋比兴到整体象征》，见张远山《汉语的奇迹》，云南人民出版社 2002 年版，第 108 页。

在一个正常的赋比兴思维过程中，或者在一个标准的"ABC"思维过程中，B 与比，会将 A 位直陈与 C 位直陈有效且分明地隔离，而在 B 缺席即非"比"的文本中，A 与 C 就会直接见面。比如白居易词《长相思》："汴水流，泗水流，流到瓜洲古渡头，吴山点点愁。//思悠悠，恨悠悠，恨到归时方始休，月明人倚楼。"这是个有趣的文本，极富中国传统美学的对立统一与阴阳平衡之美。"吴山……"和"月明……"句，大似阴阳鱼之鱼目。但总体上，上阕为 A 位直陈，由于没有其他多余的比拟与想象，而是直接连接了下阕的 C 位直陈（尾兴），所以它就是一个"AC 会"的诗歌文本。这种 A 与 C 不经过 B 的形象中介而直接会面的现象，就是赋与兴的接合，就是 A 与 C 的粘连。这样的"AC 会"可以让我们对赋比兴的理解更深一步：赋是还原而回到事物本身的兴之具象，兴是逸出而超拔于事物本身的赋之抽象。比兴的关系亦可作如是观：比是还原而回到事物替身的兴之具象，兴是逸出而超拔于事物替身的比之抽象。

但是"AC 之会"不会形成整体象征，要形成整体象征，必然是纯 A——必须再次弃 C。

什么是整体象征？

整体象征，就是通过文本的言说整体而实现的言语象征，也就是局部并没有象征的象征，是局部象征的忍耐。博尔赫斯曾好几次谈到他所推崇的美国诗人弗罗斯特《雪夜林畔小驻》中的诗句："在我入睡之前还有几里路要赶/在我入睡之前还有几里路要赶"。在《隐喻》中博尔赫斯说它："技巧的使用是如此精致。"[①] 至于是什么技巧，他却没有明说。在《诗人的信条》中，他说出的又是这样的判断："第一行诗——'在我入睡之前还有几里路要赶'——这是一种陈述：诗人想到的，是好几里的路程还在睡眠。不过，就在重复这句话的时候，'在我入睡之前还有几里路要赶'，这句话就变成一句隐喻了。"[②]

[①] ［阿根廷］博尔赫斯：《隐喻》，陈重仁译，见《博尔赫斯全集·诗艺》，上海译文出版社 2017 年版，第 41 页。

[②] 同上书，第 139 页。

博尔赫斯还是说得不够清楚,倒是一位叫柳宗宣的中国人说得比较明白,他说弗罗斯特的诗,"你最初以为它是一个简单的直截了当的陈述,可是然后你会忽然发现这是一个暗喻"。① 也就是说,当看上去简单而直截了当的陈述——A 与赋——达到一定程度的时候,它们就会升级转化而为"另一个暗喻(隐喻)"。顾城那首著名的《远与近》就是如此:

　　你
　　一会看我
　　一会看云

　　我觉得
　　你看我时很远
　　你看云时很近

　　叙述本来就是主观性最为克制的一种表达方式。在顾城的这首诗里,作为表达主体的叙述,叙述着一个不待乎描写,也无待乎想象的事实:时间上的"你一会……一会……"和空间上的"你……远……近……"许多诗人在许多的时候都相信:有时候所叙述的事实其本身就是有力量的,可以直击人心。而当这种冲击力比较内敛含蓄的时候,它本身就具有一种隐喻性,甚至具有一种象征性。这也就是张远山认为的:"诗歌中的赋体也可以视为没有赋体的纯粹兴体。只有当赋体诗达到整体象征的程度,比体(整体的比)和兴体(整体的兴)才有可能,而这样的赋体诗,正是被我称为整体象征的诗歌。而且,由于没有比、兴,赋体诗的基本特色就是纯粹的白描。所以整体象征的赋体诗,在语言形式上是完全拒绝隐喻的。许许多多中国古代的优秀诗歌,如古诗十九首、李白的歌行体等,都是这样天籁空明

---

① 柳宗宣:《弗罗斯特》,《散文》2000 年第 1 期。

的赋体诗。"① 对张远山的上述观点，可以进一步理解如下：所谓"诗歌中的赋体（A 体）也可以视为没有赋体的纯粹兴体（C 体）"，就是在一定的条件下，A 可以到达它的升级版 C。它们的相似之处是它们都脱离了 B，但是它们的不同之处却是：A 是 B 前的 A，而 C 是 B 后的 A；所谓"整体象征的赋体诗，在语言形式上是完全拒绝隐喻的"就是："拒绝隐喻"，是 B 的放逐与离场，而"完全拒绝隐喻"，是连 C 也一同被放逐，BC 一同离场。这样做的结果是得到了整体上的象征，得到了比隐喻更为隐喻的整体象征的言说效果——天籁空明。比如李商隐的《登乐游原》："向晚意不适，驱车登古原。夕阳无限好，只是近黄昏。"直接隐喻的缺失，让其话语整体成了一种整体象征。

由于比兴常常由暗比即隐喻而形成，于是，如果兴起的句子中出现了明喻，则这个明喻的出现，就会破坏了这一句和下一句的起兴关系，于是整个句子就不再是兴，也不再是比兴，而成了赋。如甘肃西和县乞巧歌中的"热头出来一盆火，放下纺车摘豆角"，"一盆火"的出现，让整个句子成为了写实性的描写："表现"变成了"呈现"。这种现象可称之为"兴的赋化"。② 这种"兴的赋化"现象最大的一个特点是，歌唱者以眼前景物为近取诸身的兴之题材，如《西和乞巧歌》之"看影卜巧篇"第一首之"豆芽芽，麦芽芽，把愿许给巧娘娘"。面对着眼前盆子里的豆芽儿，她们随眼一看随口即来地就以"豆芽芽"为兴起了。这是一种从自己的生活出发，从眼前物眼前景出发，在自然的状况下自然地起兴的兴之手法，它突破了一般的兴那种"他物—此物"的结构关系，而形成了"此物—此物"的结构关系，它将歌者的生活直接带入歌唱，增强了歌唱的真实性与现实性以

---

① 张远山：《从赋比兴到整体象征》，见张远山《汉语的奇迹》，云南人民出版社 2002 年版，第 178 页。

② 相比于局部的、摆渡性的想象，那些直达性的、整体的想象，往往就成了一种"写实"。如杜牧的《江南春》："千里莺啼绿映红，水村山郭酒旗风。南朝四百八十寺，多少楼台烟雨中。"如李白的《早发白帝城》："朝辞白帝彩云间，千里江陵一日还。两岸猿声啼不住，轻舟已过万重山。"当然，这是"比的赋化"。

及朴素之美，又生动传神地写照着她们自己的生活。在什么山上唱什么歌，在什么样的生活中就用什么样的眼前之物来起兴，这正是民歌的本色。

所以，看似平淡的赋，却有着"天籁空明"般的高远追求——整体象征。如果认识不到赋的这种整体象征性，而把赋简单地理解为仅仅是直陈，这就是赋的平庸化，就沦落成直接的披露。对此，闻一多早就有过提醒："他们的目的只在披露他们自己的原形。……一个个都以为自身的人格是最美没有的，只要把这个赤裸裸的和盘托出，便是艺术的大成功了。"① 闻一多这话当时针对的是一些人对"自我表现"和"浪漫主义"的误会，但是，也完全可以用来批评另一些人对直接陈述、对直抒胸臆、对赋的误会。"科学陈述意义，而艺术表现意义。"② 杜威先生的这句话，我们当时刻铭记。

第二节　现代诗歌小内形式"ABC"
组合的 B 位增性量变

陈仲义曾讲到过他的一个发现："现代诗掌握世界的基本方式，主要是通过意象化途径，将有限的人生经验提升到无限的象征意蕴境界。"③ 语中的"人生经验"，接近于本书所谓诗歌小内形式"ABC"组合的"A"——诗人准备要进行言说的东西；其"通过意象化途径"，则接近于本书所谓的"B"——即向往一个形象、到达一个形象、进入一个形象甚至穿越一个形象（这是动感更为强烈的"意象化途径"）；而其"象征意蕴世界"，也接近于本书所谓的"C"——在"ABC"组合中，AB 为具象部分，A 是外视具象，B 是内视具象，C 为其抽象。C 以 AB 为根基（抽象以具象为根据）。具象部分主要负

---

① 闻一多：《诗的格律》，见武汉大学闻一多研究室编《闻一多论新诗》，武汉大学出版社 1985 年版，第 83 页。
② ［美］杜威：《艺术即经验》，高建平译，商务印书馆 2005 年版，第 90 页。
③ 陈仲义：《"意象征"——现代诗掌握世界的基本方式》，《学术研究》2002 年第 11 期。

责物化，物化中已有意含；抽象部分主要负责意化，意化但不疏离于物，即具象与抽象、物化与意化，都表现为"主观的倾斜"。这主观的倾斜之所造成，也就是"象征意蕴世界"。

陈仲义把通过意象化途径而到达象征意蕴世界的这一诗歌的运动过程，叫做"意象征"。

陈先生不愧在中国现代诗的酸甜苦辣里浸泡多年，他近于火眼金睛的锐利目光无疑看到了"意象征"所包含的三个动作：意、象、征。即：被言说者、借以言说者、言说意味的征而出之。在本书的"ABC"代号化表述中，它们就是A—B—C，简称"ABC"。陈仲义说："'意象征'，作为一种广泛的思维模态，深入的精神活动样式，已经历史地镌入人类心灵深处，成为无所不在的集体无意识，因此，在未来的艺术活动中，它依然是艺术家诗人把握世界的一种基本范式。"[①] 陈先生所谓的"意象征"如堪称诗歌的"精神活动样式"，则本书的"ABC"至少也是"诗人把握世界的范式"之一。上一节探讨的是"ABC"组合这一基本范式的A变，本节主要探讨其B变。

一 B变第一式：B在"ABC"组合中的局部强化

诗歌小内形式"ABC"组合发生在B位的第一种变化，就是B位在"ABC"组合中的局部强化，即诗歌语言运行到B点位置时的局部驻留、放大、粗化与加强。B的这一强化，无疑会让诗歌小内形式"ABC"组合的"B核"（以B为核心——以意象为核心）地位表现得更为突出。

钱钟书曰："诗也者，有象之言，依象以成言；舍象忘言，是无诗矣，变象易言，是别为一诗甚且非诗矣。"[②] 钱先生之说真是无不精到。但是中国古人关于"意"与"象"之间关系的认识，最早却可以追溯到《周易》中的"圣人立象以尽意"（《周易·系辞上》）。

[①] 陈仲义：《"意象征"——现代诗掌握世界的基本方式》，《学术研究》2002年第11期。

[②] 钱钟书：《管锥编·周易正义》，中华书局1979年版，第12页。

于是这其实也是人人皆知的中华文化的一个表意传统：中国的诗歌甚至中国的哲学，向来都重视意象，重视托物言志。这一传统也表现出一个伟大的中国智慧：对概念式表达自觉的超越！表现在一个具体的文本构造中就是，人们往往会在"ABC"的B这一位置上"依依不舍"而"流连忘返"；表现在比喻中，就是一个本体多个喻体的博喻；表现在诗歌小内形式的"ABC"组合中，就是面对着同一个被表现者，诗人会一连用几个甚至多个表现者一拥而上地、淋漓尽致地加以恣意的表现。比如李瑛《一只山鹰的死》句：

一只鹰（A）
一块长翅膀的石头（B1）
如一声落地的雷（B2）
跌落在陡峭的崖顶（C）

在这个"ABC"意节中，一A而得2B。张子选《梦天山》中的这一意节则是一A而得3B：

天亮前我梦见，一白一黑两匹马（A）
像寄自人间的两封信（B1）
平安抵达夜天山（C）
那白马白如雪，黑马黑似夜（B2）
它们一匹是银子一匹是铁（B3）

一个A而得到了四个B来表现它的意节，比如雷抒雁的《信仰（A）》："在敌人面前，/它，是枪（B1）！/在饥饿面前，/它，是粮（B2）！/在严寒面前，/它，是火（B3）！/在黑暗面前，/它，是光（B4）！"

B的强化现象充分表现出人们对B的信任，而人们对B的信任当然基于B所拥有的功能——位于B点的诗歌意象，能够实现对事物的变形和意义的引导与收寄。所谓"引导"，指在诗歌中，"（'象'）

它总是以自己具体生动的在场性引导着意义的到场"①。所谓变形，一般指的是变此形为彼形、借彼形说此形。如"酒入愁肠，化作相思泪"（范仲淹《苏幕遮》），变"酒"为"相思泪"；如"绿肥红瘦"（李清照《如梦令》），借人体之形，说植物之形。用德国哲学家伽达默尔的话说，这也叫"改造"："艺术品的世界事实上是一种完全被改造过的世界。"②比如昌耀《踏着蚀洞斑驳的岩原》之一节："在我之前　不远处有一匹跛行的瘦马/听它一步步落下的蹄足/沉重有如恋人之咯血"。其中的"恋人之咯血"，就改造了"一匹跛行的瘦马""一步步落下的蹄足"。而所谓收寄，指的是形象对意义的寓存。比如"杨柳依依"，就收寄了"昔我往矣"所发送的那种欢快；比如"雨雪霏霏"就收寄了"今我来思"所发送的那种哀愁。

　　B 的强化，也透露出人们对 B 所代表的这一诗歌动作——事物变形和意义收寄——的喜爱。唯其喜爱，于是乐此不疲，甚至大动比兴；唯其一而再、再而三的强化，诗歌文本的意象部分因此也才得以饱满，而诗人在"创造一个与上帝创造的世界有所区别的世界"③时，也才有了一个坚实并且欢乐的平台。这里之所以说它是"欢乐的平台"，因为在 B 这个地方，几乎麇集着人类最为美好的想象，堪称人类想象世界的"欢乐谷"。当然也有并不以"想象"为人生的欢乐者（如柏拉图）。但是博尔赫斯说："诗歌并不诉诸理性而是诉诸想象。"④也就是说，当你不以想象为欢乐的时候，至少也就是你无法感受诗歌之美的时候。比如曾被人批评为"晦涩"的《独轮车》之一节：

　　　　你唯一的乳房（B1）

---

　　① 李思屈：《"比兴"的生命感应："诗"与"思"的对话》，《人文杂志》1999 年第 5 期。
　　② 上海文化出版社编：《超越挑战与应战——现代西方文化十二讲》，上海文艺出版社 1988 年版，第 283 页。
　　③ 同上书，第 315 页。
　　④ ［美］威利斯·马恩斯通编：《博尔赫斯谈话录》，西川译，广西师范大学出版社 2014 年版，第 8 页。

天上，独一无二的月亮（B2）

无可抗拒的一党专制（B3）

一个沉默的单母音（B4）

正以单散花序（B5）

单翼飞行（B6）

这一诗歌意节在题目《独轮车》所推出的"独轮车（A）"之下，有一连串的 B。这六个 B 虽然有乔太守乱点鸳鸯谱的嫌疑，虽然有些组配确实差强人意，甚至故作高深，但是他的手法还是出卖了他的门派，也表露了他的心情。他在自由的联想中感受着不可思议的"红娘"般的快乐。这其实也就是诗人的快乐。他们把这个世界上多少风马牛不相及的事物给撮合到了一起，而且撮合得是那么和谐美满！

学者王凌云在讨论多多诗歌《搬家》中的比喻时，针对多多诗句"大地的肉/像金子一样抖动起来了"，提出这样一个见解："这句比喻使用了一种独特的技法，我称之为'质感重叠'。"他解释说："'大地'的土的质感、'肉'的质感、'金子'的质感是完全相异的，但被这句诗联结在一起；而且，当诗人说到'像金子一样抖动起来'时，在这三重质感之外其实又添加了'布匹或绸缎'的质感。"① 这样的"质感重叠"（以及他在同一篇文章中提到的"异质混响""多层次措辞"）显然可以加大意象的密度（B 密度），同时也可以加大诗意的浓度。这样的"质感重叠"仍然是对 B 的强化，当然是手法更为高明的强化，它更为细致入微地使用了"ABC"组合，其笔触更为细密，诗歌的纹理更为紧凑。

诗论家沈奇说："意象是诗的主要元素，但不是唯一元素。诗的成败，主要看各个元素的配置和构成。少用意象甚至不用意象，这样的写作，需要更高的智慧，并成就另一脉诗风。"② 沈奇说的"另一

---

① 王凌云：《比喻的进化：中国新诗的技艺线索》，《江汉学术》2014 年第 1 期。

② 沈奇：《1995：散落于夏季的诗学断想》，见《沈奇诗学论集》第 1 册，中国社会科学出版社 2005 年版，第 155 页。

脉诗风",至少应该包括前面讨论过的纯 A 型诗。沈奇认为"另一脉诗"的写作"需要更高的智慧",这很好理解,就像理解"巧媳妇难为无米之炊"那样容易理解。要强调的是,他也没有否认使用意象甚至多用意象的诗对"普通"智慧(相对于"更高的"智慧)的需要。事实上使用意象甚至多用意象的诗,如若智慧不够,同样会陷读者于思维的迷途。多用意象肯定是没有错的,但随之而来的问题是,能否对这种"多"做出恰当的处理。如果处理不当,比如处理的手法呆笨而至于堆砌,则错综而复杂,肯定会引起意象之间的互相碰撞甚至"打架"。这种意象繁复而不够清通的现象,在诗歌创作中并不鲜见。如品德安的诗《沃角的夜和女人》句:"沃角,是一个渔村的名字/它的地形就像渔夫的脚板/扇子似地浸在水里/当海上吹来一件缀满星云的黑衣衫/沃角,这个小小的夜降落了"。这五行诗表现出作者卓越的想象能力,但是,"沃角……/它的地形(A)就像渔夫的脚板(B1)/扇子似地(B2)浸在水里(C)",其中的 B1 和 B2,就打起了架来。而且,这种打架的胜出者,无疑是 B1,因为 B2(即扇子)浸在水里的可能性太小,所以其诗写依赖性不强。其实,不要在这里节外生枝地让扇子插足进来,而是紧紧地盯着脚板去想象,才是最简明的选择。欧亚的《传统诗人一种》第一节也在打架:"电灯垂下来/像一颗胆/灯光舔着我/疲倦的脸庞"。能"舔"着什么的,就是"舌头"了,但是"舌头"却与前面的"胆"失去了联系,形成了语言上的疏离。这样的语言,气流不畅,上气不接下气。可以考虑改成这样:"电灯垂下来/像一颗胆/【苦闷的】灯光舔着我/疲倦的脸庞"。加"苦闷的"三字,是要灯光与胆之间发生一种有可能的关系,以便接通其语气。

B 强化也常常涉及到诗歌意节中诗歌的意象密度与诗歌的艺术张力之间相反相成的问题。

中国现代诗歌中的 B 强化,或者说意象的欢宴,以"朦胧诗"最具代表性。"朦胧诗"有很多意象诗。意象之所在,也正是 B 之所在。重要的是,"朦胧诗"也是中国当代诗歌"意象大解放"的产物。那些曾经被冷落、被管制的意象,在"朦胧诗"时代,如春回大地时复苏的万物，简直是竞相开放、水起云涌、手拉手踵接踵而欢聚一堂。当然，也一片混乱。意象诗之所以后来为"第三代诗歌"所反感并扬弃，也正是因为有些人的意象诗，意象过于复杂，几如扶老携幼，又似拖家带口，里三层外三层，难免会出现所谓"意象的森林"而张力互消。就好像很多人要进一个门（比如火车门），大家一拥而上，只好拥挤在那里谁都上不去。"第三代诗歌"看出了意象诗的这一缺点，他们试图改变这样的意象森林与意象繁杂。他们想了许多办法，比如叙事。他们觉得叙事可以有效地稀释意象的浓度。当"第三代诗歌"用口语"讲述"一个情境而不是"歌唱"一个事物的时候，讲述的历时性无形中要求所讲述的内容要简单一些、清朗一些。当然，一些激进的诗人因为看到了意象密植的不好，于是转而向往意象的不植——反对意象，这显然是因噎废食。

二　B变第二式：B强化而至于弃C而形成C缺席的AB型诗

当我们把"ABC"组合中B的变化称为"B变"时，隐隐地似乎有种语感，即B的内部似乎有某种不安的力量。它要么是壮大自己的形体（如上面所述的B强化），要么就是延伸出自己的某个意味，如手出袖如云出岫（即正常状态下的"AB—C"），要么就是唯我独尊，大权独揽，并不需要C的延伸性阐释，如此就形成了不是三元素的而是两元素的"AB"型意节。例如"手如柔荑，肤如凝脂，领如蝤蛴，齿如瓠犀"（《诗经·卫风·硕人》）。例如白居易《长恨歌》句："玉容寂寞泪阑干，（A）梨花一枝带春雨。（B）"这样"AB结构"的诗歌意节，特点分明：在以B喻A之后，一点也不"拖泥带水"，甚至可称"干净利落"。它断然地"拒绝"了C。它似乎在表示：用不着你来做什么延伸与解释。它简直在喊叫：少废话！再比如庞德的《在一个地铁车站》：

　　　　人群中这些面孔幽灵一般显现；（A）
　　　　湿漉漉的黑色枝条上的许多花瓣。（B）

人们常说"一切尽在不言中",但要是真的"不言",怕也就失去了"一切",故所谓"不言",从来都指的"不直言"。"一切尽在酒中",那"酒",就是"言",就是"不言之言"。A 借 B 来说话,为的就是不言之言。B 深知其意,B 只要觉得自己可以独立地完成 A 的任务,不负 A 的信任,一般情况下,也不会 C 点亮剑。当年的打工诗人张绍民,他的系列《二行诗》想象奇异、意象清新:"从孩子变成大人(A)/就等于从南瓜花变成南瓜(B)"。真是斩钉截铁,语气果断。再比如江一郎《秋天的一份赞美词》一节:

　　远方空茫,灰白的屋顶笼着寒烟
　　半空一片落叶(A),恰似秋天
　　一只下滑的脚(B)

所谓一切尽在不言中,似乎就是一切尽在意象中。再比如宋朝诗人贺铸著名的《青玉案》句:"试问闲愁都几许?(A)一川烟草,(B1)满城风絮,(B2)梅子黄时雨。(B3)"在这一个诗歌意节中,一个 A,三个 B,却没有 C。宁肯有三个 B,也不肯有一个 C。伊沙《1993 年 8 月 16 日》中也有这样的一个意节:

　　手捧当期《诗刊》(A)
　　有一种登堂入室的感觉(B1)
　　有一种突然在衙门里
　　觅到一份差事的感觉(B2)
　　有一种将自己豢养的两条恶狗
　　放到一群绵羊中去的感觉(B3)

而不太一样的是程林的《迷信》:

　　鱼儿迷信天空(B1)
　　鸟儿迷信江河(B2)

我迷信诗歌和苦难的关系（A）
就像我老婆迷信无名指上钻戒的光芒（B3）

他把三个 B 中的两个 B 前置了，章法上一下子变得灵巧且活泼。而海子诗《不幸》如下的一节，则是 A 与 B 同时都被强化：

有一座绿色悬崖倒在牧羊人怀中
两匹马
在山上飞
两匹马
白马和红马（以上 A）
积雪和枫叶（B1）
犹如姐妹（B2）
犹如两种病痛的鲜花（B3）

为何那么多的诗人会让自己的诗在如上所述这个叫做 B 点的地方戛然而止，然后志得意满，换一口气去开始第二个"ABC"意节呢？为何他们对 B 那么信任，甚至信任到了 C 兮可弃，有 B 足矣呢？

运动是事物的必然，系统是运动的必然，结构关系又是系统的必然。造物之初（假如它确实有过的话），物为自在，即其结构为"1+0 结构"。这当然是没有意义的结构。它唯一的意义是等待意义，就像出租车只有司机一个人的时候，它唯一的意义就是等待有人向他招手。如果好长的时间里这辆出租车是空载的，则师傅就会陷入行为的怀疑与意义的迷茫，他甚至会纳闷：我这是在做什么？这时候有人向他招手了，好，"1+0 结构"变成了"1+1 结构"，师傅按下计程器欣然向前，觉得人生一下子有了意义。"1+1 结构"就是世界上最小的但是成立的意义结构。

"1+1"的意义，当然也是"A+B"的意义。诗歌中的"A+B"结构即"1个 A 和 1个 B"的结构，也就是"1+1"结构，也就是世界上最小的有意义的言说结构。比如北岛的《生活》，就是用少得不能再少的一个被表现者"生活"与一个少得不能再少的表现者"网"组成的"1+1"结构。这一结构让它们结束了各自在字典与辞海里的孤独日子。结构，既让整体拥有了意义，也让个体拥有了意义。是的，从修辞学的角度看，北岛给"生活"完成"网"这一诗歌造型的手段，是比喻。而比喻之所以被喻为诗歌的"命门"与"阿喀琉斯之踵"，其最为重要的地方，就是比喻反映着至少两个事物之间的某种联系。比如于坚的这首短诗：

> 一少年从飞机的起落架坠地而亡
> 没有回到北中国家乡
> 新闻没有提及那个天空
> 没有提及那些同时在这个春天的早晨
> 向北方飞去的大雁

诗人蓝蓝解读此诗说："诗中所讲到孩子坠机的事件，当时全国的各种媒体都有报道，也被众多人关注。于坚这首诗的前半部分复述了报道内容。使这首诗成为诗的并不是这两行句子，而是后面写到的飞回家乡的大雁。诗歌在返回北方的大雁和想回故乡的孩子之间建立了联系，这一至关重要的联系就是诗歌本质的呈现。"① 我愿意重复这句话："诗歌在返回北方的大雁和想回故乡的孩子之间建立了联系，这一至关重要的联系就是诗歌本质的呈现。"这是一句贴近着诗歌本质的判断。一个诗人最基本、最古老当然也最神秘的能力，就是在本书所谓的"A"和"B"两个事物之间建立联系的能力——有人称它为象征化能力。诗人古马《秘密的时辰》中有句："当一只羊死去时/它会看见：/流星/把一粒青稞/种在来年春天的山冈"。耿占春先生认为它是一种"原始思维"或"盲目的悟性"："一颗流星与一粒青稞是相似的……相似性知识不需要论证……诗歌继承了宗教与神话

---

① 蓝蓝：《"回避"的技术与"介入"的诗歌》，《文艺争鸣》2008年第6期。

中的魔法……他（古马）的世界仍然受到象征秩序的支配。"① 换一种更为通俗的说法，诗人的这一基本能力，其实就是给 A 介绍 B 而让他们成为一对的"对象化"能力。比如王小妮的《晾晒在西风中的一列男装》：

  是谁家的儿子，谁家的西风。
  一队士兵跟着一截铁丝急行军
  椰树在四周爆破，隔一会儿一只红椰落地
  不知道为什么就十万火急的下午
  无礼的风窜上海岛，驱赶着一队少年。
  在两棵苍老的紫荆中间
  抽打他们的上半身。
  前心紧贴着后背
  西风的队列里，人人都是空的。

  作者的所有诗写，无非是在事物之间寻找着这样那样的联系，但是，一个真正的诗人绝对不会对这种看似简单的诗歌工艺掉以轻心。一样的米面，十样的做法。一样的做法，却又各不相同。这不同，往往不是大处的不同，而是小处的不同。博尔赫斯说："如果我是一个真正的诗人，我就会觉得我生命里的每一时刻都具有诗意。我生命的每一时刻就像一种黏土，要由我来塑造，要由我来赋之以形态，把它炼成诗歌。"② 各位切不可把他所谓的"赋之以形态"理解为分行排列而已，分行排列能够做到的，只是赋之外形式。要让诗歌读来有个文化的大模样，还得作者赋之以大内形式。要让诗歌读来有诗的味道，毫无疑问，得赋之以小内形式——至少也得是它的简化版："A＋B"结构。比如李后主《虞美人》句："问君能有几多愁，恰似

---

① 耿占春：《从想象的共同体到个人的修辞学》，《读书》2006 年第 5 期。
② ［美］威利斯·马恩斯通编：《博尔赫斯谈话录》，西川译，广西师范大学出版社 2014 年版，第 15 页。

一江春水向东流！"白居易《长恨歌》句："玉容寂寞泪阑干，梨花一枝带春雨。"请忘记它们所谓"词"与"诗"的那些外形式，也忘记它们所处的大内形式，然后本书所津津乐道的小内形式就会清晰地呈现在您的面前：基于整体的与关系的结构性考虑，诗人撮合 AB 为一个局部的整体并让它们营造出某个情境——这个情境，可以用李白的诗句来形容："举杯邀明月，对影成三人。"本来是只有一个人的，转眼之间好像有三个人，本来只是一个 A，但是转眼之间，却成了一个"ABC"的组合。这就是诗歌的魅力。

在上述 AB 结构中，B 最主要的职责与任务，就是通过对 A 的变形而后再造出一个可以收寄 A 意的 B 结构或 BC 结构。

变形有两个基本型：1. 有具体之形者，改变其形。前面所说的变此形为彼形、借彼形说此形，即是。如"下雨是墨盒子，刮风是香炉儿。"① 墨盒子与香炉儿就是老舍小说中所引用的"外国人"对旧北京下雨天与吹风天的改变其形。2. 无具体之形者，具体其形。如王维《相思》中的"相思"，如余光中《乡愁》中的"乡愁"，如李瑛诗句"历史打着绑腿进入北京"中的"历史"，它们本来没有形体，却通过"打着绑腿"的细节获得了形体——获得了一个造型。

造型是文学行为的基本动作。造型性是文学语言一种普遍而又伟大的特性。文学语言的造型性让文学言说最大限度地摆脱了一般言说的通过性与知性，而获得了留驻性与感性。如"太阳正在慢慢地落下"，此即知性的通过性言说。即使雅言为"夕阳西下"，仍难改其通过性与告知性。如果换言为"太阳卡在山坳间了"，此即造型性言说。但是所有的文学造型都不是疏离于文本情境的凭空结撰，而是从已有的事物形象中蜕变而来。所以，变形是手段，形变则是目的。形变之后，仍为一形，所以变形也就是另造其形——造型。而且，对"造型"还需进一步理解为"唤形"——唤出事物之形。《聊斋》里有个"画壁"的故事，说的是壁画的背后，另有一个世界，即事物

---

① 老舍：《老张的哲学》，见《老舍小说经典》第一卷，九州图书出版社 1995 年版，第 77 页。

的背后，还藏着一个事物。诗人永恒的使命就是，引领我们看到那些被日常、科学、文化所遮蔽的事物。于坚说："（现在的）人说不出他的存在，他只能说出他的文化。"[1] 那么，诗人就要努力把那别人用文化说出了的，还原为存在，就要揭去新娘脸上的红盖头，还给世界一个没有被文而化之的脸本身。必须在这样的层面上理解诗人的"造型"与"唤形"：它绝对是重塑性的，但其重塑之手又绝对相信本来就存在着一个塑造前的真身。诗人的这一造型、唤形与重塑，其材料自是天下物象，其手段虽种种，但使用起来最为顺手、也最为称意的"小李飞刀"，就是"AB"结构。

而且"AB"结构常常还决定着一个文本作为诗的能否成立。

台湾著名诗人洛夫有一首诗，题目为《谈诗》：

> 你们问什么是诗
> 我把桃花说成夕阳
> 如果你们再问
> 到底诗是何物
> 我突然感到一阵寒颤
> 居然有人
> 把我呕出的血
> 说成了桃花

"你们问什么是诗"，面对这一问题，洛夫回答得十分简洁："我把桃花说成夕阳。"也就是说，在洛夫看来，"我把桃花说成夕阳"这样的句子，已经就是诗了！当然，诗不会只是这样的一种模样与一种口吻，于是洛夫的这首论诗之诗继续深入："如果你们再问/到底诗是何物/我突然感到一阵寒颤/居然有人/把我呕出的血/说成了桃花"。这里洛夫使用了"居然"一词，但并不表明洛夫对这样的诗写就是

---

[1] 于坚：《拒绝隐喻———一种作为方法的诗歌》，见《于坚诗学随笔》，陕西师范大学出版社 2010 年版，第 10 页。

否定的，洛夫只是要提出一个诗歌的关键词：改写。改写事物之间的固有关系，这是诗人的天职。"桃花／夕阳"的组合，一定会因人而异或因时而异地被改写为"桃花／血"的组合。著名的大陆诗人李老乡就有这样的"桃花／血"组合："东风压倒西风也是战争／每朵桃花都是伤口／黛玉在咯血"（《春伤》）。昌耀《踏着蚀洞斑驳的岩原》中句"在我之前不远有一匹跛行的瘦马／听它一步步落下的蹄足／沉重有如恋人的咯血"，也可视为"桃花／血"组合的变体。而且这样"居然"的"桃花／血"组合，即使在洛夫自己也有之。他的《边界望乡》就有句："一座远山迎面飞来／把我撞成了／严重的内伤／病了病了／病得像山坡上那丛凋残的杜鹃／只剩下唯一的一朵／蹲在那块'禁止越界'的告示牌后面／咯血"。这里的"杜鹃／血"组合，难道不是"桃花／血"组合的摇身一变么？

也就是说，"桃花／夕阳"组合固然是诗，而"桃花／血"的组合同样是诗。它们是不是"好诗"，可另当别论。它们之所以"是诗"，它们之所以能够独立支撑起一个诗歌的意节，甚至还可以支撑起一首诗歌的整体，则是因为：它们具备了诗歌言说的两个基本组成元素即被言说者 A 和言说者 B；它们展示了诗人的想象力——从 A 想到 B；它们成就了一次文学造型——用 B 为 A 造型。而这一造型过程，通过想象而借托他物、由心及物，从"我"到"非我"，从"我"到"我的替身"，从"我"到"我的代言者"，从"我"到"我的表意信托"……这就是一个俗称为"形象化"的诗性思维过程。

在 AB 型结构中，B 的出现本身就是 A 的一种"托词"（否则 A 自己就会"大包大揽"）。既然是"托词"，也就表露出一种言说的时候"隐隐的藏意"——藏其意于 B 这个意象。而意象恰恰又是一个"容器"，"容器"恰恰又可收留事物、收寄事物并且"含"而"蓄"之。于是，在一个援引意象而通过"ABC"步骤进行诗歌表意的小环境中，意象就是比较前出的"露点"——前台呈现。诗歌如果不露，则不能造成鲜明、可感的形象。而意义则是相对后隐的——后台隐藏。诗歌如果不藏，则了无蕴藉，不能收取引而不发的含蓄效果。但是，"AB"结构又极易发展为"ABC"结构。当"AB"结构感到

"意犹未尽"之时,它往往就会生长出一个叫做 C 的延展性枝条。B 的这种可长可短、可收可放的特性,有一个词语可堪称呼——"意象的二重性"。

章亚昕说:"总之是抒情主人公躲在幕后不肯登台(按:即意义后台隐藏),而整个意象系统,则成为他导演的一出木偶戏(按:即意象前台呈现)。每个意象,都对抒情主人公发出会心的微笑(按:即偷偷的呈现),又向读者作出神秘的表情(按:即公开的隐藏)——这就是意象的二重性。"① 章先生的这个意思,古人叶燮也有过类似的表述:"诗之至处,妙在含蕴无限,思致微妙,其寄托在可言不可言之间,其指归在可解不可解之会。"(叶燮《原诗》)叶燮所谓的可言与不可言、可解与不可解,说的也就是诗歌意象的上述二重性。这一意象的二重性,当然也就是 B 的二重性:在正常的"ABC"组合里,由 AB 而 C,B 表现出二重性之一的"生育性";在拒绝了 C 或者 C 缺席的情况下,B 又会表现这种二重性之一的"不育性"。比如诗人古筝的《看风景》:

  认识你的时候,我是梦
  分手时,我是秋天的果园
  等你的时候,我是树
  再见面,我是西窗烛

"AB"型诗结构的这种"不育性",即不生成性,即不及"C"性——没有衍生出 C,喻言之,相当于现在人间的所谓丁克家庭。只有孤零零一男一女的丁克家庭,显然不如三口之家的"ABC"结构甚至更多人口的更复杂的结构那样欢声笑语,充满意义的热闹与形式的富赡。也就是说,"AB"结构容易形成诗歌的冷抒情。如果冷抒情是个问题,则这个冷抒情的问题也就是"AB"结构的问题。因为"AB"结构相对于"ABC"结构显然"陡峭"了许多。而"陡峭"

---

① 章亚昕:《诗的内在结构与意象的二重性》,《文学自由谈》1989 年第 5 期。

的下一个可能，就是"冷峻"。所谓冷抒情，一般都是相对于直白而热烈的"浪漫主义"抒情而言的。所以，如果不认为冷抒情就是一个问题，而认为冷抒情毕竟也是一种抒情，甚至反诘为什么诗歌的抒情必须是热烈的？则这种更强调理性对情感的抑制与隐藏的抒情，就会让人们刮目相看而收取它应得的艺术效果：冷峻。芬兰诗人克拉斯·安德森《尘世，非尘世》中有句："你想登高远眺的话，／就得忍受晕眩。／……／你迷恋于缝隙的话，／不得不接受栅栏。／……／你想要把基督从十字架上卸下的话，／不得不连强盗也卸下。"这就是芬兰版的"舍得"观：生活的每一步收取，都要付出相应的代价。诗歌的表达也是同样：当你选择了冷峻，你就不得不放弃热闹。事实上，"冷静的叙说有时候比狂热的梦呓更打动人，更有回味的空间和延展的空间。我现在诗歌中一直采用一种看似冰冷的，其实它的内心有很多火，这样一种隐忍的叙说。冷抒情所隐藏的激情更具有神秘感诱惑你要去深入地挖掘那个内心世界，同时你深入走进去后，它潜藏的打动人的力量是不可估量的。我后来的一些诗歌就注重这样冷抒情，看上去平静冷漠，其实内藏火焰。"[①] 本书主张的抒情，也是这样的一种冷抒情。

三 B变第三式：纯B型诗（纯用比体）与诗的象征

在诗歌的小内形式"ABC"组合中，当B强化得弃C之后，继续强化之，就会连A也踢出文本之外，就会形成B位诗歌意象局部膨胀的极致化：整个文本之内，只有B，就会形成古人所谓纯用比体的纯B型诗。

把A推出文本，最常见的就是把A推到题目的位置上去。比如柯平《湖州夜庙有人向我兜售一把明代折扇（A）》：

　　文人身体的一部分（B1）

[①] 易子草：《网络当红美女诗人古筝的诗意告白》，博客文章：http：//blog. sina. com. cn/s/blogl，2008年6月4日。

它的知交是长衫、方巾和笔（B2）
骨子不硬（B3）
面子也一撕就破（B4）
……
扇面上画满了点点桃花（B5）
细看时都是血（B6）

但有时候，A 还会被彻底地推出整个文本——连题目上都没有 A 的踪影。

这种纯 B 型诗，从理论上讲，无疑是意象独统天下。然而问题是，离开了对象的自我，是得不到确认的自我，离开了 A 的 B，它将为谁而战、给谁造型？又将收寄谁的意义呢？这时候，这个 A 就会极不确定、极其飘忽而成为"任意"。比如"梨花一枝带春雨"，当它有 A 为"玉容寂寞泪阑干"，它无疑是在为"玉容寂寞泪阑干"造型。可如果它只是一个孤立而无主的句子，即当"对象"消失，则"梨花一枝带春雨"的比拟意义，转瞬之间也告消失，它也由一个描述性的句子立马变成了一个叙述性的句子——它变回了 A。比如前面引用过的这首诗："远远地看见你落水／没来得及呼喊／／留下一件绿色有香气的旗袍／／八月中秋，在一个集市上／我遇见一位桂花飘香的女子／臂挂菜篮，肌肤雪白"。然后，当你知道这首诗的题目是《荷》的时候，你再看这首诗，你会发现一切都变了：叙述变成了描写，纯 A 变成了 AB 中的 B，封闭而自足的世界变成了开放而承载的世界。而这一切都归功于 A 的到来。A 的到来当然也是"关系"的到来。关系的到来当然也是"结构"的产生。

也就是说，纯的 B，与纯的 A，甚至与纯的 C，当它们"纯"的时候，它们其实"命悬一线"：如果处理得好，纯的 A，纯的 B，纯的 C，就都是所谓的整体象征；如果处理得不好，纯的 A，纯的 B，纯的 C，它们就还得继续后退，从诗歌当中，退回到话语当中；如果处理失败，曾经的 A，曾经的 B，曾经的 C，一旦离开让它们成为"ABC"的那个语境，一旦脱离了让它们拥有意义的那个关系，则它们就什么也不是，连个普通的"话"也不是！比如下面的这四行文字：

　　一张小小的邮票
　　一枚窄窄的船票
　　一方矮矮的坟墓
　　一湾浅浅的海峡

　　它们是什么呢？如果你不给它们一个 A、一个对象或一个叫做"乡愁"的标题的话，它们什么也不是。于是，那个看上去清纯一片的"纯"字需要引起我们的警醒：水至清而无鱼，纯往往会取消了它与事物之间的关系。而如关系不再，意义亦当不存。于是，这个"纯"字也反证了诗歌小内形式"ABC"组合的意义：这是一个足以让事物产生意义的结构，也是一个足以让事物恒定地产生意义的结构，更是一个充满着变化的灵活多姿的足以让事物产生多种意义的结构。只要处理得当，它就是一个骨感而不瘦瘪的、丰满而不臃肿的结构。

　　最后，借助于本书渐渐成型的诗歌小内形式"ABC"理论，这里想就诗歌中隐喻和象征的区别略陈管见。人们往往分不清楚隐喻与象征。本书觉得：当 A 在文本之内（包括题目）的时候，B 不会构成对 A 的象征，只会构成对 A 的隐喻——文本之内有 A 的时候，象征不会诞生；当 A 在文本之外的时候，那个曾经的 B 无法构成对 A 的隐喻，于是隐喻死亡而象征诞生，即那个曾经的 B 只有当它找不到自己曾经的那个 A 时，它才能构成对那个朦朦胧胧的飘忽不定的 A 的"象征"。简而言之，象征是模糊的，而隐喻是清晰的。如陶渊明《饮酒二十首并序》其四："栖栖失群鸟，日暮犹独飞。徘徊无定止，夜夜声转悲。厉响思清远，去来何依依。因值孤生松，敛翮遥来归。劲风无荣木，此荫独不衰。托身已得所，千载不相违。"在以上所述的基础上，面对这首诗，本书认为再不能把"失群鸟"和"孤生松"看成是 B 了，因为 A 已缺席。在这种情况下，"失群鸟"和"孤生松"

已没有对象可以让它们去隐喻，所以人们向来解此诗的"失群鸟"和"孤生松"为"象征"，就是合理正确的。

第三节　现代诗歌小内形式"ABC"组合的 C 位增性量变

在诗歌小内形式的"ABC"组合中，C 点是一个极其重要的战略要地。如果说 B 点主要负责诗歌"象"的确定，则 C 点主要负责诗歌"意"的确定。C 点所担负的这一任务，有些像是置身于十字路口时的道路选择和方向确认。在诗歌的小内形式"ABC"组合中，B 位的形象是可以也应该多向放射其语意能指的，但如没有 C 的确认，读者可能会因多向的意义能指而稍感茫然。于是 C 的作用，就是在十字路口般的多向中指明其一（当然同时也就否定了其余）。比如泰戈尔诗句："让生命（A）像夏花（B）一样灿烂（C）/让死亡（A）像秋叶（B）一样静美（C）"。① 在这两行诗中，如果没有 C，而只剩下"让死亡（A）像秋叶（B）"，则其意义的指向就有多种的可能。但是"静美（C）"二字的出现，就如同是这个意义多指且多向的十字路口上站了一个指路人，他指定了众多意义中的一个：静美（于是也就同时排除了其他的意义，比如灿烂，比如热烈等）。如同一个空瓶子，当它装入了酒，它就成了酒瓶，而不能再叫它醋瓶，因为它已经被灌注得了酒的意义。一言以蔽之，诗歌语言到达 C 点之后的主要动作，就是赋予形象 B 以某个意义。而本节主要讨论的，是诗歌小内形式围绕着 C 点的一些变化。

一　C 变第一式：C 点在"ABC"组合中的局部强化

诗歌小内形式"ABC"组合中"C 变"的第一种需要讨论的情况，

---

① 泰戈尔的这句诗，也有译为"使生如夏花之灿烂/使死如秋叶之静美"者。两种翻译，只有口吻的不同，并无诗质的差异，因为诗质之所在，不在口吻，也不在文言或是白话，而在其小内形式 ABC 这一"推陈出新"、立象尽意的过程。

就是 C 点在 "ABC" 组合中的局部强化，即诗歌语言运行到 C 点位置时动作上的局部驻留、形式上的局部放大与粗化以及内涵上的刻意加强。比如徐志摩的《沙扬娜拉——赠日本女郎》："最是那一低头的温柔（A）/恰似水莲花不胜凉风的娇羞（B）/道一声珍重（C）/道一声珍重（C）/这珍重里有甜蜜的忧愁（C）"。再比如舒婷的《馈赠》：

我的梦想（A）是池塘的梦想（B）
生存不仅映照天空（C）
让周围的垂柳和紫云英（C）
把我汲取干净吧（C）
缘着树根我走向叶脉（C）
凋谢于我并非伤悲（C）
我表达了自己（C）
我获得了生命（C）

如上面二例之所呈现，诗歌小内形式 "ABC" 组合中的这一 C 位强化，会让诗歌小内形式 "ABC" 组合中的 "B" 这一形象之核不只是放射了光芒，而且是 "大" 放了光芒，得到了充分、饱满的延伸性解悟。再比如海子的《给母亲》节：

在现象之河的两岸
花朵像柔美的妻子
倾听的耳朵和诗歌
长满一地
倾听受难的水

水落在远方

海子的这一节诗，写得层层设喻，波澜起伏。先是喻"现象"为"河"，马上又喻"现象之河的两岸"的"花朵"为"柔美的妻子/倾听的耳朵",然后插入了一句叙述以增波澜:"和诗歌/长满一地",但是马上又回到了"倾听的耳朵"并让它有所动作:"倾听受难的水"。至此,作为一个完整的"ABC"组合,应该说已经完成了对事物的想象,到达了 B 点,而且也完成了对意象"倾听的耳朵"的解悟与延伸,到达了 C 点。但是,意犹未尽的海子停顿了一下,吸了一口气,又猛地说出了极为精彩的一句:"水落在远方"。海子的这一行,可谓神接云表,思飘天外,轻轻的一宕,做到了王国维所谓的"境界全出"[①]。而这,正是成功的 C 强化。赵丽华的《死在高速公路》同样在 C 点位置上其响不凡、其悟出尘:

有一天我会死在高速公路上（A）
像一只鸟（B）

那些穿黄色背心的清道工（C）
会把我拾起来（C）
抚摸我的羽毛（C）

让我在他们的手上再死一次（C+）

诗歌的写作,一行接一行,像是在"向下",其实却是"步步高",或者是"步步远""步步深"。比如赵丽华此诗,A 与 B 都平淡无奇,即使是第二节的三行,虽"抚摩"得温情,毕竟也庸常。这样的联想也太常见。但第三节一行独立,让人赫然惊炫其"酷"。"会当凌绝顶,一览众山小",人们都以为杜甫是在描写人们登上山顶的感受,事实上,杜甫说不定传达着他写诗写到"登顶"时的体验。不到长城非好汉,一首诗,或一个诗歌的意节,写不到这样的地方,登临不到这样的绝顶,怎么好意思停止?而赵丽华在她的《流

[①] 王国维《人间词话》手定稿第七则云:"红杏枝头春意闹",著一"闹"字,而境界全出;"云破月来花弄影",著一"弄"字而境界全出矣。

言》中，由于对 C 的重视，索性把 A 与 B 的占位压缩到了最小：

流言（A）像扬花（B）一样飞着
我伸出手掌
抓住了其中一片
感到它没有丝毫分量

但是在街上
它眯乱了那么多人的眼

第一行中的 A、B 两个内容就那样紧紧地缩着身子挤在一起而偏居一隅，就那样低调而有自知之明地把其他的空间腾让给了 C，给了 C 更大的表现空间，让 C 隆重出场。许多人赞赏赵丽华的诗歌语言，说她能掌握住诗歌写作那种内在的平衡感（而不是简单的所谓详略得当），这首诗就是一个证明。

于是，对 C 强化的进一步理解，也就呼之欲出：意象价值的最大化指明。

诗歌"ABC"组合中 C 位的这一意象价值的最大化指明，打个比方，就像是好心的指路人不厌其烦的"津津乐道"。以李商隐诗句"一寸相思一寸灰"和秦观词句"欲见回肠，断尽金炉小篆香"为例，前者是"AB"结构，用"寸灰"喻言"寸相思"，但意止于此，而后者则进一步实施了意象价值的最大化指明。针对着那一份寸断的"回肠"，在"金"字言其高贵、"炉"字言其热烈、"小"字言其精微、"篆"字言其曲折、"香"字言其芬芳之外，他加了两个字：断尽。所谓的曲尽其妙，说的怕就是这样的 C 步之翩跹。现代诗坛，这样的翩跹之诗歌舞者不乏其人。比如胡也频，比如他的《秋色》中句：

我的悲哀（A），如江边的乌云（B），
随风卷入淡漠之斜辉，（C1）
染上脱叶之树枝，（C2）

现出淡的秋之颜色（C3）

　　这一诗歌意节，凡四行，A 和 B 合起来只占一行，而用以实现意象价值最大化指明的 C，却占了整整三行，表现出欲语还休的强烈情味和形象解悟的强烈愿望，如画笔之重重涂抹、重重着色，如音乐之一唱三叹、一叹三咏。那些只知道诗歌因押韵与平仄可以获得声音节奏，而不知道诗歌同样也因为"ABC"组合的变化而获得语意节奏的人们，对此可以悉心体悟。

　　要对诗歌的意象价值进行最大化指明，显然，在 C 这一局部位置上的形体膨大就是必然，或者说它们之间的关系一般而言应为正比。尤其是当这一指明的过程表现为一波一波的推进，则更会表现为 C 位置语言组织的逶迤不尽。但是，越到这个时候，越接近这样两个危险：其一，稍有不慎，所谓的逶迤，转瞬之间可能会变成啰嗦；其二，稍有不慎，所谓的意义指明，就会因所指太明、太确定而失之于直露。这尤其表现在那些想刻意提高诗歌亮度的作品中，这样的诗歌作品常常会长着一个"光明的尾巴"。棋谚云：临杀勿急，意思是越到紧要时辰，越应从容淡定。诗歌小内形式"ABC"组合的 C 点，固然是可以"打开窗子说亮话"的地方，固然是可以"敞开了"来说话的，但还是应该节制、谨慎，还是应该能不直说就不直说。只要能让读者明白，还是应该始终不要放下手中那把叫做"形象"的"小李飞刀"。比如沈浩波的《炉灰之城》：

　　　　大风总有一天会刮过来的
　　　　刮过城市
　　　　刮过灰蒙蒙的广场和街巷
　　　　像一条巨大的蹲在人们头顶上的
　　　　灰色的狼
　　　　伸出它那长满倒刺的舌头
　　　　"刷"地一下
　　　　就噬去屋顶、塔尖

和人们的头盖骨
在风中哆嗦着赶路的人们
这才发现了异样
他们把手探往脑后
从脑壳中摸出
一把把黑色的炉灰

比利时解构主义文学批评家保罗·德曼说:"所有文本的范式都包括一个比喻（或比喻系统）以及对该比喻的解构。"① 他所说的"对该比喻的解构"，其实就是不慎而落入了"言筌"——语言的牢笼。古人说，"一言以蔽之"，寥寥的"一言"，肯定会将所言之物"遮蔽"，因为"一言"，肯定是片面的、个别的、斑窥的，肯定是语言的一个"筌"、一个牢笼。对此，海德格尔甚至不惜使用"霸占"一词："形而上学在西方的'逻辑'和'文法'的形态中过早地霸占了语言的解释。"② 应该说，这个词用得极其准确。对比喻的之所以要这样比喻的解释（这往往是必须有的），和对想象的之所以要这样想象的解释（这往往也是必需的），恰恰会让语言失去了它的灵活性而变得故步自封。所以，即使是C，也应该尽可能地避免落入言筌、落入俗套、落入太明确。沈浩波在《炉灰之城》中做得就比较好，他坚守住了诗歌的想象本位，临"说"不急，反而"嚅嚅其词"，直到最后两行出现，沈浩波知道，C点位置的事业结束了，同时整个这首诗的事业也结束了。

二　C在压轴位置的诗歌重任：对俗手的拗救

在诗歌小内形式"ABC"组合中，C位于B之后，其第一职责，就是负责对B的拓展，包括对整个意节的升华、升级、腾飞、前进、

---

① [美] 希利斯·米勒编：《重申解构主义》，郭英剑译，中国社会科学出版社1998年版，第198页。
② [德] 海德格尔：《关于人道主义的书信》，孙周兴译，见《海德格尔选集》上卷，生活·读书·新知三联书店1996年版，第359页。

深入、延伸、宕开，目的是为了赋予意象 B 以新颖的意义，为了灌注给意象 B 以别样的精神。因为整个诗歌小内形式"ABC"组合"推陈出新"而踵事增华的性质，所以 C 点的第一职守，也就是"唯陈言之务去"。如蒋三立《往昔》中句：

如果没有别的需求（A）
我的心（A）就会露珠一样（B）安静（C）
溪水一样（B）透明（C）
我得把一些事情遗忘（A）
心态安详地活着（A）
像一些开谢了的花朵（B），把春天丢在一边（C）

这最后一行超越了一般性的情感抒发与哲理揭示，表现出一种对宇宙同情（和自然的共鸣与感应）美轮美奂的揭示。这正是一个成功的"推陈出新"的漂亮动作。赵丽华《一个渴望爱情的女人》也是如此：

一个渴望爱情的女人（A）就像一只
张开嘴的河蚌（B）

这样的缝隙恰好能被鹬鸟（C）
尖而硬的长嘴侵入（C）

赵丽华本来就是一个不同凡响的女性，"渴望爱情的女人"被她喻为"张开嘴的河蚌"，人们一时不解何意。当她把"河蚌"这一形象释解为"恰好能被……侵入"，读者于恍然大悟之时，又倒吸一口凉气——她说出的为何是一种被爱情所伤害的体验？不过，此诗的与众不同之处，也正在这里。而下面的这位作者，差一点栽倒在平庸的叙述与平庸的想象里不能自拔：

树根的脚趾，深深地扎进坚实的土地（按：不能说错，但显

系陈词滥调）
　　枝的手臂，热切地拥抱天空（按：也是陈词滥调）
　　叶却是舌，絮絮地（按：这一想象比较新颖）
　　与风交谈（按：这一想象的延展，新颖而妙）

　　这位诗人终于在前两行的陈词滥调之后，最后脱出了俗手，一步一步地走向了新颖。他的这一语言之拼搏，让人联想到打牌：虽然揭起的是一手差牌，但并不气馁的人可以一张一张地渐渐化险为夷，表现出稳健的战斗"后劲"。对于并非天才的一般人（我们绝大部分的人其实都不是天纵之才），这样稳扎稳打的诗歌韧劲是相当重要的。如果我们在这方面训练无素，则我们往往会浪费了手中的好牌。比如，有个诗人就有这么一句："无边的夜色，多么像打翻的苦药汁/浸染我仅有的光亮"。他用"打翻的苦药汁"比喻"无边的夜色"，出喻新颖，但是句中负责对喻体进行进一步阐发的那个"浸染"，却让前面的想象后继乏力。如果是"浸染"，则前文何必打翻"苦药汁"呢？打翻上一瓶墨水不也可以么？于是这位诗人的这一句诗，就表现出他的"C无能"。C无能的人也真不少，如这首《煤》：

　　煤——黑溜溜地来，红通通地去
　　燃烧自己是你的品格
　　温暖他人是你的境界！

　　第一行还真不错，但是后两行却陈词滥调得糗人。这三行诗，正是古人所谓之"入眼似佳，转视无意"（清·方薰《山静居画论》）。这位诗人何止是C无能，简直就是C庸俗。诗歌的小内形式"ABC"组合，本来是一条诗歌的拯救之旅，在他却成了诗歌的沉沦之路。其想象延展之庸俗不堪，使这一诗歌意节长出了"鼠尾"并使自己成了"鼠辈"。2017年12月23日的《新世纪诗典》推出了一首署名@柳影江风者的《子时香》，也有一条鼠尾。其诗为：

第十章　现代诗歌小内形式"ABC"组合的增量性变化 ✤ 269

　　丁酉年正月初一
　　临近子时
　　这座寺庙的
　　头炷子时香
　　被明码标价为
　　人民币六千元
　　主持以诵经般的声调
　　报出这个价格
　　我赶紧挂住
　　我正在下跪的身子
　　缓缓站起
　　赶出大殿
　　……

　　这诗到得这里，一路上都还不失大谱，尤其是"我赶紧挂住／我正在下跪的身子"一句，确实饶有诗想。但可惜的是，这首诗的蛇足出现了——

　　……
　　因为这里的菩萨
　　只庇佑富人

　　他为什么一定要加上这样露骨的两行呢？他终于未能给自己以上所有辛辛苦苦的叙事（动作意象，事象）赋予一个较为脱俗的意义。他的这一失败，其实早被刘勰所预言："虽前驱有功，而后援难继。"（刘勰《文心雕龙·总术》）正是有感于种种此类的 C 无能以及"暴露癖"，所以本书认为下面的话题——关于 C 点的诗歌防守性——也就有了讨论的意义。

　　"ABC"组合中 C 点位置的第一个特点，如上所述，是在 B 之后对 B 的拓展，而 C 点位置的第二个特点，就是 C 位于整个"ABC"

组合最后那个压轴之处的防守性。它就像足球的守门员，负有最后一道防守的重任。所以，诗人在 C 点位置上的表现，往往体现着一个诗人"绝处逢生""绝地反击"的诗歌"拗救"能力。比如李王强下面的这一个诗节：

柳条鹅黄，随风摇摆（A）
这春日的发丝（B），串起晶莹的鸟鸣（C）
不小心甩出去，就是破碎（C+）

对这一类的诗句（即不仅仅只指这一句），我曾经有过这样的分析："我要借用隶书的概念，把这'ABC'三步表述为：蚕头、蝇腰、燕尾。如上面的诗节，蚕头本来就在起笔平实之位，所以像'柳条鹅黄，随风摇摆'这样的话，可有所修饰可不加修饰，即使直接道出，亦无不可；蝇腰是发展部，对于诗歌来说，是意象生成部，有卓越的意象生成更好，如果没有，像'春日的发丝'这类略显陈旧的，也可以。有，总比没有强；难看些，如果可以忍受，也比没有的好，因为它至少还能表意；燕尾却是出锋部即出彩部，如果这里也陈词滥调，像'串起晶莹的鸟鸣'，则这一句即告平淡甚至失败。但也不绝对，如果能绝处逢生异军突起，像此节'C+'部之'不小心甩出去，就是破碎'，就堪称'拗救'——以一个精彩的飞出拯救了整个诗句。"①

然则何为诗歌的"拗救"呢？

"拗救"一词，在中国传统诗学里，原系"颠倒词"，即"所救为拗"。"拗"，即"拗口"之"拗"，指听上去不太顺耳的声音，而"拗救"，也确有对于已经发生的诗歌行为的"补救"之意。本书所谓的诗歌拗救，沿用了"补救"的意思，但是"救"的对象则发生了变化。本书所谓的"拗救"，所救不再是"拗"（不顺耳的声音），而是诗歌中的"俗手"。"俗手"一词，棋语中比较常见。相对于堂

---

① 薛世昌：《临汉隶，悟诗法——兼评天水"80后"诗人李王强的新诗创作》，《飞天》2014 年第 5 期。

堂正正的"正手",棋手们在征战的时候,难免会下出"恶手"以及"俗手"。俗手,顾名思义,就是出手的动作不太漂亮,甚至幼稚、简陋,其距"妙手"也肯定相当遥远。那么,在诗歌的写作中,如果一旦出现了这样的俗手,出现了不太漂亮的句子,这时候,就需要诗人沉着镇静地祭出自己的另一个能力——转危为安的逆袭能力、推陈出新的创造能力,就像古代的战将,先卖一个破绽,然后一个回马枪斩敌于马下……所以本书所谓的"拗救",显然是指艺术上一种力挽狂澜的诗歌动作。①

上面提到的诗人李王强有许多诗歌的成功拗救。比如他的《在镜子里消失》中,先是把一汪湖水想象成镜子,这是极其陈旧几如常识的,但是他接下来的 C 点处理,即对于想象的延伸性解悟却饶有意味:"你绕着它一圈一圈地走/很惬意,很留恋/你要把自己走成镜框吗?"真理往前多走一步就是谬误,然而,常识往前多走一步却是创新!再比如他《一朵云飘着飘着就散了》中句:"一大片一大片紫色的苜蓿花/就是一群怎么飞/也飞不起来的蝴蝶"。这样的想象并非出众,但是,李王强却能接下来奋力推陈出新:"……几只麻雀,就是被风扔出去/再也不想捡回来的石子"。再如《光芒里的花瓣》中句:"你一定要相信,那些/街头的灯,就是/深陷在黑暗中的花朵",从

---

① 考虑到本书的读者中万一也有中国古体诗歌的喜爱者甚至捍卫者,于是这里有心要对"拗救"一词做进一步的注解。本书使用的"拗救"概念,并非中国古代诗学中的"拗救"概念。中国古代诗学中的"拗救"概念,王力先生在其《诗词格律》中是这样表述的:"凡平仄不依常格的句子,叫做拗句。……所谓'救',就是补偿。一般说来,前面该用平声的地方用了仄声,后面必须(或经常)在适当的位置上补偿一个平声。"(王力:《诗词格律》,中华书局 1983 年版,第 31 页)后来陈绍伟的《诗歌辞典》表述更为集中:"拗救,做诗术语。对出格的诗句调整平仄补救,变拗口为顺口。一般方法是:上句在什么地方拗,下句就在相应的地方救(如平声改仄声,仄声改平声);前一个字拗,后一个字救;前字拗,隔字救,等等。"(陈绍伟:《诗歌辞典》,花城出版社 1986 年版,第 14 页。)显然,"拗救"是一个中国古体格律诗的声律学概念。本书在诗意的思维学推进这一层面借用这一概念,不是古为今用,而是旧瓶装新酒。本书对全新内涵的"拗救"这一概念如果运用得当,如果能够得到各位的首肯,则这也就是本书对"拗救"这一词语的"拗救"。王力先生说,诗词的拗救,"我们今天当然不必模仿"(王力:《诗词格律》,中华书局 1983 年版,第 34 页),对此我深表赞同,不在诗意的、品德的、才智的层面上努力奋进,却只汲汲于声律,我是向来表示反对的。

"灯"到"花朵",不能说新,新的是"深陷"二字。再如《像飞翔,又像挣扎》中句:"有多少双臂张开,像飞翔/更像溺水时的挣扎与呼救"。第一行,叫"陈",第二行,叫"推陈出新"。再如《月光低一些》中句:

　　那些树叶,在秋风中
　　拍着拍着就拍红了手掌
　　而一个陷在回忆中的人
　　被回忆反复伤害

从"树叶"到"手掌",联想十分一般;从"秋风中"的树叶到"红"手掌,也一般化。是什么让这句诗推陈出新获得新生呢?是"拍着拍着就",没有这一物化的描写,后面的两行也就成了"空手道",就成了空口无凭。再比如这首题名为《秋风》的小诗:

　　秋风(A)
　　是一位画家(B)
　　他来到这个世界
　　要给我们
　　一点颜色(以上C)

《秋风》,是一个平常至极甚至陈旧至极的题目。然而,世界上从来就没有陈旧的题目,有的只是陈旧的说法、人云亦云的表述、庸俗不堪的看到、毫无新意的命名。好棋不赢第一盘,事实上坐拥出奇制胜之功力的诗人从来不在 A 这个地方与别人一较高下。高棋甚至也不赢第二盘,比如这首小诗,它甚至也不在 B 这个地方就急急匆匆地亮剑——他把秋风想象为画家,这也确实毫无新意,甚至有些幼稚。一般读者读到这个地方,早已替作者捏了一把汗:已经是退了又退了,再退,就是退避"三舍"了,就到绝境了,你怎么还不出招?但是莫急,优秀的诗人从来都是后发制人的,你看他不慌不忙说出的 C 是多么让人眼前一亮！真正的画龙点睛，一语既出，全诗皆活。

　　这就是诗人的真功夫——拗救！这样的拗救，在那些著名诗人的笔下，自然是时有所见。比如王小妮诗《喜爱》第一节："在这个世界上/要每天睡一会儿……"这算是什么"诗家语"呢？然而且慢，你看她接下来怎么说："在这个世界上/要每天睡一会儿，做回婴儿状"。现在你还认为她的话"非诗"吗？她的"月光诗"系列中有一首《含着》，末句为："紧抵着山腰的是把弯刀"。以"弯刀"喻月，平庸至极，然而这把弯刀"抵着山腰"，却力挽狂澜，化腐朽而为神奇，救其诗而出俗手。这是真功夫！她的《快了》一诗，写月亮，起首一句可谓俗不可耐："那可怜的盘子"。但是对于一个拥有起死回生之神奇能力的诗人，这样的俗不可耐却又何惧之有？她接下来的话显示了她出众的艺术张力："那可怜的盘子/它还在那儿。/今天看着有点旧/没什么晶莹剔透的样子。//将来，准有谁把它打碎/碎得不能再收拾/总会出现这么一个人。/也就一眨眼的失手/怕是快了。"王小妮用自己出奇制胜的创作再一次证明：这个世界上哪有凡俗之物呢？没有，有的只是凡俗的眼光。而必须明确的一点是，现代诗歌在创作思维学的层层推进这一层面，推进的同时，更需要注意时时的拗救。比如赵丽华的《随着轰隆的巨响……》：

　　　　随着轰隆的巨响，漫天的潮水
　　　　向堤坝冲去
　　　　它们像挣脱枷锁的野兽
　　　　像放纵的马群
　　　　一旦突破防线，它们对现有的秩序与规则的
　　　　反叛与破坏
　　　　将是剧烈而空前的

　　　　我失手打碎了镜子。我不照耀什么
　　　　我能变坏吗？
　　　　我能坏到哪里去？

这首诗前面的比喻与对比喻的进一步延展都乏善可陈。如果只有这一节，则此诗可谓一无可取，但是，赵丽华毕竟是一个对艺术有独到感觉的人——她有上帝给她的诗人直觉，于是她又加了一节——这加上去的一节终于让这首诗"站稳了脚跟"。这样的诗性直觉，对于外国诗人自然也是一样。比如洛尔迦的《夜半》（陈光孚译）：

村庄是一片死灰。
钟表的嘀嗒声
像抚摸寒风的
指印，
在大气中飘荡不定。
自另一个世界
传来公鸡的啼鸣。

如非最后的两行，则此诗境界顿觉狭小，于是这最后的两行，也就是作者自己对自己的拗救。再如博尔赫斯的《雨》（陈光孚译）：

黄昏突然明亮，
只因下起细雨，
刚刚落下抑或早已开始，
下雨，这无疑是回忆过去的机遇。

倾听雨声簌簌，
忆起那幸运的时刻，
一种称之为玫瑰的花儿
向你显示红中最奇妙的色彩。

这场雨把玻璃窗蒙得昏昏暗暗，
使万物失去了边际，
蔓上的黑色葡萄也若明若暗。

庭院消失了，
雨涟涟的黄昏给我带来最渴望的声音，
我的父亲没有死，他回来了，是他的声音。

若不是最后的一行，则这首诗几乎平淡无奇！然而有了这最后的一行，这首诗堪称起死而回生。博尔赫斯自己说过："当我感到难过，当我忧心忡忡——我总是忧心忡忡——我就对自己说：何必忧愁呢？在任何时刻拯救都会以毁灭和死亡的方式到来。"① 生活的苦尽甘来是如此，人生的柳暗花明是如此，诗歌的起死回生也是如此。中国当代诗人沈浩波也是一位在诗歌创作中敢于"卖个破绽"而长于"拗救"的高手。比如他的《木匠》：

裸露着
上身的木匠
正在奋力用刨子
刨一段木头
一朵朵刨花
像浪花般涌起
轻柔，卷曲
散发着木头的清香
他在木头上游泳
伸出双臂
又收回

"刨花"本已陈旧如同一块诗歌的词语化石，从"刨花"到"浪花"也乏善可陈甚至有些幼稚，然而，这恰恰是沈浩波这位武林高手

---

① ［美］威利斯·马恩斯通编：《博尔赫斯谈话录》，西川译，广西师范大学出版社2014年版，第24—25页。

出语平常却又暗藏杀机的"卖了一个破绽"。他真正"化腐朽为神奇"的地方，是对"刨花—浪花"想象的推陈出新："他在木头上游泳/伸出双臂/又收回"。如果说所谓的创造意味着一种增量，如果说前人已经完成了从"用刨子刨一段木头"到"刨花"，再从"刨花"到"浪花"的创造，则沈浩波无疑通过自己的努力把此一智慧推进了一步！他的《抽象的海水》也是如此富于炫技味道：

> 大海冲向岸边的礁石群
> 海水顺着岩石的间隙冲进来
> 挤进来
> 游进来
> 像无数条银色的小蛇
> 钻进来
> 渗透进来
> 漾开
> 扩散
> 泅
> 布满石缝
> 银蛇乱舞般的潮水
> 夜晚
> 黑铁般的石头
> 像一幅当代艺术家
> 的抽象画
> 但它本身
> 就是象
> 自己从自己的象中
> 抽出象
> 像蛇从自己的身体里
> 抽出
> 蛇

第十章　现代诗歌小内形式"ABC"组合的增量性变化 ❉ 277

　　星空下
　　一群
　　没有脊椎的
　　蛇

　　我怀疑沈浩波把这首诗排列摆布得如此细长，怕是要暗仿蛇的外形。但就在这样一首外形式上可谓奢侈的诗作中，沈浩波又一次上演了他"起死回生"的绝技。他不吝笔墨地用了 20 个诗行，前前后后不厌其烦地给我们推出的，竟然是一个平淡无奇的想象："像无数条银色的小蛇"。这不能不让我们心生疑惑：就凭你的这两下子，你也敢出来混江湖？但是，当我们把他的这 20 行视为诗歌的铺垫与蓄势，我们且看他于时机成熟之时，会放出什么神奇的大鸟——他终于出手了："像蛇从自己的身体里/抽出/蛇"。多么精彩的句子！这就是沈浩波的拗救之处，这也就是他平地惊雷的能力。你看他直到这时候，才长长地出了一口气："星空下/一群/没有脊椎的/蛇"。至此，沈浩波说完了他准备要说的话。如果他是古代的那位姓丁的屠夫"庖"，他一定会"提刀而立，为之四顾，为之踌躇满志"（《庄子·养生主》）。
　　当然，对有些诗人而言的光荣之地，对于另外的诗人，却有可能是他们耻辱的滑铁卢，即有些诗人会在 C 点绝地反击，有些诗人却在 C 点功败垂成。比如诗人公刘的《上海夜歌（一）》：

　　上海关。钟楼。时针和分针
　　像一把巨剪，
　　一圈，又一圈，
　　铰碎了白天。

　　夜色从二十四层高楼上挂下来，
　　如同一幅垂帘；
　　上海立刻打开她的百宝箱，

到处珠光闪闪。

灯的峡谷，灯的河流，灯的山，
六百万人民写下了壮丽的诗篇：
纵横的街道是诗行，
灯是标点。

这首"城市诗"，在中国的当年，题材比较稀见，意象比较新颖，为公刘这位"第一代诗人"在艺术上的一次觉悟之旅。诗共三节，三个诗歌小内形式"ABC"的意节，布置停匀，步态工稳，且因每一小节的小有变化而不显呆滞。更值得称道的是，以短短的12行而写"大上海"，却能从大处见出"小"来，写得很有细节（如"时针与分针"之"铰"，如"百宝箱"之"打开"）。然而不幸的是，这首诗终于还是因为一条虚张声势的"光明的尾巴"而"曝光过度"。"六百万人民写下了壮丽的诗篇"，太亮了，亮得让人闪眼。古人论书法的运笔之病，有钉头、鼠尾、蜂腰、鹤膝之说，其实诗歌的运笔有着同样的道理，也有着同样的毛病。只不过书法的运笔之得失，直观于视觉，容易为人所察知，而诗歌运笔的优劣，隐蔽于话语，不易为人们所感到。也正因如此，有时候人们会讥笑现代诗为藏拙的艺术。现代诗可以悄悄地藏拙，但是，现代诗却不可以公开地献丑——阿谀奉承、歌功颂德。露骨的赞美，是对诗歌艺术的大不敬，甚至是欺负。

最后一个问题：拯救既然如此重要、如此需要，那么在进行拯救的过程当中，从哪里去获取用以拯救的拯救之物呢？

这仍然是一个关乎作者智慧的问题。事实上前面例析中那些成功拯救的诗歌意节，都可以回答这个问题。不过，最高明的拯救之物，自然是远在天边却又近在眼前。有人曾写出了这两行诗："蟋蟀凄凉的叫声/退回到一幅古画里去了"。这个句子是有意味的，但不够婉转，于是有人给它加了一个波磔，且进行了画龙点睛的拯救："蟋蟀的叫声/退到一幅古画里/凄凉去了"。他的拯救之物，乃是就地取材，从其第一行里就地提取了"凄凉"二字，放在增加了的第三行，然后这三行诗一下子就感觉饱满了起来，且更有诗意。

四　C 变第二式：纯 C 型诗

从理论上讲，既然有纯 A 型诗和纯 B 型诗的存在，也就应该有纯 C 型诗的存在，即在诗歌小内形式"ABC"组合中，C 的膨胀与强化，如果发展到极端的情况，即把 B 排挤出局，甚至把 A 也排挤出局，只剩下 C，就是纯 C 型诗。这时候，由于 B 的缺失，C 事实上也就会 A 化。在直陈其事这一言说共性上，它们就成了面目接近的一家人，即理论上的 C 型诗，应该貌似就是 A 型诗，即从现象上看它们应该是非常接近的。

但是，我们前面在说到纯 A 型诗的时候已经提到，它们其实却有所不同。

前面说过，张远山在讨论中国古代诗歌"赋"与"兴"有时候貌似相同但实有区别时说："'兴'貌似修辞手法但实际上不是修辞手法，而是一种文体即思维方式。就其是一种思维方式而言，'兴'类似于'赋'。然而'赋'是实用的、直接的，而'兴'是非实用的、婉曲的。"[①] 在中国古代的赋比兴诗歌程式中，比的存在，会成为赋与兴比较清晰的分水岭，但如果缺失了比，则赋与兴，似乎也就泾渭合流，握手言和。差不多是同样的道理，如果缺失了 B，由于 A 与 C 的相似性，A 型诗与 C 型诗也就看上去十分相似。面对赋与兴的相似，张远山如此辨认："'赋'是实用的、直接的，而'兴'是非实用的、婉曲的。"然则同样的原则是否也适用于纯 A 与纯 C 的区分呢？

西方有一个渔夫晒太阳的故事，东方有一个看山看水的公案，这脍炙人口的一故事一公案，共同寓言着一个所谓返璞归真的大道理：人生追求之最高境界和人生追求之最初境界极度地相似，却又极度地

[①] 张远山：《从赋比兴到整体象征》，见张远山《汉语的奇迹》，云南人民出版社 2002 年版，第 108 页。

不同。以诗歌小内形式的"ABC"组合而言，它们极度相似，相似得甚至可以省略掉"B"而直接以"A"为"C"；但它们又极度不同，不同得如果不经历"B"，则"C"即堕落而为"A"。所以，佛家虽讲出世之道（C），却言：要出世（C）必先入世（B），只有入世，经人世沧桑，看破红尘，方可达出世之境（C）。所以，《西游记》中，佛祖本可将经书直接传与唐玄奘（C），却又让其历经九九八十一难（B），因为"A"毕竟不同于"C"。这就是：过程不同，结果不同；形式不同，内容不同。佛祖慧能大师，没读过书，但他悟性极高，竟成一代宗师和智慧化身，由现实人生之 A 而直接到达智慧人生之 C。然而，那些悟性不是很高的人怎么办？悟性不是很高的人，仍然可以到达智慧的彼岸，只不过不可能那么直接，只不过需要绕道而间接地到达。这一间接的参悟之道，表现在诗歌小内形式的"ABC"程式，就是从 A 到 B 再到 C 的"必由之路"，就是"ABC"这一路上山山水水丰富多变的生动。也许，只有经历了这样多经磨难的曲折道路，方可"终归大适"。1986 年，尚仲敏在说到他们的艺术主张时宣称："对语言的再处理——消灭意象。它直通通地说出它想说的，它不在乎语言的变形，而只追求语言的硬度。"[①] 他这简直就是想和慧能大师一样试图不经过 B 而"直通通"地直接到达 C。然而沈奇说得好："少用意象甚至不用意象，这样的写作，需要更高的智慧，并成就另一脉诗风。"[②] 这个"更高的智慧"，恐怕还得从对意象的深刻领悟中去获得吧？

五　诗歌小内形式"ABC"组合的 C 与赋比兴的兴

现代诗歌小内形式的"ABC"组合，与中国古人发现的诗歌思维之赋比兴程式，有一个简单的对应：A——赋；B——比；C——兴，即它们有一个共同的思维：A 之不足故 B 之，B 之不足故 C 之，这是

[①] 尚仲敏：《大学生诗派宣言》，见徐敬亚等《中国现代主义诗群大观 1986—1988》，同济大学出版社 1988 年版，第 185 页。

[②] 沈奇：《1995：散落于夏季的诗学断想》，见《沈奇诗学论集》第 1 册，中国社会科学出版社 2005 年版，第 155 页。

"ABC"程式；赋之不足故比之；比之不足故兴之，这是赋比兴程式。当然，这里的兴，不是首兴，而是尾兴。所以，要准确且深入地理解诗歌小内形式"ABC"组合中的 C 与赋比兴中的兴之间的关系，需要先弄明白赋比兴之兴的兴之三种：首兴、中兴和尾兴。

（一）首兴。首兴是人们所理解的最典型的兴。首兴的位置，在一个全套的赋比兴动作的赋之前，负责感物而动、独立起情，即唤起感觉，触物起情（所以一般只相关乎诗的情绪）。其动情所用之物，却有一段来历需要知晓。初，首兴之物并无什么意义，目的就是起一个头；后来，首兴之物有了一定的意义，却与正意无关；再后来，首兴之物既有意义也与正意有关。关于首兴一个值得关注的问题是，既然人们一般理解的兴就是首兴，其位置也就是赋比兴的第一位置，那为什么人们不把这一个全套的动作按其顺序称呼为"兴赋比"呢？或者说人们之所以把彼一全套动作称呼为"赋比兴"仅仅是因为"习惯"的原因吗？是不是人们觉得"赋比兴"其实更是对某一种诗歌秩序的准确描述呢？这中间的原委，真需要我们仔细考究。

（二）中兴。中兴的位置，一般在一个全套赋比兴动作非首非尾的中间地带的兴起、起动、点染以及兴寄，负责浮出比意、道破比意。中兴，是触物而生情的继续（是在想象作用下的继续）。在那些篇幅比较长的诗作中，中兴是较为普遍的，也是诗歌的诸多节奏类型中的赋比兴节奏的体现。诗歌像一个屋子，不能到处都是意象的墙，在有些地方，还应该开几个意兴的窗子。或者说，可以瞅空子把那些抽象的"大词"（诸如"灵魂""幸福""祖国"一类）适时地插入其中。在这一门手艺上，河北当代诗人大解似乎所悟甚是。比如他的《在河之北》：

> 在河之北，并非我一人走在原野上。
> 去往远方的人已经弯曲，但仍在前行。
> 消息说，远方有佳音。
> 拆下肋骨者，已经造出新人。
> 今夕何夕？万物已老，

主大势者在中央，转动着原始的轴心。
世界归于一。而命运是分散的，
放眼望去，一个人，又一个人，
走在路上。风吹天地，
烈日和阴影在飘移。
在河之北，泥巴和原罪都有归宿。
远方依然存在，我必须前行。

还有他的《说出》：

空气从山口冲出来，像一群疯子，
在奔跑和呼喊。恐慌和失控必有其原由。
空气快要跑光了，
北方已经空虚，何人在此居住？
一个路过山口的人几乎要飘起来。
他不该穿风衣。他不该斜着身子，
横穿黄昏。
在空旷的原野，
他的出现，略显突然。
北方有大事，
我看见了，我该怎么办？
在我的经历中，曾经有过这样的一幕：
大风过后暮色降临，
一个人气喘吁吁找到我，
尚未开口，空气就堵住了他的嘴。
随后群星漂移，地球转动。

大解这两首诗有一个共同的特点：大胆使用那些"非形象性"的话语。比如"主大势者在中央，转动着原始的轴心。/世界归于一。而命运是分散的"，比如"恐慌和失控必有其原由。/空气快要跑光了，/北方已经空虚……北方有大事，/……地球转动"，这些抽象而且理性的话语，在大解的诗里，却如雾绕峰，如水浮鱼，荤素搭配，浓淡相兼，抽象与形象相得益彰。显然，大解对于诗歌有着自己的"大解"：大而化之的说出，在适当的诗歌语境里，比如在充分的 AB 环境下，仍然是可以诗而化之的。

同样是关于这一问题，胡风在《关于"诗的形象化"》中，对诗的"非形象化"也进行过这样的"肯定"："人不但能够在具象的东西里面燃起自己底情操，人也能够在理论或信念里燃起自己底情操的。"① 这里且不论诗歌是情操的，还是情感的，抑或是情绪的，这里先承认诗歌是"情"的。胡风的意思可能是，诗歌之燃情，在具象中可以燃，在抽象中也可以燃。换言之，形象思维可以成诗，抽象思维也可以成诗。李白《梦游天姥吟留别》中有句："世间行乐亦如此，古来万事东流水。"14 字中 11 字涉"议"，但有人仍然给予了好评："甚达，甚警策，然自是唐人语，无宋气。"② 什么是"唐人语"？没有"东流水"三字，就不是唐人语。所以，有人也这样判断："汉魏古诗及唐诗中的议论之所以很少为人诟病，其中一个重要的原因，便是议论作为一种创作方法，与写景、叙事一样，目的要在吟咏情性，而非说理。"③ 沈德潜亦云："议论须带情韵以行，勿近伧父面目耳。"④ 那么，胡风所说的"在理论或信念里燃起自己底情操"，应该同为此理：当"理论或信念"是点燃"情操"之物的时候，这样的议论"自是唐人语"，自是诗。

（三）尾兴。尾兴的位置，当然在一个全套赋比兴动作的最后。它主要负责诗歌的延展主题、深化主题，并主要指向语言的余味。所谓的"言有尽而意无穷"之功，常常由尾兴来负责。

---

① 胡风：《关于"诗的形象化"》，见《胡风全集》第 3 卷，湖北人民出版社 1999 年版，第 89 页。
② 詹锳：《李白集校注汇释集评》，百花文艺出版社 1996 年版，第 2111 页。
③ 梁木：《李白诗中的议论》，《新疆师范大学学报》（哲社版）2005 年第 4 期。
④ （清）沈德潜：《说诗晬语》卷下，见《原诗·一瓢诗话·说诗晬语》（合刊本），人民文学出版社 1997 年版，第 250 页。

兴的功能，在"发生"之外，尚有"延展"。其"发生"者，必为首兴，而"延展"者，必为尾兴。钟嵘说："文已尽而意有余，兴也。"（钟嵘《诗品·序》）然则其位置，必不在前而必在其后——如"尽""余"之所示。唐代诗僧皎然有云："取象曰'比'，取义曰'兴'，义即象下之意。"（皎然《诗式》）这里的兴，仍然是尾兴，至少是在"象下"。而诗歌小内形式"ABC"组合中的C，从瞻A望B而来，正是象中取义之举（把象下之意从象里头取出来）。象中取义，也必先有象，后有兴。尾兴的这一"延展"与"发挥"功能，之于其前的意象之B，正如灯光之于灯泡，正如光芒之于发光体。朱熹说："比意虽切而却浅，兴意虽阔而味长"（朱熹《诗集传》），其"阔"而"长"者，正似光芒之所喻。显然，前人已经意识到尾兴的功能与尾兴的意味——意识到了诗歌小内形式"ABC"组合中C这一诗歌位置的"战略意义"。现代诗歌中，沈浩波的《母鸽》就是一首尾兴极为成功的佳作：

　　　　下午的咖啡馆有些冷清
　　　　只有我和另外一个年轻的女人
　　　　小小的咖啡馆
　　　　安静得令人觉得时光漫长
　　　　她看起来神情悒郁
　　　　像一只孤独的鸽子
　　　　在阴霾的树荫下低头饮水
　　　　互不相识的两个人
　　　　很难填满彼此之间的空气
　　　　就这么坐了大约两个小时
　　　　突然，这只可怜的小母鸽
　　　　"咕咕咕咕"的叫了起来
　　　　声音兴奋，像要飞起来
　　　　我循声望去，一个男人
　　　　正顺着楼梯走上来

咕咕，咕咕咕咕
咕咕咕，咕咕咕咕咕
咕，咕咕，咕咕咕
咖啡馆充满了鸽子的叫声

像这首诗的最后如此这般先点明某个情绪，而后再找些事物或景物看似闲静地渲染与烘托，就是含有不尽之意的尾兴。卡夫卡1910年日记中的这首《你绝望了》也是如此：

你绝望了？
是吗？你是绝望了？
你跑开？你想躲起来？

作家在谈论臭味。
穿白衣的缝衣女工在大雨中淋湿。

卡夫卡先生的这种笔法，极似中国人的点染：先点明某种主观的情绪，而后用具体的事物来渲染。按照南宋的沈义父说法："结句须要放开，含有余不尽之意，以景结情最好。"（沈义父《乐府指迷》）司空图《诗品·悲慨》就是这样开放性的结句（虽然它并不是"诗"）："……壮士拂剑，浩然弥哀；萧萧落叶，漏雨苍苔。"现代诗中，昌耀《猿啼》之末句也是如此：

……
而他
生命之筏
早乘血潮冲决幽谷而下。

一声白猿。

这样先情,后景,先主观,后客观,而不是像一般的先景后情之诗法,在一个相对独立的赋比兴结构中,就是尾兴。当然,有些诗歌的结句并非是"景象",而是"物象"或"事象",但其于尾而兴且含有不尽之意的机制却是相同的。比如拉脱维亚诗人莱尼斯的《慈善家》:

> 他有钱,他心软:
> 听见穷人哭声就心酸——
> 遂伸手,入衣袋,
> 慢慢掏出……手帕来。

其中的"手帕"就是一个"物象"。这样的尾兴,事实上就是首兴的尾兴化。也就是说,这样的尾兴之物,不再是灵视所见,而是回归为首兴的直陈与目击——回归到兴的本性。

至此,关于赋比兴的尾兴,我们即可这样认为:如果说诗歌的思维有三个岛链,则首兴标志着诗歌思维的"第一岛链",中兴标志着诗歌思维的"第二岛链",而尾兴标志着诗歌思维的"第三岛链"。这一序列并不只是先后有别。如果说"比而兴"(中兴)和"兴而比"(首兴)相比,是一种高级的兴,则更进一层的"比而兴"就是更高一级的兴(尾兴)。而诗歌小内形式"ABC"中的C,不只是在位置上,而且在级别上,也就与尾兴最为相像。

结　语

关于诗歌小内形式"ABC"三元素几种增量性变化的讨论,至此告一段落。总而言之,"ABC"的各自强化,意在各自饱满自身、养其全神而欲一吐为快,也标志着诗人随体赋形而明暗不同的语意亮点。但是一味堆砌性的强化,却只能形成局部的甚至全篇的臃肿。在这一点上,实在是多有教训。A位过于臃肿,语感就是嚅嚅其词,千呼万唤;B位过于臃肿,往往是作者自逞其才,滥用博喻,其语感如同阴云密布，万炮待发；而 C 位的臃肿，肯定涉嫌阐释的过度，话说得太明白太透彻，失去了必要的含蓄和蕴藉。所以，即使是强化，也要适可而止。古人说，好的书法"干裂秋风，润含春雨"，其实好的诗歌也应该同样枯润有度。

第十一章　现代诗歌小内形式"ABC"组合的减量性变化

清人袁枚说："诗虽奇伟，而不能揉磨入细，未免粗才；诗虽幽俊，而不能展拓开张，终窘边幅。有作用人，放之则弥六合，收之则敛方寸，巨刃摩天，金针刺绣，一以贯之者也。诸葛躬耕草庐，忽然统师六出；蕲王中兴首将，竟能跨驴西湖；圣人用行舍藏，可伸可屈，于诗亦可一贯。"（袁枚《随园诗话》）诗歌的小内形式"ABC"组合，也是一个如袁枚所说可收可放的、可伸可屈的过程，可谓充满了"行乎其所不得不行，止乎其所不得不止"（清·李锳《诗法易简录》）的行止弹性。上一章讨论了诗歌小内形式"ABC"组合的一些增量性行止变化，这一章接着讨论它行止弹性的另一个方面：减量性变化。需要说明的是，上一章在讨论诗歌小内形式"ABC"的增量性变化时，事实已经涉及到了其减量的变化。比如，我们在说到 A 强化时，说 A 强化到一定的程度，往往会把 B "排挤"出去。这种拟人化的想象性理解，说的其实就是 B 的减量性变化。所以，本章所讨论的减量性变化，与上一章讨论的增量性变化，是一体之两面，是对同一个问题不同角度下的观察。

第一节　现代诗歌小内形式"ABC"组合的 A 位减性量变

现代诗歌小内形式的 A 位减性量变，主要指的是 A 的省略。A 的省略，也就是 A 的隐身或者 A 的暗化——通过别的词语进行 A 暗示。

为了表述的方便,下面用"－A"表示 A 的省略。比如柯平《诗人毛泽东》句:

> 青年毛泽东在考察
> 布鞋的豁口
> 露出(－A1)湘西的五个县(B1)
> 在那里土地(A2)的皮肤(B2)患上了可怕的湿疹(B3)
> 这种湿疹叫做封建主义(A3)

这一个诗歌意节中有三组描述与被描述、表现与被表现的 AB 组合,但是第一组中本应从"布鞋的豁口露出"的"五个脚趾头",事实上却是隐而未现,这就是 A 在形式上的省略——形断意连。胡续东《安娜·保拉大妈也写诗》:"这是真的,我学生若泽的母亲/胸前两团(－A1)巴西(B1),臀后(－A2)一片南美(B2),满肚子的啤酒(A3)/像大西洋一样汹涌(B3)的安娜·保拉大妈也写诗"。其中也有三组 AB,前面两组中的 A"蒙后省"了,第三组则提示了它们共有的结构特征并暗示了前面 A 的省略。魔头贝贝的《总结》与此类似:"如果有什么/值得保留/那仅仅是/窗帘为风所动//当年岁渐高/我们放走了/胸口(－A)的小鹿(B)"。那个 A 要是不省略,应该就是那颗激动的心。再如沈浩波的《白杨树上结鸦巢》:

> 冬天,从首都机场下来
> 眼前是我熟悉的灰白色空气
> 像一片巨大的沼泽
> 我开着车,鹤一样飘进
> 路两边的防风林
> 密密匝匝,长满年轻的白杨
> 这些凌乱而勇敢的标枪
> 在沉默中,尖尖的向上
> 串着一颗颗(－A)黑色的首级(B)

我喜欢这些刺向空气的白杨
也喜欢这古战场般的苍茫

诗中"黑色的首级"非为"本地"的原有之物，而是"外来"的援引之物，是 B，它的 A，应该是"鸦巢"，但是在这里，在它所处的那个小内形式"ABC"意节中，被作者省略了。这样的减省告诉我们：诗歌艺术的迷人之处真是千千万万，纯 A 结构中往往有好诗出焉，而无 A 的结构中同样也有好诗出焉。真是运用之妙，存乎一心。于坚诗《大象》中有一句，描写大象的眼睛："钻石藏在忧郁的眼帘下"。其"ABC"之诗歌思维的"原型"，应该是："（大象的眼睛，像）钻石，藏在（大象）忧郁的眼帘下。"但是于坚放弃了前面的"大象的眼睛，像"这一部分（A），而直接写为"钻石（B）藏在忧郁的眼帘下（C）"，于是形式的不同马上带来了内容的不同：描写变成了叙述，想象变成了事实，未然变成了已然……这就是 A 的省略（也是 BC 型诗歌意节）所形成的独特魅力。

当一个诗歌文本只有一个小内形式"ABC"组合的时候，A 的省略，往往就是把 A"省略"到了题目的位置上。比如孔孚的《春日远眺佛慧山》：

佛头
青了

还有孔孚的《海上》：

一抹乌云
睡了

枕着海

再比如周振中的《人民英雄纪念碑》：

一尊
巨大
的
磨刀石
砥砺着
民族的意志

再比如雪潇的《人民英雄纪念碑》：

历
史
的
一
段
嵯
峨
身
姿
人类的
无数块骨头
顶天立地　出生入死
微风把他们的名字带到了四面八方

在这几首小诗中，被言说者（A）都在标题，诗歌的"正文"直接就进入到 B 位的想象。显然，这是一种有所"保留"的省略，是一种给读者留下了一条解读通道的省略。由于其省略的温和性，所以这样的省略法十分多见。更多的时候，由于"ABC"组合都是完整呈现的，于是 A 省略后的诗节，就只剩下了 BC 这一部分。而可称"BC型"的这一个诗歌意节最主要的艺术意味，就是其所指不明的象征性。比如闻一多的《死水》首句："这是一沟绝望的死水（B）/清风吹不起半点漪沦（C）……"如果我们视"死水"为一个喻体，则其所喻的本体就是隐身的。如此则这首《死水》，就不是隐喻，而是象征。当 A 在文本之内的时候，那个用来表现 A 的意象不会拥有象征性——象征不会诞生；当 A 在文本之外的时候，那个用来表现 A 的意象这才会拥有象征性——比喻死亡，象征诞生。

第二节　现代诗歌小内形式"ABC"组合的 B 位减性量变

诗歌小内形式"ABC"组合的 B 位减性量变，指的是 B 的弱化、B 的隐身、B 的悬置等，简而言之，就是 B 的省略。而所谓 B 的省略，就是"ABC"组合中 B 位信息的缺失。比如在这句话中，就缺失了 B：

这太阳（A），奔放壮丽（C）。

如果试为之填充完整，则其语言链条的原型就是：

这太阳（A），像个大火球（B），奔放壮丽（C）。

比如下面的这四行话，每一行都有一个 B 的省略（语中用"－B"表示 B 的省略）：

这妞，(－B) 沉鱼落雁
这姑娘，(－B) 万人空巷
这佳人，(－B) 在水一方

那里的女人，(－B) 小河流淌

一　诗歌小内形式"ABC"组合中的 B 位省略现象

这种 B 的省略现象，自古至今极其常见。如李白诗句："狂风吹我心，【我的心如同一个果子】西挂咸阳树。"如李金发《弃妇》中句："长发披遍我两眼之前，/遂【像刀子】割断了一切羞恶之疾视，与鲜血之急流、枯骨之沉睡。"如阿垅《无题》中句："不要踏着露水——/因为有过人夜哭。【露水就是夜哭人的眼泪】"。其中"【】"号内的，都是诗歌小内形式"ABC"组合中的 B 位省略。再如北岛《枫树和七颗星星》中句："世界小得象一条街的布景/我们相遇了，你点点头【像是用一串省略号】/省略了所有的往事"；如北岛《另一种传说》句："他们的愤怒【像火一样】只能点燃/一支男人手中的烟"；如北岛《无题》中句："永远如此/火，是冬天的中心/当树林燃烧/只有那不肯围拢的石头/【狗一样】狂吠不已"；如北岛《自昨天起》句："我无法深入那首乐曲/只能俯下身，【鸟儿一样】盘旋在黑色的唱片上/盘旋在苍茫时刻"；如北岛《红帆船》句："我不想安慰你/在颤抖【如纸】的枫叶上/写满关于春天的谎言"；再如北岛《无题：一切都不会过去》节：

即使只有最后一棵白杨树（A）
象没有铭刻的墓碑（B）
在路的尽头耸立（C）
落叶（A）也会【像墓碑上的文字一样】（B）说话（C）
在翻滚中褪色、变白（C）
慢慢地冻结起来（C）
【落叶（A），也会像手掌一样（B）】托起我们深深的足迹

第一个"ABC"组合，"ABC"一应俱全；当语境形成，在第二个"ABC"组合中，即省略了 B；当语境进一步成熟，在第三个"ABC"组合中，甚至省略了 AB。再如顾城的《一代人》：

黑夜（A）【-B】给了我黑色的眼睛（C）
我却用它寻找光明（C）

在"黑夜"和"给了我黑色的眼睛"之间，事实上存在着一个被作者省略了的摆渡：黑夜必须先获得某个可以"给"的资质，然后黑夜才有可能做出"给"的动作。这个事实上存在着的摆渡之"渡口"，就是B。当然，在这里是被省略了的。夏宇《甜蜜的复仇》也是一首优秀的"隐形B"之作：

把你的影子
加点盐
腌起来
风干

老的时候
下酒

作者也许有这样的自信：加点盐、腌起来、风干、下酒，有了这一些功能性的暗示，再笨的人也会知道作者把"你的影子"想象成什么东西了。再说，那个像影子的东西，不说出来，有时候要比说出来好。不射之射，不B之B，不言之言，各呈其妙。诗歌是什么？从语言的角度看，诗歌就是人间妙语的欢宴；而就B的存在方式来看，也是诗歌B位此起彼伏、云来鹤往的乐园。下面柯平《诗人毛泽东》一节中的B，又是别一番风趣：

流经湖南省境内的一条河
没有想到有一天
会变得这么长
这么汹涌澎湃
它掀动的浪涛【】使全世界口瞪目呆

让"全世界口瞪目呆"者，肯定是另一种浪涛，所以，"浪涛"一词身兼二用，一语双关，巧妙担当了这节诗由现实书写之浪涛到想象变形之浪涛的巧妙"拐点"。B 没有从别处出现，B 从 A 处就地一滚，摇身一变，就这样巧妙地出现了。这就是千姿百态的 B 的出场方式之一。这也是艺术的魅力之一：从来就没有什么循规蹈矩的艺术，艺术永远发生在那些让你意想不到的地方，艺术永远发生在那些非艺术的你认为不可能的地方。

二 诗歌小内形式"ABC"组合中的 B 位省略与 AC 型诗

诗歌小内形式"ABC"组合的 B 位省略，是一种艺术上的冒险，所以，为着 B 省略之后的"AC 结构"能够成立，B 位省略往往要在相应的配套工作充分完成之后谨慎从事。

以一个比喻性的小内形式"ABC"组合为例，如果说"喻体＋喻体的伸展"构成了一个完整的"喻体结构（B＋C）"，则其中的 B 位省略，往往只是省略了"喻体结构"的前半部分（B），而保留了"喻体结构"的后半部分（C）。这一保留是至关重要的，因为它保留下的是读者的理解通道。如北岛《进程》句："围栏以外的羊群（A）/如田野【之花】（B）开绽（C）"。"开绽"一词，就是读者的理解通道，它足以通向作者心目中那个如花的田野。

这样的理解通道，其实也可以视为 B 位省略的时候，言说的表现者即信托之物虽然隐身，却安插了自己的代理人。比如，它常常通过与它沾亲带故的动词来暗示自己作为后台的形象，比如上面北岛诗中的那个"开绽"，再比如余秀花诗《悬石》句：

多少日子，沉默【之石】压着沉默【之石】（B）
……
多么危险，多么重（C）
这爱啊（A）

这里写"爱（A）"的沉重感："多么危险，多么重。"但是她省略了用以表现这爱之沉重的"石头",只是让那个"压"字暗示石头的隐在。

正因为 B 的"代理人"之存在(这是必需的),于是 B 的省略,最准确的表述应该是 B 的弱化。毫无疑问,B 的弱化指的就是诗歌的某一表意单元中某一意象的弱化。或者说,在诗歌拉开了架势准备借用一个他物来表现此物的时候,其实并未实质性地借用,而是虚有其"借"。这就是意象的弱化甚至虚化。如吕德安《父亲和我》句:"父亲和我/我们并肩走着/秋雨稍歇/和前一阵雨/像隔了多年时光"。语中那个虚张声势的"像"字其实可以不要,因为其间并无喻体的引出与实在,但作者又确实拉开了想象的架势,好像要对一阵雨和另一阵雨之间的间隔进行了着意的描述。再如张绍民《从前的灯光》句:"那天来了客人,深冬的黑夜/娘点亮两盏煤油灯/……/没有好吃的/娘就用灯光/招待客人"。其中的"灯光"就是 B 的虚化,就是意象的虚化。张绍民这种举重若轻的轻轻一喻,让人几乎感觉不到比喻的存在。

而且,在"ABC"型诗句中,B 位省略往往省略的是那些比较公共化的象喻,即作者认为人皆已知、人皆能知的想象,而那些个性化的、原创性的象喻,往往是不会被省略的。如顾城《生命幻想曲》中的二、三节:"没有目的/在蓝天中荡漾/让阳光的瀑布/洗黑我的皮肤//太阳是我的纤夫/它拉着我/用强光的绳索/一步步/走完十二小时的路途/我被风推着/向东向西/太阳消失在暮色里"。以"瀑布"而喻"阳光",以"纤夫"而喻"太阳",这是个人化的,是原创性的,于是肯定会呈现、肯定会在场。而在"我被风推着"语中,已然有着以"手"喻"风"的事实,但这是一个公共想象,并非原创。于是,作者把它断然省去,反而语效简洁,可以在诗歌的写作中生成一种诗歌思维的大幅跨越,同时也可以加大诗歌语言的表意密度。

奥地利诗人策兰的《白杨树》,也是一首十分优秀的 AC 型诗——B 虽省略,却韵味别致:

白杨树,你的树叶露出白眼正视着黑暗。

我母亲的头发还从未变成白色。

蒲公英,你长满绿草如茵的乌克兰。
我金黄色头发的母亲没有回来。

云中雨,难道你要下落到水井里么?
我谨慎的母亲为所有的人哭泣。

圆形星,你围绕着金色的飘带运行。
我母亲的心脏被铅弹击中。

橡树门,是谁把你从门轴卸下?
我温柔的母亲再也不能回来。

美是一种恰到好处的分寸感。前面已有过提醒:B 强化到乱七八糟胡乱堆砌的程度,无疑会互相打架,语义间会互相疏离,但是 B 如果严重弱化,那也肯定是诗歌艺术的重大疾患。焦菊隐先生关于戏剧结构有一个著名的"豹头、熊腰、凤尾"说,这一说法其实也可以运用于诗歌小内形式的"ABC"组合。B 就是"ABC"组合的"腰",就是其"中枢"与"关键",或者说就是足球的"中场"。最好强化之,最好不要弱化之。如果一定要弱化,甚至减省,而欲求取诗歌的"草书"效果,那自然要对"草书"有所了解。

在书法艺术中,笔画的省略形成了行书甚至草书,诗歌语言事实上也有草书与楷书之别。比如海子的著名诗句:"面朝大海,春暖花开。"如果把他的这句话换成语言的"楷书",即将需要交代的全部交代,使语言的链条完整,让语言的线条光滑,所形成的就是意义平稳推出的呼告结构:(当我)面朝大海(的时候,我的内心像)春(天一般温)暖(并且鲜)花(盛)开。而海子显然使用了语言的"草书":能够省略的尽可能省略,语言的链条残缺,语言的线条断裂,形成意义跳跃含蕴的召唤结构,表现出诗人的语言冒险精神以及诗歌更加强烈的抒情性。然而，这样的草书化语言，一定会利弊并呈，有时候它会因为表意的不够清晰而损伤诗的可读性与认读性。这一点，不可不预为防备。

三　B位省略与"拒绝隐喻"

"无比不成诗"，这句流传甚广的话中包含着人们对"比"的重视。但是，不论是局部的比的介入，还是整体的纯用比体，作为诗歌言说一种极其重要的表意手段，比喻这一艺术表现方式，在20世纪末的中国却遭遇到最大的信任危机。在中国先锋诗人们对意象的警惕、怀疑与放逐之大背景下，比喻也面临到几乎黯然离场的窘境。其中最具代表性的事件，就是于坚喊出了"拒绝隐喻"的口号。虽然后来于坚把"拒绝隐喻"改称为"从隐喻后退"，但覆水难收，拒绝隐喻的现象迅速弥漫开去，很快"蔚为大观"。对"ABC"组合中B的放逐，几成一种时尚。

于坚"拒绝隐喻"的喊法很快引起了人们广泛的思考与争议。显然，我们早已生活在漫长文化历史的"上下文"关系之中，再也回不到命名前的时代。不要说"拒绝隐喻"，我们即使"从隐喻后退"，事实上也所退有限。但是，从当头棒喝的角度上来认识"拒绝隐喻"，它确乎又颇具意义且适时及时。中国诗歌，也应该有一次回归干净、回归本真的清零行动了。其实，"拒绝隐喻"本身就是一个隐喻，它隐喻着中国的诗歌需要喊出自己的诗，需要从生命深处爆发出自己的诗，而不再伪饰，不再作秀，也不再混迹于诗的"知识"与"传统"。与其吞吞吐吐地在知识的丛林与传统的云雾中遮遮掩掩，不如索性"跳出三界外"，从隐喻（B位）后退，直截了当地在诗歌言说的A位大作文章，在事物的本身留驻笔墨，在传统所谓赋的地盘里"以赋为诗"，在事物的原真状态下目击其道……这也就是于坚所谓"拒绝隐喻"的意义。于坚本人也因为他的这一思考以及他配合其思考的诗歌创作，成为了中国当代诗人中一位以赋为诗的大家。于坚"拒绝隐喻"的口号，与他事实上叙列二法的写作，既形成了对传统赋比兴的挑战，也表现出对传统赋比兴的膺服。如从"ABC"程序量化分析，于坚的以赋为诗，就是中国当代诗歌 A 强化的成功尝试。所以，于坚所谓的拒绝隐喻，说到底只是对一种比喻性质的拒绝，而不是对比喻这一事物本身的拒绝。其间道理，简单得就像是拒绝穿旧衣服与拒绝穿衣服之间的区别。

　　但教训也值得深思。于坚曾经提出的"拒绝隐喻"，与尚仲敏当年提出的"消灭意象"，虽然一个婉言为"目击道存"，一个径称要"直通通"，其实内在的要求差不多一样，都是要直达，都不愿意绕道。他们都曾经忽视了"婉而成章"的古训。

　　我国的台湾作家龙应台认为："如果说，文学有一百种所谓'功能'而我必须选择一种最重要的，我的答案是：德文有一个很精确的说法，macht sihct-bar，意思是'使看不见的东西被看见'。在我自己的体认中，这就是文学跟艺术的最重要、最实质、最核心的一个作用。"[①] 她以鲁迅的《药》和《祝福》为例，表达了自己对这一观念的进一步理解："但是透过作家的眼光，我们和村子里的人生就有了艺术的距离。在《药》里头，你不仅只看见愚昧，你同时也看见愚昧后面人的生存状态，看见人的生存状态中不可动摇的无可奈何与悲伤。在《祝福》里头，你不只看见贫穷粗鄙，你同时看见贫穷下面'人'作为一种原型最值得尊敬的痛苦，文学，使你'看见'。"[②] 是的，"使看不见的东西被看见"，这确乎是文学"最重要、最实质、最核心的一个作用"。但是，文学却绝对不能直奔那些需要看见的东西而去，文学反而需要"绕道"而"曲线"到达，文学须借道于"事物"而到达"事物背后的事物"，须依托形象而呈现形象的意味。伊朗电影《天堂的颜色》开头有句伊斯兰偈语："你看得见，你看不见；你看不见，你看得见。"这句话似乎深味了"看"与"见"、"看见"与"看不见"之间的吊诡，也深味了"说"与"说出"、"说出"与"说不出"之间的困惑。它简直就是老子"道"与"可道"、

[①] 龙应台：《百年思索——1999 年 5 月 15 日在台大法学院的演讲》，《书屋》2000 年第 4 期。

[②] 同上。

"名"与"可名"、"常道"与"非常道"、"常名"与"非常名"的伊斯兰版。它几乎描述着一个痛苦的形象：一个明明看见了的人却不得不闭上双眼在那儿"装糊涂""玩深沉"。而这也不由人不联想到传说中《伊利亚特》和《奥德赛》的作者荷马。他真的是一位盲人吗？抑或他的"盲"，竟是一个隐喻——只有盲人才能直视太阳？只有盲人才能看到天堂的颜色？

也就是说，文学存在着一个作者的表述与读者的解读相向并相逆的问题——文学存在着一个矛盾。以诗歌为例，诗歌的阅读与诗歌的创作其动作的向度竟然是如此不同甚至背悖：读者对于诗歌的阅读动态是"看见物象—看见意象—看见意义"（在这一过程中，读者很想看见，但却迟迟看不见）；而作者对于诗歌的创作动态则是"描绘物象—推出意象—含蓄（动词）意义于意象"（在这一过程中，作者是多么地想要说出，但又不得不遮遮掩掩地、吞吞吐吐地甚至欲言又止地说出）。博尔赫斯说："当作家的只能去暗示，要让读者自己去想象。"① 博尔赫斯说这句话的时候——或者在他的作品中——肯定是"闭上了眼睛"或者"闭上了嘴巴"的，而读者也从他紧闭的双目中看到了一种光，从他紧闭的嘴巴中听出了一种话。读者们事实上也正是从博尔赫斯的迷宫里最终走出了迷宫。

于是，在对"言"的不太相信和对"物"的颇觉可靠这一理念背景下，人们一般都宁愿放弃 C，而不会轻易放弃 B，而且往往会大 B 而特 B。比如洛夫的《子夜读信》："子夜的灯/是一条未穿衣裳的/小河/你的信像一尾鱼游来/（我）读水的温暖/读你额上动人的鳞片/读江河如读一面镜/读镜中你的笑/如读泡沫"。这首诗几乎就是 B 的盛宴。正因如此，人们向以意象诗为诗歌的正宗，而以意象为一个诗人立于天地之间的坚实支点。当代诗人安琪说，"朦胧诗"的元老梁小斌曾提醒她："一定要找到属于你的意象。如果有一天，人们说到某个诗人，脑中浮出的是他/她笔下的某个意象，这个诗人才算真正

---

① ［阿根廷］博尔赫斯：《诗艺》，陈重仁译，上海译文出版社 2017 年版，第 150 页。

立起来。"① 他透露的确乎是一个诗歌的秘密：好的意象就像一盏灯，照亮了周围的黑暗；好的意象也像一对漂亮的眼睛，让整个诗歌的脸部熠熠生辉。而意象的所来路径，就是隐喻。于是拒绝了隐喻，就是封闭了一条意象通向诗歌的阳关道。韦勒克·沃伦说："诗歌中起组织作用的两个原则是格律和隐喻，而且格律和隐喻还是'属于一体'的。"② 他注意到的"格律和隐喻"的"组织作用"中，肯定包括着对意象的组织。于是，对作为一种组织方式即作为一种内形式的隐喻，更是不能拒绝的。

第三节　现代诗歌小内形式"ABC"组合的 C 位减性量变

诗歌小内形式"ABC"组合的 C 位减性量变，主要指的是 C 的省略。这种 C 位信息的缺席所形成的"AB 型"诗构，是诗歌小内形式"ABC"组合（不包括"ABC"这一形态自身）的各种形变中最为普遍、最为重要的一种。由于这是一种堪称"ABC"之艺术前身的基础性诗歌型构（"ABC"结构系由 AB 结构延伸而来），故有必要稍费笔墨而细加分辨。

一　"前"AB 结构

最早的时候，即前言说的时候，没有 B，只有 A，只有一个孤立的 A。这里所谓孤立的 A，指的是天下所有那些在理论上独立存在的事物，即所谓"一切的一"和所谓"一的一切"，甚至也可以说就是世间万物。所谓"理论上独立存在"，即假设它们都是独立的作为个体的存在。当彼之时，由于尚未与其他的事物构成某种关系、形成某种结构，所以当它们"独立"的时候，它们也就处于意义的空载状

---

① 安琪：《诗是一种意象思维——简政珍的诗与论》，《海峡瞭望》2016 年第 4 期。
② ［美］韦勒克·沃伦：《文学理论》，刘象愚等译，生活·读书·新知三联书店 1986 年版，第 200 页。

态与静默状态。而且这时候，它们也无所谓是 A 还是 B。然而，事实上并不存在绝对独立的事物，所有的事物都已然地存在于某种关系之中，即都已经拥有着某个意义。所以，真正的意义空载之物是并不存在的。所以，人类的言说一开始就是对元意义的改写，就是对元结构的拆解，就是对元关系的破坏。不存在准备迎接意义、拥抱意义的事物，只存在准备要迎接新的意义、拥抱新的意义的事物。

当一个事物需要被言说，这个事物就成了 A，就与用来言说的那个事物 B 有了区别。而当一个事物需要言说但是并无他物相助时，这个 A，就进入到一种言说的"A+0 结构"。"A+0"结构和"A"结构在数学上是等值的，但在概念上并不等同，正如停止状态的零乘客出租车和运行状态的零乘客出租车之不能等同。"A"是不打算邀请另一物来加盟，而"A+0"则是没有邀请到另一物来加盟。所以"A+0"也就是零取譬，就是零意象，就是前面说过的纯 A。这样的言说，缺点是少了含蓄蕴藉的形象质感，优点是有着不假于物的直接之利。如果说诗歌的言说终归还是一种说话，即如古人所谓的"诗言志"，则只要说得真情，说得情动于中，这样的"裸说"，也自有其"裸说"的可爱与可敬以及可取之处。比如艾青的诗句"为什么我的眼睛常含泪水/因为我对这片土地爱得深沉"，就是局部的"A+0"结构；当代诗人乌青那首大受争议的《对白云的赞美》，则是全篇的"A+0"结构。

在 AB 结构的形成道路上，有一个必经之地，就是"A+本 A 结构"。"A+本 A"结构，有借用他物的架势、姿态和语调，但是并无借用他物的实质，即虽然这样的描述事实上仍然是零取譬与零意象，但分明已有了援引意象与他物的语感。比如"巴黎就像巴黎那样""神话就像神话那样""火焰就像火焰那样"，再比如"比李白还李白""比月亮还月亮""比神话还神话"，就在这样的语感与这样的结构中，一定的意味——而且是一种独特的意味——已然出现。虽然是虚晃一枪，但毕竟是有了聊胜于无的动作。

在 AB 结构的形成之路上，有时候还会误入歧途，形成"A+非 A 结构"。

"非A",本可直接表示为"B",这里以"非A"表示,强调着所援引的事物与"A"的疏离和非关。这是一种可称为"跟错人"或"取错譬"的言说结构,虽然它也确实具有一种借物说物的结构姿态,也确有一种借取他物的事实,但所选用的表现者并不具有表现被表现者的功能与性指,即表现者事实上并不能表现被表现者,它们之间风马牛不相及——"不类"。钱钟书说:"愈能使不类为类,愈见诗人心手之妙。"① 钱先生说的当然是成功的"使不类为类",如果动作失败,使不类为不类,那就陷入了"A+非A"的窘境,就成了一种错误的结构、无效的表达。古语云:"和羹之美,在于合异。"但是,第一,这个"异"有其异的限度;第二,它们毕竟异中有同。

我们可以把上述几种 AB 结构的前身,称为"前 AB 结构",或者称为"不成熟的 AB 结构"。

二 AB 结构

可称为"成熟的 AB 结构"者,首先就是"A+近 A 结构"。"近 A",指的就是"B",以"近 A"称之者,是想强调它在属性上与 A 的接近。"A+近 A 结构",是非常普遍的一种言说结构,因为"近"的邻词,就是"便"。近者,必然方便。所以它在文学及至诗学的言说现实中比比皆是。但"A+近 A"毕竟是一种态度上比较"消极"的思维方式。苏东坡有一首词《卜算子·黄州定惠院寓居作》:"缺月挂疏桐,漏断人初静。时见幽人独往来,缥缈孤鸿影。惊起却回头,有恨无人省。拣尽寒枝不肯栖,寂寞沙洲冷。"这是一首词中名篇,但是江弱水教授却看到了其中"A+近 A"的"方便"而不是"卖力"。他说:"'幽'与'静','孤''独'与'寂寞','寒'与'冷',如此同义反复,实在费辞。再加上'缺''疏''断'等,同样性质的词用得太密集,而诗意甚为单薄。"② 江弱水批评的虽然只是这首词在语词上的图方便而未肯卖力,其间道理却适用于更深的发

---

① 钱钟书:《谈艺录》,商务印书馆 2011 年版,第 467 页。
② 江弱水:《诗的八堂课》,商务印书馆 2017 年版,第 95 页。

挥，比如用之于诗歌的想象。

　　站在想象的立场上视之，"A+0"是根本就没有想；"A+本A"是想不出去，想到的还是自己；"A+非A"是虽然想出去了，但是想错了；而"A+近A"就是既想出去了，也想对路了，可惜出去得不远，浅想辄止。所以它是一种消极的而非积极的想象——它的想象体粘连于它的被想象体，双方的性质距离太近。在"语境间的交易行为"中，它是一种近距离的交易，不能获得对读者想象一种扩而张之的力量。比如俄罗斯诗人雅申《赤脚走在大地上》句："太阳柔和、安详，仿佛月亮。"雅申用以扩张"太阳"与"月亮"之间相近关系的，是"柔和、安详"，可惜这样的扩张其力量不是很够，还没有把它们拉远到十分陌生的距离。比如瑞典诗人贡纳尔·埃凯洛夫《在五点和七点之间》句："街灯在雾中站立不动，好像奉献的蜡烛。"在这里，贡纳尔也没有拉开"街灯"与"蜡烛"这两个事物之间的性质距离。

　　"A+近A"结构其"近"的另一个表现是，它的想象体是人们所熟悉的，或者已是人们的知识，因而也就显得陈旧。有句话说得好："诗神的山坡上拥挤着很多诗人，皆披着天才抛弃了的旧衣裳。"旧衣裳也是衣裳，旧衣裳也能穿用，但是旧衣裳毕竟是旧的，且诗歌之神偏偏不喜欢旧衣裳。人类根据事物的相似性所进行的想象，其想象本体与想象体之间的距离，本来并无远近之别，只有"像"与"不像"之分，但由于某些想象体之于想象本体的反复出现，由于它们之间的关系固化，它们之间第一次组合时所产生的那种陌生感与冲击力，会与"用"俱减——每使用一次，其表现力就减少一些。当它们的组合最终成为知识而不再是体验，那种遥远的、陌生的、新奇的感觉就会丧失殆尽，就会让人们感觉为"近"。如"门口""山头""雪花"，如"你明亮的眼睛就像那天上闪耀的星星""美丽的姑娘一朵花"等，它们第一次组合的时候，仍然是"远"的，可是经年之后，它们就越来越"近"。从理论上讲，这样的组合，是不应该再发生的，但事实上这样的组合却一直在进行，因为我们人类有时候很懒，懒得只图方便。也就是说，"A+近A"结构是人类思维普遍惰性的表现。所以，刘熙载说："诗要避俗，更要避熟。剥去数层方下笔，庶不堕熟字界里。"（刘熙载《艺概·诗概》）于是所有的"A + 近 A"结构也就是消极的结构。比如人类关系学中的地缘关系、亲缘关系、学缘关系等，就是消极的，它们毕竟不像基于共同爱好甚至共同理想而形成的关系那样积极。

这样消极的而非积极的想象，表现在比喻中，就是"近取譬"。

"近取譬"是比喻中的"A + 近 A"结构——在对比喻的本体进行比喻的时候，取用了一个与本体距离比较近的事物为喻体。"近取譬"当然是成立的，而且是有用的。但其成立与有用，主要在非文学文体中，且其目的也主要在于手段性的说明，而不在于目的性的表现。或者说"近取譬"只是达标性的语言选择，而不是优胜性的语言追求。因此，"近取譬"显然应该为对比喻有着更高要求的文学言说所不取，所力避。顾城曾有这样一个句子："太阳像月亮般地出现了，几声干哑的鸡啼，证明，这是一个真实的早晨。"[1] 这就是"A + 近 A"。这是顾城 14 岁时的小儿稚语，所以情有可原。倘若成年之后的顾城还这样老大而故作幼稚，那就有些笨拙甚至有些做作了。

诗歌当然不会满足于比喻的说明性，而期待着比喻的审美性。有一个名叫"竖"的"废话写作"者写了一首《3 和 7》："如果强调的是 10/那么 3 和 7/是一对组合/或者说 3 和 7 互补//如果强调的是/先后的话/那么 3 对 7 是一种威胁/而如果强调的是/多少的话/则 7 对 3 是一种威胁//如果什么都不强调的话/那么/3 就是 3/7 就是 7"。这分明只是打比方的、说明性的比喻，而不是创造性的、表现性的比喻。他以这样的比喻写诗，简直是对诗歌莫大的误解。这样的比喻，在说明与证明的意义上当然是有效的，但是在审美的意义上却是无效。这样的比喻，不只是于竖要拒绝，我们也要拒绝。[2]

---

[1] 顾城：《冬天的早晨》，见《顾城文选》第 1 卷，北方文艺出版社 2005 年版，第 128 页。

[2] 但是，这样"低级"的诗歌比喻的比方化现象甚至俗化现象，即使在一些大诗人的笔下，也并不稀见，或者说遭到公开的忽视。这样的"卖个破绽"，肯定有其故意与原委。本书第十章第二节对此有比较专门的讨论。请参看。

虽然诗歌的比喻反对上述这种取譬之"近",但是诗歌的比喻却同时要求取譬要"贴"。如果说"近取譬"暴露出的是比喻者的懒惰,则"贴取譬"正好表现出比喻者对事物的关注之深切。余秋雨在其文化随笔《唐诗几男子》中有过一个失之于随手的比喻。他在说到李白与杜甫的相遇而又相别时这么写道:"这就像大鹏和鸿雁相遇,一时间巨翅翻舞,山川共仰。但在它们分别之后,鸿雁不断地为这次相遇高鸣低吟,而大鹏则已经悠游于南溟北海,无牵无碍。差异如此之大,但它们都是长空伟翼、九天骄影。"[①] 如果这里仅仅只是需要两只鸟儿来进行说明性的比喻,则确实是什么样的鸟儿都行,但是,如果一定要以确定的而不是任意的两只鸟儿来进行表现性的比喻,则此处必须以"大鹏"来比喻李白而必须以"凤凰"来比喻杜甫。以"大鹏"喻李白,余秋雨做到了,但是以"凤凰"喻杜甫,他却没有做到。

对杜甫的生平与精神稍有了解的人应该知道,"七龄思即壮,开口咏凤凰"的杜甫,他一生的精神图腾,不是别的,正是凤凰。凤凰早已是杜甫当仁不让、非他莫喻的一个喻体。也就是说,只有用"凤凰"而喻杜甫,才是"贴取譬",才是贴切的,才是文学性的。我们常常会觉得优秀的诗人作家其语言是那么恰如其分的贴切,现在我们应该知道那是他们接受了语言的种种限制。比如,在西湖夜雪这一情境的限制下,张岱清楚地知道,不能写成"湖上影子,唯长堤一条、湖心亭一座,与余舟一只、舟中人两三个而已",而必须写成"湖上影子,唯长堤一痕、湖心亭一点,与余舟一芥、舟中人两三粒而已"(张岱《湖心亭看雪》)。也就是说,文学语言并非随手任意的语言,当此时此刻必须如何如何的时候,优秀的诗人和作家就会"乖乖"地似乎是大受苦恼地甚至忍气吞声地默默努力,并且无怨无悔。比如巫昂诗《凡是我所爱的人》:"凡是我所爱的人/都有一双食草动物一样的眼睛/他们注视我/就像注视一棵不听话的草"。"就像注视一棵

[①] 余秋雨:《唐诗几男子》,见余秋雨《中国文脉》,长江文艺出版社2012年版,第263页。

不听话的草",在这首诗的具体语境里,以"草"喻"我",不很高贵,但很贴切。前面有"食草动物"四字的埋伏,后面的那棵"不听话的草"好像迟早都会宿命般"脱颖而出"。除了草,难道还能是别的一个什么吗?难道一定就要在这里镶嵌一个其他什么珠宝吗?也许,巫昂想过在这里披金挂银的,但是她看了看那个语境,还不得不顺从了那一棵草。但那不是她的软弱,那正是她对自己所操持事业的一片诚敬。倒是那些不知天高地厚的青皮后生,才会表现得"奋勇直前",生拉硬扯。黄庭坚说杜甫诗"无一字无来处"[①],人们多理解为杜甫诗的多用典故。那当然是对"来处"的文本外理解。其实,这个"来处"也可以理解为文本之内的来处。所谓"下句要从上句转出"者,上句不正是下句的来处吗?所以,文本之内的无一字无来处,正可以描述诗歌语言之间的这种相生相成的血脉关系。

诗歌反对"A+近A"这样的"近取譬",因为这样的联想太多、太容易、也太俗,但是俗到极致,却又是一种雅。事实上,中外诗界竟也不乏"A+近A"结构的佳例,比如瑞典诗人贡纳尔·埃凯洛夫《心中的死亡》句:

大地上寻找毁灭的深不可测的井,
流星曾在那里牺牲了它的一只眼睛。

没有相近的事物,只有平庸的联系。"井"与"眼睛",或者"流星"与"眼睛",它们的互喻,都是最为典型的"A+近A"结构。然而,贡纳尔在这里却把它们之间的关系处理得那么高明、漂亮、神奇,体现出他以近求远的能力,堪称"化腐朽为神奇"。雪莱《诗之辩护》有云:"诗人的语言主要是隐喻的,这就是说,它指明

[①] 语出黄庭坚《答洪驹父书》中的这一段:"自作语最难,老杜作诗,退之作文,无一字无来处,盖后人读书少,故谓韩、杜自作此语耳。古之能为文章者,真能陶冶万物,虽取古人之陈言入于翰墨,如灵丹一粒,点铁成金也。"

事物间那以前尚未被人领会的关系，并且使这一领会永存不朽。"①能否永存而不朽，其实与诗人无关。诗人要努力做到的，是要揭示"尚未被人领会的关系"。没有领会到，虽近犹远，虽肝胆而如远隔吴越；一旦领会到，虽远犹近，虽天涯而若比邻。比如阳飏诗句："医生们都很干净/让人想到白药片"。你说它是近，还是远？比如娜夜《母亲》的末句："母亲站下来/目送我//像大路目送着她的小路"，这正是古人所谓"远取诸物，近取诸身"（《易传·系辞下》）的信手拈来，也正是金圣叹所谓"真乃天外飞来，却是当面拾得"②的艺高人胆大。这样的近，似近，实远；虽远，却远得有某种贴近的意味。海南岛的人们拍合影，如果只是齐声喊"茄子"，则他们喊的也仅仅是"qiezi"这个声音，从他们嘴里出来的不过是某个滥俗的文化。但是如果他们喊的不是"茄子"而是"椰子"，则从他们嘴里出来的，就是超越了文化的东西，就殊几而近于诗。这样的看似近而其实远，还有一个例子就是，云南大理的洱海，早就有了"要像爱护自己的眼睛一样爱护洱海"这样的当然也不错的广告词，但是，到现在还没有出现"要像爱护自己的耳朵一样爱护洱海"这样紧紧地贴近着洱海二字的"近取诸身"的广告词。

当然，这追求着诗歌现场自足性的"A + 近 A"，事实上已是"A + 远 A"了。

"A + 远 A"结构，就是"远取譬"。这是一个人们常常用来说明"远取譬"的例子："狗像野兽一样嚎叫"。"狗"与"野兽"之间，显然距离太近；"人像野兽一样嚎叫"，"人"与"野兽"毕竟也同属动物，距离仍然不远，而"大海像野兽一样咆哮"，"大海"与"野兽"的距离就远了起来，就产生了张力，就是美的组合。同样的道理，"红得像玫瑰"是"A + 近 A"，而"红得像马赛曲"就是"A + 远 A"。戴望舒的《白蝴蝶》虽然是一首小诗，却有一个优秀的

---

① ［英］雪莱：《诗之辩护》，缪灵珠译，见章安祺编《西方文艺理论史精读文献》（修订本），中国人民大学出版社 2003 年版，第 395 页。

② （清）金圣叹：《金圣叹全集》第二卷，江苏古籍出版社 1985 年版，第 113 页。

"A+远A"组合：

> 给什么智慧给我
> 小小的白蝴蝶，
> 翻开了空白之页，
> 合上了空白之页
>
> 翻开的书页：
> 寂寞；
> 合上的书页：寂寞。

显然，"A+远A"结构是一种视胡越而为肝胆的"积极的想象"与"积极的修辞"，是一种"远取譬"，是想象这种"语境间的交易行为"中远距离的"意象贩运"。由于想象本体与想象体之间的距离本无远近之别，所以对这一个"远"字，必须正确理解。"远"，是"A+近A"结构中"近"的对立面，即熟悉的对立面——陌生、陈旧的对立面——新鲜。如"忧伤像邻居一样突然到来""阳光像一只蜜蜂爬过水面""春天是正在脱衣的美女"等，表现者与被表现者之间由于陌生的组合与新鲜的关系这样的"远"而具有了强大的艺术张力。如车前子诗《天涯》节："一个村庄的天涯是另一个村庄／一个朝代的天涯是被故意忽视的思想／一个思想的天涯是信以为真／一块手表的天涯是发条坏了／一根恶棍的天涯是桌子的腿／一条脖颈的天涯是脖颈上的脑瓜"。如魔头贝贝的《相见欢》："已经很久没有听见／清晨的鸟叫／／光照到脸上／仿佛喜欢的人来到身边"。它们都在异质（而不是同质）的与不即不离的组合原则下，构成了其诗语的张力结构即审美结构。换言之，一个被表现者（A），只有和一个跟它极为不同的表现者（远A），构成"A+远A"（远取譬）结构且它们之间又有着分明的关系之时，这一结构方可获得诗歌的审美张力，拥有诗歌的深长意味。

学者冯广艺在谈到比喻的审美张力时，就比喻的四个基本要素

（相似性、本体、喻体和喻词）和审美张力之间的关系，表述如下：

审美张力＝AB（间的）距离×B的形象丰满度×喻核潜隐度（E主观相似，喻核数量，喻核隐藏度）／比喻词（值为0或1）①

其中审美张力的第一项决定性的数值，就是"AB（间的）距离"，也就是说，"A＋远A"结构和是比喻的（同时也是诗歌联想的）审美张力成正比关系。于是对"A＋远A"结构的追求，自然就是优秀诗人孜孜以求的高质量的想象。其实它并不难，十年面壁，一朝开悟，只要拒绝"A＋近A"的明确意识，只要有努力"远取譬"的明确追求，诚如赵毅衡先生所看到的："虎纹可以'冷'得像树皮，雨线可以'懒'得像大腿，郁金香可以'完整'得像思想，当然清晨可以'痛'得像未做完的梦。"② 事实上我们举目四望，哪一首优秀的诗篇里，没有"A＋远A"结构所承载的奇思妙想呢？比如瑞典诗人托马斯·特朗斯特罗默《对一封信的回答》句：

在底层抽屉我发现一封26年前收到的信。
一封惊慌中写成的信，它再次出现仍在喘息。
一所房子有五扇窗户：日光在其中四扇闪耀，清澈而宁静。第五扇面对黑暗天空、雷电和暴风雨。我站在第五扇窗户前。这封信。
……有一天我将回答。在死去的一天我会集中思想，或至少远离那儿，我将重新发现自己。我，刚刚抵达，漫步在那座大城市，在125街，垃圾在风中飞舞，我喜欢闲逛，消失在人群中，一个大写的T在浩瀚的文本中。

---

① 冯广艺：《谈比喻辞格四元素对审美张力的影响》，《海南师范大学学报》2008年第6期。
② 赵毅衡：《断无不可解之理》，陕西人民教育出版社2015年版，第71页。

第十一章 现代诗歌小内形式"ABC"组合的减量性变化 ❖ 311

最后一节，他用"一个大写的 T 在浩瀚的文本中"来比喻"我"的"消失在人群中"，这就是无与伦比的"A + 远 A"。再比如穆旦写山崖间的小羊："他们的叫声，多么像湿腻的轻纱"；写初恋时男女的接触："你我的手的接触是一片草场"；写灵魂的空旷："我灵魂的寂寞是荒野的钟声"。如李金发《有感》句："生命便是/死神唇边/的笑"；如张绍民短诗："从孩子变成大人/就等于从南瓜花变成南瓜""木头正在怀念它的身体/柔软的火焰/像木头的妻子"；如芬兰诗人伊娃·利萨·曼纳《树木是裸体的》中句："很快将是冬天，/深而冷，像一口井"。如她的《我以为看见一封信投在门廊》句："我以为看见一封信投在门廊/可那只是一片月光"。它们都是人类诗歌"A + 远 A"结构的佳句。如华莱士·史蒂文斯《睡岸上的芙蓉》（王敖译）句：

【芙蓉】……昏睡在
海岸嶙峋的瘦骨上，在水光点颤中
它起飞，追寻耀燃的红

澄黄的花粉迸溅一身——红
红得就像老咖啡店飘飞的旗子

面对着芙蓉之红，诗人想象到的，竟然是"老咖啡店飘飞的旗子"，这是多么遥远的联想。面对诗人们那些几乎是思出天外的逸想，我们常常这样惊叹：他是怎么做到的？诗人的联想也太奇妙、太出人意料了吧？是的，这就是诗人的追求。诗人的这一追求，早被当年的杜甫"一言以蔽之"了："语不惊人死不休"！[①]

诗人们面对"A + 远 A"结构的思维之"远征"，最为常见也最

[①] 句出自杜甫《江上值水如海势聊短述》。全诗为：为人性僻耽佳句，语不惊人死不休。老去诗篇浑漫兴，春来花鸟莫深愁。新添水槛供垂钓，故着浮槎替入舟。焉得思如陶谢手，令渠述作与同游。

为基本的取向，就是诗人们与生俱来的创造精神，当然还包括诗人们强烈的反传统意识。当传统意味着已知，意味着"近"，则"A+远A"结构第一个实现其远大追求的"征途"，就是：反传统，就是越过传统，到尚未开垦的处女地上去，到荒原上去辛苦征寻。这是远的常道：以远求远。以远求远，即以陌生化求远，即"唯陈言之务去"。如郭沫若"我是一条天狗呀"，如果不是天狗，而是龙、凤、虎等，即为传统意象，即近于知识人的传统化感知，而天狗则因为比较陌生，而远于人们的感知。当然，因为我们的传统往往是优雅的，所以，离传统越远，则离世俗就越近。远的另一个征途，却是以近求远——远在天边近在眼前，它与前面所述及的"A+近A"结构的佳例殊途同归，实为同一个东西，此处不再详论。

由于诗歌小内形式中的A，常常会被一些诗人"悬搁"在标题，所以，"A+远A"结构也有一种表现形式，即表现为题目与正文之间的"A+远A"关系。比如朱庆余《近试上张水部》："洞房昨夜停红烛，待晓堂前拜舅姑。妆罢低声问夫婿：画眉深浅入时无？"如果不看其题目，则这首诗虽然也堪称一首趣味盎然的唐人"生活流"，但终归是失之于就事论事、言此意此。但是当与题目联系起来，马上就有了言此意彼的言说张力，也马上就有了一种极意婉转的词间风致。把"近试上张水部"这样的大题目，与"洞房……画眉"这样的小意思组合在一起，也难为作者一片独出的心裁。而"A+远A"结构在诗歌文本中还有一个更为广义的理解是，"A+远A"结构也可以运用于组诗当中一首诗与一首诗之间的组织，即上一首诗与下一首诗不一定是题目、题材、内容等方面是接近的与同类的，而可以是不接近的甚至是非同类的。这样恰恰可以撑廓出组诗的空间与视野，使其更为深远、辽阔、立体。

三 "后"AB结构

所谓"后"AB结构，指的是对"AB结构"的深化、超越甚至逆反。它主要有两种情况："A+反A结构""A+返A结构"。

不是冤家不聚头。人是矛盾的动物，拥有矛盾的行为，更拥有矛盾的思想与感情，且这么多的矛盾还并存于一体，甚至相安无事，表现为对立而又统一的高度和谐。如《红楼梦》，"满纸荒唐言"与"一把辛酸泪"，相反相成；林黛玉的今世之"泪"和前世之"水"，相反相成；林黛玉病重，听了贾母的安慰，先是"微微一笑"，继而却"把眼又闭上了"。"微微一笑"和"把眼又闭上了"，是多么相反的描写，却又多么自然地并存于我们悲悯的眼前。

我们这世界上既存在着"A+反A"的事实，我们的语言中也就必有"A+反A"的语构。比如这样的短语：冷酷的希望、最后的序言、被虐待的欢乐、罪恶的钻石；比如这样的句子："当我沉默着的时候，我觉得充实。我将开口，同时感到空虚。"（鲁迅《野草》题词）"世界上只有骗子才是真心的，因为他是真心地要骗你。""寂寞和孤独的区别是：寂寞的时候想寻找的是别人，孤独的时候想寻找的是自己。"比如这样的文章的构思：余光中散文《我的四个假想敌》以自己的四个"女婿"而为自己的四个"敌人"，黄凡散文《竞选大王》写一个一个立法委员的候选人来到一所监狱给犯人们做竞选演讲——让犯人们选他。它们都是"A+反A"的语言构造。有人说鲁迅小说惯常的叙事风格是"热心肠，冷讲述"，其"热"其"冷"，也是一种"A+反A"的关系。在一次诗歌朗诵会上，有一位残疾人，竟然用哑语来"朗诵"……是的，我们的生活本身就是悲欢离合的"矛盾的修辞"，我们的语言也必然会如此充满了喜怒哀乐的"修辞的矛盾"。

当这样的"矛盾修辞"被运用到诗歌中，就是"A+反A"结构的出现，就是"吟安一个字，拈断数茎须"（唐·卢廷让《苦吟》）般一阴一阳的对立性组合。比如瑞典诗人帕尔·拉格克维斯特《当你用温柔的手》句：

当你用温柔的手（A）
合上我的眼睛（A）
我的周围都是光明（反A）
像在一个充满阳光的国度（反A）

再如芬兰瑞典语女诗人索德格朗《殉难者》句：

被全世界判刑的人
是无罪的。
最纯净的太阳
是漆黑的杯子。

如诗人朵渔《去河南》句："我就坐在这群人中间（A）/却不再是他们中的一员（反A）"。北岛更是一个"A+反A"的高手，他脍炙人口的《回答》首二行"卑鄙（A）是卑鄙者的通行证（反A）/高尚（A）是高尚者的墓志铭（反A）"，堪称"A+反A"的名句。他的《雨中记事》句"在大地上画果实的人/注定要忍受饥饿/栖身于朋友中的人/注定要孤独"，也是同样。这样的语为"A+反A"结构的孤独，比"碧山人来，清酒满杯"（司空图：《诗品·精神》）那样的孤独，似乎更具张力。由于"A+反A"结构事实上充分地体现着中国美学对立统一的基本原则，所以一般中国诗人都应该对此了然于胸、熟稔于手。于坚就是如此。且看于坚《胖子》句：

光在天空盯着我们　装着光明正大（a）的屌样（反a）（A）
父亲站在云端（a）为君子兰浇水（反a）（反A）
……留下个叫做丰功伟绩（a）的烂摊子（反a）　拍拍屁股走了（A）
一只狗在桌子底下等着我们烂醉（a）　眼神深邃如巫师（反a）（反A）
……肝胆相照（a）的小团伙里（反a）（A）　必然有什么还没有露馅儿　将要告密的小人是谁啊（反A）　身高都在一米七上下
栋梁（A）

第十一章 现代诗歌小内形式"ABC"组合的减量性变化 ❖ 315

　　于坚的这种微观"A+反A"的手法真是太纯熟了，刚刚还是翻手为云，转眼之间就可以覆手为雨。他的宏观"A+反A"同样堪称杰出。他甚至可以用绝对非诗的文体写出绝对是诗的内容，代表作就是著名的《零档案》。在这首长诗里，他把"A+反A"结构运用到了极致。而沈浩波的《舞者》，也把"A+反A"结构运用到了诗歌的章法安排：

　　　　追光灯覆盖着舞者的灵魂
　　　　因不能逃避
　　　　而万般扭转的灵魂

　　　　你们伸长脖子
　　　　爱上了她的身姿
　　　　和蹁跹的美

　　　　一个少女
　　　　被强暴者覆盖时
　　　　那灵魂
　　　　也该是万般扭转的吧

　　　　晶莹的舞池上
　　　　舞者努力地弹跃
　　　　自己曼妙的身体

　　　　欣赏舞蹈的人们
　　　　有的已被这美
　　　　感染得落了泪

　　　　一条濒死的鱼
　　　　在冰冷的砧板上

最后的弹跳
它也有着
柔软的身体呵

我不是故意扫你们的兴
我们都有舞者的灵魂
我们都有少女的屈辱
我们都有
待宰之鱼的
绝望

　　如上所述，这些"A+反A"结构在诗歌文本中的大量存在，其中强烈的对比关系甚至对立关系的物物组合，无疑描述着"A+反A结构"的自然普遍性以及世界与人生的极端复杂性。它无疑也比前述的"A+近A""A+远A"更具诗歌情意的深刻性。晏殊词《蝶恋花》句："昨夜西风凋碧树，独上高楼，望尽天涯路。"世界之巨大与个人之渺小、理想之远与现实之近、喧嚣的俗世之欢与自己的独上之悲，在这种"A+反A"式的结构中得到了短促的碰撞，也得到了瞬间的闪烁。柳永词《蝶恋花》句"衣带渐宽终不悔，为伊消得人憔悴"也是同样，肉身的消瘦与道身的饱满、物质生命的消瘦与精神生命的圆满，在此一矛一盾，一明一暗，在"A+反A"结构的短兵相接中猝然喊出。再比如辛弃疾词《青玉案·元夕》句："众里寻他千百度，回头蓦见，那人正在灯火阑珊处"。这是多么节奏鲜明的讲述！180度的情节逆转、多与少、前与后、寻觅与撞见，无不悄然地应合着我们生命的呼吸——"呼"与"吸"是那么"矛盾"，但是"呼"与"吸"恰恰象征着我们的生命本身。

　　"A+反A"结构还确凿地证明着这个世界在多维视角下的背谬，以及悖论的普遍。美国女诗人艾丽丝·沃克《花朵在鼻尖闻着我》中的以下"反视角"诗句，就是对我们神谕一般的提醒：

天空/在我眼角/盯着/我
舞蹈/在我骨头里/活动着我
故事/在我臂弯/讲述着我

在这位美国女诗人的启发下，我们举目远望，在更为广阔的视野里观察"A+反A"式结构，则"A+反A"结构同样也描述着一种人生的戏剧性甚至荒诞性。警察与小偷乐滋滋同桌共餐、高贵的主人与低贱的仆人嘻嘻哈哈一路说笑……那么多"寓真于诞，寓实于玄"（刘熙载：《文概》）的戏剧性组合与荒诞性搭配，无不追求着一种对立而又统一的张力最大化结构，在相反中，求取相成。美国新批评主义学者克林恩说："只有使用悖论，才能通向诗人要说的真实。"① 这话有些绝对，但他对"悖论"的强调，却能够说明"A+反A"结构（事实上它就是一种悖论式结构）包含着的这一道理：如黑之于白，如泪之于笑，如明之于暗，如喜剧手段之于悲剧效果，一个事物，也许在跟它性质截然相反的事物激励下，才能得到最充分、最本体的呈现。

也许正因如此，中国古人这才于对仗艺术情有独钟、乐而不疲。对仗当中，也一定隐藏着让中国古人乐而忘返的秘密。对仗当然有高下之别：其平庸者"近取对"——似对立实不对立，形式上对立而精神上不对立；其优秀者"远取对"——似不对立而实对立，形式上不对立而精神上实对立。对仗之美与不美，也以张力大小为衡量。而对仗之张力，仍然是一种对立统一的力量。一般而言，对仗的诱人之处，就在于它的"A+反A"结构所蕴藏的"一阴一阳之谓道"的中国式美学，在于其相反相成的话语组织中张力的生成，但是再深入一些来理解，则对仗艺术在看似和谐的外表之下，却深藏着一种对立的、抗衡的、反抗的精神，这也许才是中国古代对仗艺术最为激动人心的奥秘。中国现代诗歌虽然不再以"格律"的名义要求诗歌创作

---

① ［美］克林恩·布鲁克斯：《悖论语言》，赵毅衡译，见赵毅衡编《新批评文集》，中国科学出版社1988年版，第314页。

的对仗化，但是中国现代诗歌应该充分体察我们的祖先深藏在对仗艺术中那种有理有节的对抗精神，在"A+反A"的语言结构中继续对抗的事业。

是的，和"A+近A"结构的庸俗化相比，"A+远A"无疑是飘逸的，而和"A+远A"的飘逸相比，"A+反A"结构又无疑是"反抗"的。诗歌与生俱来就是反抗的，尤其中国的现代诗歌。当传统的诗歌言志说、诗歌缘情说等诗歌认识被渐渐突破，在从"审美"到"审智"的历史性进程中，这样的诗歌观念越来越深入人心：诗歌就是说出事物背后的那个事物，就是拨开那个司空见惯的事物，让它背后那个陌生的事物得到呈现；诗歌就是人类对于事物诗学意义上的重新命名、再度诠释、二次说明、另类言说。凡此种种，如"再度"与"二次"，如"另类"与"重新"，如古人所谓的诗有别才、诗有别趣，包括"非常"之"非"，包括"反常"之"反"，它们其实百川归海般指向着同一个意思，那就是对"一度"的不满，对"现实"的反抗。

何止诗歌是如此，文学都是如此。孙绍振在其《医治学术"哑巴"病，创造中国文论新话语》一文中说："如果从文本中直接概括，可以发现小说中的人物都是动态的。一切情节皆源于人物被打出常规，进入例外环境。要么从顺境进入逆境，要么从逆境进入顺境。在这个过程中，常态的人格面具脱落，内心深层的奥秘得以凸现。"[①]他举了《水浒传》中林冲"逼上梁山"的例子。他所说的小说情节中"常态的人格面具脱落"，在诗歌里（比如在"A+反A"结构中）不也是"常态的物格面具脱落"吗？在小说里，在反常情节下，人物"内心深层的奥秘得以凸现"，那么，在诗歌里，在反常的"A+反A"结构下，不正是"事物背后的那个事物得以凸现"吗？其实，学术论文本身又何尝不是如此？我们的整个文化本身也何尝不是如此？其实，所有创新的东西，所有从那旧的东西里通过浴血奋战而推

[①] 孙绍振：《医治学术"哑巴"病，创造中国文论新话语》，《光明日报》2017年7月3日。

陈出新般走出来的东西，哪一个不是高举着"反常"的大旗？所以，什么是知识分子？当然有种种的解释，但种种界定中有一个却是永远不变的，那就是：批判的精神！而批判，又何尝不是对抗，何尝不是"反常"？① 沈奇说："诗的张力有二：一种是产生于阅读过程中的局部张力，我称之为前张力；另一种是产生于阅读后的整体张力，我称之为后张力。真正优秀的现代诗人，多着力于对后者的探求而成大气。"② 这种后张力，无疑更多地存在于诗人（以及知识分子）以其平和的声音发出的对于历史与现实的怒斥——当然它更多地是一种文本与文本外广大世界之间紧张关系的貌似不紧张的呈现。

俄国形式主义的陌生化理论，也是主张"反常"的。陌生化就是反常的结果。但是，失去了控制的陌生化，却会走向猎奇，走向玄虚。在这一点上，疏于防范的陌生化理论，就比不上苏轼的"反常合道"③之说更为聪明。同样的道理而表述不同的说法，还有贺裳的"无理而妙"④。也就是说，"A + 反A"结构所承载的反常和无理固然是可以的，但其前提却是必须"合道"，必须"妙"。合道与妙，就是对反常的控制。表现在对仗里，就是语意既要相对，同时还得相关。在诗歌的小内形式"ABC"组合中，A 点一般负担其常，B 点一般负担其反常与无理，而 C 点则负载其合道与妙——C 点的延伸性阐释，往往是对 B 点的奇异之思进行的"纠正"，是对 A 与 B 之间某种内在精神的解悟、沟通。而这种诗歌艺术自我纠察与内部沟通机制的

---

① 在我们当下的现代汉语情境中，相比于"反常"，人们更愿意使用"非常"一词。"非常"是"反常"的结果，"反常"是"非常"的手段，所以这一词语的选择，似乎淡化了其中"反"的动作意味与行为色彩。在文言文语境里，"非"直接就是否定的意思，也就是批判的意思。非子，就是一位"批判者"；天下的知识分子，人人也都是"非子"。"非非主义"者，否定之否定也，亦即对批判的批判。

② 沈奇：《1995：散落于夏季的诗学断想》，见《沈奇诗学论集》第 1 册，中国社会科学出版社 2005 年版，第 156 页。

③ 宋人惠洪《冷斋夜话》二十二"柳诗有奇趣"条载："东坡云：'诗以奇趣为宗，反常合道为趣。'"

④ "无理而妙"，是清人贺裳在其《皱水轩词筌》中评他人词作时提出的："唐李益词曰：'嫁得瞿塘贾，朝朝误妾期。早知潮有信，嫁与弄潮儿。'子野一丛花末句云：'沈恨细思，不如桃杏，犹解嫁春风。'此皆无理而妙。"

无处不在，也告诫我们：所谓的自由，它只是现代诗歌的表象——甚至是现代诗歌的陷阱——所谓的自由诗，其实是更不自由的诗！

如果说"A+反A"结构是"A+非A"结构的高级版，则"A+返A"结构也就是"A+本A"结构的高级版。物极必返。远之极为反，反之极，就是返——在"A+反A"之后，另一个有可能的组构方式，就是"A+返A"了。而返，也就是还原，就是从一个人们习惯性认为的地方折身而返。请您体会一下"A+返A"结构中那种折身而"返"的意味："拿得起但是不想放下的是——筷子""陷进去但是不想出来的是——被窝""本想把日子过得像诗——简洁、精致，不料把日子过成了歌——不靠谱、不着调。"

在中国现代诗歌的视域里，"A+返A"结构主要承载着"第三代诗歌"中反意象诗与反变形诗等所谓"还原式命名"的言说追求。其中不乏优秀之作，如阿吾的《相声专场》，直接收取着清除污染归真返朴的言说效果。但是不成功的作品更多。他们本来想在"A+返A"结构中玩一下所谓的大智若愚，却适得其反，弄巧成拙，求"A+返A"而不得，反让自己的诗歌沦为了"A+本A"甚至"A+非A"。如于小韦的《火车》：

旷地里的那列火车
不断向前
它走着
像一列火车那样

它并非"A+返A"结构中的佳句，实为"A+本A"结构下的故作笨语。

从理论上讲，诗歌之可贵，在于它对常识的拒绝，即诗歌不以书写事物的一般性常态为旨归。诗歌应该有这样一股站得更高看得更远的"傲气"，亦即诗歌的使命是："对于人们长期固守的惯性思维、实用思维，进行挑逗，触发被工具理性长期麻痹的神经，诱发跳出常规常态思路，拥抱新体验、新感觉、新想象。一次崭新的诗性思维，就是对世界惯常认知的一次刷新。"① 但是在面对以下情况时,"还原式命名"却是可以成立的:比如出现了命名的迷误,比如某些命名严重地甚至是恶意地背逆了常识。这时候,为了正本清源,就迫切需要有人大胆地进行诗歌的"格式化"工作而"重启动"。中国现代诗歌到了"朦胧诗",种种垃圾积淀与种种形态异变早已将诗歌重重涂抹并扭曲。于是,在整个社会思想解构的思想背景下,"第三代诗人"即对包括"朦胧诗"在内的前两代诗歌进行了果敢的刷新与还原。于坚"回到常识"的呼吁,"非非"派的"非非主义",阿吾等人的"不变形"理论,甚至到后来的"白诗歌"等,那些主张回到"零度""中性""纯洁"的人们,几乎都可以视作"还原式命名"的理论认同者与实践实验者。

而且,这是极其必要的,也是非常有意义的,并且功不可没。但诗歌对于常识的言说如同音乐对于休止的运用,可以偶一为之,不能倚为根本。倘若津津乐道而不知节制,即为守株待兔的蠢人笨事,是对诗的取消,也是对诗人身份的取消。沈奇对还原式命名的看法值得我们重视:"有一个误区一直被疏忽:当诗人们由抒情退回到叙事、由感性转而为智性、由主观换位于客观后,大都止步于由虚伪回到真实、由矫情回到自然、由想象回到日常的初级阶段,只求'还原'而忘了诗的本质在于'命名'。"② 所以,一味地还原,也就成了一种退却,甚至成了一种逃避。以太阳意象为例,它确实是一种浸染了太多的意象,也确实需要把它还原为太阳本身,但是,回到起点还不是为了新的出发?或者为什么一定要从起点出发?正是因为这样想,所以芒克直接就说了:"太阳升起来,/天空这血淋淋的盾牌。"所以多多也就直接说了:"你创造,从东方升起,/你不自由,像一枚四海通用的钱!"我们当然更尊敬这样的诗人!

如上所述,AB 型诗歌构造是丰富的构造,有着丰富的表现力,

---

① 陈仲义:《感动 撼动 挑动 惊动——好诗的"四动"标准》,《海南师范大学学报》(社会科学版) 2008 年第 1 期。

② 沈奇:《90 年代先锋诗歌的语言问题》,见《沈奇诗学论文集》第 1 册,中国社会科学出版社 2005 年版,第 38 页。

但 AB 型诗构同时也因对 C 的"拒绝"而表现出相当的"孤傲"。AB 型诗构藏意于象的选择,在深层的文化心理上,反映着人类文化乃至人类文明与生俱来的无奈感。人类文化一开始就携带着一个宿命般的悖论:它是解释的,放射着一道启蒙的光,但这一道光同时也宣示了周围更大的黑暗;一种解释带来的是更多的困惑;命名既是对命名者的开示,也是对被命名者的遮蔽;在赋予事物某种意义的同时,也遮蔽了事物的另一种意义;走上一条路,意味着走不成其他的路;选择一个,意味着放弃其余;一念代万念,一念同时也遮蔽了万念;说出,意味着更多的没有说出……而且,稍有不慎还会落入语言之诠。诠者,筌也。在筌之鱼,再难回头;在诠之言,其意固化。于是文化之所触摸万物,如手之触烫、触火,其最为本能的反应,常常就是缩手而回——回到"象",回到"立象以尽意"。这也就是所谓"才涉唇吻,便落意思"以及"沉默是金"的来历,就是不说出的缘由,也就是所谓不言之言与不射之射的原因!中国传统文化甚至把这种不言之言视为言说的最高境界,也把这种当事人自己的缄默而经由代理人的说出,视为说出的最高智慧。诗歌作为文化之一种,自当难逃其"咎",当然也更为克制自己的主观。AB 型诗对 C 的放弃,作为一种语言的内部策略,一方面体认着"道可道,非常道;名可名,非常名"的言说无奈,另一方面也给诗歌对于世界的"解释",留下一条叫做"另类解释"的退路,留下了一个二度命名的变通余地。甚至,诗歌就是要挑战所谓的"伊挚不能语鼎,轮扁不能语斤"(刘勰《文心雕龙·神思》)。诗歌不信那个邪,乃因诗歌有自己言说的办法。

结　语

　　诗歌小内形式"ABC"组合的 C 位缺所形成的诗歌言说最为基本的"AB"结构,其核心的概念就是"去意存象",即放弃对形象所指的必要阐释,突出地前置诗歌形象,把所有的表达推诿给形象的能指,表现出一种作者言说愿望的滞留性与言说意味的收缩性。而这恰恰就是"AB"结构的追求:意要促、象要简、神要远(几乎像在从事诗歌的经济学）。存象，是对"比"尚存的尊重，因为"象"往往因"比"而来；但是去意，则是对"兴"分明的警惕。这里的"兴"，指的是对"象"的进一步解悟，其解悟之妙处，即"文已尽而意有余"（钟嵘《诗品·序》）。但倘若解悟非妙，必陷入"文字"与"才学"甚至"议论"之类的"理路"。这可能就是人们存象而去意的初衷：一种诗学上的防患于未然。美国诗人庞德在说到中国诗歌对"文字""才学""议论"的规避时曾有这样的赞语："诗人找出事物明澈的一面，呈现它，不加陈述"；"中国诗人把诗质呈现出来便很满足，他们不说教，不加陈述"。[1] 他所说的"诗质"之"呈现"者，就是意象，就是"物"与"我"之间的那个"第三方"。宗萨蒋扬钦哲班禅有言："当你没有骑蓝色狮子时，请歇于金盏花上。"这句话所有的诗质，都在一狮一花那两个意象。

---

[1] 转引自叶维廉《中国诗学》（增订版），人民文学出版社2006年版，第217页。

第十二章 现代诗歌小内形式"ABC"组合的序变与向变

作为人类最为"妙观逸想"的艺术形式，诗歌的思维是人类思维中最为变动不居、灵性活跃的思维，诗歌的语言也是人类语言中最为变动不居、灵性活跃的语言。古代诗歌是如此，现代诗歌也是如此。所以，具体到文本的诗歌创作，固然是诗人捕捉意象而后通过诗歌小内形式的"ABC"组合加以有序化生成的过程，但是这一过程却因人而异、因时而异、因诗而异，并非一成不变而故步自封。它一方面有着基本的言说"情节"即意义生成的链条（即"A—B—C"的三级递进式思动），一方面也有着"转换不滞，顺逆兼施"（黄宾虹《画法要旨》）的万般变化，亦即有其种种的变体。诗歌因此也获得了"变而通之以尽其利，鼓之舞之以尽其神"（《周易·系辞上》）的艺术效果。前面两章，主要讨论的是诗歌小内形式"ABC"组合的量性变化，本章主要讨论诗歌小内形式"ABC"组合在不同语境中的序变与向变。序变，即"ABC"组合在语言次序方面的序性变化；向变，即"ABC"组合在思维的目标以及命意的旨归等方面的向度变化。

第一节 现代诗歌小内形式"ABC"组合的常见序变

诗歌小内形式的"ABC"组合，从理论上讲，共有六种语序的变化形态，其中的常态即其基本型，无疑就是本书所重点讨论也一直在讨论的"ABC"型。这是诗歌小内形式的"正锋"。黄宾虹说："知用正锋，即稍有偏倚，皆落笔圆浑，秀劲有力。"（黄宾虹《画法要旨》）其余的五种，即是其"偏倚"之后的变体（即"ABC"的其他五个排列组合方式）。正是"ABC"组合这些灵活不居、随体赋形的丰富变化，在小内形式的层面上，率先表现着诗歌创作风云变幻的艺术魅力。如果我们把"ABC 型"理解为"A—B—C"序列，则这其余的五种，分别就是"C—B—A"序列、"C—A—B"序列、"A—C—B"序列、"B—C—A"序列和"B—A—C"序列。具体缕述如下。①

一 现代诗歌小内形式的"CBA"型

"ABC"组合的"CBA"这一语序变化，显然是"ABC"这一基本型的"倒装"，或可称之为"ABC"的"颠倒版"。比如朱传圣《爱情》句：

那么疼，那么猝不及防（C）
一粒沙子击中了风（B）
这是不是就叫爱情（A）

这一诗歌意节要表达的是作者对爱情的感受，它所援引的意象为"一粒沙子击中了风"，其延伸性的解释为"那么疼，那么猝不及防"，但是它没有沿袭一般"顺叙"性的"ABC"之序式，而是"倒叙"了其诗语组织。当然，它也收取了独特的诗歌意味。再如杨牧《我骄傲，我有遥远的地平线》句："我常想，多难的人生应当有张巨伞（C）/这张巨伞（B）应该是一片辽阔的蓝天（A）"。这是非常

---

① 这样的逐一缕述，在追求"创造"的诗人们看来，难免其机械性与技术性之嫌，但是"思"即理论的考量，却是"必须"的，因为理性（ratio）就是"义的计算"（Rechnen）。《礼记·五经解》有云："洁静精微，易之教也。"《易经》所面对并要阐释的世界，应该比诗歌更为复杂，但是《易经》对复杂世界的表述既是清洁而宁静的，同时也是"精微"的，是十分科学冷静的。"劈柴不照纹，累死劈柴人。"诗歌小内形式的"ABC"组合，就是一节一节的诗歌这段木头上的"纹"。这个"纹"，需要冷静观察之。

优美也非常善意的一节诗，如果把它用正常"ABC"语序表述出来，可能会是："辽阔的蓝天（A）像是一张巨大的伞（B），遮护着我们多难的人生（C）。"在这样的实验中我们不难发现，在 A、B、C 三元素不变的情况下，随着它们之间语序的改变，诗歌的意味好像也发生了改变。这是因为，在诗歌创作中，并不存在把某一既成的语序故意颠倒过来的现象。事实上诗歌中的每一种已然的语序，都是其必然的语序，也都是真实的语序——真实地对应着作者的某个独特感受，即这一感受是只能"这样"而不能"那样"来进行表达的。倘若"那样"，则就另成一诗，就成了"彼诗"而不再是"此诗"。比如李白的诗句"浮云游子意，落日故人情"，如果理解为李白是以"浮云"来比拟"游子"，以"落日"来比拟"故人"，则其语序就是所谓的倒装，但如果理解为李白先是看到了"浮云"，而后想到了"游子"，先是看到了"落日"，而后想到了"故人"，则这样的语序就不能说是倒装。李白的这两行五言诗，如果要四言化，可能会变成"浮云游子，落日故人"，它和"流水今日，明月前生"（司空图《诗品·洗炼》），就同为"BA"结构了。"BA"结构是"CBA"结构的简化和含蓄化。

也就是说，虽然我们在对它们进行不同语序下诗歌状况的分析和研究时，往往会把它们进行颠三倒四的观察，并进行乱点鸳鸯的归类，比如我们会认定某一个形态为"常态"而指派另一个形态为"非常态"，或认定某一个样子为"正体"而指派另一些样子为"变体"，但这只是为了言说的方便。其实它们都是"正体"，也都是"常态"，因为它们都是独立而自在的诗歌个体，都携带着各自的意义与形式。我们真正要做的，不是乐见其颠倒，而是从其种种的变化中体会并发现那个"万变不离其宗"的"宗"之所在，亦即寻找其规律所在。比如，我们通过诗歌的小内形式"ABC"组合这一"常态"与其"倒装"后的"变体"即"CBA"的对比，显然会受到以下的启发：有时候，写诗好像是上三个台阶（"ABC"），而有时候，写诗又好像是下三个台阶（CBA），一切都要看当时具体的情境。

二 现代诗歌小内形式的"CAB"型

"CAB"这一种"ABC"组合的型变,特点在于 B 的后置即形象的后置。比如这首署名劳拉的网络诗歌《我是你的糖——赠 XX》:

XX,脱去我的衣裳
让我跳到你的嘴里吧
让我甜你——(以上 C)
我(A)是你的糖(B)

贺知章的《咏柳》句"不知细叶谁裁出(C),二月春风(A)似剪刀(B)",也是这种先说出"事件(C)",而后再说出"当事人(A)"并补出"肇事方(B)"的"CAB"结构。细叶如裁,这是谁干的?是"剪刀"直接干的,是"春风"授意剪刀干的,是"春风"与"剪刀"合谋而后干的。这样的语言程序极具生活的逻辑性,在生活中,我们常常是面对着一个已然的结果而去溯波求源的。比如,我们心里有疼在先(C),这时候我们看天上的红旗(A),会马上觉得天空在流血(B)。比如为海德格尔所推崇的荷尔德林的诗句:"成为自由(C),诗人(A)就像燕子(B)。"所以,"CAB"结构是一种非常普遍的诗歌小内形式"ABC"灵巧的变体。由于"CAB"这一诗型的形象(B)是后置的,所以这样的诗歌意节,其诗歌的语感往往就是收束时的干净利落。和那种"拖泥带水"的"ABC"式收束相比,语感也正好相反。

三 现代诗歌小内形式的"ACB"型

在"ABC"组合的"ACB"这一序变中,虽然 B 仍然是后置的,但更值得注意的,则是 C 的限定性前置——C 因此而比较隐蔽,好多时候给人的感觉好像是没有 C。比如汪曾祺的《旗》:

当风的时候

一道被缚住的波浪

作为小说家，汪曾祺虽然诗作很少，但他对诗的感知却堪称敏锐。在这首诗里，构成诗歌小内形式的三个基本点悉数出场了：旗（标题，被表现者，A）、"当风的时候／一道……波浪"（表现者，B）、波浪之"被缚住"（对 B 的继续阐释与表现性延展，C）。需要提醒的是，像这首诗里 C 以隐蔽的姿态限定性前置于 B 的现象，是诗歌小内形式"ABC"语序中十分常见的一种变化，其例可谓不胜枚举。比如杨牧《我骄傲，我有遥远的地平线》中句："我博大广袤的准噶尔啊（A），／你给了我多少恢弘（C）的画展（B）。"这种 C 的前置，也相当于比喻句里喻核的前置。一般的比喻语法是"A 像 B 一样 C"。如张爱玲名言"生命（A）是一袭华美的袍（B），爬满了蚤子（C、喻核）"，而当 C 前置后，就变成了"A，C 一样 B"，如"生命（A）是一袭华美的爬满了蚤子（C、喻核）的袍（B）"。再比如宋代词人秦观《减字木兰花》句"欲见回肠（A），／断尽（C）金炉小篆香（B）"。其核心结构是"回肠"与"金炉小篆香"之间的表现与被表现关系，其中 B 的后置，可能有押韵的原因，也可能有用"断尽金炉小篆香"和"欲见回肠"保持同样动宾结构句式的原因，总之，C 是前置的。杜甫的"飘飘何所似，天地一沙鸥"与此相似，意思是：我杜甫（A），"飘飘（C）何所似（A），天地一沙鸥（B）"。其正常的语序是：我杜甫与什么事物有些相像呢？就像那天地之间的一只沙鸥，我们都是飘荡人间，无所依凭……但是 C 前置后的表述，显然更多语义折返的韵味。当代诗人翟永明《女人》组诗之《渴望》中有一句，同样韵味委婉，同样前置了 C："忧郁（A）从你身体内／渗出（C），带着细腻的水滴（B）"。另一更年轻的当代女诗人靳丹樱的《白桦林》，也是这样互换了 B 与 C 的正常位置而收取了更为婉致的风韵：

　　天空纤尘不染（A1），就像鸽子（B1）
　　从未飞过（C1）。雪铺在大地（A2），只有旷世奇冤（C2）

才配得上（C2）
这么辽阔的状纸（B2）

树叶唰啦啦响，墓碑般的树干上
两个年轻的名字已不再发光。从来都是鸽子飞鸽子的
雪下雪的

其中第一节的两个比喻堪称奇妙，尤以第二个比喻看上去漫不经心、若无其比，但是更为有力。这第二个比喻，本体是"雪铺在大地"，喻体是"辽阔的状纸"，它的与众不同是它的喻核不是在"ABC"的C位上，而是在"ACB"的C位上。再如于坚《冬阳来电》句："天欲雪 他握着白瓷酒杯 浮现在夜晚的大幕上（A）/酡红 明亮（C） 像一位铁匠（B）"。如瑞典诗人特朗斯特罗姆《脸对着脸》句："灵魂（A）/磨着风景（C），像船磨着自己停靠的渡口（B）。"如卡夫卡的一首短诗《以撒的死命》：

在模糊的感觉里一只钟敲响（A）。
倾听这声音（C），如果你进入这房间（B）。

这诗写得太美了！A，就是钟声；B，就是房间；C，倾听这声音就如同是走进这房间。相信如果依正常的"ABC"句式写下来，一定会索然无味。而英国诗人T-E-休姆的《秋》，则是连用了两个"ACB"组合：

秋夜一丝寒气——我在田野中漫步，
遥望赤色的月亮（A1）俯身在藩篱上（C1）
像一个红脸庞的农夫（B2）。
我没有停止招呼，只是点点头，
周遭尽是深深沉思的星星（A2），
脸色苍白（C2），像城市中的儿童（B2）。

四　现代诗歌小内形式的"BCA"型

"ABC"组合的"BCA"这一序变，特点为形象的前据即 B 的突前，至于这一前置的形象是在描述什么，则谜底一样一推再推而放在最后，于是它的另一个特点也就是被表现者的后置。比如贺敬之《桂林山水歌》句："云中的神呵，雾中的仙（B），/神姿仙态（C）桂林的山（A）！"在这一诗歌意节中，开门见山就是形象："云中的神呵，雾中的仙（B）"。它们的"神姿仙态"是在描述什么呢？最后才点明：是"桂林的山"。再比如江河《从这里开始》句：

土地的每一道裂痕（B1），渐渐地
蔓延到我的脸上（C1），皱纹（A）
在额头上掀动苦闷（C2）的波浪（B2）

在这一诗歌意节中，面对"皱纹"这一被表现者，作者向前的一个想象物，是土地的"裂痕"。对"裂痕"的延展性解释，是"蔓延到我的脸上"；向后的一个想象物，是"波浪"。对"波浪"的延展性解释，是"在额头上掀动苦闷"。前一个就是"BCA"型，后一个则是"ACB"型。李渔说得多好："变则新，不变则腐；变则活，不变则板。"（李渔《闲情偶寄》）有时候一个小小的灵变，也会给读者带来新异的冲击，而像江河这样于方寸之地的变而又变，无疑会给读者带来更多的美感。

五　现代诗歌小内形式的"BAC"型

"BAC"这一个"ABC"的序变，特点仍然是形象的前置，追求的仍然是先"形"夺人的言说效果。比如戴望舒的《静夜》："像侵晓蔷薇底蓓蕾（B）/含着晶耀的香露（B）/你盈盈地低泣，低着头（A）/你在我心头开了烦忧路（C）"。比如阳飏《乌梢岭》句："仿佛受了委屈的孩子（B），委屈的黑夜（A）在白天只剩下淡淡的影子（C）/一只银手镯（B），被岭下那条河（A）捡起来戴在了手腕上（C）"。甘肃诗人阳飏的诗歌，想象异常丰富，意象非常优美。阳飏在诗歌的形式上也极具探索精神。在口语诗的形体变得越来越细长的时候，阳飏却反其道而行之，写了好多长句子的长诗，如《青海湖长短三句话》《扎尕那》《乌梢岭》等。读阳飏先生这些大气磅礴却口吻冷静的诗，感觉像是大热天吃到了一块冰——爽极！仅仅在这一点上，即告别温吞吞的诗歌语调上，阳飏以其冷峻的诗歌骨感，独步中国诗坛。而且，阳飏的诗会助成你这样的一个判断：什么是诗人？诗人就是一个古代的巫者，是一个天地之间的通灵者，他们一直在给我们讲述着世界的秘密。

神龙见首不见尾。诗歌这条神龙，它有时候确乎不把它的龙首一开始就显露给我们，而是先给我们一个尾巴（比如"CAB"诗型）。而我们在揪住它的尾巴时，却不可误以为抓住了它的首脑。抓蛇要抓蛇的头，即使蛇在那里扭动其腰百变其身，捕蛇者却能始终盯住了它的头不放。A位，就是诗歌这条美丽妖蛇的头。如果我们把一个诗歌意节（一个诗歌小内形式"ABC"组合）的开头，定义为一次诗歌事件在一个局部的发生，而把一个诗歌意节的结尾，定义为一次诗歌事件在一个局部的终结，同时把"ABC"理解为一次局部的诗歌事件（当然有时候它是整体的），则可以这样认为：A在哪里，它的头就在哪里；C在哪里，它的尾就在哪里。诗歌的开头与收尾应该是一个内在的逻辑概念，是一个内形式的概念而不是外形式概念。

而且，A位有多大，这个"头"就有多大！如赵丽华《雪》之一节：

> 我们习惯了四平八稳的生活。我们这些现实主义者
> 有时候几乎无法理解那些理想主义者的人生追求。比如那些
> 正在前赴后继扑向大海的雪，她自以为
> 靠着集体的力量，就能把大海
> 盖上一层白

"比如"之前的，都是A，都是开头部分。

同样，C 有多大，它的尾就有多大；同样，B 有多大，它的身就有多大。

博尔赫斯有一段就"诗"和"寓言"的开头与结尾而发的妙论："我看到岛屿的两端，这两端就是一首诗、一篇寓言的开头和结尾。仅此而已。而我不得不创造、制造两端之间的东西。这得由我来做。诗神缪斯……所给予我的就是一篇故事或一首诗的结尾和开头。于是我只好把空填出来。"① 在博尔赫斯看来，写诗就像是回答一道填空题，这个比喻真是有趣极了。当然这只是他的个人经验。可能其他人会认为写诗的过程恰恰相反，恰恰不是填充，恰恰却是爆炸：先是从中间点燃，而后向着四周爆发、弥漫……

第二节 现代诗歌小内形式"ABC"组合的基本向变

人类的所有行为都是有目的的，而行为的目的也让行为的过程获得了意义。所以行为的目的，也就是行为的价值取向。于坚说："握着麦克风……我不由自主地放弃了母语，舌头发硬，我觉得那金属的龟头只能接受普通话，有人用方言对着这玩艺儿吗？……麦克风的方向是普通话的方向……我经常在电视上看到，正在田间干活的农民或者正在修单车的师傅，麦克风一伸过来，舌头就像接通了电源似的，挺起来，变成了普通话的。"② 于坚说的，就是人们在面对"麦克风"说话时的一种价值取向。诗歌的行为也自有诗歌行为的价值取向。具体到诗歌的小内形式"ABC"组合，在这一从 A 到 B 再到 C 的过程中，同样存在着行为动作的价值之向度。

一 诗歌小内形式"ABC"组合的两组基本向变

诗歌小内形式"ABC"组合的价值取向，因时、因人、因情、因

---

① ［美］威利斯·马恩斯通编：《博尔赫斯谈话录》，西川译，广西师范大学出版社 2014 年版，第 30 页。

② 于坚：《朗诵》，见《于坚诗学随笔》，陕西师范大学出版社 2010 年版，第 120 页。

境而呈现出多姿多变的取向，但其中有两组向变是最为基本的向变。

诗歌小内形式的"ABC"组合最为基本的两组向变之一，是"此岸—彼岸"向变，即它在理论上具有的一种可伸缩性引起的动态变化，指的是："ABC"可以收缩为"AB"，甚至可以收缩为"A"；相反的，"A"可以伸展为"AB"，还可以伸展为"ABC"。这一放一收的两个动态，也就是"ABC"可称"能屈能伸"的一组向变：$A+B+C$的方向——由此岸到彼岸再到远方；$ABC-B-C$的方向——由远方到彼岸再到此岸。前者可称彼岸的方向，指向精神家园；后者可称此岸的方向，指向世俗生活。它们其实就是所谓"入世"与"出世"的人生态度在小小的"ABC"中必然的反映。它们当然都促成过伟大的诗篇，同时它们也在这样的过程中"出生入死"而伤痕累累。在彼岸的方向上，它们会路经哲学与道德，但有时候它们也会遭遇政治的以及意识形态的引诱、利用甚至绑架，艺术的行为会变质而为政治的行为，民间的话语会被政治的话语收编；而在此岸的方向上，它们则会混迹于田园的世俗或投奔于山水的放逸，去寻找人生的桃花源与命运的乌托邦。事实上，诗歌正是在这样从此岸到彼岸的过程中永恒地往返着——永远在路上。生而为人，我们无法逃避这样一个残酷的哲学命题：我们从肉身出发，走向观念；我们从当下出发，走向远方。如果观念、远方尚有具体的所指，我们的生命当然可以找到归宿，而当观念坍塌、彼岸消失、故园沦陷，则我们在只有出发没有终点的道路上将是何其迷茫。而有时候，不幸的是，"'彼岸'又压抑甚至置换了此在本身"。① 这时候，还乡之路变得迷离，不知道哪里才是真正的归宿……于是，诗歌小内形式"ABC"归根结底的方向，在此"载蜎载裹""苦秦久矣"的现实摇摆中，在恍兮惚兮其中有道的蹉跎中，就是一种随其波而逐其流的修行，或是一种逐步消除矛盾、渐次物我同一的大彻大悟。

诗歌小内形式"ABC"组合的另一组基本向变，是"大写—小

---

① 段凌宇：《到语言来的路上去——于坚、海德格尔和我的对话》，《山花》2007年第10期。

写"向变，即由"A—B—c"所表示的"小写化方向"和由"abC"表示的"大写化方向"构成的一组向变。

"ABC"组合的量变与序变、序变与向变，其实是统一的：量变中就包含着序变，序变中也包含着向变——"ABC"的言说顺序当然也就是"ABC"的言说方向。也就是说，诗歌小内形式的"ABC"思维程序，既是一个过程性的描述，也是一个方向性的描述：从理性到理性的迷失、从物质的此岸到精神的彼岸、从生活在此处到生活在别处……如果把这个基本的大方向分成两个子方向，就是："abC 方向"即大写化方向与升华方向、"ABc 方向"即小写化方向与解构方向。

不能说这两个方向中的哪一个就一定是"正确的方向"。比如，被于坚嘲之为"大词癖"的大得失真的大写化方向，就并非一定是有价值的方向。同时，如果小写化的方向小到微不足道甚至突破底线，这样的小，同样也会因其失真而失去价值。中国古代，那些达则兼济天下的文学，其为文为诗，自然而然地选择了"abC 方向"——大写化方向；而当他们仕途疲倦、人生沮丧，甚至愤怒、绝望，他们往往就会选择"ABc 方向"——小写化方向。然而古人在这样的两个方向上都给后世留下了不朽的作品，诗歌自身也在这两个不同的方向上一直在显示不同的自身。那些大写化的方向，因为充满着所谓的"正能量"并响彻着所谓的"主旋律"，所以人尽皆知，这里不再多说。这里要微微提及那些往往会被人们小觑的小写化方向。比如，从"朦胧诗"到"第三代"，从热烈的抒情到"零度"抒情甚至到"零下"抒情，从英雄到凡俗，从出走到还原，从想象的诗意到事实的诗意，从不会生活的诗人到会生活的诗人，从不敢说钱的诗人到敢于说钱的诗人，从雅到俗，从玩的就是心跳到玩的就是心不跳，从疯的诗人到不疯的诗人，从喝酒的诗人到不喝酒的诗人……这一切就是我们刚刚经历甚至正在经历的"ABc"方向。这一方向上，我们不是同样收获了优秀的诗篇吗？在这一方向上，时代不也是"跌到高处"了吗？

所以，面对这样大写化的方向与小写化的方向其客观的存在，我们应该对它们表示出同等的尊重，而不必一定要把它们较以轩轾、别以仲伯。其实，它们就像是诗歌的呼吸，谁敢说吸气一定就比呼气要高大上呢？

二 诗歌小内形式"ABC"组合"文而明之"的总方向

不论是前述的大写化方向抑或小写化方向，也不论是此岸的方向还是彼岸的方向，诗歌小内形式"ABC"组合所承载的鸣锣开道一往而前的过程，毕竟有其总的方向，而这一个总的方向，也必然是"文明"的方向。这一文而明之的价值总取向，一言以蔽之，曰：明！

博尔赫斯说："对于生命感到困惑的事实也许就是诗歌的本质……在这种情况下，依我看，哲学和诗歌就没有什么根本的差别，因为两者关心的是同一种困惑。其不同之处仅仅是，在哲学中，答案的得出具有逻辑性，而在诗歌里，你运用的是隐喻。"[①] 如果套用韩愈《师说》中语，则博尔赫斯的意思就是："'诗'者，所以……解惑也。"于是，诗歌小内形式"ABC"组合及其变体的总方向，无疑就是为了这样一个字——明。明者，不惑也！在"文而明之"的文明大森林中，诗歌无疑是其中"诗而明之"的强大一树。而在诗歌这一棵"诗而明之"的大树上，却也有许多"明"的分枝和异动。

（一）王国维：明就是"不隔"。在人类文明的大路上，行走着千千万万心有大惑的人，行走着千千万万渴望逃离蒙昧的人。其中就有诗人。诗人同样心有大惑。当他们感受到人生之悲，他们还会心有大恸；当他们窥破了人生与世界的某一奥秘，他们还会心生莫大的喜悦；他们更心怀一种强烈的要把这一切说出来的愿望。他们渴望着与人分享自己的情感与发现，而所谓的"理解"，所谓的"知音"，所谓的"莫逆于心"，无不描述着他们一种言说的理想：不隔。

王国维《人间词话》说人间的有些词作"如雾里看花，终隔一层"（王国维《人间词话·39》）。他这样批评那些"如雾里看花"的词，是因为他向往的词说境界，就是"不隔"。什么是"不隔"？

[①] ［美］威利斯·马恩斯通编：《博尔赫斯谈话录》，西川译，广西师范大学出版社2014年版，第40页。

他认为："语语都在目前，便是不隔。"（王国维《人间词话·40》）如此则海德格尔所谓的"去蔽"，要是用王国维的话说，就是"去雾"。这层"雾"，隔在我们与"花"之间，使我们不能贴近、贴切到事物上去，使我们看不真切，使我们的眼前不够澄明。王国维用一个"隔"字，直面了我们在奔向澄明的道路上必须正视的"蔽"端，这甚至比直接给我们描述出一个光明的前方更有"现实"意义：我们须先一步知道堕入深渊的可怕，而后才会有向上攀登、极目四望的明了。

诗歌创作，迈着"ABC"的脚步一路前行，这一诗意敞开且最终澄明的过程，确实并非荡荡坦途。它一路上所要面对、所要克服的，何止千山万水。仅仅以具体的诗歌文本而言，它的道路上已然关山重重：首先，得面对最外层的阻隔即语词层面和语音语形层面的阻隔（可谓之一级阻隔）；穿越其境之后，次外层的阻隔又横在眼前，此即诗歌体式层面的阻隔，如格律诗之格律的阻隔以及诗歌大内形式的阻隔（可谓之二级阻隔）；然后历经千辛万苦来到诗歌的小内形式，而这时要面对的阻隔，则是在诗歌史背景下的事实描述（A）以及紧随其后的意象层面（B）之阻隔，这一层面的阻隔，带来的就是神秘、隐藏、含蓄与包容（可谓之三级阻隔）；这时候，我们终于来到小内形式的最内层（C）。这一位置，固然会有一定的形象阐释，但那也只是形象的阐释即暗示性的阐释，而不完全是情感与思想等明确内容的和盘端出，它仍然是含蓄的、暗示的，所以它仍然是一重阻隔（可谓之四级阻隔）……优秀的诗歌，是终不说出的，一如优秀的小说，是终不完整讲完的。而诗歌之于人类的诱惑力，恐怕正在于如此复杂的阻隔与反阻隔、澄明与反澄明的激烈搏斗之中。

在这一场搏斗中，我们几乎难以裁判搏斗的双方到底谁是谁非，因为我们几乎难以判断到底是阻隔了好还是澄明了好。也许，它们本来就是一个事物的两个方面，一如手心与手背。比如我们修筑四道围墙以之为城，可以说是占领，也可以说是选取，但也可以说是戒除——把广阔的墙外之地戒除在我们的城池之外。所以，选择，也是为了不选择；言说，也是为了不至于出现另外的言说；

隔，也是为了最终的有所不隔……在我们意识的桌面上，似乎只能有一种东西出现，一如我们不能同时骑两匹马。如果说"隔"是让某一个我们不需要的事物退场，那么，与"隔"同时存在的"不隔"，也就是让我们需要的另一事物出场。或曰："从看见到看见，中间是看不见的。"以"ABC"三步而言，A无疑是可见的，但是可见中有着不可见，要让这不可见变得可见，就要通过一片黑暗B（这当然是对于平庸与常规世界而言的黑暗），这一片黑暗就是看不见的，而到了C，如同走出隧道看见光明，一切又变得可见。"从看见到看见，中间是看不见的"，这句话讲得真是太有道理了。不入B之黑暗，难得C之光明，这就是"ABC"的奥秘所在，也是隐喻的意义所在。隐喻之隐，正是隐入黑暗之隐，也正是黑暗本身之隐。是的，隐喻可能是一个弯路，和"A是A"即"A+A"式言说相比，它也许是一个弯路，但是，弯路有时候也是捷径，一如同捷径有时候偏偏却是弯路。

（二）海德格尔：明就是"敞开"。在海德格尔的诗论中，"遮蔽"与"敞开"、"黑暗"与"澄明"以及"深渊"与"居所"等等，都是其诗歌之思的常用词。其中的"遮蔽"与"黑暗"以及"深渊"，无疑是海德格尔认为诗人正在努力远离的世界，而"敞开""澄明"以及"居所"也显然是海德格尔认为诗人应该努力抵达的世界，也就是诗歌努力的方向。然则海德格尔所谓挣脱"遮蔽"而到达的"敞开"与挣脱"黑暗"而到达的"澄明"以及告别了"深渊"之"悬置"而到达的"居所"，其实与王国维的"不隔"有着大体接近的意思。

何为"敞开"？海德格尔有过自己的解释："当我们理解一个对象时，对象并非已经完全敞开，相反，只有通过解释的运用，对象才会清晰地呈现出来。"[①] 显然，海德格尔所理解的"敞开"，就是事物"清晰地呈现出来"。有时候，海德格尔不说"敞开"而说"绽开"。比如在《形而上学导论》中他说："（Physis这个词）说的是自身绽

[①] 转引自王岳川《现象学与解释学文论》，山东教育出版社1999年版，第5页。

开（例如玫瑰花开放），说的是揭开自身的开展，说的是在如此开展中进入现象，保持并停留于现象中。简略地说，Physis 就是既绽开，又停留的强力。"① 而且，海德格尔还用另外的一些词语解释过它（Physis），如"涌现""出现""生长""使成长"甚至"出场"与"持续"等。

用汉语来合成之，就是"敞亮"。

当然，这个"清晰地呈现出来"的，应该是本真的而不是非本真的事物。海德格尔认为，只有诗能够做到这一点——做到呈现本真。郭文成在介绍海德格尔早期对语言与诗的思考时说："而人总是被抛在非本真的言说活动之中，所以本真言说总已面临着对非本真言说的艰难超越。这种超越首先指向非本真言说的前提：理解的非本真性。本真言说的前提由此要尽可能排除、剥离与中止自身的先入之见，从事情本身出发从而保证解释的本真性。但从根本上来说，本真的言说即诗的言说：它一直藏在被语言之思所遗忘的诗的言说中。"② 因为诗人最是海德格尔所谓"临近本源而居"的人，因为他们都强调诗歌艺术最为本真的诗意追问。

海德格尔在《诗人何为》中还认为："在贫困时代里作为诗人意味着：吟唱着去摸索远逝诸神的踪迹。因此，诗人就能在世界黑夜的时代里道说神圣者。"③ 他这句话里的逻辑似乎是："摸索远逝诸神的踪迹"是前提条件，而"道说神圣者"即是满足条件后获得的资质。然则什么是"神圣"呢？"神圣"就是世界的本真，就是非"敞开"而不得显现、非"澄明"而不得呈现当然也非语言的描述而不得"安居"（获得一个安宁居所）的存在。"居所"以及"居住"这个动词，是海德格尔喜欢使用的一对词语，或者说是一组意象，其广为

---

① ［德］海德格尔：《形而上学导论》，熊伟、王庆节译，中国社会科学出版社 1999 年版，第 16 页。
② 郭文成：《论海德格尔的诗意思想》，《郑州大学学报》（哲学社会科学版）2007 年第 2 期。
③ ［德］海德格尔：《诗人何为》，孙周兴译，见《海德格尔文集·林中路》，商务印书馆 2016 年版，第 306 页。

人知者，如"语言是存在的家"①，如"人是存在之邻居"②，如"他们诗意地居住于对他们而言是必须言说的轨迹之上"③，海德格尔的这些说法不难理解，因为它们共同的"词根"就是"存在"。凡存在，必得有一个所在，且它们一个共同的话语情境就是"无家可归"。对于流浪而言，居住当然是最大的幸福。

如何才能到达这样的澄明之境，海德格尔认为的手段就是通过"去蔽"而开辟鸿蒙、去其遮蔽，实现"无蔽"。按照海德格尔的说法，诗歌不是制造意义，而是一种去蔽行为。他的逻辑是：其蔽既除，则其义自明。海德格尔毕竟只是哲学家，他毕竟只是诗歌的思想者而不是诗歌的操作者。诗歌给他留下的最深印象，是"吟唱"。当然，他也能够看到诗歌的运动，但是他看不到诗歌在哪儿动，在怎么动。他也许会承认诗歌的运动是一种"律动"，至于诗歌"律动"的"律"是什么，对这样的"雕虫小技"他可能并不关心。然而本书认为，海德格尔所描述的那么宏大的诗歌敞开与诗歌澄明，仍然离不开诗歌文本中一个具体而清晰的过程：诗歌的小内形式"ABC"，亦即"一看（A）、二想（B）、三悟（C）"及其多层次组合的变体与变化……诗歌小内形式"ABC"组合即诗歌行为所看、所想、所悟的组合，本身就是一次诗意敞开的过程。如果说世界是在语言中渐次去蔽而渐次敞开、渐次澄明的，则诗意的世界就是在诗意的语言中渐次去蔽、渐次敞开、渐次澄明的。

这既是一种展开，也是一种收藏！既是一种突围，也是一种致远！既是一种逃脱，也是一种到达！

然则这一去蔽而显意的过程，与敞开而澄明的过程也就是同步的，物既敞开，义自澄明。古马有诗《西藏之灯》。其中有句："起风了/鹰是黑色的灯/照亮灵魂"。耿占春有感于其中对"鹰"与

---

① ［德］海德格尔：《关于人道主义的书信》，孙周兴译，见《海德格尔选集》上卷，上海三联书店1996年版，第358页。
② ［德］海德格尔：《路标》，孙周兴译，商务印书馆2000年版，第404页。
③ ［德］海德格尔：《诗·语言·思》，彭富春译，中国社会科学出版社1999年版，第141页。

"灯"的相似性视同:"鹰=灯=神,鹰的飞翔变成了神灵世界的显现。因此他看见了一个双重的感觉世界,一个事物的世界与神灵世界的重合。"① 耿占春这里所谓"双重的世界",其实也就是本书所谓的"事物的背后还有一个事物"。事物的背后还有一个事物,前一个事物遮蔽着后一个事物,诗人的任务就是移除前一个事物,去发现并且昭示后一个事物。诗人的任务,就是发现那个事物背后的事物,并且把它呼唤出来、显现出来。我们一般人之所以是一般人,是因为我们的"肉眼凡胎"只能看到"事物",而看不到"事物背后的事物",然则,我们也就只生活在某一个秩序的世界,看不到另一个秩序的世界。是诗人的出现,让我们所生活的世界变得丰富多彩,因为,诗人的天职与任务,就是挑战世界的秩序,就是破坏世界的秩序,就是整顿世界的秩序,也就是重建世界的秩序——建设一个情感与想象的王国。

(三)博尔赫斯:明就是"深入"。深入,就是"深入挖掘"。这是一个老生常谈,然而,它却是艺术向明之道一条不二的坦途。

没有作家会拒绝对作品深度的掘进,比如博尔赫斯就说:"我在写东西的时候,不愿只是忠于外表的真相(这样的事实不过是一连串境遇事件的组合而已),而是应该忠于一些更为深层的东西。"② 诗歌同样也追求作品的深度。诗歌小内形式的"ABC"程式即A—B—C的过程,本身就是一种思维不断深入的过程,它分明地标志着诗人联想的梯次递进与不断深入。傅庚生云:"深情必达之以深入之文字,深入即是多一层联想。"③ 是的,抬起头来,人们都知道诗歌写作的过程是一种不断联想的过程,人们也都知道"深入即是多一层联想",但是低下眉去,人们却并不一定都能辨识出其联想深入、深情随之的"ABC"这一诗歌脉动。深入,并不是纵身一跳的扑入深渊。失控的深入并无价值。而能控的深入,应该有其深入的台阶或者绳

---

① 耿占春:《从想象的共同体到个人的修辞学》,《读书》2005年第5期。
② [阿根廷]博尔赫斯:《诗艺》,陈重仁译,上海译文出版社2017年版,第146页。
③ 傅庚生:《联想和比拟》,见傅庚生《中国文学欣赏举隅》,北京出版社2003年版,第63页。

索。"ABC"组合就是这样达成可控性深入的有效途径。歌德在论说文学创作的独创性时,也说到过这种"深入"的问题。他说:"独创性的一个最好标志就在于选择好题材之后,能把它加以充分的发挥,从而使得大家承认压根儿想不到会在这个题材里发现那么多的东西。"① 这里的"题材",相当于A;"加以充分的发挥",相当于B;而"发现那么多的东西"也相当于C。在一个诗歌的"ABC"意节里,C就是深入的标志。"不破楼兰终不还",每一个有抱负的诗人无不心怀不到C点不好汉的志向。但歌德这里说的,只是作家面对某一题材而"把它加以充分的发挥"后得到的"量"的回馈——"发现那么多的东西"。那么多的东西,并不是都有价值的,决定这些东西有无价值的,应该是其"发挥"的向度。

中国古代诗论中有不少与本书所谓诗歌小内形式"ABC"三级递进序列(或云一看二想三悟)十分接近的表述,比如唐人王昌龄就说到一句极具过程性的见解。他认为诗歌的创作:"目击其物,便以心击之,深穿其境。"(王昌龄《诗格》)他所谓的"目击其物"者,近于本书所谓的"一看"(A);他所谓的"便以心击之",近于本书所谓的"二想"(B);而他所谓的"深穿其境",也近于本书所谓的"三悟"(C)。甚至,对王昌龄的这句话,完全可以放开手脚进行这样的理解:当我们面对一个事物,并且看到了这个事物,并且确确实实感到了这个事物,我们出动自己的心灵,用自己的心灵去观察它、感受它、想象它、改造它、再造它……我们离一个新颖的它好像越来越近,同时我们离一个曾经的它好像越来越远。我们就这样穿过一个伟大的走廊,迈着"A—B—C"的步伐,一节一节地展露出自己……王昌龄显然发现了一个伟大的过程:从对现实的描述("目击其物"),到对现实的想象("以心击之"),再到对现实的超越("深穿其境")。这个过程,就是柏拉图所谓"理性的迷失"过程;这个过程,也恰恰是海德格尔看来"诗意追问"并"诗意敞开"的过程;

---

① [德]歌德:《歌德文学语录选》,程代熙译,见古典文艺理论译丛编辑委员会编《古典文艺理论译丛》第8册,人民文学出版社1964年版,第115页。

这个过程也是本书所谓诗歌小内形式的"ABC"渐进过程。是的，它就是"诗"这一事物渐次而生动的伸展过程与呈现过程。是的，它首先是一个轨道一样的东西；其次，有什么东西在它的上面移动；再次，这种移动是有方向的。它沐风栉雨奋勇前行的总方向，就是"明"，它挑战的就是"明"的四周巨大的黑暗！

真是不好意思，这一总的目标，其实是用不着把它说"明"的，因为它几乎是不言而喻、不证自明的。仔细地观察，敏锐地感受，深入地挖掘，独特地发现……是的，这一切说法也都不错。然则关于到达澄明的路径，还有没有其他更为"陌生化"的表述呢？

本书所谓的诗歌小内形式的"ABC"组合，就是一次"陌生化"的尝试。

所有的向明追求，都需要一个动作的序列所形成的动作过程。诗歌的小内形式"ABC"就是这样一个过程。一般而言，这一个动作序列从对某一事物的描述开始（A），经由经验的想象（B），再到达超验的兴发（C）。在这样一个推陈出新的过程中，外层的、习见的、遮蔽着他物的事物，被渐渐推开，常识与知识被渐渐推开，现实与自然被渐渐改写，新颖的意象或脱颖而出，或耸出污泥，或破空而来，携带着全新的意义，再造出崭新的形象，使我们感动，使我们心惊而魄动，使我们恍然而大悟……这就是一种明：唤出事物背后的那个事物，让事物背后的那个事物从隐蔽而渐渐现形，最终"使其成为我们视野中的事物"[①] 而被我们"认领"。

这真是一个激动人心的过程！

宗白华在讲到中国艺术的意境结构特点时赞叹道："德国诗人诺瓦理斯（NoValis）说：'混沌的眼，透过秩序的网幕，闪闪地发光。'石涛也说：'在于墨海中立定精神，笔锋下决出生活，尺幅上换去毛骨，混沌里放出光明。'艺术要刊落一切表皮，呈显物的晶莹真境。艺术家经过'写实'、'传神'到'妙悟'境内，由于妙悟，他们

[①] 耿占春：《从想象的共同体到个人的修辞学》，《读书》2005 年第 5 期。

'透过鸿濛之理，堪留百代之奇'。这个使命是够伟大的！"[1] 宗白华显然注意到了这样一个过程："刊落""呈显""经过""到"。其实这一过程即上述动词所标志的道路，是客观存在且不难感觉的，比较困难的是能否进一步感觉到其运动的节律。但是宗白华感觉到了，他说："艺术意境不是一个单层的平面的自然的再现，而是一个境界层深的创构，从直观的感象的模写，活跃生命的传达，到最高灵境的启示，可以有三层次。"[2] 他所谓"直观的感象的摹写"，不正在本书所谓的那个 A 点吗？他所谓"活跃生命的传达"，不正在 B 点吗？他所谓"最高灵境的启示"，不正在 C 点吗？事实上，诗歌的创作在这样的三个层次上，确乎各擅其美，并有终极指向。事实上，诗歌小内形式的"ABC"组合，其"ABC"的总能量，也就是 A、B、C 的合力，即它们在不同的位置上，都付出着"明"的努力，表现出"明"的追求。由于"A"是相对知性的，"B"是相对智性的，而"C"是相对悟性的，于是，虽然"ABC"的总目标都是"明"，但 A 因知而明，使出的主要是观察力；B 因想而明，动用的主要是想象力；C 却因悟而明，调取的主要是解悟力。这三股力量合在一起拧成一条绳，整个诗歌意节就渐入佳境而奔向澄明。这也就是"ABC"这一言语过程旨归，也就是诗歌行为的意义。

于是需要认可的是，这一"诗而明之"的过程既是建构的，也是解构的，建构与解构也都可以创作出好诗。建构式的诗歌，其"有意义"的开掘至少有以下三种方式：1. 于不普通的事物中开掘出有意义；2. 于普通的事物中开掘出有意义；3. 于无意义的事物中开掘出有意义。与此同时，解构式的诗歌，其"无意义"的开掘也有相应的三种开掘方式：1. 于不普通的事物中开掘出无意义；2. 于普通的事物中开掘出无意义；3. 于无意义的事物中开掘出无意义。前者的上品为第三种——于无意义的事物中开掘出有意义；后者的上品为第

---

[1] 宗白华：《中国艺术意境之诞生》，见宗白华《艺境》，商务印书馆 2017 年版，第 191 页。

[2] 同上书，第 187 页。

一种——于不普通的事物中开掘出无意义。歌德曾经有过这样的感慨:"拜伦也许没有这样的幸运,因为他的趋向背离了群众的趋向。在这个问题上,人们并不管诗人有多么伟大。倒是一个只比一般观众稍稍突出的诗人,最能博得一般观众的欢心。"① 我们且不论拜伦的"趋向"与"群众的趋向"有何不同,甚至有何对立,我们只需要承认他们的"趋向"存在着有所不同的差异性就足够了,我们只需要承认这些不同的不可忽视就行了。事实上恰恰是差异的存在,决定了存在的丰富。

当代诗歌为了反对虚假的"崇高"美学,曾策略性地向"崇低"美学顶礼膜拜,曾一度对"神性"也表示了抵触。于坚甚至要"拒绝隐喻",要"从隐喻中后退",这并非没有道理。隐喻开启着想象,想象又开启着深度。对隐喻的拒绝,其实也是对想象的抑制,是对深度的逃避。所以,存在的即是合理的,面对那些大量的"步步低"诗作(比如从"上半身"到"下半身"直到"垃圾写作"的"身外之物"),面对其"ABc"的小写化方向,我们不得不承认它们在特写时段内"与我相关"的正确性。如果不加辨析而一味指责甚至给予否定,这样的态度略显粗暴。

三 诗歌小内形式"ABC"组合的三个子方向:真善美

如果把"文而明之"这一诗歌小内形式的总方向进行具体的分解,即可将其分解为向真、向善、向美这三个子方向,也就是诗歌行为其形象援引、意象兴发与情思感悟的明真取向、明善取向与明美取向。

(一)向真而明真。胡适 1915 年 8 月 18 日在他的留美日记中论"文学"时说:"无所为而为之之学,非真无所为也。其所为,文也,美感也。其有所为而为之者,美感之外,兼及济用。"② "济用"即济

---

① [德]爱克曼辑录:《歌德谈话录》,朱光潜译,人民文学出版社 1978 年版,第 61 页。
② 胡适:《胡适留学日记》(下),海南出版社 1994 年版,第 124 页。

世之用，即实用。胡适先生的意思是，文学可以有实用之追求，"兼及济用"。这其实就是文学的向善诉求。当然，在胡适看来，文学的主要，不在其所讽而在其所丽，在其美感的传达。这又是向美的文学诉求。他在这里没有说到文学向真的诉求，并非文学就没有这一诉求。文学的所兴所发所思所想所触所悟，尤其在越来越趋向于审智的当下，于向美、向善之外，还应该向真。

这个"真"，既是事实之真，也是对事物的理解之真；既是究天人之际的科学之真，也是人们对待事物态度的诚实之真。

古人有云："无论诗、古文、词，推到极处，总以一诚为主。"① 诚者，真也。真者，实在也。即使是"想象"的与"情感"的诗歌，如果把"想象"理解为胡思乱想，而把"情感"理解为与理无涉甚至不讲道理，那都是一种误会。在理性底色之上的情感才是有价值的，同样在真实经验下的想象也才是积极的。无论多么主观的审美，也都不能无视美的客观性。狄德罗曾这样描述对美的感知："借助于我们的感官而为我们的悟性所注意到的实在关系。"② 是的，能够认识到"实在关系"的存在，或者能够接受"实在关系"的制约，想象也才会拥有中国古人所谓"反常合道""无理而妙"的诗学价值。诗歌固然是"非理性"的，但那只是它的一种倾向性，它并不能在非理性的道路上走得太远。诗歌终归不是一种心灵的"迷魂汤"，不应该是诗人们给读者摆出的"迷魂阵"，它终归是文化的，也终归是理性的。在这一点上，柏拉图当年的担忧，应该不无道理。诗歌创作无疑是变形与创造的过程，须经由作者的想象而实现，而变客观现实生活之形（物象）而为作者主观意念之载体（意象），这一奇丽的过程是诗人言说的主观化渐强、情感化渐强、意念化渐强的过程，而其同时存在的相反方向——柏拉图看得异常清楚——也就是理性的"迷失"，就是柏拉图所谓"模仿诗人"们的行径："通过制造一个远离

---

① （清）陈廷焯著，彭玉平纂辑：《白雨斋诗话》，凤凰出版社2014年版，第214页。
② ［法］狄德罗：《关于美的根源及其本质的哲学探讨》，张冠尧译，见《狄德罗美学论文选》，人民文学出版社1985年版，第25页。

真实的影像，讨好那个不能辨别大小、把同一事物一会儿说成大一会儿说成小的无理性的成分，在每个人的灵魂里建起一个邪恶的体制。"① 这样"邪恶的体制"，这样并不真切的诗歌，我们无疑是要拒绝的。

（二）向善而明善。善良的中国人总是对文化中的伦理与伦理中的文化格外关注，也对文学方向中诗歌的向善方向情有独钟、依依不舍。

向善而诗，无疑是一种偏向于社会学、政治学尤其是偏向于伦理学与道德学的诗歌言说与诗歌兴寄。中国古人在这一方向上，早就开拓出所谓发乎情而止乎礼义的温柔敦厚、文以载道等与人为善的儒家价值取向；同时，也早就开拓出逍遥自在、适性任物、直觉天籁等于己为善的道家价值取向；当然也开拓出拈花一笑、妙悟真如等于心为善的佛家价值取向。也就是说，中国古代的诗人们，他们无不行走在向善的道路上。儒家诗人们诗写着对社会的善，道家诗人们诗写着对生命的善，佛家诗人们诗写着对心灵的善。

一部中国诗歌史，堪称中国人心灵的善良史。

这一种向善的诗歌方向，到了中国现代，渐渐地走向了"好话"，也渐渐地成为了"谀词"，最后形成了社会学指向的意义"升华"以及伟光正、高大上等诗歌的"大词癖"。于坚说："细读某些先锋诗歌，不过是词汇的变化史，基本的构词法'升华'，从五十年代到今天并没有多少变化，不过把红旗换成了麦地，把未来换成了远方而已。"② 这种"构词法"（即语言的行进法，或称诗歌语法），就是"ABC"这一基本型的"abC"化即大写化。这种现在想来让人作呕的大写化，主要发生在"十七年"时期。当时腐朽的"比兴"的诗教观甚至政教观"深入人心"，中国人在诗歌的比兴手法上重返了当年汉儒所推崇的兴的政治教化功能而大表赞美。

---

① ［希腊］柏拉图：《国家篇》，王晓朝译，见《柏拉图全集》第 2 卷，人民文学出版社 2003 年版，第 628 页。
② 转引自谢有顺《回到事物与存在的现场——于坚的诗与诗学》，《当代作家评论》1999 年第 4 期。

客观地讲，人们对诗歌的"比兴"（即诗歌小内形式"ABC"组合）的这种方向性的理解与方向性的动用也不是不对，也不是不能。中国古人之所以要"独标兴体"，本来就是因为兴（包括三兴，尤其是中兴与尾兴），它们在其正方向即"向上的"和"崇高的""赞美的"这一向度上，正如明人袁黄之所谓，"可以起愚顽，可以发聪听"（袁黄《诗赋》），惊听回视，具有让人开悟的哲学功能。但是公正地说，他们这样的比兴运用确乎又太过狭窄，而且太过专制，甚至有些顽固。它们眼睁睁地看着比兴的另一功能即审美表现功能遭遇了漠然置之，却是视而不见，甚至幸灾乐祸。这本身就是一种不善，就是一种吊诡。

（三）向美而明美。诗歌是向美而生的，诗歌小内形式"ABC"组合所承载的语言其美的追求，应该最无疑义。中国古人把这一诗歌的动作，总称为"兴"（非指具体的赋比兴之兴，却由赋比兴之兴而来），谓之"兴发"。而即使在具体的赋比兴之兴里，不论是诗歌的首兴、中兴、尾兴，兴兴都具有飘然而至、寻之无踪却又"依微以拟义"（刘勰《文心雕龙·比兴》）的特点，即分明有种联系，却是不甚分明。联系越是微弱，兴义越是悠长，越有艺术张力，也就越美。

可惜，在很长的一段时间内，这种向美而兴的兴寄传统以及兴味诉求发生了异变。兴发，成了歌功颂德的代名词，也成了虚张声势的口号式赞美。

"文化大革命"之后，"朦胧诗"通过对比兴审美功能的修复，建构了新的喻义系统，其一个标志就是象征主义的兴起。它总算是对以前兴寄丧失、兴味消失的一种反抗，亦是兴寄传统的一次回归。在"朦胧诗"的引领下，中国诗歌开始起死回生，开始从意识形态话语中逃脱并"换言"。随着"零度"观念的介入，解构性诗歌在"向下的"和"崇低的""批评的"这一向度上，有了恶狠狠的突进。人们甚至绕道于"丑"而曲折地奔向了"真"，而后又绕道于"真"而曲折地奔向了"美"。沈浩波在其《普照寺》的最后对自己渺小的真几乎直言不讳："……灵魂陡然安静/我确实做不到/身居闹市/如处废庙"；伊沙在《唐》中对自己低俗的真也是直言不讳："我不喜欢志在高处的男人/我害怕/高处"。它们都是于坚"拒绝升华"之文学理念的积极响应，都是中国当代美学归真返朴的身体力行。以古观今，则"第三代"诗人这种对"兴发"的扭曲性运用，其实正是以"审美派"的态度对抗着"宗经派"的态度，正是以诗歌的间接暗示性对抗着诗歌的讽喻政教性。这是他们"生逢其时"的宿命。他们不自觉地行动在历史的规定中，他们挣扎着要以"先锋"的精神去争取"常识"的权利。时代的先锋其实常常都是历史的守门员，当他们意识到这一点的时候，他们怕是要长吁短叹悲从中来的。

第三节　现代诗歌小内形式"ABC"组合的神性方向

现代诗歌小内形式"ABC"组合另一个"正大光明"的方向，就是神性的方向。虽然这一方向与前述"澄明"与"不隔"的方向以及真善美的方向有着许多的交集，比如于坚就说："在这里，我所说的神性，并不是'比你较为神圣'的乌托邦主义，而不对人生的日常经验世界中被知识遮蔽着的诗性的澄明。"① 但是本书仍想专节加以申说。

所谓诗歌小内形式"ABC"组合的神性方向，也就是人们早已命名了的"神性写作"。

神性写作，主要指一种写作的姿态。这一姿态强调理想化的诗歌本质，重视诗歌的精神内容，同时认为诗歌的写作形式、实验色彩、现代性与后现代性等等其实是次要的。人们在描述神性写作的时候，常用这样的三个"关键词"：向上、尖锐、承担。向上，即崇高——尊崇高雅美学；尖锐，即追问——拷问自我灵魂；承担，即责任——担负真善美的责任。中国当代诗坛"高"诗歌的代表人物刘诚在《第三极文学运动宣言》中认为：神性写作即向上的写作、有道德感的写作和有承担

---

① 于坚：《于坚的诗·后记》，见《于坚的诗》，人民文学出版社2000年版，第401页。

的写作,是对生活永恒价值的悲壮坚守,是人类根本利益的精神护法,是时代精神重建的正面力量,是对当代文学商业化、解构化、痞子化、色情化、垃圾化、空洞化、娱乐化说出的"不"。[1] 刘诚并说:神性写作坚决抵制那种兽性写作(本能的写作、欲望的写作、向下的写作、垃圾的写作、崇低的写作、自渎的写作)所构造的精神魔界,而要打造一个有神在彼的精神天国。[2] 如彼所言,神性写作即具有一种鲜明的与现实生活拉开一定距离的高蹈性与超验性。

然而问题是,拉开多大的距离是合适的?

有人不无贬义地说海子是斯世"最后一位神性写作者"。如果联系海子诗歌的"拒绝对尘世发言",以及"力求与上帝对话",则海子诗歌的"神性"确乎有之,甚至都有些神得过分——海子没有把握好诗歌与生活之间的那个距离。谢有顺在《文学身体学》里谈到过海子的诗歌与"身体"的关系。他说:"海子的写作就是典型的拒绝了身体的写作,他所谓的'王在深秋'、'我的人民坐在水边'等,均是虚幻的描写。"他并说:"在海子的诗歌中,你几乎读不到任何尘世的消息……他的诗歌大多只关乎他的幻想,很少留下他身体生活的痕迹。"[3] 谢有顺所言,真是一语中的。然后谢有顺分析海子这样诗写的目的:"他的写作不是为了把灵魂物质化为身体,而是试图寻找一条灵魂撇开肉身而单独存在的道路。"[4] 让谢有顺不无惋惜的是,海子这种高蹈的诗歌追求,高蹈得有些不食人间烟火了。所以,评论家似乎要有意降低神性写作的标准,比如张清华就说:"今天,凡是在鄙俗时代能够坚持和解释、揭示和证实精神价值的写作,都可以称得上是某种意义上的神性写作。"[5] 但是他们都言语间比较矜持,倒是韩东说得坦诚:"拔高、吊着的感觉很碍事。降下来,极端言之,

---

[1] 刘诚:《第三极文学运动宣言》,见民刊《第三极》第一卷(创刊号)2007年5月。
[2] 刘诚:《后现代主义神话的终结——2004中国诗界神性写作构想》,见民刊《第三极》第二卷"神性写作诗学理论专号"2008年5月。
[3] 谢有顺:《文学身体学》,《花城》2001年第6期。
[4] 同上。
[5] 张清华:《"鄙俗时代"与"神性写作"》,《当代作家评论》2010年第2期。

庸俗是一种解放,敢于庸俗是技巧也是智慧。"① 其实,海子也曾经这样劝勉过自己:"从明天起,做一个幸福的人/喂马,劈柴,周游世界/从明天起,关心粮食和蔬菜……"然而,越是强调的,越是做不到,这样的事情,我们见得还少吗?

有一种关于神性写作的理解,强调诗歌对于人与自然本源关系的修复。如果说前述的神性写作是以"精神"为神,则这一理解是以"自然"为神。

本来,人类的文明尤其是人类的艺术,发端于自然并随顺着自然,但后来,人与自然之间的关系越来越疏离,人越来越远离了自己的本源。按照海德格尔的看法,因为人与自然的这种疏远,所以人就来到了"贫困时代"(有译"贫乏时代"),而在这样的时代,真正的艺术成了"过去的事情"。于是海德格尔提出了"诗人何为"的问题。他认为,诗歌应该担负起修复并重建人与自然关系的历史重任。海德格尔甚至还给诗人提出了另一重任:要通过诗歌"使语言成为可能",因为"诗就是以语词的方式确立存在"②,而且"语言的本质必得通过诗的本质来理解"③。于是,海德格尔的诗歌方向,虽然仍然是朝着神圣的方向,但却有些诡异:这是一个返回的方向、"返乡"的方向。当然了,面对着那些"远逝"了的、"过去"的事物,可能我们只有两个选择:要么背离它,要么就返回去追寻它——吟唱着乡音。

其实,如果不要把"神性"理解得那么高深,如果仅就诗歌的艺术即"纯诗"向度而言,神性的方向也就并不神秘,其实也就是"神思"而已。

赵宪章在给《庄子生存论美学》撰写的序文中有言:"'神思'是……浑然一体的艺术性的描述。如果我们用'形象思维'简单地

---

① 韩东:《关于文学、诗歌、小说、写作……》,见《你见过大海——韩东集 1982—2014》,作家出版社 2015 年版,第 355 页。

② [德]海德格尔:《荷尔德林诗的阐释》,孙周兴译,商务印书馆 2000 年版,第 45 页。

③ 同上书,第 47 页。

硬套'神思',那么,中国古代文论所蕴藉的鲜活的生命也就丧失殆尽。"①"神思"肯定不是"形象思维"那么简单。比如在诗歌小内形式的"ABC"组合中,"形象思维"出现于 B 位之后,往往还需要 C 位的延伸性阐释来继续打理与提升。如于坚诗《旗帜》:

  起风了
  另一个秋天
  树叶落在另外一处
  红色的叶子(以上 A)
  像老裁缝剪下的碎布(B)
  我要闭上眼睛
  才能看见旗帜(C)

  于坚这首诗的最后两行,堪称神思来自天外。它没有辜负自己所占据的诗语链条的这个宝贵 C 位,它几乎演示着"ABC"组合"步步高""步步深""步步神"的"神思"动态。这一诗歌的神思方向,在徐志摩的诗中体现为"神秘意识":"神秘性的感觉,当然不是普遍的经验,也不是常有的经验。凡事只讲实际的人,当然嘲讽神秘主义,当然不能相信科学可解释的神经作用会发生科学所不能解释的神秘感觉,但世上'可为知之者道不可与不知者言'的事正多着哩!"② 拥有这种神秘意识的诗人都对诗歌的想象极度重视,并以"妙观逸想"为诗歌追求。白居易说:"天意君须会,人间要好诗!"(白居易《读李杜诗集,因题卷后》)这个需要诗人领会的"天意",就是诗歌的神性。而所有的诗人"他应当知道,他并不是神,他只是替天行道,他只是神的一支笔"。③

---

  ① 赵宪章:《〈庄子生存论美学研究〉序》,见包兆会《庄子生存论美学研究》,南京大学出版社 2004 年版,序二。
  ② 徐志摩:《曼殊斐尔》,原刊中华民国《小说月报》1923 年 5 月第 14 卷第 5 号。
  ③ 于坚:《于坚的诗·后记》,见《于坚的诗》,人民文学出版社 2000 年版,第 403 页。

这一神思的方向，用佛学的概念来表述，接近于顿悟与妙悟。

佛家认为现实世界不是真实的世界，要到达真实世界，需要通过"渐修""假知"而后到达顿悟（真知）。佛家关于顿悟与真实的这一认识，在叔本华那里也有类似的表述。叔本华认为：第一性的世界，不是现象世界，而是构成物质的永恒形势及理念的根本意志，即本体世界。他认为这个第一性的世界，才是第一真实的世界。把它移用在艺术话语中，指的就是我们内心的真实。内心的真实就是最高的真实，就是第一性的真实。而在诗歌话语中，它指的就是诗人对事物的神秘感受。真正的好诗，无不引领我们走向神秘。

什么是好诗？许多人都认为能让人情感奋发、情动于衷，就是好诗。但那是"抒情诗时代"的看法。告别了"抒情诗时代"，好诗就是人与世界相遇时分所揭示的、所呈现的那种有着宇宙神秘的诗。徐志摩说："诗是表现理想的美的。在雪莱的意思，以为这便是诗人的所以为诗人之一点。诗绝不仅是好看的字眼铿锵的音节，乃是圣灵感动的结果，美的实现，宇宙之真理的流露。"[①] 英雄所见略同，主张"纯诗"写作的沈浩波说："具备一定现代主义特征的抒情诗，与现代纯诗相比，其根本的差异在于诗性与诗意的实现方式。现代纯诗的实现方式是语言和心灵，抒情诗的实现方式则是通过情绪、情感甚至情怀。心灵和情感不是一回事，心灵更内在，更客观化，在诗歌中往往体现为心灵智性、心灵洞察力和心灵敏感，是心动、感受、发现、洞察、创造。或者说，语言敏感和心灵敏感共同构成诗性的根本，其中'心灵敏感'更为根本，口语纯诗中所重视的'事实的诗意'正是或者说必须建立在'心灵敏感'的基础上。"[②] 而他所谓的"心灵敏感"，也正与"悟"这个字异曲同工。而且，建立在"形象解悟"基础之上的"心灵敏感"，也更为真切、更为稳固。沈浩波此语同时还可以解释中国当代口语纯诗的另一个所谓"大逆不道"的追求：去情感化。沈浩波让我们明白了：

---

① 徐志摩：《读雪莱诗后》，见王亚民编《徐志摩散文全集》第二卷，花山文艺出版社1994年版，第143页。

② 沈浩波：《新世纪以来的中国先锋诗歌》，见张执浩主编《汉诗·六口茶》2017年第1期。

去情感化,并不是去心灵化。去情感化,其实是要去掉诗歌中那些"更外化、更夸大、更主观、更缺乏微妙"的东西,而这些东西,正是长期以来中国"抒情诗"的一个误会:就像一些人把故事等同于小说一样,一些人总是把情感等同于诗歌。

现在,人们把现代诗歌这种不断地趋向于神思与妙悟的诗写倾向,命名为"审智",以区别于"审美"以及"审情"(即抒情),并给予高度的评价。学者王凌云说:"在所有的情感中,由于认知和发现而带来的喜悦和惊奇之感,对世界和事物进行理解的热情,是比诸如乡愁、痛苦和感伤的同情心要高贵、罕见和积极得多的东西。"[1] 而罗振亚则试图区分这种"审智"与"哲理"的区别:"现代诗派这种不使人动情而使人深思为特点的诗情智化,绝对不同于仅仅以诗的形式说明道理的旧式哲理,也有别于卖弄聪明的精粹警句片段,甚至与五四时期晶莹透彻的说理诗也不可同日而语。因为它的理意是与情绪合为一体,融化于象征意象中的顿悟,因为它是通过非逻辑的诗之道路产生的。因为它是哲学的,但更是诗的,所以便不等同于哲学概念图解、形式逻辑证明,而散发出艺术魅力的芬芳,令人回味依依。"[2] 他们所言极是。现代诗离不开哲学的景深,但现代诗终归是诗而不是哲学。对此,江弱水教授有一段精彩的议论:"海德格尔们可以用荷尔德林来发挥自己的哲学,荷尔德林们却不可以用自己的诗来诠释海德格尔。因为说到底,诗中的哲学只不过是一种'弱哲学'。"[3] 所以,用"一朵花的开放"来比喻诗歌小内形式"ABC"的这一过程与这一方向,也许更像是对于诗歌的论述。美国女诗人塞琪·科恩说:"这就是诗对我们的要求:主动去品尝神秘的滋味,而不是逃向已经确知的领域。当我们真正关注'不平凡'的潜能,它就会怒放着打破我们平庸的日常生活的边界。"[4] 而只有花朵,才是

---

[1] 王凌云:《比喻的进化:中国新诗的技艺线索》,《江汉学术》2014 年第 1 期。
[2] 罗振亚:《中国现代主义诗歌流派史》,北方文艺出版社 1993 年版,第 77 页。
[3] 江弱水:《诗的八堂课》,商务印书馆 2017 年版,第 114 页。
[4] [美] 塞琪·科恩:《写我人生诗》,刘聪译,中国人民大学出版社 2014 年版,第 34 页。

可以"怒放"的。

结　语

　　以上讨论了诗歌小内形式"ABC"组合种种的方向性追求，虽然那只是发生在诗歌小内形式"ABC"这一方寸之地的追求，虽然它渺小得像是发生在我们细胞内的小故事，但那已经称得上是一个"人类经验的交织之网。人类的思想和经验之中取得的一切进步都使这符号之网更为精巧和牢固"[1]。而且，它无疑也是一个美丽的方向，有着灿烂的前景，充满了诱人的神秘。当然，有些人可能会觉得望而生畏、高不可攀。其实这是一种误会。是的，诗人们到达诗歌世界的脚步也许神秘莫测，但即使是诡异的脚步，毕竟还是脚步，毕竟没有天马行空，毕竟会留下蛛丝马迹。即使是神秘莫测的脚步，毕竟也要有所凭依。一切能够让别人理解的想象，都不应该是超验的。诗歌小内形式的"ABC"组合，就是任它多么奇幻的诗歌想象也会留下的蛛丝与马迹。它有可能会被淹没，但是它永远存在。现在，我们讨论了诗歌小内形式"ABC"组合的方向，而且也看到了这一方向上进步的台阶；剩下的事情，就得回到诗人自身，因为诗歌艺术的总方向，最终取决于作者人生的总方向。歌德曾有过这样一个感叹："不幸的是，并不是一切的思维都有助于思想；一个人必须生性正直，好思想才仿佛不招自来，就像天生的自由儿童站到我们面前，向我们喊：'我们在这里呀'。"[2] 本书虽然只是一本探讨诗歌形式的小书，但至此却不得不隆重申明：艺术固然是重要的，但最最重要的，还是我们正直的人生本身。

---

[1] ［德］恩斯特·卡西尔：《人论》，甘阳译，上海译文出版社1985年版，第33页。
[2] ［德］爱克曼辑录：《歌德谈话录》，朱光潜译，人民文学出版社1978年版，第28页。

后　记

又到给一本书写后记的时候了。

王维诗句云："回看射雕处，千里暮云平。"这话在他本是一句写实，但是在后人却渐成一个比喻——比喻一段可堪回首或者不堪回首的经历。那么回看本书的写作过程，显然，我不敢说"射雕"，更不敢说"雕龙"，最多只能说是"雕虫"。本书讨论的问题，实在是小而又小，微乎其微，其于宏大的诗歌之树，只是细枝末节的摸索。但是，讨论的问题虽然小，讨论的过程却仍然跋山涉水，面对的困难却仍然岩复雾重，付出的努力也仍然是殚精竭虑、呕心沥血。如果不是深怀着探索文学隐秘的夙愿，也如果不是深怀着一窥诗歌堂奥的渴望，如果只凭着自己有限的诗歌阅读、贫乏的诗学思考和对诗歌艺术粗枝大叶的认识，我可能不会如此地"挺住"，不会如此地勉为其难而终成一书。

我总算又一次战胜了自己。

本书讨论的问题虽然小，但是本书的志向却比较狂妄——它想在诗歌的窗子上舔破一眼小洞，想从那儿窥探诗歌的堂奥，想努力有所见并向身边满眼好奇的朋友们努力有所讲：诗歌这样一个神秘的物什，它究竟是个什么东西？写诗这一过程，如果喻之以画竹，则它的竹干、竹枝、竹叶之间，到底是什么关系？我们写出来的诗如果是一个生命体，那么它的骨、肉、神之间，到底如何样筋脉相连、气息流注？

这显然是一个奢望。这为了一个奢望而努力的过程也显然是一个明知不可为而为之的过程。更为残酷的事实是，看清楚并说清楚了又能如何？水至清则无鱼，如若以鱼喻诗，则其鱼也，其实也并不喜欢自己周遭的所在之清澈，其实也并不喜欢自己所处与所在之历历在目、一览无余。古往今来，那些事实上的好东西、好诗，往往不是出于世人的刻意为之，往往是妙手偶得，往往是发乎天籁，往往是作者不经意间的一种"遭遇"和"邂逅"——他们并不知晓事物的所以然，他们并不知道什么规律。他们的创造之所以后来被人们认为具有了基本种规律性，那也是他们的创造与天地精神的暗相契合。本来，世间之人，多为"难得糊涂"者，也多为"摸着石头过河"辈，真正把人生先想清楚、想透彻而后才奋勇地进入人生者，其实少之又少。真正的诗人，大多也是诗歌的夜行人——眼前总是迷迷茫茫。然而，这却并不影响他们的创造。福柯说："为了弄清楚什么是文学，我不会去研究它的内在结构。我更愿去了解某种被遗忘、被忽视的非文学的话语，是经过怎样一系列运动和过程进入到文学领域中去的。"① 福柯这话，简直就是福柯版的"功夫在诗外"。他一定注意到了这种人间的实况：那些好事情、大事情、美事情，往往是那些勇闯天涯者歪打正着地干出来的，往往不是墨守成规者按部就班地做出来的。在这个意义上，本书可能将悲哀地面对一个不幸的正打而歪着的现实：本书多么想写给那些诗人——那些诗歌艺术的勇敢践行者，然而本书的读者，最终可能却并非诗人——可能只是那些诗歌的爱好者、路过者、来此一游的村夫、一知半解的学究以及多年钻研却是不得破壁的门外汉……

他们读了本书之后，不明白则已，如若有所明白，那也是被古人不幸而言中：旁观者清！（如果真是那样的话，他们可能会被活活急煞！一如因为醒的缘故而在铁屋子里被活活闷杀！）

好在本书不可能拥有那么神奇的力量（虽然我对此朝思暮想），我深知本书的缺陷与不足甚至不成立、甚至荒谬，所以我要在这里再次声明：本书所谓诗歌小内形式的"ABC"组合这一诗歌思维的三级

---

① ［法］福柯著：《权力的眼睛：福柯访谈录》，严锋译，上海人民出版社1997年版，第90页。

递进过程，试图描述诗歌思维穿过 A、B、C 的曲径回廊而"入之愈深，其进愈难，而其见愈奇"的诗意展露过程，试图探索出诗人的艺术体验层次推进与联翩萌动的诗歌"DNA"般的普适性。也许，谈论它的正确性确实为时尚早，但是，这一问题作为一个值得人们重视并继续深入探索的有关诗歌"内美"与诗歌语言形式方面的问题，它虽然小，虽然微不足道，但是它应该不至于不成立。希望它至少算得上一块攻玉之石。

借此写后记之再次说话的机会，我还想做以下两点说明。

说明一：本书所有的引文与引诗，皆尊重原文、原诗、原话的原貌而不作"更正"。已经注明了详细出处的引文，无疑应该是作者的原话与原样。直接引用这一方式本身，就是具有"容错"功能的。这既是对作者的尊重，更是对事实的尊重。在本书中，大量的诗歌例示，没有一个一个地标明准确出处，是因为大部分作品都是名诗与名作——它们几如诗歌的"常识"，是不需要注明出处的。虽然没有标明准确出处，却仍然尊重着原作原样的原貌。

说明二：本书所引用的诗人诗作，因作者本人的喜好之不同，往往有着截然不同的行文风格。比如在诗歌的行文过程中，有的诗人喜欢用标点符号，而有的诗人不喜欢使用标点符号。帮我校改书稿的清水县第一中学高级语文教师安永红先生对此就极其不能接受。他在对本书初稿的批注中多次提出：应该把它们统一化地处理一下。但是，我觉得，我仍然没有这个权力。我觉得，那都是诗人们自己的事情。那是他们的权利，是我不能剥夺的。我能做的，只是在自己的诗歌里，去实施自己的主张。

最后，我要感谢清水县第一中学高级语文教师安永红先生主动请缨为本书进行艰苦的一校。他是怀着对错别字的深仇大恨而庄严地冲向那些语言的失范与脱轨之处的。有他这样的"义士"为我奋勇"剿匪"，我对本书之清洁爽朗的文字面目，无疑多了一层自信。我与本书的责任编辑郭鹏先生也是老朋友了，他是搞考古的，他对错别字之类也是深恶痛绝，必欲追杀而后快。所以，我这里也要真诚地感谢他为本书所付出的荡涤污浊之努力以及拂尘除垢之劳动。感谢他的耐心与宽容。同时感谢我所在的天水师范学院文传学院两位郭姓院长对本书写作的大力支持，感谢省级重点学科文艺学学科在本书出版时的慷慨资助。当然我也希望本书至少能够在诗歌理论的研讨方面为我们的文艺学重点学科建设添一小砖、加一薄瓦。

薛世昌

2018 年 6 月 5 日于天水市城南永生博爱居